쓰기의 감각

쓰기의 감각

삶의 감각을 깨우는
글쓰기 수업

웅진 지식하우스

| 일러두기 |

본문의 각주는 모두 옮긴이 주이다.

돈 카펜터, 네샤마 프랭클린, 존 케이에게
이 책을 바친다.

차 례

Lesson 1

나만의 이야기를 쓰고 다듬는 방법   39

Lesson 2

쓰는 사람의 내면에서 벌어지는 일들   165

수업을 시작하며

　나는 틈만 나면 무슨 수를 써서든 책을 읽는 부모 밑에서 성장
했다. 부모님은 매주 목요일 밤마다 우리를 데리고 도서관에 가
서 일주일 동안 읽을 책을 빌려 차에 싣고 왔다. 거의 매일 밤 저
녁 식사를 마치고 나면 아버지는 소파에 누워 책을 읽었고, 어머
니는 안락의자에 앉아 자기 책을 읽었으며, 우리 세 아이들은 각
각 자기만의 책 읽기 장소로 기어들었다. 우리 집은 저녁 식사
후엔 매우 고요했다. 아버지의 작가 친구들이 방문하는 경우를
제외하고는 말이다. 내 아버지 역시 작가였고, 늘 작가 친구들과
어울려 다녔다. 그들은 그다지 조용한 사람들은 못 되었고, 대부
분 매우 남자답고 친절했다. 그들은 보통 오후가 되면 그날의 작
업을 끝내고 소살리토의 허름한 바에서 술을 마셨고, 가끔씩은
우리 집으로도 술을 마시러 왔다. 저녁까지 함께 먹고 갈 때도
많았다. 나는 그들이 좋았지만, 그중 한 명 정도는 꼭 저녁 식사
자리에서 곤드레만드레 취해 버렸다. 아직 아이였던 나는 그런

모습을 처음 보았을 때 무척 실망스러워했고, 무엇보다 그 아저씨의 건강이 걱정되었다.

아버지는 전날 밤 아무리 늦게까지 일을 했어도, 매일 아침 새벽 다섯 시 반이면 침대에서 일어나 하루 일과를 시작했다. 두어 시간 동안 글을 쓴 다음 우리 모두에게 아침을 차려 주고 어머니와 함께 신문을 읽었다. 그러고 나서 나머지 오전 일과를 처리하러 작업실로 돌아갔다. 많은 세월이 흐른 후에야 아버지가 그런 일과를 자신의 원칙으로 삼았으며, 철저한 직업의식으로 임했다는 사실을 깨달았다. 그는 실직자도 아니었고 게으른 정신의 소유자도 아니었던 것이다. 나는 그가 넥타이를 매야 하는 정규 직장을 갖기를 원했고, 다른 아버지들처럼 매일 아침 어디론가 출근해서 작은 사무실에 앉아 담배를 피우기를 원했다. 그러나 다른 누군가의 일을 해주느라 남의 사무실에서 하루 온종일을 보낸다는 것은 내 아버지의 영혼에 전혀 어울리지 않았다. 아마 그랬다간 그는 죽어 버리고 말았을 것이다. 그는 비록 50대 중반이라는 꽤 이른 나이에 생을 마감하긴 했지만, 적어도 자기 명대로 살았던 것이 틀림없다.

그러다 보니 나는 자연스럽게 자기 책상에 앉아 온종일 연구에 몰두하고 자신이 본 적 있거나 알고 지내는 사람들과 장소들에 관한 책과 기사를 쓰며 사는 아버지 곁에서 잔뼈가 굵었다. 그는 수많은 시집을 읽었다. 가끔은 여행을 떠나기도 했다. 그는 목표를 정하기만 하면 어디든 자신이 원하는 장소에 갈 수 있었다. 작가가 되어서 얻는 이점 중 한 가지는 어떤 행동을 하거나 어떤 장소에 가거나 탐험을 할 거리가 많다는 점이다. 또 한 가지 좋은 점은 글쓰기 자체가 인생을 더 가까운 거리에서 구체적으로 관찰할 기회를 제공한다는 점이다. 특히 인생이 갈지자로 비틀거리거나 마구 짓밟힐 때조차 그 모든 상황이 관찰의 대상이 된다.

글쓰기는 아버지에게 집중하는 법을 가르쳤다. 그리하여 아버지는 다른 사람들에게도 주의력을 집중한 다음 그들의 생각과 관찰 결과를 종이에 적도록 시켰다. 아버지의 학생들은 샌 쿠엔틴 감옥의 창작 교실에 참여한 수감자들이었다. 아버지는 나에게도 글쓰기를 가르쳤는데, 대부분 예화를 통해서였다. 그는 수감자들과 나에게 매일 조금씩이라도 종이에 쓰도록 가르쳤고, 우리가 읽을 수 있는 최대한의 명작과 희곡을 읽도록 시켰다. 시를 읽으라고도 했다. 그는 우리가 보다 대담해지고 독창적이 되기를, 그리고 자발적으로 실수를 범하는 인간이 되기를 원했다. "실패하지 않으려고 너무 안간힘 쓰느니, 차라리 얼굴을 들 수 없을 정도까지 실패해 보는 게 더 나을지도 모른다."라고 한 카툰 작가 제임스 터버의 말을 인용하면서, 그것이 얼마나 맞는 말인지를 역설했다. 아버지는 수감자들과 내가 감수성과 관찰력이 풍부하다는 것과, 우리에게도 타인과 공유할 수 있는 수많은 추억과 꿈과 의견이 있다는 것을(정말 그런지는 하느님만이 알겠지만) 자각하도록 도왔다. 그러나 실제로 우리의 감수성은 고작

파리 한 마리가 크림 위에 떨어진 것을 발견했을 때 아주 약간 화가 날 듯 말 듯 한 정도에 그쳤다. 그러거나 말거나 우리는 어느 시점에서 정말로 집중해서 무슨 글이든 쓸 수밖에 없었다.

수감자들보다는 내가 좀 더 수월하게 글을 썼으리라. 아직 뭘 모르는 어린아이였으니까. 그러나 내게도 글쓰기는 언제나 어렵기만 했다. 나는 일곱 살인가 여덟 살 무렵부터 글을 쓰기 시작했다. 그 당시 나는 지나치게 부끄럼을 타는 성격에 외모도 독특했고, 다른 어떤 일보다 독서를 좋아했으며, 몸무게가 18킬로그램 정도밖에 나가지 않는 지독한 말라깽이다, 언제나 주위의 시선을 너무 의식한 나머지 귀에 붙을 정도로 어깨를 바짝 추켜올린 채 걸어 다녔다. 리처드 닉슨 대통령처럼 말이다. 1학년 때 한 친구의 생일 파티를 촬영한 홈 비디오에서 내 모습을 발견하고 충격을 받은 기억이 난다. 하나같이 귀여운 꼬마들이 어울려 강아지들처럼 놀고 있는데, 갑자기 내가 나타나더니 화면을 우스꽝스럽게 허둥지둥 가로질러 가는 게 아닌가! 나는 커서 연쇄살인범이 되거나, 고양이만 스무 마리씩 기르는 괴상한 인간이 될 것이 분명했다. 다행히 그런 일은 일어나지 않았지만, 그 대신 나는 우스꽝스러워졌다. 남자아이들이나 내가 알지 못하는 나이 많은 소년들이 자전거를 타고 가다가 나의 외모를 손가락질했기 때문이다. 그럴 때마다 지나가는 차에서 쏜 총에 맞은 기분이었다. 그래서 닉슨 대통령처럼 걷게 되었다. 어린 마음에 어깨를 최대한 추켜올리면 자연스럽게 귀를 막을 수 있을 거라고

쓰기의
감각

생각했던 것 같지만, 바람대로 되지 않았던 것이다. 그렇게 나는 우스꽝스러워졌고, 얼마 후부터 글을 쓰기 시작했다. 내가 웃기다고 해서 내 글마저 웃긴 것은 아니었다.

　내가 쓴 시 중에서 처음으로 약간이나마 주목을 받아 본 것은 존 글렌에 관한 시였다. 첫 구절은 이러했다.

　　존 글렌 대령은 하늘로 올라갔네
　　그의 우주선을 타고, 일곱 명의 친구들과 함께

　그것은 아주 아주 긴 시였는데, 어머니가 피아노를 연주하면서 우리에게 노래하도록 가르친 영국의 고대 서사시들과 닮아 있었다. 각 장이 30~40줄로 이루어진 그 시를 내 남자 친척들에게 들려주었더니, 우리 집 소파와 안락의자에 앉아 있던 그들은 마치 원심력에라도 이끌린 듯 푹 퍼져 눈도 깜빡거리지 않고 천장만 멍하니 응시했다.

　선생님은 존 글렌에 관한 시를 2학년 교실에서 읽어 주었다. 정말 환상적인 순간이었다. 다른 아이들은 나를 유일하게 운전을 할 줄 아는 아이처럼 존경의 눈으로 바라보았다. 선생님은 그 시를 캘리포니아 주 학생 경시대회에 제출했고, 나는 상을 받았고 내 시는 등사판 문집에 실렸다. 활자로 인쇄된 내 글을 바라볼 때의 흥분이 어땠겠는가. 나는 작가들이 왜 글을 쓰는지를 이해할 수 있을 것 같았다. 그것은 일종의 공신력 있는 검증 수단과 같았다. '나의 글이 인쇄된다, 그러므로 나는 존재한다.' 이러한 자극이 어떠한 것인지 겪어 보지 않은 사람은 모른다. 자기만의 흐리멍덩하고 좁은 내면 속에 갇혀 있다가 어느 날 갑자기 바깥세상의 빛 속에 서게 되었을 때의 기분이랄까. 예를 들면 바닷속 깊은 곳에 지어 놓은 자기만의 작은 동굴에 살던 가시고기가 처음으로 동굴 바깥으로 몸을 드러냈을 때와 같다고 할까. 자기 이름이 책에 인쇄된 것을 본다는 것은 이처럼 놀라운 체험이다. 이제 그 사람은 어디 가나 넘치도록 주목과 관심을 받을 수 있게 된다. 대중에게 할 말이 있거나 영향력을 발휘하고 싶어 하는 다른 사람들, 예를 들면 음악가나 야구선수나 정치인 들은 반드시 남들 앞에 서야만 하는 반면, 대체로 수줍은 성격의 작가들은 집 안에 머물러 일하면서도 여전히 공인 대접을 받을 수 있는 것이다. 작가에게는 수많은 명백한 이점들이 있다. 예를 들어 잘 차려 입을 필요도 없고, 면전에서 다른 사람들이 야유하는 소리를 듣지 않아도 된다.

아버지가 서재 책상에 앉아 자기 책을 쓰는 동안, 나는 서재 바닥에 앉아 나만의 시를 썼다. 아버지는 2년마다 새 책을 발표했다. 우리 집에서는 책을 소중하게 다루었고, 위대한 작가들은 다른 누구보다 더 존경을 받았다. 특별한 책은 눈에 잘 띄는 곳에 특별히 전시되었다. 커피 탁자 위라든가, 라디오 위, 화장실 뒤쪽 같은 곳에 말이다. 나는 석간신문에 끼여 온 전단지의 광고 문구들과 신문에 실린 아버지의 책에 대한 비평들을 읽으면서 성장했다. 이 모든 것은 나에게 나중에 작가가 되고 싶다는 욕구를 불어넣기 시작했다. 즉, 예술적이고 자유로운 영혼으로 살면서도, 동시에 스스로 돈을 벌어 생계를 유지하는 희귀한 노동 계층의 사람이 되는 것이다.

그러나 우리 살림이 결코 넉넉했던 적이 없다는 게 마음에 걸렸다. 아버지는 충분한 돈을 벌지 못했다. 나는 아버지가 작가 친구들 몇몇처럼 백수건달이 되어 버릴까 봐 걱정이 되었다. 내가 열 살 때, 아버지가 잡지에 기고한 글을 읽은 것이 화근이었다. 글의 내용인즉, 아버지가 다른 작가 친구들과 떼거리로 스틴슨 해변에 몰려가 오후를 함께 보냈는데, 그들 모두 레드와인을 엄청나게 마시고는 마리화나를 피웠다는 것이다. 그 당시 음악가들 말고는 아무도 마리화나를 피우지 않았고, 음악가들은 모두 헤로인 중독자들이기도 했다. 대체로 선량한 백인 중산층의 아버지들은 마리화나를 피우지 않았다. 그런 아버지들이라면 여가 활동으로 돛단배를 타거나 테니스를 치는 게 정상이었다. 내 친구들의 아버지들은 거의 다 교사이거나 의사, 소방관이나 변호사였는데, 마리화나도 전혀 피우지 않았다. 그들 대부분은 심지어 술도 마시지 않았고, 참치 요리를 먹고 있는 식탁에서 과음으로 필름이 끊기는 친구 따윈 틀림없이 사귀지 않을 터였다.

잡지에 실린 아버지의 글을 읽는 동안, 나는 온 세상이 다 무너져 내리는 것만 같은 망상에 사로잡혔다. 성적표를 보여 주려 서재 문을 벌컥 열었을 때 책상 아래 숨어 엄마의 스타킹으로 한쪽 팔을 동여맨 아버지가 궁지에 몰린 늑대처럼 나를 올려다보는 장면을 떠올렸다. 나는 이제 큰일 났다고 생각했다. 우리는 틀림없이 우리가 속한 공동체에서 배척당할 터였다.

내가 원한 것은 오로지 소속되는 것, 우리가 속한 공동체의 모자를 쓰는 것뿐이었다.

7학년과 8학년이 되어서도, 내 몸무게는 여전히 18킬로그램에 머물러 있었다. 나는 열두 살이었고 평생 이상한 외모 때문에 놀림을 당했다. 폴 크래스너가 "미국은 광고의 나라"라고 말한 바 있듯이, 이 나라는 지나치게 이상하게 보이는 것을 못 참는 나라이다. 그래서 너무 말랐거나, 너무 키다리이거나, 너무 까맣거나, 이상하게 생기거나, 키가 작거나, 곱슬머리거나, 너무 못생기거나, 가난하거나, 근시안이라면, 그 사람은 온갖 괴롭힘을 당하게 된다. 바로 내가 그랬다.

그러나 나는 재치가 있어서 인기가 좋았다. 그래서 인기 있는 아이들이 나와 사귀고 싶어 했고, 나는 그들의 파티에 따라가서 남자아이들과 여자아이들이 농도 짙은 애무를 나누는 것을 구경하기도 했다. 충분히 상상이 가는 일이겠지만, 그런 일이 내 자존심을 그리 많이 살려 주지는 못했다. 나는 오히려 극심한 패배의식에 사로잡혔다. 그러던 어느 날 아버지와 함께 볼리나스 해변에 놀러 가게 되었고, 나는 노트북과 펜을 챙겨 갔다. (맹세컨대 아버지는 마약에 손대지 않았다.) 화가에게 캔버스와 붓이 있다면 작가에게는 노트와 펜이 있는 법. 나는 내 눈으로 본 것을 묘사하기 시작했다.

> 나는 바다의 입술 속으로 걸어 들어가 헛바닥처럼 밀려드는
> 파도의 거품이 내 발가락을 핥도록 내버려 두었다. 농게 한
> 마리가 발 앞에서 구멍을 파더니 구멍 속으로 사라져 버렸
> 다. 농게가 떠난 구멍엔 물만 그득 고였다.

나머지는 당신의 상상에 맡기겠다. 나는 그런 식으로 한참을
썼다. 아버지가 그 글을 꼭 선생님에게 보여 주라고 당부했고, 선
생님은 내 글을 정말로 교재에 실어 주었다. 그 글은 선생님과
학부모들과 소수의 아이들에게 깊은 감명을 주었는데, 그 아이
들 중에는 제법 인기 있는 아이들도 포함되어 있었다. 그들은 나
를 더 자주 파티에 초대했고, 나는 그들이 자기들끼리 어울려 사
랑을 나누는 장면을 더 자주 구경하게 되었다.

어느 날 인기 있는 여자아이 중 한 명이 방과 후 나와 함께 밤
을 보내려고 우리 집으로 왔다. 마침 아버지의 신간 소설 첫 인
쇄본이 집에 도착해 가족 모두가 기뻐하고 있었다. 우리는 그 순
간을 너무나 간절히 기다려 온 만큼 인쇄본을 보며 자랑스러워
했고, 그 소녀도 작가인 우리 아버지가 최고로 멋진 아버지라고
생각하는 것 같았다. (그녀의 아버지는 자동차 영업을 했다.) 우리는 저
녁 식사를 하러 나갔고, 거기서 모두 함께 건배했다. 집안에서 이
것보다 더 큰 경사는 없었고, 더군다나 여기에 그 광경을 목격해

줄 친구도 있었다.

그날 밤 잠들기 전에, 아버지의 신간 소설을 집어 들고 친구에게 읽어 주기 시작했다. 우리는 내 방의 침낭에 나란히 누워 있었다. 첫 페이지는 남녀가 침대에 함께 누워 섹스를 하는 장면이었다. 남자는 여자의 유두를 희롱하고 있었다. 나는 점점 커져 가는 흥분으로 낄낄거리기 시작했다. '와, 이건 정말 대단해.'라고 생각하면서 친구를 보며 익살맞은 표정을 지었다. 나는 수줍어하는 찰리 채플린처럼 한 손으로 내 입을 가리고는, 그 바보 같은 책을 내 어깨 너머로 던져 버리는 시늉을 했다. 내가 생각해도 너무 근사해서 머리를 젖히고 유쾌하게 웃었다. 아버지가 포르노 소설을 쓰다니!

어둠 속에서, 나는 수치심으로 얼굴을 붉혔다. 불을 켠 전등이라도 된 듯 얼굴이 화끈거렸다. 누군가 내 얼굴에 의지해서 책을 읽을 수도 있을 정도였다. 나는 아버지 앞에서 다시는 그 책에 관한 말을 꺼내지 않았다. 비록 그다음 2년 동안 야심한 밤에 그 책을 구석구석 샅샅이 읽긴 했지만 말이다. 비교적 야한 부분들을 찾아 읽었는데, 그 책에는 그런 장면이 수두룩했다. 그것은 매우 혼란스러운 경험이었다. 나는 매우 두렵고 슬펐다.

그런데 아주 이상한 일이 일어났다. 아버지가 어느 잡지에 「아이들을 키우기에 나쁜 장소」라는 제목의 글을 기고했는데, 마린 카운티에서도 특히 우리가 살던 동네에 관한 내용이었다. 내가 보기에 우리 동네는 세상에서 가장 아름다운 장소였다. 그러나 아버지가 쓴 글에 따르면 우리 지역은 알코올 중독률이 오클랜드의 슬럼가에 사는 본토박이 미국인들 다음으로 높았고, 10대들의 마약 남용은 무시무시할 지경이었으며, 이혼과 신경쇠약, 불법 성행위가 만연한 곳이었다. 아버지는 마을 남자들이 속물에다 물신숭배주의자들이라고 비난했고, 그들의 아내들에 대해서는 이렇게 썼다.

"이들 존경스러운 여성들은 거의 다 의사나 건축가, 변호사의 부인네들이다. 주로 테니스복이나 면 원피스 차림으로 돌아다니는 그들은 잘 그을린 피부에 나이보다 훨씬 젊어 보이는 외모를 하고 있다. 그들은 광기에 가득 찬 눈을 반짝이며 동네의 대형 마트들을 누비고 다닌다."

우리 마을에 사는 사람은 모조리 이상한 사람으로 묘사되었고, 마지막은 다음과 같았다.

"이건 정말 캘리포니아의 대재앙이 아닐 수 없다. 여가 생활에 목숨 건 인생은 결국 최고의 여가라 할 수 있는 죽음을 지향하는 것과 같다."

그런데 한 가지 문제점이 있었다. 정작 나야말로 테니스복을 입고 돌아다니는, 욕심 많은 테니스광이었던 것이다. 테니스를 즐기는 숙녀들은 바로 내 친구들이었다. 우리는 거의 매일 오후 같은 테니스 클럽에서 테니스를 했다. 나는 주말마다 그들과 함께 노닥거리면서, 우선권이 있는 남자들이 어서 테니스 코트에서 나오기만을 기다렸다. 그런데 내 아버지가 우리를 부패한 좀 비처럼 묘사한 것이다.

우리는 이제 동네에서 추방될 것이라고 생각했다. 그러나 오빠는 그 주에 사회 수업과 영어 수업에서 각각 선생님이 아버지의 글을 복사해 학생들에게 나눠줬다며, 그걸 들고 의기양양 집으로 돌아왔다. 그는 동급생들 사이에서 영웅이 되었다. 그 글은 우리 동네에 엄청난 반향을 일으켰다. 그다음 몇 주 동안 나는 테니스 클럽의 수많은 남녀에게서 냉대를 받았지만, 아버지와 함께 밖에 나갈 때면 거리에서 마주치는 사람들이 아버지 앞에 멈춰 서서는 대단한 은혜라도 입은 듯이 두 손으로 아버지의 손을 잡았다.

그 여름이 막바지로 치달을 무렵에야, 나는 그들이 어떤 기분으로 그랬는지를 비로소 이해할 수 있게 되었다. 즉, 처음으로 『호밀밭의 파수꾼』을 읽었고, 누군가가 나를 변호해 준다는 게 어떤 것인지를 알게 되었다. 책을 읽는 동안 개선장군이라도 된 듯한 승리감과 안도감을 느낄 수 있었다. 한 외롭고 고립된 인간이 마침내 사회와 만나게 된 기분이라고나 할까.

나는 고등학교 때부터 다양한 글쓰기를 시작했다. 잡지 기사들, 열정적인 반전 기사들, 내가 사랑하는 작가들의 패러디 글등. 그러면서 글쓰기가 갖는 중요한 의미들을 깨닫기 시작했다. 다른 아이들은 주변에서 일어난 일에 대해 언제나 나를 통해 이야기를 듣고 싶어 했다. 특히 자신들이 직접 연관된 일이거나 잘 알고 있는 사람이나 장소에 관한 것일 때 더욱 그랬다. 우리가 참여했던 파티라든지, 교실이나 운동장에서 일어난 다툼, 우리가 목격한 그들 부모와 관련된 장면 같은 것 말이다. 나는 그 일들을 정말 눈앞에서 보듯이 생생하게 묘사할 수 있었다. 생생하고 재미있게 심지어 약간의 과장까지 덧붙여 이야기할 수 있었기에, 그 사건들은 거의 신화로까지 격상되었고, 연관된 사람들은 실제보다 훨씬 더 위대한 인물처럼 보였으며, 사건 자체는 왠지 훨씬 더 의미심장하고 대단한 것처럼 느껴졌다.

아버지 역시 고교 시절이나 대학 시절, 친구들이 자기 이야기를 들려주고 의존하는 부류의 인물이었다고 확신한다. 나는 그가 나중에, 자기 아이를 기르는 동네에서도 마찬가지 역할을 했으리라는 걸 잘 안다. 그는 매일의 일상에서 대단한 사건이나 소소한 일화를 건져 내거나, 혹은 그 모습과 상태를 과장하기도 했으며, 자신과 친구들이 살고 일하고 아이를 낳아 기르는 모습을 포착해 냈다. 사람들은 자기 주변에서 실제 일어난 일들을 그가 글로 옮기기를 기대했다.

짐작건대 그는 어렸을 때도 자기 동료들과는 다르게 생각하는 아이였을 것이다. 그래서 그는 나처럼 어려서부터 어른들과 심각한 대화를 나누고, 꽤 많은 시간을 홀로 외로이 보내는 일을 감내했을 것 같다. 내 생각엔 이런 유형의 사람들이 종종 작가가 되거나 전문적인 범죄자가 되는 것 같다. 유년 시절 내내 나는 내가 생각하는 것들이 다른 아이들과 무척 다르다고 믿었다. 내가 꼭 그들보다 더 심오한 것은 아니었지만, 나의 내면에서는 언제나 끝없는 투쟁이 벌어지고 있었다. 세상을 바라보는 데 있어 약간이라도 창조적이거나 정신적이거나 미학적인 방식을 찾아내려 애썼고, 그것을 내 머릿속에서 나름대로 조합해 보려 했다. 나는 다른 아이들보다 더 많은 책을 읽었다. 사실 완전히 책벌레에 가까웠다. 책은 나의 피난처였다. 한번 책을 읽기 시작하면 책 속의 세계에 완전히 빠져 버려서, 내가 있는 곳의 공간도 시간도 모두 잊어버렸다. 그러다 고등학생이 되면서부터는 다른 기성 작가들이 하는 일을 나도 할 수 있다고 믿기 시작했다. 연필을 잡고 한번 휘두르기만 하면 내 손끝에서 뭔가 마술 같은 세상이 창조될 수 있을 거라고 확신했다.

그러고 나서 나는 약간 끔찍하고, 무시무시한 이야기들을 썼다. 대학에 들어가자 세상은 온통 내 것이었다. 무슨 일을 해도 허용이 되었고, 영어와 철학 수업에서 배운 책들과 문학 작품들은 평생 처음으로 나도 어떤 공동체에 소속될 수 있으리라는 희망을 품게 해주었다. 나는 새로 사귄 괴짜 친구들과 새로 읽은 특이한 책들 속에서, 지금껏 알지 못했던 나 자신의 또 다른 측면을 발견한 것만 같았다. 어떤 사람들은 더 부유해지거나 유명해지기를 원했지만, 나와 친구들은 현실을 제대로 알기를 원했다. 우리는 보다 심오한 사람이 되고 싶었다. (또한 보다 주목받는 인물이 되고 싶었던 것 같다.) 나는 비타민을 섭취하듯이 책을 게걸스럽게 읽어댔고, 그렇게 하지 않으면 뺀질거리는 나르시시스트로 머물러

심오한 사람이 되지 못하거나, 진지한 교양인 대접을 못 받을까
봐 두려웠다.

　나는 대학에 들어간 지 5주 만에 사회주의자가 되었다. 그러
나 사회주의자 모임에 나간 지 얼마 되지 않아 곧 지치고 말았
다. 나는 그곳에서 괴짜들과 소수 민족, 연극인, 시인, 과격주의
자, 게이와 레즈비언 들을 만났다. 사실 그들 모두 내가 그토록
필사적으로 갈망했던 사람(정치적이고, 지적이고, 예술적인 사람)에
게 다가가도록 얼마간 도움을 주었다. 내 친구들은 나를 키르케
고르, 사뮈엘 베케트, 도리스 레싱에게로 이끌었다. 나는 그들을
접하고 나서 지적인 흥분에 사로잡혔고, 넘쳐나는 정신적 양식
이 주는 황홀감에 거의 졸도할 지경이었다.

　처음으로 작가 C.S.루이스의 『예기치 못한 기쁨』을 읽었던 때
를 잊을 수 없다. 그 작가가 어떤 과정을 통해 자신의 내부에서
"정욕의 동물원, 들끓는 야심과 공포의 온상, 고이 지켜 온 증오
의 성역"을 발견했는지에 대해서도. 나는 한껏 고무되었을 뿐만
아니라 해방감까지 맛보았다. 나는 존경받는 사람들, 친절한 사
람들이나 영리한 사람들의 내면은 그렇지 않을 거라고 생각했
고, 특히 나와는 다를 거라고 생각했다. 저 유명한 「물랭 루주」의
화가 툴루즈 로트레크처럼 말이다.

　아직 턱없이 미숙하고 유치한 2학년 때부터 대학 신문에 꽤
나 현학적인 글들을 기고하기 시작했다. 나는 단 한 가지를 제외
하고는 도무지 내세울 거라곤 없는 무능한 학생이었다. 즉, 나는

영어에서 최고 점수를 받았다. 영어 과목에서는 언제나 최고의 논문을 제출했다. 그러나 내 야심은 그 정도로 만족하지 못했고, 보다 더 큰물에서 인정을 받고 싶었다. 결국 나는 유명한 작가가 되고자 열아홉 살에 학교를 그만두었다.

그렇게 큰 포부를 안고 샌프란시스코로 옮겨갔건만 꿈을 실현하는 일은 요원하기만 했다. 나 자신의 무능을 처절히 깨닫고 하루하루를 눈물로 보냈다. 자신감이라곤 연기처럼 사라져 버리고, 불신과 자학 속에서 세상을 원망했다. 나는 그 도시의 거대한 건축 회사에 타자수로 취직을 했다. 외부와 차단된 품질 관리 부서에서, 해일처럼 밀려드는 삼중의 서식들과 메모들을 처리하는 것이 나의 일이었다. 자칫 딴생각을 하다가는 꼬여 버릴 수 있는 일이었지만, 한편으로는 따분하기도 해서 얼마 안 가 눈가에 고리 모양의 다크 서클이 생겨났다. 나는 마침내 이러한 서류 작업이 대부분, 그곳에 정말로 폭탄이라도 떨어지지 않는 한 영원히 헤어날 수 없는 일이라는 것을 이해하게 되었다. 그 일을 소재로 짧은 단편소설도 썼다.

"얼마간은 매일매일 써라."

아버지는 항상 그렇게 말씀하셨다.

"글쓰기를 피아노의 음계 연습하듯이 해라. 너 스스로 사전 조율을 하고 나서 말이다. 글쓰기를 체면상 갚아야 할 빚(노름빚)처럼 다루어라. 그리고 일들을 어떻게든 끝맺을 수 있도록 헌신해라."

그래서 사무실에서 일하는 사이사이 남몰래 쓰는 것 외에, 매일 밤에도 한 시간 이상씩 글을 썼다. 종종 커피숍에 앉아 펜과 노트로 글을 쓰거나, 엄청난 양의 와인을 마시면서 글을 쓰기도 했는데, 그건 작가들이 자주 그렇게 하는 것을 보았기 때문이다. 더 정확히 말하자면 그건 아버지와 그의 친구들이 하는 방식이었다. 그것이 그들에게는 꽤 효과가 있었던 것 같다. 비록 그들 사이에는 새롭고 혼란스러운 유행이 돌고 있긴 했지만 말이다. 그 무렵 그들은 하나둘씩 자살하기 시작했다. 당연히 그것은 아버지를 무척 괴롭혔다. 그러나 우리는 둘 다 꿋꿋이 글쓰기를 계속했다.

　나는 결국 볼리나스로 이사했다. 그곳에는 어머니와 이혼한 후 아버지와 남동생이 먼저 이사해서 살고 있었다. 나는 생계를 잇기 위해 테니스를 가르치고, 집 청소 도우미로 일했다. 2년 동안 짧은 단편소설과 소품을 썼지만, 주로 내 인생 최대의 야심작 「아널드」라는 단편소설에 집중했다.

　대머리에 턱수염을 기른 정신과 의사 아널드는 어느 날 다소 우울한 여자 작가와 그 남동생을 만난다. 남동생 역시 누나처럼 의기소침한 얼굴을 하고 있다. 아널드는 그들에게 온갖 종류의 심리학적인 조언을 해주지만, 결국 깨끗이 포기한다. 그러고는 그들을 즐겁게 해주기 위해 뒤로 벌렁 나자빠져서는, 오리처럼 엉덩이를 흔들고 꽥꽥거린다. 이것은 내가 항상 좋아한 주제로, 엎친 데 덮친 듯 절망적인 일들이 동시에 어떤 사람에게 들이닥치는데, 그로 인해 한바탕 작은 혼란을 겪은 그는 결국 이렇게 말하는 것이다. "내가 또 졌어! 하지만 이것 봐, 바보짓이라면 내가 전문이지!"

나의 야심작은 사실 서투르기 짝이 없었다.

그것 말고 다른 것들도 많이 썼다. 주변에 있는 사람들에 대해 많은 것을 기록했다. 우리 동네, 우리 가족, 나의 추억 속 사람들에 대해. 내 기분에 대해서도 상세히 기록했고, 나의 위대함에 대해서도, 낮은 자존심에 대해서도 썼다. 전해 들은 재미있는 이야기들도 빠짐없이 적었다. 배에 탄 생쥐처럼 귀를 쫑긋 세우고 사람들의 말을 엿듣는 법을 배웠고, 그렇게 들은 이야기를 모조리 수첩에 갈겨썼다.

그러나 대부분의 시간은 「아널드」를 쓰는 데 바쳤고, 몇 달마다 그것을 뉴욕에 있는 아버지의 출판 에이전트 엘리자베스 매키에게 보냈다. "글쎄, 이제 정말 많이 좋아진 것 같긴 해요." 그녀의 답장이었다.

그런 생활을 몇 년이나 반복했다. 내 책을 내고 싶어 미칠 지경이었다. 최근에 어느 목사의 설교를 들은 적이 있는데, 그는 "희망은 대변혁을 가져오는 인내심"이라고 말했다. 작가가 되는 것도 그와 마찬가지라는 점을 강조하고 싶다. 희망은 어둠 속에서 시작되고, 그 희망이 올바른 일을 하려는 강인한 희망이라면, 새벽은 반드시 올 것이다. 당신은 기다리고 주시하면서, 하던 일을 꾸준히 계속해야 한다. 절대 포기해선 안 된다.

나는 포기하지 않고 끝까지 버텼다. 주로 나에 대한 아버지의 믿음 때문이었다. 그러다 불행히도, 내가 스물셋이 되던 무렵 갑자기 절실하게 말하고 싶은 이야기가 생겼다. 아버지가 뇌암 진단을 받은 것이다. 우리는 절망에 사로잡혔지만, 그래도 완전히 침몰하지는 않고 그럭저럭 수면 위로 고개를 내밀고 버텼다. 아버지는 나에게 집중해서 실화를 기록하라고 했다.

"너는 너의 관점대로 글을 써. 그러면 나는 내 관점을 말해 줄 테니까."

나는 아버지가 겪고 있는 일을 사실 그대로 기록하기 시작했고, 그렇게 기록한 내용을 단편소설로 승화시켜 보려고 애썼다. 아버지가 암 진단을 받기 전까지 써두었던 자투리 글과 소품들을 모아 다섯 개 장을 가진 소설 한 편을 완성했다. 아버지는 몸소 글을 쓰기에는 너무 위중했지만, 내가 쓴 글을 마음에 들어 했다. 그는 내 소설을 우리의 에이전트인 엘리자베스에게 보내라고 했다.

아버지가 시키는 대로 한 다음, 기다리고 또 기다렸다. 그 한 달이 천 년같이 길었다. 갑자기 나이를 먹고 말라비틀어진 것만 같았다. 그러면서도 그녀가 내 소설을 읽다가 거의 황홀경에 빠진 나머지, 자신이 왜 지난번에 「아널드」를 읽지 않았는지를 후회하고 있는 게 틀림없다고 생각했다. 그녀는 독실한 신앙인 스타일은 전혀 아니었지만, 나는 언제나 내 원고들을 가슴에 꼭 안고는 두 눈을 감은 채 미세하게 몸을 떨며 신음하듯이 '하느님,

감사합니다!'를 연발하는 그녀를 상상했다.

여하튼 그녀가 내 원고를 뉴욕의 출판사들에 보냈고, 바이킹 출판사가 우리에게 출판 제의를 해왔다. 그리하여 출판을 위한 모든 과정이 시작되었고, 스물여섯 살에 내 책이 출간되었다. 아버지는 책이 출간되기 딱 한 해 전에 돌아가셨다. 하느님, 내가 드디어 책을 출판했다고요! 그것은 내가 평생 꿈꿔 온 모든 것이었다. 그래서 내가 지극한 기쁨에 도달했냐고? 글쎄.

첫 번째 책을 팔기 전에는, 출판이 되기만 하면 그 즉시 저절로 행복이 찾아올 것만 같았다. 출판은 그 자체로 확실하고 낭만적인 경험이 될 것이고, 야생화가 흐드러지게 핀 초원을 슬로 모션으로 달려가는 광고처럼, 나의 천재적인 재능에 열광하고 환호하는 대중 속을 신나게 누비고 다닐 것이라 믿었다.

그러나 실제 그런 일은 나에게 일어나지 않았다.

작가들은 대부분 책이 인쇄되기 전 몇 달 동안 최악의 삶을 견뎌야 한다. 영화「지옥의 묵시록」의 초반 20분 동안 사이공의 모텔 방에 앉아 있는 마틴 신이 기억나는가. 그처럼 책이 출판되기 전 작가의 삶은 전적으로 아무런 보장도 받을 수 없어 막막하기 그지없다. 기다림과 환상은 행복감과 동시에 불쾌감을 조성하고, 결국 사람을 지치게 만든다. 게다가 출판되기 두 달 전에 들려오는 주변의 비평을 감당하는 일도 만만치 않다. 이제 고인이 된 아버지의 이야기가 담긴 책에 대해 처음 받은 서평 두 편은 나를 완전히 절망으로 몰아넣었다. 그 서평들은 내 책을 읽는 게 전적으로 시간 낭비였으며, 내 책이 따분하고 감상적이며, 구역질 나는 토사물처럼 제멋대로 쓴 책이라고 했다.

그게 전부가 아니다.

짐작하겠지만, 나는 그다음 여섯 주 동안 꽤나 예민해졌고 초조감에 시달렸다. 매일 밤 폭음을 했고, 술집에서 만난 낯선 사람들에게 내 아버지가 어떻게 돌아가셨고 내가 어떻게 그에 관한 책을 썼으며, 비평가들이 그걸 어떤 식으로 씹었는지를 말하고 또 말했다. 나는 말하던 끝에 울음을 터뜨렸고, 진정하려면 술을 더 많이 마셔야 했다. 그러다가 내가 열두 살 때 안락사시켜야 했던 나의 훌륭한 개 르웰린에 대해 이야기하며, 그 개 생각만 하면 아직까지도 슬퍼진다고 말하는 것으로 이야기를 마쳤다. 청중에게는 이렇게 하는 것만이 내가 화장실에 가서 총으로 머리를 쏘아 자살하지 않기 위한 최선의 방책이라고 호소했다.

그런 기간이 지난 후 비로소 책이 출간되었다. 중요한 곳에서 몇몇 멋진 서평을 받았고, 악평은 약간밖에 없었다. 몇 군데에서 저자 사인 파티와 인터뷰 제안을 받았고, 다수의 비중 있는 인물들이 내 책이 마음에 든다고 주장했다. 그러나 그 정도에 만족할 내가 아니었다. 나는 트럼펫이 요란하게 연주되는 가운데, 유명 평론가들이 『모비딕』 이후로 미국 소설 중에서 이처럼 현기증 나도록 삶의 복잡성을 잘 포착한 작품은 없었노라고 주장하는 순간이 올 거라고 비밀스럽게 믿었다. 두 번째 책이 출간되었을 때도, 세 번째 책, 네 번째 책, 다섯 번째 책이 출간되었을 때도 그런 기대를 했다. 그러나 매번 예상은 빗나갔다.

그런데도 여전히 나는 글을 쓰고 싶어 안달이 난 사람들에게 글을 쓰라고 부추긴다. 다만 자기 책을 내고 싶어 하는 사람들에게, 출판이라는 게 생각만큼 화려한 일은 아니라는 사실을 충분히 일러둔다. 창작은 그 자체로 너무나 많은 것을 일깨워 주고, 가르쳐 주며, 또 수많은 놀라움을 준다. 실제로 글을 쓰기 위해 자기 자신을 채찍질하는 일이야말로 글쓰기에서 가장 중요한 부분이다. 그것은 마치 당신이 카페인을 좋아하므로 다도를 배울 필요가 있다고 생각했는데, 사실상 당신이 정말 좋아하는 것은 다도 그 자체라는 것을 발견할 때와 비슷하다고나 할까. 글쓰는 행위는 그 자체로 큰 보상을 돌려준다.

나는 어른이 된 후 이렇다 하게 내세울 만한 재정적인 성공을 거둔 적은 없지만 그래도 거의 매일 글을 쓰며 먹고사는 생활을 계속 해왔다. 게다가 초조한 시간과 시행 착오와 침체와 좌절의 시기를 아직도 밥 먹듯이 반복하고 있다. 때로는 심각한 자금난으로 고생을 하고, 그 때문에 글쓰기가 세상에서 가장 허무하고 보잘것없는 일인 것 같아 나 자신이 시시포스처럼 느껴진다. 그럴 때는 왜 글을 써야 하는지를 이야기할 만한 자신감을 상실한다. 그러나 또 어떤 날에는, 나의 글이 내게 어떤 인격체처럼 느껴지기도 한다. 그 한 사람 때문에 말 못 할 고생을 다 하고도, 여전히 이해하고 포용해 주고 싶은 어떤 사람처럼 말이다. 이 말을 하니 시인 웬델 베리가 자신의 아내를 위해 쓴 시「황야의 장미」

가 떠오른다.

> 일상의 습관과 믿음이
> 때로 나의 눈을 가려
> 당신이 내 곁에 있다는 것도
> 깨닫지 못하고서 살아가는 나
> 고동치는 내 심장을 깨닫지 못하듯,
>
> 갑자기 당신이 내 눈앞에서 환하게 빛나네
> 벼랑 끝에서 피어난 황야의 장미처럼
> 우미(優美)와 광채의 덤불 속에서
> 어제는 다만 어둠 속에 묻히고,
>
> 다시 한번 나는 운이 좋은 남자요,
> 이전에 선택한 당신을 다시 선택했으니.

　나는 어린아이였던 때부터 계속, 글쓰기와 글을 잘 쓰는 사람들에 대한 환상을 키워 왔다. 그들에게는 뭔가 고상하고 신비로운 것이 있을 거라고 생각했다. 작은 신이나 마법사인 양 그들은 한 세계를 창조할 수 있으니까. 사람들의 마음과 피부 속으로 침투해서 영혼을 밖으로 끄집어냈다 다시 집어넣을 수 있는 마법사처럼 위대하게만 보였다. 말하기 어색하긴 하지만, 사실 난 아직도 그 환상을 고수하고 있다.

덕분에 이제 나는 글쓰기를 가르치는 사람이 되었다. 정말 이런 일이 현실이 될 줄은 몰랐다. 10년 전쯤 어떤 사람이 나에게 글쓰기 워크숍을 맡아 보겠느냐고 제안했는데, 그때 이후로 계속해서 글쓰기 수업을 담당하게 되었다.

사람들은 종종 나에게 따진다.

"글쓰기는 가르칠 수 있는 게 아니잖아요?"

그런 말을 들으면 난 이렇게 대답한다.

"당신이 도대체 뭔데요, 그러는 당신이야말로 하느님께 허락이라도 받고 하는 소린가요?"

만약 사람들이 내 수업 중 하나를 들으러 와서 글쓰기나 더 잘쓰는 법을 배우고 싶어 하면, 나는 그동안 나에게 도움이 되었던 모든 것과, 일상 속에서 글쓰기가 내 삶에 끼친 영향을 모조리 말해 줄 수 있다. 나는 그들에게 일반적인 창작 관련서들에는 담겨 있지 않은 소소한 진실들을 알려줄 수 있다. 예를 들어 다른 책에서 '12월은 전통적으로 글쓰기에 나쁜 달'이라는 사실을 언급하는 것을 본 적이 없다. 12월은 내 방식대로 표현하자면 '월요일만 잔뜩 있는 달'이다. 월요일은 글쓰기에는 좋은 날이 아니다. 보통 주말 동안 온갖 해방감과 모든 확실성과 갖가지 허황한 꿈을 다 꾸다가, 갑자기 소련인 삼촌 같은 신경질적이고 과묵한 월요일이 당도하면, 당신은 어쩔 수 없이 책상에 앉아야만

한다. 그래서 나는 내 수업에 참여한 사람들에게 12월의 월요일에는 거대한 글쓰기 프로젝트 같은 건 절대로 시작하지 말라고 당부한다. 뭣 하러 사서 고생하며 스스로를 패배자로 만든단 말인가?

어느 인터뷰 글에서 기자들이 유명한 작가들을 대상으로 글을 쓰는 이유를 물었을 때, (내 기억이 정확하다면) 시인인 존 애시버리는 이렇게 대답했다. "왜냐하면, 쓰고 싶으니까." 플래너리 오코너는 "그게 내가 제일 잘하는 일이니까."라고 대답했다. 가끔씩 기자들이 내게 물을 때면 앞의 두 사람 말을 다 인용한다. 그러고는 나는 글쓰기 말고는 아무 데도 쓸모없는, 다른 걸로 돈 벌기는 그른 인간이라고 덧붙인다. 이건 비밀인데, 공연히 잘난 척하려고 하는 말이 아니라, 내가 글을 쓰는 진짜 이유는 정말로 글 쓰는 걸 좋아하고 글 쓰는 게 익숙하기 때문이다.

나는 언제나 영화 「불의 전차」의 장면을 언급한다. 그 영화를 생각할 때마다, 영웅 취급을 받는 스코틀랜드 달리기 선수 에릭 리들이 히스가 우거진 멋진 언덕길을 수녀님과 함께 걷는 장면이 떠오른다. 그녀는 끈질기게 그를 설득한다. 올림픽 출전을 위해 연습하는 것을 포기하고 중국의 교회 선교단으로 돌아가서 그가 맡은 본래의 선교 사명을 담당하라고. 그러자 그는 이렇게 대답한다. 선교가 자신을 위한 하느님의 뜻이라 생각하기 때문에 중국으로 가고 싶긴 하지만, 우선은 올림픽을 위해 연습하는 것을 더 간절히 원한다고. 왜냐하면 하느님은 또한 그를 각별히,

매우 빨리 달리는 인간으로 창조하셨기 때문이라고.

하느님은 문자로 일하는 이 영역에서 우리 중 일부를 빠르게 창조했고, 그는 우리가 본성을 사랑하는 것과 똑같은 열정으로 책 읽기를 사랑하는 재능을 우리에게 부여한 것이다. 글쓰기 워크숍에 참여한 내 학생들은 책 읽기를 사랑하는 재능을 가졌고, 그중 일부는 언어를 다루는 일에 정말로 빠르고 능숙하며, 일부는 사실 능숙하지는 않지만 단지 좋은 글을 쓰는 일을 사랑하기 때문에 글을 쓰고 싶어 한다. 그래서 나는 이렇게 말한다.

"이봐요! 그 정도면 재능은 충분해요. 그러니까 어서 이리 와서 앉아요."

나는 그들에게, 책상에 앉아 작업을 시작했는데 아이디어라곤 떠오르지 않고, 눈앞에는 새하얗게 비어 있는 종이에, 가증스러운 자만심과 그만큼이나 낮은 자존감에 시달리며, 맥없이 손가락만 키보드 위에 얹어 놓고 있을 때의 그 기분이 어떤지를 말해 준다. 나는 그들에게, 그들이 지금 당장 훌륭한 작가가 되기를 바라겠지만, 어쩌면 그런 날은 영영 오지 않을지도 모른다고 말한다. 하지만 그들이 오로지 신념을 고수하고 연습을 계속하기만 한다면 언젠가는 정말 능숙해질 날이 올 수도 있다. 그리고 그들은 어떤 글을 완성하는 일보다 단지 글쓰기 자체를 원하는 경지로 나아갈지도 모른다. 무언가를 쓰고 있는 일 자체를 바라는 경지 말이다. 피아노나 테니스가 좋아서 그것을 하고 싶어 하는 것처럼. 왜냐하면 글쓰기는 그 자체로 너무나 많은 기쁨과, 너무나 많은 새로운 도전거리를 제공하기 때문이다. 그것은 일인 동시에 놀이이다. 자기만의 책이나 이야기를 쓸 때, 그들의 머리는 아이디어와 통찰력으로 활발하게 돌아가기 시작하고, 전혀 새로운 눈으로 세상을 바라보게 된다. 그들이 바라보고 듣고 배우는 모든 것은 물방앗간의 곡식이 될 것이다. 칵테일파티에 가거나 우체국에서 줄을 설 때도, 그들은 사소한 순간을 놓치지 않을 것이고 사람들이 하는 표현을 엿들을 것이다. 어쩌면 그것들을 얼른 메모하고 싶어서 사람들 몰래 줄에서 빠져나갈지도 모른다. 책상에 앉아서 돌아 버릴 정도의 권태에 시달리거나, 분노가 치밀 정도의 절망감에 사로잡혀 영원히 이 일을 그만두고 싶어질 수도 있지만, 그와 마찬가지로 적절한 테마를 포착하는 순간 '글의 신'이라도 강림한 듯 술술 써 내릴 때도 있을 것이다.

나는 학생들에게 그들의 책이 출판될 가능성이나 그것으로 재정적인 안정을 얻을 확률, 마음의 평화나 심지어 기쁨을 얻을 가능성이 그다지 크지 않다는 말도 해준다. 파산, 히스테리, 망가진 피부, 꼴사나운 안면 경련, 지저분한 재정 문제를 얻게 될 가능성이 더 큰데, 마음의 평화와는 거리가 먼 것들이다. 나는 그래도 어떻게든 글을 써야만 한다고 가르친다.

그러나 이것만은 꼭 이해시키려고 애쓴다. 즉, 아무리 글쓰기에 능숙해지고 책과 이야기와 기사를 많이 발표한 작가가 된다하더라도, 글 쓰는 일이 그들이 바라는 것을 모두 충족시켜 주지는 않을 거라는 점이다. 그것은 결코 세상이 마침내 자신의 특권을 확인해 준다든가 정말 인정받는다든가 하는 느낌을 주지 않을 것이다. 나의 작가 친구들은(한 트럭이 넘는다) 조용한 만족감으로 기뻐하는 경지에 도달해 본 적이 없다. 그들의 얼굴을 보면 대부분 정서 불안에 고생한 흔적에 놀란 듯한 표정을 하고 있는데, 방취제 스프레이 테스트를 받은 실험실 개의 표정과 비슷하다.

학생들은 이런 말을 외면하려 한다. 그들은 내가 네 번째 책을 출간하고 나서야 비로소 굶주리는 예술가 생활에서 벗어났다는 사실도 듣기 싫어한다. 자신들 대부분이 책을 출간하지 못할지도 모르고 심지어 더 극소수만이 글을 써서 겨우 연명할 수 있을 거라는 사실을 믿지 않으려 한다. 그러나 출판에 대한 그들의 판타지는 현실과 너무나 거리가 멀다. 그래서 나는 네 살 먹은 내 아들 샘의 이야기를 들려준다.

샘은 조그마한 기독교 유치원에 다니는데, 거기서 최근에 추수감사절에 관한 이야기를 들었다. 샘의 친구 중에서 그와 이름이 같지만 열두 살인 데다 매우 정치적인 아이가 우리 샘에게, 추수감사절에 대해 알고 있는 것을 모두 말해 보라고 했다. 그래서 우리 샘은 자기가 들은 기독교 유치원식의 사랑스러운 추수감사절 이야기를 들려주었다. 거기에는 유럽에서 건너온 청교도인들과 아메리카 원주민들과 수많은 맛있는 음식과 행복한 느낌이 포함되어 있었다. 그 지점에서 열두 살짜리 샘이 나를 돌아보며 다소 씁쓸하게 말했다.

"제 생각엔 얘가 아직 천연두 담요북아메리카 식민지 개척 당시 영국군이 천연두 환자의 농을 담요에 묻혀 이를 자신들에게 협조하지 않은 원주민 마을에 보내 병을 퍼뜨렸다는 기록이 있다에 대해서는 들어본 적이 없는 것 같네요."

아마도 우리가 아직 그 담요를 건네지 않고 있나 보다. 여전히 좋은 측면에만 초점을 맞추고 있는지 모른다. 그러니까 핵심은 그토록 출판을 바라는 내 학생들이 아직까지 출판으로 겪어야 할 쓰디쓴 고통들에 대해서는 들어보지 않았다는 점이다. 그래서 나는 그 실상도 그들에게 전했다.

물론 내 작가 친구들이 글을 쓰다가 가끔씩은 다른 어느 때보다 훨씬 더 생기가 넘치고 기분이 좋아질 때가 있다는 것도 알려 주었다. 간혹 글이 잘 풀릴 때면, 자신들이 글쓰기를 위해 존재한다고 생각한다는 것까지도. 적절한 단어들과 진실한 어휘들이 그들의 내면에 이미 존재하는데, 그걸 그냥 밖으로 끄집어내기만 하면 될 것 같은 때 말이다. 이런 식의 글쓰기는 소젖 짜기와 약간 비슷하다. 무슨 말인고 하니, 우유가 워낙 풍부하고 맛있는 데다 소도 기꺼이 당신이 우유를 짜도록 내버려 두는 것과 비슷하다나 할까. 나는 내 수업에 오는 사람들도 이러한 기분을 느끼기 바란다.

그래서 내가 작업하며 도움이 되었거나 생각했던 모든 것을 다 알려 준다. 그중에는 내게 영감을 주고 매번 나를 지탱해 주었던 다른 작가의 인용문이나 사례들이 있다. 내가 친구들에게 전화를 걸어 걱정과 권태와 좌절을 늘어놓거나 떨어지기 딱 좋은 다리까지 갈 택시비를 긁어모을 때 그들이 내게 일깨워 주는 것들도 있다. 이 책에는 그 외에도 내가 작가로 살아오는 동안 배운 것들과, 매번 새로운 수강생 집단을 만나서 들려준 이야기를 담았다. 이 책은 다른 글쓰기 책들과는 많이 다르다. 그중엔 엄청나게 훌륭한 책들도 있다. 그에 비해 이 책은 훨씬 개인적이고, 내가 실제로 수업하는 내용과 비슷하다. 이제껏 내가 글쓰기에 대해 알게 된 거의 모든 것을 담았다.

나만의 이야기를
쓰고 다듬는 방법

Bird by Bird
: Some Instructions on Writing and Life

시작하기

내가 새로운 학생들을 대상으로 강의를 시작할 때 가장 먼저 하는 이야기가 있다. 바로 '좋은 글쓰기는 진실을 말하는 것'이라는 점이다. 우리는 자신이 누구인지를 알고 싶어 하는 종족이기 때문이다. 글을 쓰려면 무엇보다 자신의 본질부터 이해할 필요가 있다. 동물의 피를 빨아 먹는 벼룩이라면 이런 열망을 공유하지 않을 것이다. 그래서 그들은 거의 글을 쓰지 않는 것이다. 그러나 우리는 글을 쓴다. 우리는 말하고 싶고 이해하고 싶은 것이 너무나 많다.

해마다 내 학생들은 말하고 싶은 이야기로 폭발하기 직전이고, 흥분과 열광 속에서 글쓰기 과제를 시작한다. 그들은 마침내 자기가 하고 싶어 하는 이야기들을 글로 풀어낼 기회를 얻은 것이다. 유년 시절 이후로 내내 갈망했던 글쓰기에 이제 몸을 바치기만 하면 된다. 그러나 책상에 며칠만 앉아 있어 보면, 진실을 흥미롭게 말한다는 것이 쉽고 유쾌하기는커녕 고양이 목욕시키기만큼이나 힘들고 짜증 나는 일이라는 것을 깨닫는다. 몇몇은 그 즉시 믿음을 잃고 만다. 그들의 자신감과 이야기는 바닥에 떨어져 산산이 부서져 버리고 만다. 그들은 첫날에는 나를 어디든지 쫓아다닐 준비가 된 활기찬 새끼 오리들처럼 보이지만, 두 번째 수업이 시작될 무렵이면 언제 그런 약속을 했냐는 듯이 냉랭한 눈으로 나를 쳐다본다.

"어디서부터 시작해야 할지 도통 알 수가 없어요."

한 학생이 울먹이듯이 호소한다.

"당신의 유년 시절부터 시작해 보세요."

나는 그렇게 대답한다. 일단 그 시절 속으로 과감히 뛰어든 다음 최대한 진실하게 당신의 기억을 모두 적어 내려가는 것이다. 플래너리 오코너는 말하길, 유년 시절을 견뎌 낸 사람이라면 누구나 인생에서 글감을 풍부히 지니고 있다고 했다. 아마도 당신의 유년 시절은 재수 없고 고통스러운 것이었을 수 있겠지만, 그것도 잘 표현하기만 한다면 얼마든지 좋은 소재가 될 수 있다. 하지만 아직은 너무 잘 쓰려고 생각하지 말기 바란다. 일단 그냥 쓰기 시작해 보라.

자, 그 소재의 양이 너무 많아서 당신의 머리를 얼얼하게 마비시킬 수도 있다. 나는 몇 년 동안 음식에 관한 비평을 썼는데, 내 머릿속에는 너무나 많은 레스토랑과 갖가지 음식이 입력되어 있어서 사람들이 추천해 달라고 말할 때면 실제 음식을 먹어 본 레스토랑을 거의 한 군데도 생각해 내지 못한다. 그러나 만약 그 사람이 '인도 음식점'이라든가 '스파게티'라는 식으로 범위를 좁혀서 말해 줄 수 있다면, 나는 친절한 인도 식당이나 스파게티 식당을 기억해 낼 것이다. 그리고 식당에서 나의 동행이 웨이터에게 러디어드 키플링 샘플러를 주문했다거나 후식으로 신성한 암소 타르타르를 주문했다든가 하는 것도 기억이 날 것이다. 그러고 나면 자동적으로 수많은 기억이 머리에 떠오를 것이고, 다른 데이트 상대들과 다른 인도 식당도 기억날 것이다.

처음 초등학교에 입학했던 때부터 기억할 수 있는 모든 것을 낱낱이 적어 내려가 보라. 유치원 시절부터 시작해도 좋다. 되도록 그 어휘들과 기억들을 당신에게 떠오르는 그대로 적으려고 노력하라. 당신이 쓴 것이 그다지 좋은 내용이 못 될까 봐 걱정할 필요는 없다. 그걸 읽을 사람은 아무도 없기 때문이다. 유치원 시절부터 초등학교 1학년 때로, 2학년, 3학년 때까지 조금씩 옮겨가는 것이다. 담임 선생님은 누구였고, 반 아이들은 누구였는가? 당신은 무슨 옷을 입었던가? 당신이 질투했던 친구나 갖고 싶었던 물건은 없었는가? 이제 약간 더 가지를 뻗어 보자. 그 시절 당신의 가족들이 휴가를 떠난 적이 있는가? 이러한 것들을 종이에 적어 보라. 다른 가족들이 훨씬 더 부러웠다든가 하는 기억은 없는가? 언제 어떻게 강에서 낡은 고무 튜브를 타고 놀았는지 기억이 나는가? 누가 공기 밸브 뚜껑을 잃어버리는 바람에 당신이 그 튜브에 몸을 끼웠다가 나올 때마다 허벅지에 긁힌 자국이 생긴 적은 없는가? 다른 가족들에게도 그걸 잃어버리는 일이 없었는가?

만약 이러한 기억이 자유롭게 떠오르지 않는다면, 혹은 그런 일로는 특별한 감흥이 느껴지지 않는다면 휴일이나 커다란 이벤트에 초점을 맞춰서 그것이 당신의 인생을 있는 그대로 회상하는 데 도움을 주는지 살펴보라. 모든 생일날, 크리스마스, 유월절, 부활절, 아니면 무엇이라도 기억나는 대로 모조리 적어 보고, 거기에 함께 있었던 모든 친척들에 대해서도 적어 보라. 당신이 다른 사람에게는 절대 말하지 않겠다고 맹세했던 것이 있다면 그것도 모조리 다 적어 보라. 당신의 생일 파티들에 대해 무엇을 기억할 수 있는지. 생일 파티 때 겪은 기분 나쁜 일들, 은혜로운 체험, 생일 케이크의 촛불에 비친 친척들의 얼굴들까지도.

더 구체적인 것들도 짜내어 보라. 거기서 사람들이 무엇을 먹고, 듣고, 입었는지도. 저 끔찍한 꽃무늬 수영모자라든가, 남자들의 이상한 반바지라든가, 관능적인 이모가 입었던 칵테일 드레스라든가, 그 드레스가 너무 날씬해 보여서 그녀가 실제로 따분한 인생을 얼마나 벗어나고 싶어 했는지를 알아챘다거나 하는 식으로 말이다. 여자들이 머리를 마는 데 사용하던 빗이라든가, 아버지와 삼촌들이 남성용 드레스 양말을 고정하기 위해 사용하던 고무 밴드라든가, 할아버지들이 쓰던 모자들, 사촌의 완벽한 걸스카우트 단복에 대해 묘사해 보고, 정작 머리에 피도 안 마른 당신은 어떤 차림이었는지에 대해서도 묘사해 보라. 트렌치코트와 겉옷들과 반코트들에 대해, 그 옷들이 어디를 드러내고 어디를 가려 주었는지에 관해서도 묘사하는 것이다. 열 살 크리스마스 때 무슨 선물을 받았는지 기억해 보고, 생각이 난다면 그 선물을 받은 당신이 어떤 기분이었는지 떠올려 보라. 어른들이 무슨 말을 했는지, 그들이 스무 잔도 넘는 술을 마시고 나서는 어떤 행동을 했는지 기억나는 대로 적어 보라. 어느 해 7월 4일미국 독립 기념일, 당신 아버지가 폭탄주를 만들어 돌리는 바람에 술 취한 어른들이 이 방 저 방을 기어 다니다시피 한 적은 없는지 말이다.

당신이 간직하고 있는 추억을 모두 떠올려 보라. 만약 유년 시절이 전혀 행복하지 못했다면, 당신은 가족에게 실제 일어난 일들에 관해 진실을 말했다가는 기다란 해골 손가락이 구름 속에서 내려와 당신을 가리키면서 천둥 치는 듯한 오싹한 목소리로 '절대 발설하면 안 되는 거 알지?'라고 말할까 봐 두려워하도록 길러졌을지도 모른다. 그러나 그건 그때의 약속일 뿐이다. 지금은 모두 말해도 괜찮다. 그러니까 당신의 부모님과 형제, 친척, 이웃 들에 관해 기억할 수 있는 모든 것을 다 종이에 적어 보라. 그 속에 누군가에 대한 명예 훼손이 있을 수 있다면 그건 나중에 적절히 수정하면 된다.

"하지만 어떻게요?"
내 학생이 묻는다.
"선생님은 어떻게 그런 걸 실제로 할 수 있죠?"

나는 말한다. 일단 책상 앞에 앉으라고. 당신은 매일 거의 똑같은 시간에 책상에 앉으려고 노력해야 한다. 그것이 당신의 무의식을 창조적으로 작동하도록 길들이는 방법이다. 그러니까 당신은 매일 아침 아홉 시라든가, 매일 밤 열 시에 책상 앞에 앉으면 된다. 타자기에 종이 한 장을 넣든가, 컴퓨터를 켜고 빈 문서를 연 다음, 한 시간가량 그것을 바라보는 것이다.

처음에는 약간 안절부절못하다가, 나중에는 덩치 큰 자폐아처럼 의자에 가만히 앉아 있지 못하게 될 것이다. 천장을 보고 시계를 보다가 하품을 하고는 다시 종이나 화면을 응시하게 될 것이다. 그런 다음, 손가락을 키보드 위에 얹고 마음에 떠오르는 이미지들을 조금씩 붙잡게 될 것이다. 장면이라든가, 장소, 인물, 다른 무엇에 관한 이미지이든 괜찮다. 당신은 그 장면이나 인물이 당신의 마음속에 있는 다른 목소리들 속에서 또렷이 분간되어 들릴 수 있도록 마음을 고요하게 진정시키려 애쓸 것이다. 다른 목소리들은 이제 옆집 개가 짖는 소리처럼 무의미해진다. 그것은 걱정과 비판과 심판, 죄책감 같은 목소리들이다. 또한 혹독한 우울증의 목소리일 수도 있다. 지금 당장 무슨 일을 해야 하는지 목록을 적어 완벽하게 행동하기를 촉구하는 목소리일 수도 있다. 지금 당장 냉장고에서 꺼내 두어야 할 음식들, 지금 취소해야 하거나 전화해서 정해야 하는 약속들, 겨드랑이 털을 제거해야 한다든가……. 그러나 당신은 상상의 총을 들어 당신 머리에 대고는 스스로를 책상에 앉아 있도록 위협해야 한다. 목에 희미한 통증이 느껴질 것이다. 뇌막염에 걸린 것 같은 생각이 들 것이다. 그런 때 벨이 울리면 성난 눈으로 천장을 올려다보고는, 온갖 신성한 의무를 생각해 낸 다음, 예의 바르게 전화를 받은 후 약간 화가 난 듯한 기미를 내비치는 것이다. 전화 건 사람은 일하는 중인지 물어볼 것이고, 당신은 그렇다고 대답하면 된다. 정말 그러니까.

이 모든 방해물에도 불구하고, 당신은 글쓰기를 위해 머릿속을 말끔히 비우고, 다른 것들은 모두 잡초 베듯이 베어 버린 다음, 문장을 만들어 내기 시작한다. 이야기를 만들기 위해 구슬을 꿰듯이 단어들을 한 줄에 엮기 시작하는 것이다. 당신은 필사적으로 이야기를 전달하고, 그것으로 사람들을 교화하거나 즐겁게 해주고, 격조나 기쁨이나 초월의 순간을 담아내고, 실제 사건이나 상상한 사건을 생생하게 그려 내려 할 것이다. 그러나 아직 당신에게는 그럴 능력이 없다. 그건 인내와 믿음과 고된 작업을 통하지 않고는 불가능한 일이다. 그러니까 당신은 오로지 계속 전진하고 늘 새로 시작해야만 한다.

나도 당신이 글쓰기에 빠져들도록 할 만한 어떤 비법이나, 아버지가 돌아가시기 직전에 유언으로 내게 전해 준 공식 같은 것, 나를 자동으로 책상에 앉히고 항공 교통 관제사처럼 창조적인 영감의 땅에 착륙할 수 있도록 알려 주는 비밀 암호 같은 걸 가지고 있었으면 좋겠다. 애석하게도 내겐 그런 게 없다. 내가 아는 거라곤 내가 아는 거의 모든 사람이 대부분 나와 마찬가지라는 점이다. 희소식이라면 언젠가 당신이 지금의 상황에서 막 벗어난 것처럼 느껴져서, 무엇이든 원하는 대로 글을 쓸 수 있을 것만 같은 때도 올 것이라는 점이다. 그것은 다른 사람과 상의하기 힘든 문제가 생겼을 때와 비슷하다. 마침내 당신이 그 문제를 상의하러 누군가를 만나러 가는 동안, 실제 그 사람 앞에서 말을 꺼내기만 하면 적절한 어휘가 떠올라 줄 것을 바라고 기도하듯이 말이다.

그리고 종종 적절한 단어들이 떠오르면 얼마간 '글이 술술 풀릴' 것이다. 그때 당신은 아주 많은 생각을 종이에 적어 넣게 된다. 그러나 나쁜 소식은, 당신이 나와 비슷하다면, 당신은 아마도 자신이 써놓은 것을 읽어 보고는 하루 종일 끙끙 앓을 것이라는 점이다. 그러고는 써놓은 글을 전적으로 다시 쓰거나 모조리 폐기하기 전에는 죽지 않기를 기도하고, 당신의 작품을 열렬하게 기다리는 세상이 당신의 초고가 얼마나 엉망인지를 알고 실망하지 않기를 기도한다.

그 집착 때문에 당신은 잠도 자지 못하거나, 혹은 자기혐오로 저녁 식사 전에 발작이나 혼수상태에 빠질지도 모른다. 그러나 당신은 정상적인 시간에 잠들어야 한다. 그러고는 자신이 죽는 꿈을 꾸다 새벽 네 시에 번쩍 눈을 뜰지도 모른다. 죽음이란 당신이 상상한 것보다 훨씬 더 무시무시하다는 것을 깨달을 테고, 스스로를 안심시키기 위해 그날의 일과를 생각하려 할 것이다.

그날 처리해야 할 지루하고 권태로운 일들 말이다. 어쩌면 신경 과민에 빠져 지나친 공포감을 경험할지도 모른다. 인생의 절대적인 무의미와 지금까지 그 누구도 진정으로 당신을 사랑해 준 적이 없다는 사실을 생각하면서. 막연한 수치심과, 당신의 일에 대한 무력감, 지금까지 해온 모든 것을 다 던져 버리고 무에서 다시 시작해야 할 거라는 생각에 맥이 빠져 버릴지도 모른다. 다시 시작할 엄두조차 낼 수 없을 것이다. 자신이 완전히 결점투성이에 가망 없는 인간임을 급작스레 이해하게 될 것이기에.

기적 같은 일이 일어난다. 태양은 다시 떠오른다. 당신은 자리에서 일어나 아침의 일과를 행하고, 한 가지 일에서 그다음 일로 일상을 계속 이어 가다가, 마침내 아홉 시가 되면 다시 책상으로 돌아와, 당신이 어제 써둔 페이지들을 멍한 눈으로 응시하는 것이다. 네 번째 페이지에는 모든 종류의 인생 이야기들과 냄새들, 소리들, 음성들, 색깔들, 심지어 대화의 순간들까지 다 담긴 단락이 있어서, 당신은 혼자서 아주 부드럽게 그것을 음미해 본다. 꽤 흡족한 면도 없지 않다. 다시 한번 고개를 들고 창밖을 응시하지만, 이번에는 여유롭게 손가락으로 책상을 두드리고 있다. 그리고 당신은 그 앞의 세 페이지에 대해 전혀 개의치 않게 된다. 그건 날려 버리면 될 내용이며, 네 번째 페이지에 도달하기 위해 쓸 필요가 있었던 내용이었다. 특히 네 번째 페이지의 그 기다란 단락이야말로 글을 시작할 때부터 마음에 품고 있었던 것인데, 단지 당신이 그걸 몰랐을 뿐이고 거기 도달하기 전에는 결코 그 사실을 깨달을 수 없는 것이었다.

그 이야기를 더 구체적으로 쓰다 보면, 잇달아 또 다른 현상도 일어날 것이다. 즉 당신이 무엇을 써서는 안 될 것인지를 알게 되리라는 점인데, 이러한 깨달음은 당신이 무엇을 써야 할 것인지를 발견하는 데 도움이 된다. 내면의 그림을 포착해 눈앞에 형상화하려는 화가의 모습을 상상해 보라. 캔버스 한쪽 구석에서 시작하여, 거기 있어야 한다고 생각하는 어떤 물상(物像)을 그리고 있는데, 그다지 마음에 들지 않는다. 그래서 그것을 흰 페인트로 덮어 버리고는 다시 그림을 시작하는 것이다. 자기가 그린 것이 마음에 들지 않을 때마다 그는 그 일을 반복한다. 마침내 이거다 싶은 그림을 잡아낼 때까지 말이다.

그림의 한쪽 구석에 정확히 무엇이 있어야 하는지를 확신할 수 있을 때, 당신의 연필은 이제부터 본격적으로 달리기 시작한다. 그것은 정말로 달리기와 비슷하다. 그것은 항상 내게 『달려라, 토끼』의 마지막 구절을 상기시킨다.

그가 달리기 시작했다. 처음에는 그의 발뒤꿈치가 무겁게 포장도로를 때렸지만, 수월하게 속도를 높여 가자 일종의 달콤한 공포로부터 벗어나, 더 가벼워지고 더 빨라지고, 더 고요해지고 있었다. 달려라. 달려.

나는 그런 종류의 해방감을 더 자주 느꼈으면 한다. 하지만 거의 그러지 못한다. 내가 아는 것이라곤 오로지 최대한 오래 책상에 앉아 궁싯거리다 보면 뭔가가 떠오르게 마련이라는 것 정도이다.

학생들은 잠깐 동안 나를 쳐다보다 묻는다.

"출판 에이전트는 어떻게 만나죠?"

그들이 진짜로 묻고 싶었던 질문이다.

나는 한숨을 쉰다. 당신이 글 쓸 준비가 되기만 한다면, 에이전트의 명단이야 어디서든 쉽게 구할 수 있다. 마음에 드는 사람들의 이름을 선택한 후 이메일로 당신 작품을 읽어 줄 용의가 있는지 물어보기만 하면 된다. 대부분 그들은 그러지 않으려 할 것이다. 하지만 당신이 정말로 훌륭하고 끈기 있는 사람이라면, 누군가는 마침내 당신의 작품을 읽어 보고 당신을 선택할 것이다. 그것만은 내가 보장할 수 있다. 그러나 그동안 우리는 글쓰기 자체에만 집중해야 한다. 어떻게 더 나은 작가가 될 것인지에 대해서만 고민하는 것이다. 우선 더 나은 작가가 되면 자연스럽게 당신은 더 나은 독자가 될 수 있을 것이고, 그것이야말로 정말 커다란 보상이기 때문이다.

그러나 학생들은 내 말을 믿지 못한다. 그들은 출판 에이전트를 만나고 싶어 하고, 어떻게든 자기 글을 책으로 출간하기만 바란다. 또한 내 수업을 들은 것이 아까워 환불을 하고 싶어 하기도 한다.

그들 대부분은 적어도 잠시 동안 글을 쓴 경험이 있지만(그래 봤자 일천한 경험), 그 글도 자기 인생에 대해 쓴 게 전부이다. 그들 중 다수가 자기들이 꽤 유능한데도 왜 글을 쓰려고 자리에 앉기만 하면 그렇게 미칠 지경이 되는지 알고 싶다고 떠벌리며, 왜 그토록 멋진 아이디어가 떠올랐다가도 자리에 앉아 한 문장을 쓰는 순간 그 형편없음에 치를 떨게 되는지 모르겠다고 말한다. 그러고는 온갖 종류의 흔한 정신 질환들을 꺼내 보인다. 마치 물 밖으로 튀어 오르는 송어들처럼 말이다. 이를테면 착각, 우울증, 과대망상, 자기혐오, 한 가지 생각을 끝까지 밀어붙이는 끈기 부족, 심지어 손 씻기에 집착하는 버릇, 하워드 휴스의 세균공포증, 그리고 특히 편집증 같은 것들이다.

당신은 이 모든 감정에 굴복하거나 방향 감각을 잃어버릴 수 있다. 그러나 내가 학생들에게 말하듯이, 당신도 그 편집증이 멋진 소재가 될 수 있음을 알아차릴 것이다. 당신은 그 증세를 강에서 막 채취한 찰흙처럼 사용할 수 있다. 틀림없이 당신 글의 등장인물 중 한 명은 중증 편집증 환자일 것이다. 그 인물을 중요한 인물로 형상화하는 과정에서 당신의 편집증을 써먹을 수 있고, 그것을 진실하거나 재미있거나 공포스러운 요소로 빚어낼 수 있다. 나는 일전에 누군가에게서 받은 필립 로페이트의 시를 학생들에게 읽어 준다. 시의 내용은 다음과 같다.

우리는
당신의 가장 절친한 친구들

우리가 매주 목요일마다

만났다는 것을

이제 당신에게 말할 때가 온 것 같다

우리는 함께 몰려다니며

당신을 끊임없는 불확실성과

좌절과

불만과

고통에 가두기 위한

방법들을 궁리했다고

당신이 원하는 만큼 당신을 사랑하지도 않지만

당신과 관계를 끊지도 않았지

당신의 정신분석자는

그 사실을 알고 있다

그리고 당신의 남자 친구와

당신의 전 남편까지도

그리고 우리는 당신을 실망시키기로 맹세했다

당신이 우리를 필요로 하는 한

우리의 모임을 발표하는 데 있어

우리는 당신의 손에

불확실성에 대한 가능한 해결책을

사실상 우리를 이길 수 있는 해독제를

놓아 주었다는 것을 깨달았다.

그러나 우리의 목요일 밤 회동들이

우리를 이러한 희귀한 목적의

공동체를 형성하도록 이끌고

그것이 당신에게 자연스러운 중심지가 된 후로,

우리는 당신이 계속해서

터무니없는 애정을 요구하기를 바란다.

만약 당신의 재앙스러운 성품의 발로가 아니라면

우리의 이익을 위해서.

　낭송을 들은 학생들은 「뻐꾸기 둥지 위로 날아간 새」의 등장 인물들 같은 표정으로 나를 쳐다본다. 오직 그들 중 세 명가량만이 시가 재미있고, 심지어 자기만의 편집증을 지닌 누군가가 그것을 예술적이고 진실한 작품으로 형상화한 좋은 본보기라고까지 생각한다. 몇몇은 고뇌에 빠진 표정이다. 출판을 가장 염원하는 부류는 나를 극도로 짜증 나는 사람이라고 생각한다. 그들 중 일부는 기분이 상한 듯하고, 몇몇은 정말 신경질적인 표정으로 쏘아보기도 한다. 나는 형광등 아래 발가벗고 서 있는 기분이 든다.

　마침내 누군가가 손을 들고 말할 것이다.

　"원고를 곧바로 출판사에 보낼 수 있어요, 아니면 정말로 에이전트가 필요한가요?"

　나는 아주 잠시 침묵하다가 말을 꺼낸다.

"당신은 정말 에이전트가 필요하겠어요."

언제나 문제는 이러한 사람들이 출판을 원한다는 점이다. 그들은 글을 쓰고 싶어 하는 부류이긴 하지만, 정말로 원하는 것은 자기 책이 출판되는 것이다.

"그런 방법으로는 결코 당신이 원하는 곳에 도달할 수 없을 거예요."

나는 그런 사람들에게 진실을 말해 준다. 우리가 모두 통과하고 싶어 하는 문이 저기 있다면, 오직 글쓰기만이 문을 찾아 열 수 있도록 도움을 준다. 글쓰기는 아기를 갖는 것과 비슷한 측면이 있다. 아기처럼 당신의 집중과 관심을 요하고, 당신이 상냥한 인간이 되도록 도울 수 있고, 잠든 당신을 깨울 수 있다. 그러나 출판은 이러한 것을 해주지 않을 것이다. 그런 식으로는 결코 그 문을 통과할 수 없다.

네 살인 내 아들 샘에게 플라스틱 수갑과 열쇠 세트가 있었다. 어느 날 아침 샘은 일부러 문을 잠그고 집 밖으로 나갔다. 나는 소파에 앉아서 신문을 읽고 있다가 샘이 플라스틱 열쇠로 문을 열려고 하는 소리를 들었다. "이런, 제기랄."이라고 혼잣말하는 것까지. 나는 에드바르 뭉크의 「절규」 속 인물처럼 얼굴을 양손으로 감쌌다. 잠시 후 자리에서 일어나 현관문을 열었다.

"너 방금 뭐라고 했니?"

"'이런 제기랄'이라고 했어요."

샘이 말했다.

"하지만 아가야, 그건 못 돼먹은 말이야. 우리 둘 다 그 말은 절대 쓰면 안 돼. 알겠니?"

그는 잠시 나를 올려다보고는 고개를 끄덕이더니 "알겠어요, 엄마."라고 했다. 그러고 나서 좀 더 다가와 작은 소리로 비밀스럽게 말했다.

"하지만 내가 왜 '제기랄'이라고 했는지 알려 줄게요."

내가 그러라고 하자 샘이 말했다.

"그 망할 놈의 열쇠들 때문이지요!"

환상의 열쇠로는 절대 문을 열 수 없다. 출판이 당신에게 가져다주길 바라는 거의 모든 것은 환상이요 홀로그램이다. 날 수 있는 것처럼 보이지만 신용카드에 인쇄된 독수리에 불과하다. 진실은 이렇다. 당신이 매일매일 지루한 음계 연습을 빼먹지 않고 한다면, 천천히 조금씩 더 어려운 곡들을 연습해 나간다면, 좋아하는 곡을 위대한 음악가들이 연주한 것을 듣는다면, 언젠가 당신의 실력도 향상된다.

글을 쓰려고 책상에 앉아 있다 보면, 때로는 골치가 아프거나 지겨울 때도 있고, 역량을 제대로 발휘할 수 있는 날도 있지만 그럴 수 없는 날도 있다. 성공한 작가들은 결코 이토록 지겹고 절망스러운 시간들을 겪지 않을 거라고 생각한다면 그것도 환상이다. 그들 역시 자신이 한없이 작아 보이고, 그간의 노력은 헛되고 보잘것없게 느끼며, 깊은 불안에 휩싸일 때가 있다. 그런가 하면 글이 잘 풀리기 시작할 때 최고의 도취감에 젖어 들기도 한다. 그들은 이것이야말로 자신이 평생 소망하는 목표라는 점도 알고 있다. 그러므로 가슴속 깊은 곳에 '글쓰기'에 대한 열망이 자리 잡고 있다면, 당신의 글을 완성할 길은 반드시 있으며, 그렇게 하는 것이 중요한 이유는 수없이 많다.

"그렇다면 그 이유들이라는 건 또 뭐죠?"

내 학생들이 묻는다.

우리 중 몇몇에게 책이란 지상의 그 어떤 것보다 더 중요한 것이기 때문이다. 이토록 작고 평평하고 딱딱한 사각형 종이에서 수없이 많은 세계가 펼쳐진다는 것 자체가 기적이 아닌가. 그 세계들은 때로 당신에게 노래를 불러 주고, 위로와 평안을 주기도 하고, 당신을 흥분시키기도 한다. 책은 우리가 누구인지 왜 이렇게 행동하는지 가르쳐 준다. 공동체나 우정이 무엇을 의미하는지도 보여 준다. 그런가 하면 우리가 어떻게 살고 어떻게 죽어야 하는지도 보여 준다. 책은 당신이 실제로 겪어 보지 못하는 많은 경험들로 가득 차 있다. 그 모든 것이 멋지고 서정적인 언어, 예를 들면, 촌철살인의 언어에 담겨 있다. 그리고 주의 집중의 가치를 무시해서는 안 된다. 무슨 말인고 하면, 우리는 하루 일과를 수행하는 동안 놀라운 세부사항 몇 가지에 주목할 수는 있겠지만, 정말로 하던 일을 멈추고 무언가에 집중하는 일은 드물다. 그런데 작가는 글을 통해 당신의 관심을 이끌어 내고 집중하게 만들 수 있으니, 이것이야말로 위대한 재능이라 할 수 있다. 좋은 글에 대한 나의 감사는 무한에 가깝다. 정말 하늘만큼 땅만큼 감사한다고 말해야 하나. 여러분들도 그렇지 않은가?

내 물음에 학생들도 고개를 끄덕인다. 그래서 여기에 와 있는 것이다. 그들은 독서를 좋아하고, 좋은 글을 사랑하며, 자신들도 그렇게 쓰고 싶어 한다. 그러나 몇몇 학생은 여전히 배신감이나 좌절감으로 나를 바라본다. 마치 스스로 목을 매달고 싶어 하는 눈치이다.

"환불하기엔 너무 늦었어요."

나는 명랑하게 말한다. 하지만 나는 더 나은 것을 줄 자신이 있다. 다음에는 내가 글쓰기에 대해 말해 줄 수 있는 것 가운데 가장 유용한 두 가지 사항이 나온다.

짧은 글 한 편

첫 번째로 유용한 개념은 '짧은 글 한 편'이라는 아이디어이다. 종종 책상에 앉아 글을 쓸 때, 당신의 마음에 떠오르는 것이 유년 시절에 대한 자서전이거나, 이민 경험에 대한 희곡이거나, 연애 편력 같은 것일 수 있다. 그러나 이것은 빙하를 기어오르려고 노력하는 것과 비슷하다. 그곳에 발을 들여놓기도 어렵거니와 손가락은 모두 발갛게 얼어 터지고 말 것이다. 그러면 당신의 정신 장애들이 가장 고약하고 가장 피하고 싶은 친척들처럼 찾아온다. 그들은 컴퓨터 주변을 둘러싸듯이 의자들을 원형 대열로 배치해서 앉는다. 숨죽인 척하지만 당신은 그들이 그곳에 있다는 것을 알고 있다. 그들은 등 뒤에서 당신을 곁눈질하고, 듣기만 해도 섬뜩한 숨소리를 낸다.

이 시점에서 해야 할 일은 오로지 멈추는 것이다. 공포의 언덕이 솟아오르고, 정글의 북소리가 울리기 시작하고, 우물물은 말랐고 당신에게 미래는 없으며, 그나마 취직이 가능한 때에 얼

른 아무 직장이라도 얻어야 하는 게 아닌지 걱정이 될 때 말이
다. 우선 심호흡부터 하는 게 좋다. 당신은 그 틈바구니에서 목마
른 개처럼 헐떡거리고 있거나 자기도 모르게 천식으로 죽어 가
는 환자처럼 서서히 숨이 막혀 가고 있을지도 모르니까. 나는 그
런 경우 몇 분간 그대로 앉아 천천히 심호흡하면서 진정한다. 긴
장된 마음을 다소 이완시키는 것이다. 잠시 후 치열 교정을 하기
에 너무 나이가 든 것인지 아닌지, 지금 당장 걸어야 하는 전화
몇 통을 떠올리고 그게 꼭 필요한 건지 아닌지를 판단하려 애쓰
다가, 그다음에는 화장품 사용법을 배울 것인지에 관해 고민하
는 자신을 인식한다. 그런대로 괜찮은 남자 친구를 어떻게 찾을
것이며, 그러면 내 인생이 온전히 훌륭해지고 내가 항상 행복할
것인지도 고민한다. 그러고는 글쓰기를 시작하기 전에 응답 전
화를 걸어야 할 모든 사람에 대해 생각하고, 출판 에이전트와 어
떻게 약속을 잡아서 내게 떠오른 이 멋진 아이디어를 전할 것인
지를 생각할 것이다. 그리고 그가 그것을 좋은 아이디어라고 생
각하는지, 그도 내가 치열 교정을 받을 필요가 있다고 생각하는
지를 알아볼 것이다. 우리가 만나서 점심 식사를 할 때마다 그가
속으로 한 생각이 바로 그것이었는지를 말이다. 또 나를 정말로
괴롭히는 누군가에 대해 생각하거나, 나를 미치도록 몰아붙이
는 몇 가지 재정적인 문제를 떠올리고, 이 문제를 오늘 일을 시
작하기 전에 먼저 풀어야겠다고 결심한다. 그래서 나는 개 껌을
입에 문 개처럼 되어, 잠시 동안 그것에 대해 걱정하고 그것과

함께 땅바닥에서 씨름하다가, 내 어깨 너머로 던져 버렸다가 다시 그것을 쫓아가서 마구 핥다가는 다시 마구 씹다가 또다시 어깨 위로 던져 버리기를 반복하는 것이다. 나는 실제로 잠깐 짖을 때만 그 짓을 멈춘다.

그러나 이 모든 것은 겨우 1, 2분밖에 걸리지 않고, 그래서 실제로 그다지 많은 시간을 허비한 적은 없다. 여전히 그것은 나를 친친 감고 있지만 말이다. 나는 다시 심호흡을 시도하여 천천히 조용히 숨을 쉬며 안정을 취하고, 마침내 내 책상 위에 놓인 채 나에게 짧은 글 한 편을 상기시키는 2.5센티미터짜리 사진틀에 주목하게 된다.

그것은 내가 해야 할 일이 오직 2.5센티미터짜리 사진틀을 통해 바라볼 수 있는 최대한의 것을 글로 옮기는 것이라는 점을 가르쳐 준다. 이것이야말로 내가 잠시 동안 물어뜯어야 할 개 껌인 것이다. 예를 들어, 당장 내가 착수해야 할 일이라곤 내 고향에서 여전히 기차가 달리던 1950년대 후반에 적합한 짧은 글 한 편을 쓰는 것이다. 나는 그 시절 우리 동네 모습에 관한 그림을 말로, 나의 워드 프로세서에 그려 낼 것이다. 아니면 그 배경 속에서 주인공이 될 만한 여성이 처음 어떤 식으로 등장하는지, 그 장면부터 묘사하면 된다. 문이 열리면서 그녀가 현관으로 걸어 나오는 장면 같은 것 말이다. 나는 그녀가 자기 차바퀴 뒤에 웅크리고 앉아 있는, 앞이 보이지 않는 개를 처음 발견했을 때 어떤 표정을 지었는지까지 묘사하지는 않을 것이다. 오로지 2.5센티미터짜리 사진틀을 통해 볼 수 있는 것, 내가 성장한 마을에서 우리가 처음 마주쳤던 순간 그 여자의 모습을 묘사할 수 있는, 단 한 편의 짧은 글만 쓰면 된다.

E. L. 닥터로는 이렇게 말했다.

"소설 쓰기는 한밤중에 운전하는 것과 비슷하다. 당신은 오로지 헤드라이트가 비추는 만큼만 볼 수 있지만, 그런 방법으로 여행지까지 다다를 수 있다."

당신은 자신이 어디로 가고 있는지 알 필요 없다. 목적지나 도중에 지나치게 될 모든 광경을 다 볼 필요도 없다. 당신은 눈앞에 펼쳐진 오직 60센티미터에서 90센티미터의 광경만 보아야 한다. 이것은 글쓰기나 인생에 관해 내가 지금까지 들어 본 최고의 조언임에 틀림없다.

나는 세상에서 가장 괘씸한 사람들과, 그보다 더 심각한 나의 재정난과, 물론 치열 교정에 대해서 생각하다 완전히 지쳐 버린 후에야 2.5센티미터짜리 사진틀을 집어 들어야 한다는 것을 기억해 내고는 내가 이야기할 2.5센티미터짜리 짧은 소설에 집중하게 된다. 아주 작은 장면, 한 가지 기억이나 한 가지 인물을 넣고 빼고 하는 것에 대해서 말이다.

다른 어디선가 이야기한 적 있지만, 언제나 거듭해서 내게 도움을 주는 이야기 하나를 소개하겠다. 30년 전 당시 열 살이었던 나의 오빠는 새에 관한 리포트를 쓰느라 애를 먹고 있었다. 오빠는 3개월 기한을 부여받았지만, 마감 하루 전날까지 한 줄도 써놓지 않았다. 우리는 휴가차 볼리나스에 있는 가족의 오두막집에 가 있었고, 오빠는 부엌 식탁에 앉아 울음을 터뜨리기 직전이었다. 종이 한 묶음과 연필과 열어 본 적 없는 새 도감들에 둘러싸인 채, 눈앞에 놓인 과제의 거대함에 짓눌려 꼼짝도 못 하고 있었다. 그때 아버지가 옆에 앉더니, 오빠의 어깨에 팔을 얹고는 이렇게 말씀하셨다.

"하나씩 하나씩. 새 한 마리 한 마리 차근차근 처리하면 돼."

내가 또다시 이 이야기를 꺼낸 이유는, 이 이야기만 하면 학생들이 엄청나게 감동하기 때문이다. 때때로 이 이야기는 실제 그들에게 희망을 주며, 체스터턴이 말했듯이 그 희망은 절망적인 상황에서도 우리에게 활력을 되살려 주는 힘이다. 기다림은 꽤나 절망적인 노력일 수 있는데, 그것은 우리의 가장 깊은 곳의 욕구와 관련된 것이기 때문이다. 즉 우리 자신을 드러내고 싶고, 말로 표현하고 싶고, 인생을 이해하고 싶고, 깨어나고 자라고 소속되고 싶은 욕구들 말이다. 우리가 가끔씩 자신의 문제를 너무 심각하게 받아들이는 것은 전혀 이상한 게 아니다. 그와 관련해 내가 자주 인용하는 또 하나의 이야기를 소개한다.

빌 머리 주연의 영화 「스트라이프」에서 주인공의 입대 첫날 밤 소대가 머물던 신병 훈련소 막사에서 벌어지는 장면이다. 신병들은 자신들을 담당한 병장(워런 오츠가 연기함)을 처음 대면하기 전에, 서로 통성명을 한다. 차례로 잠깐 동안 자기소개를 하고 출신지를 밝힌다. 마침내 믿을 수 없을 정도로 혹독하고 분노에

찬 남자 프랜시스의 차례가 된다.

"내 이름은 프랜시스요."

그가 말한다.

"하지만 아무도 나를 프랜시스라고 부를 수 없소. 여기서 나를 프랜시스라고 부르는 사람은 누구든지 내 손에 죽을 거요. 그리고 한 가지 더. 나는 누구든 날 건드리는 걸 용납하지 않을 거요. 여기서 누구든지 내게 손이라도 댔다간 내 손에 죽을 거요."

바로 그때 갑자기 병장 워런 오츠가 뛰어 들어오면서 말한다.

"이봐 긴장 풀어, 프랜시스."

이것은 당신의 사무실 벽에 붙여 두기에 나쁘지 않은 글이다.

당신 자신에게 가능한 한 가장 다정하게 말하라.

봐, 자기야. 지금 우리가 해야 할 일은 오로지 일출의 강변을 묘사하거나, 클럽 수영장에서 수영하는 어린이를 묘사하거나, 남자가 결혼할 여자를 처음 마주친 순간을 묘사하는 것뿐이야. 지금 단계에서는 그 정도면 충분해. 하나씩 하나씩 차근차근 써나가기만 하면 돼. 하지만 여기서 이 짧은 글 한 편을 마무리하는 거야, 알았지?

조잡한 초고 쓰기

　이제 짧은 글 한 편 쓰기보다 실질적으로 훨씬 더 효과적인 아이디어를 소개하겠다. 그것은 바로 '조잡한 초고'라는 개념이다. 모든 훌륭한 작가들이 그런 초고를 쓴다. 이것은 그들이 훌륭한 두 번째 원고를 완성한 다음 완벽한 세 번째 원고를 쓸 수 있도록 이끄는 비결이다.

　사람들은 성공한 작가들, 즉 책을 출판하는 일로 경제적인 안정을 얻은 작가들을 바라볼 때 그들이 매일 아침 백만장자처럼 느끼면서 자기 작업대에 앉을 거라고 생각하는 경향이 있다. 그들이 자신감이 넘치며, 자신의 재능과 자기가 쓰게 될 위대한 이야기에 자부심을 느낄 거라고도 생각한다. 한두 번 심호흡을 한 다음 옷소매를 걷어붙이고, 근육이 풀리도록 목을 몇 번 돌린다. 그리고 펜을 들자마자 그들은 법원 속기사처럼 재빨리 완성된 형태의 단락을 타이핑할 것이다. 그러나 이것은 미경험자의 환상일 뿐이다.

나는 아름다운 문장으로 수많은 독자의 사랑을 받으며 많은 돈을 벌어들이는 베스트셀러 작가 몇 명과 알고 지내는데, 그중에 글쓰기가 수월하다는 사람은 아무도 없다. 자리에 앉자마자 기계가 작동하듯이 글쓰기에 대한 열망과 확신이 발동되는 것도 아니다. 처음부터 우아한 초고를 쓰는 사람은 아무도 없다. 좋다, 솔직히 말해 그들 중 한 명은 그렇다고 말하긴 하지만, 우리는 그녀를 그다지 좋아하지 않는다. 그녀가 풍부한 내적 경험이 있다거나 하느님이 그녀를 사랑하거나 그녀를 견뎌 낼 수 있을 거라고는 생각하지 않는다. (비록 이 이야기를 성직자 친구 톰에게 했을 때, 그는 내가 마음대로 하느님의 이미지를 창조하고는 내가 미워하는 사람들을 모두 하느님도 미워할 거라고 가정하는 경향이 있다고 말하긴 했지만 말이다.)

글을 완성할 때까지 자기가 쓰고 있는 것이 무엇인지를 정말로 알고 있는 작가는 거의 없다. 게다가 그 어떤 작가도 자기 작품에 감동하거나 전율을 느끼면서 작업을 하지도 못한다. 그들은 약간 부자연스러운 초기 문장들조차 쓰지 못해서 스스로를 썰매에 묶인 채 눈밭을 가로지르는 허스키처럼 느낀다. 내가 아는 어떤 작가는 매일 아침 자리에 앉을 때마다 이런 말을 하며 스스로를 위로한다고 했다.

"너에게 선택권이 없는 건 아니야, 왜냐하면 넌 선택을 할 수 있으니까. 글을 쓸 것인지, 아니면 자살할 것인지 둘 중 하나를 말이야."

우리는 모두 종종 이를 뽑듯이 무엇인가를 억지로 뽑아내는 것처럼 느끼는데, 심지어 최고로 자연스럽고 유려한 산문을 쓰는 작가들도 마찬가지이다. 대체로 적확한 단어들과 문장들은 한 마디를 잘라내고 나면 자동으로 다음 마디가 따라 나오는 두루마리 휴지처럼 그냥 쏟아져 나오는 게 아니다. 그러나 뮤리엘 스파크는 글쓰기가 매일 아침 하느님의 말을 받아 적는 것만 같았다고 한다. 말하자면 자리에 앉자마자 구술녹음기의 전원을 켜고 콧노래를 부르면서 타이핑하듯이 글을 쓰는 것이다. 그런 태도는 다른 사람들에게 적대감을 불러일으키기에 적당하다. 어떤 사람은 이런 유형의 사람에게 저주의 말이 쏟아져 내리기를 바랄지도 모른다.

나와 내가 아는 다른 작가들 대부분에게 있어, 글쓰기는 그다지 신나거나 기쁜 일이 아니다. 실제로 내가 무엇이라도 쓸 수 있는 유일한 방법은 정말로 조잡한 초고를 쓰는 것뿐이다. 거의 밑그림이나 설계도에 해당하는 원고 말이다.

거친 초고는 아이들의 그림과 같다. 되는 대로 이것저것 다 넣어 놓고는 온갖 장소에 굴러다니게 내버려 두는 편한 그림 말이다. 아무도 그걸 볼 리 없고 나중에 다시 그려도 그 이상의 그림은 그릴 수 있으니 잃어버릴까 봐 걱정도 안 된다. 당신 내면에 존재하는 아이 같은 부분이, 어떤 목소리나 그림이 튀어나온다 하더라도 개의치 말고 모두 종이에 적기만 하면 된다.

만약 그 인물들 중 한 명이 '글쎄요, 그게 뭐 어쨌다고요, 이 똥

꼬빤스 씨?'라고 말하고 싶어 한다면, 그렇게 하도록 허락해 주면 된다. 아무도 그걸 보지 않을 테니까. 만약 그 인물이 정말로 감상적이고, 눈물바람에, 유치한 감정의 세계로 들어가고 싶어 한다면, 그렇게 해주면 된다. 그냥 그 모든 것을 종이에 적기만 하라. 당신이 보다 이성적이고 성숙한 상태에서라면 절대 쓰지 않았을 그 미친 여섯 페이지에 어쩌면 정말 대단한 어떤 것이 포함되어 있을지도 모르기 때문이다. 어쩌면 6페이지 맨 마지막 문단의 맨 마지막 줄에 당신 맘에 꼭 드는 내용이 있는데, 그게 너무나 아름답거나 멋져서 그제야 무엇을 써야 할지 또는 어떤 방향으로 써야 할지 감을 잡게 될지도 모른다. 하지만 이런 것은 앞의 다섯 페이지 반을 쓰지 않고서는 결코 얻을 수 없는 깨달음이다.

나는 『캘리포니아』지가 폐간되기 전에 거기에 음식 비평을 연재했다. (나의 음식 비평은 그 잡지 폐간과 아무 관련이 없다. 비록 모든 글이 각각 약간의 구독 취소에 원인을 제공했다 하더라도 말이다. 어떤 독자들은 전직 대통령 참모들이 만들었나 싶게 온갖 해괴한 요리법을 가진 야채 퓌레들을 일일이 비교한 글을 보고 분개하기도 했다.) 이러한 비평을 쓰는 데는 언제나 이틀밖에 걸리지 않았다. 우선 나는 자기주장이 강하고 자기 의견을 조리 있게 표현하는 친구 몇 명을 거느리고 몇 번 그 식당에 간다. 식당에 앉아 재미있거나 웃긴다 싶은 것이라면 누가 무슨 말을 하든 다 적어 둔다. 그러고 나서 다음 월요일, 책상에 노트를 펼쳐 놓고 원고를 쓰려는 시도를 시작한다.

그 일을 몇 년째 해온 경력에도 불구하고, 매번 어김없이 공포감에 사로잡힌다. 도입부를 쓰려고 애쓰지만, 따분한 문장 두어 줄밖에 쓰지 못한다. 그래서 그 몇 줄을 지우고 다시 몇 줄 더 썼다가, 이번엔 써놓은 것을 모조리 다 지워 버린다. 그와 동시에 엑스레이 검사복마냥 가슴에 절망과 걱정이 덮이기 시작한다. '다 끝났다'고, 나는 조용히 생각한다. 이번에도 마술 같은 글쓰기 능력은 발휘하지 못할 모양이다. 난 망했다. 이제 재능은 다 고갈되어 버린 것이다. 나는 완전히 맛이 갔다. 아마도 이전 직업인 타자수로 돌아가야 할지도 모르겠다. 그러나 어쩌면 안 그래도 될지 모른다. 나는 자리를 박차고 일어나 잠시 동안 거울에 비친 나의 치아를 살펴볼 것이다. 그런 다음 딴짓을 멈추고, 심호흡을 몇 번 한 후, 몇 군데 전화를 한 후, 부엌에 가서 식사를 할 것이다.

다시 서재로 돌아와 책상에 앉은 후, 한 10분간은 한숨을 쉴 것이다. 그리고 마침내 나의 2.5센티미터짜리 사진틀을 집어 들고는, 답안지라도 되는 양 그것을 뚫어져라 응시할 것이다. 매번 어떻게든 답은 찾을 수 있다. 즉, 내가 해야 하는 일은 일단 도입부를 대충이라도 쓰는 일이다. 정말로 별 볼 일 없는 조잡한 초고를 시작하는 것이다. 아무도 그걸 볼 일은 없다.

그래서 나는 자신을 너무 몰아대지 않고 편안하게 글쓰기를 시작한다. 그냥 타자를 칠 때처럼, 어떻게든 의식적으로 손가락을 움직여 본다. 당연히 그렇게 쓴 글은 형편없을 것이다. 나는 도입 단락을 거의 한 페이지가 꽉 차도록 쓴다. 비록 전체 리뷰는 겨우 세 페이지 분량이라 하더라도 말이다. 그런 다음 음식에 대한 묘사를 시작할 것이다. 한 번에 한 가지씩 음식에 관한 세부 묘사를 해나간다. 한 마리씩 한 마리씩 새를 연구하듯이. 이때 상상 속 독설가들이 내 어깨 위에 올라타서 풍자만화 캐릭터들처럼 온갖 험담을 해댈 것이다. 그들은 콧방귀를 뀌는 척하거나 나의 지나치게 과장된 묘사에 대해 눈알을 험하게 굴려 댄다. 내가 과장하지 않으려고 제아무리 애쓴들 그들을 닥치게 할 수는 없다. 이 음식 평론을 쓰기 시작한 초기에 친구 하나가 에둘러 말한 적이 있다. "애니, 그건 그냥 닭고기 요리야. 그냥 케이크 한 조각이라고." 내가 그 말을 얼마나 의식하고 글을 쓰는데! 그러든 말든 그들은 멈추지 않는다.

그러나 꽤 오랫동안 그런 방식으로 글을 쓰다 보니, 마침내 그 과정을 다소 신뢰하게 되었다. 나는 조잡한 초고를 원래 정해진 분량의 두 배가량 길게 쓸 것이다. 그 글은 내용도 문장도 제멋대로에 도입부는 따분하고 음식에 대한 묘사는 충격적이고 끝도 흐지부지할지 모른다. 블랙 유머를 구사하는 친구들 말을 너무 많이 인용했을지도 모르고. 너무 길고 일관성도 없고 내용도 불쾌한 것투성이여서, 나는 제법 근사한 두 번째 원고가 나오기 전까지는 오후 내내 근심하며 끙끙 앓을 것이다. 사람들이 내가 써놓은 것을 읽을까 봐 걱정하고, 그 원고를 잡지에 싣는 일은 자살 행위이며 나의 재능은 고갈되었고 내 정신도 끝장이 난 거라고 생각한다.

다음 날, 그 모든 회의에도 불구하고 나는 다시 책상에 앉는다. 컬러 펜을 들고 글을 꼼꼼히 읽어 본다. 생각할 수 있는 모든 연결고리를 다 끄집어내서 두 번째 페이지 어딘가에 숨은 새로운 도입부를 찾아내거나 멋지게 말미를 장식할 문장을 찾아낸 후, 비로소 두 번째 초고 작성에 돌입한다. 그렇게 쓴 두 번째 원고는 항상 썩 괜찮아 보이고, 가끔은 재미있고 멋지고 유용하기까지 하다. 나는 두 번째 원고를 한 번 더 고쳐 쓴 다음, 그제야 완성된 원고를 잡지사에 보낸다.

그로부터 한 달 후쯤 똑같은 과정이 다시 처음부터 시작된다. 이번에도 내가 고쳐 쓰기 전의 조잡한 초고를 다른 사람들이 볼까봐 전전긍긍하면서 말이다.

거의 모든 명문도 형편없는 초고에서 시작된다. 당신은 일단 무슨 문장이든 써볼 필요가 있다. 내용은 상관없다. 시작이 반이라고, 종이 위에 쓰기 시작하는 것이 중요하다. 내 친구는 첫 번째 원고를 '내린 원고(down draft)'라고 부른다. 그냥 생각나는 대로 모두 종이에 내려 쓴 원고라는 뜻이다. 두 번째 원고는 '올린 원고(up draft)'라고 부른다. 한 번 수정하여 내용이 향상된 원고라는 뜻이다. 이때 당신은 보다 정확한 문장을 구사하도록 노력해야 한다. 세 번째 원고는 '치과 원고(dental draft)'라고 부른다. 모든 치아를 하나씩 하나씩 다 검사하듯, 각각이 흔들거리는지 너무 붙었는지 썩었는지 혹은 하늘의 도우심으로 여전히 건강한지 살펴본 원고라는 뜻이다.

조잡한 초고를 쓰려고 자리에 앉았을 때 해야 할 일은 머릿속에 떠오르는 목소리들의 음량을 낮추는 일이다. 우선 신경질적인 말투로 '글쎄요, 당신 원고는 그다지 재미없어요, 당신도 알고 있죠?'라고 새침하게 말하는 여성 독자의 목소리가 있다. 당신의 생각이 어떻게 잘못됐는지를 꼬치꼬치 집어내서 오해와 왜곡으로 가득 찬 메모를 적어 보내는 수척한 얼굴의 독일 남자가 있다. 그리고 당신의 나태와 분별없음을 꾸짖는 부모님도 있다. 당신이 실내용 화초처럼 고분고분하지 않고 너무 대담하거나 똑똑하다는 이유로 비난하는 사람을 비롯해서, 여러 종류의 목소리가 존재할 것이다. 물론 험담을 퍼붓거나 괴롭히는 것을 즐기는 '미친개'들의 존재도 무시하지 못한다. 우리에 갇힌 개들은 당신이 글쓰기를 그치는 순간 틀림없이 당신에게 달려들어 으르렁거릴 거라는 점을 잊지 말자. 글쓰기는 때로 굶주리고 미친 개들을 우리 속에 가둘 수 있는 걸쇠 노릇을 한다.

이러한 목소리를 잠재우는 것은 거의 전쟁에 가까운데, 내게는 그것이 매일의 일과이기도 하다. 그래도 많이 나아진 편이다. 예전에는 하루 일과의 87퍼센트 정도를 그 일에 쏟아부었다. 마음대로 하게 내버려 두면, 내 마음은 대부분의 시간을 옆에 있지도 않은 사람들과 대화를 나누느라 다 보내 버린다. 나는 사람들로부터 나를 방어하며 걸어 다니거나, 그들과 재담을 나누거나,

나의 행동을 합리화하거나, 가십거리로 그들을 유혹하거나, TV 토크쇼 같은 데 출연하기라도 한 듯이 행동한다. 나는 신호등이 노란불일 때 슬슬 지나가다가도, 곧바로 상상 속 경찰에게 내가 왜 그런 행동을 했는지를 설명한다. 혹은 그런 적 없다고 잡아떼는 시늉을 한다.

몇 년 전 만난 최면술사에게 우연히 이 이야기를 했더니, 나를 매우 다정하게 쳐다보았다. 처음에는 그가 너무 과묵해서 사방을 고요하게 만드는 버튼이라도 누른 줄 알았다. 그는 잠시 후 나에게 다음과 같은 방법을 가르쳐 주었다. 나는 그 방법을 오늘날까지 사용하고 있다.

눈을 감고 잠시 말없이 가만히 있으면서, 그 수다쟁이들이 말을 시작할 때까지 기다린다. 그런 다음 그 목소리 중 하나를 가려내어 말하는 당사자를 쥐라고 상상한다. 그 쥐의 꼬리를 붙잡고 집어 올린 다음 그것을 커다란 유리 단지에 던져 넣는다. 그런 다음 또 다른 목소리를 골라내, 그것 역시 꼬리째 집어 올려 단지 속에 떨어뜨린다. 계속 그런 식으로 쥐들을 잡아 단지에 넣는다. 잔소리쟁이 부모님, 거래처, 변호사, 동료, 아이들…… 당신의 머릿속을 울리는 모든 목소리를 모조리 단지에 던져 넣는 것이다. 그런 다음 뚜껑을 꼭 닫고, 이 쥐 인간들이 유리 벽을 긁어 대는 모습을 바라보기만 하는 것이다. 그들은 재잘거리거나 꽥꽥대고 자기들이 원하는 것을 하지 않는다는 이유로 당신을 불쾌하게 만들려고 애쓴다. 그들이 원하는 것은 더 많은 돈을 주거나, 더 성공하거나, 그들을 더 자주 보러 가는 것이다. 자, 이제 그 유리병에 음량 조절 버튼이 있다고 상상해 보라. 잠시 동안 음량을 높이고, 분노와 나태와 죄책감을 유발하는 그 목소리들이 한데 어우러져 내는 소리를 들어 보라. 그런 다음 음량을 완전히 낮추고서 광기 어린 쥐들이 유리병에 부딪치며 당신에게 닿으려고 애쓰는 모습을 바라보라. 그들을 그대로 내버려 두고서, 당신의 형편없는 초고 앞으로 돌아가라.

　나의 작가 친구 한 명이 제안하길, 그 단지를 열어서 그것들 모두의 머리에 총을 쏘면 어떻겠냐고 했다. 나는 그가 약간 심하다고 본다. 당신은 그 정도까지 나가지 않을 거라고 믿는다.

완벽주의는 인류의 적

완벽주의는 압제자의 목소리이다. 사람들을 괴롭히는 적이다. 그것은 당신을 평생 구속하고 미치게 만들며, 당신이 볼품없는 첫 번째 원고를 쓰지 못하도록 가로막는 주요 장애물 역할을 한다. 나는 완벽주의가, 당신이 충분히 조심해서 달리고 돌다리 하나하나가 모두 안전한지 두드려 보고 건너면 절대 죽지 않을 거라는 과도한 믿음에 기초한다고 생각한다. 당신은 어떻게 해도 언젠가는 죽는 존재이며, 자기 발아래 뭐가 있는지 따위는 전혀 살피지 않고 다니는 수많은 사람이 평생 당신보다 훨씬 더 잘 살며, 훨씬 더 재미있게 지내는 것이 현실이다.

완벽주의는 당신의 글쓰기를 망치고, 창조성과 장난기와 생명력(이 말은 캘리포니아 사람들이 주로 사용하는 용어다)을 방해한다. 완벽주의는 청소할 일이 두려워 되도록 어지르지 않고 살려고 필사적으로 노력하는 것이다. 그러나 어지럽고 혼란스러운 것들은 인생이 그만큼 활발히 굴러가고 있다는 것을 보여 준다. 원래 난잡함이란 대단히 풍부한 다산성의 땅이다. 당신은 그 모든 쓰레기 더미 속에서 새로운 보물을 발견할 수도 있고, 여러 가지 것을 깨끗하게 하거나, 어떤 것을 삭제하거나, 수정하거나, 움켜잡을 수도 있다. 단정함이란 어떤 것이 더할 나위 없이 좋다는 것을 의미한다. 단정함은 내게 숨을 참는 상태나 정지된 만화 화면을 떠올리게 한다. 글쓰기란 그와 반대로 숨 쉬고 움직이는 것을 필요로 하는데 말이다.

나는 스물한 살 때 편도선 제거 수술을 받았다. 걸핏하면 목구멍이 붓는 체질이었고, 의사는 마침내 내 편도선을 제거해 버려야 한다고 판단했다. 그 수술을 받은 후 일주일 동안, 침을 삼키는 것만으로도 너무 목이 아파서 빨대 하나를 물려고 입을 벌리기도 힘든 지경이었다. 진통제 처방을 받았지만, 진통제를 먹어도 고통은 줄어들지 않았다. 나는 간호사를 불러 다른 처방을 받거나, 아니면 (내가 마약 중독을 우려하는 점을 고려해서) 다른 약과 혼합한 마약 처방을 받아야 할지도 모른다고 말했다. 그러나 그녀는 둘 다 들어주지 않았다. 나는 그녀의 상사와 말하게 해달라고 요청했다. 간호사는 자기 상사가 점심을 먹으러 갔으며, 내게 다른 건 별로 필요 없고 단지 껌을 사서 열심히 씹으면 된다고 단호히 말했다. 껌을 씹는다니, 생각만 해도 목구멍이 꽉 막히는 느낌이었다. 그녀는 이렇게 설명해 주었다. 우리 몸은 상처를 입었을 때, 그 부위의 근육을 단단히 뭉침으로써 더 이상의 폭력이나 감염이 일어나지 않게 상처를 보호하려 한다. 그러므로 내가 그 경직된 근육을 다시 이완시키고 싶으면 그 근육을 충분히 사용해서 풀어줄 필요가 있다는 얘기였다. 나의 가장 친한 친구 패미가 밖에 나가서 껌을 사다 주었고, 나는 마지못해 껌을 씹기 시작했다. 엄청난 적대감과 의심을 내비치면서 말이다. 처음 껌을 씹었을 때 목구멍 안쪽이 찢어지는 것 같았지만, 몇 분 더 씹자 모든 고통이 감쪽같이 사라져 버렸다.

나는 그 비슷한 일이 마음의 근육에도 일어난다고 생각한다. 우리의 심리적인 상처 주변에서 근육이 단단히 뭉치는 것이다. 즉, 유년 시절의 상처나 성인기에 겪은 상실감이나 실망감들, 아니면 그 두 가지 모두에서 비롯된 굴욕감 같은 것들이 주위의 근육을 긴장시키는 것이다. 그 상처가 다시 똑같은 자리를 공격당하지 않도록, 낯선 물질이 거기에 닿지 못하도록 보호하기 위해서 말이다. 덕분에 그 상처들은 치료될 기회를 놓쳐 버린다. 완벽주의는 우리의 근육이 단단하게 뭉치는 것과 같은 원리를 가졌다. 어떤 경우에는 심지어 거기에 그런 상처나 근육 경직이 있는지도 알지 못하지만, 둘 다 우리를 구속하는 건 사실이다. 그것들은 우리가 계속해서 꼼꼼하고 근심스러운 태도로 움직이고 글을 쓰도록 만든다. 또한 우리로 하여금 한 걸음 뒤로 물러서서 인생을 방관하게 하고, 인생을 있는 그대로 즉각적으로 경험하지 못하도록 방해한다. 그렇다면 우리는 어떻게 그것들을 극복하고 계속 전진할 수 있을까?

당신이 하느님을 믿는다면 해결은 훨씬 쉬울 것이다. 그러나 반대의 경우라도 불가능하지는 않다. 당신에게 믿음이 있다면, 당신의 하느님이 이러한 완벽주의로부터 다소 당신을 풀어줄 수 있을지도 모른다. 그래도 여전히 쉽지는 않은데, 하느님의 가장 짜증스러운 점은 그가 결코 마녀처럼 마법의 지팡이를 휘둘러 우리가 원하는 것을 얻도록 해주지 않는다는 점이다. 그게 뭐 그리 대단히 힘든 일이기라도 한 듯이 말이다. 그 대신 하느님은 당신에게 끔찍할 정도로 형편없는 초고를 최대한 많이 쓸 수 있는 용기나 정력을 줄 수는 있을지도 모른다. 그러면 당신은 이 형편없는 초고로부터 훌륭한 두 번째 원고가 태어난다는 것을 깨닫게 된다. 그때가 되어야 이 너절하기 짝이 없는 결함투성이 원고가 지닌 가치를 발견할 것이다.

당신의 하느님은 매우 엄격하고 도덕적인 판단을 좋아하는 완벽주의자이거나(마치 밥 돌같이), 혹은 드문 경우이긴 하지만 나의 하느님과 같을 수도 있다. 그러나 나의 성직자 친구는 우리가 유년 시절에 받아들인 하느님의 개념에서 벗어날 필요가 있다고 경고했다. 유년기의 신은 당신을 사랑하고 이끌어 주지만, 당신이 나쁜 행동을 하면 벌을 준다. 한편으로 그는 회색 양복차림의 고등학교 교장 선생님 같을 수도 있다. 당신의 이름은 결코 외우지 못하지만 언제나 당신의 학생부 파일을 찜찜한 기분으로 훑어보는 분 말이다. 만약 당신의 하느님이 이러한 분이라면, 그보다 덜 깐깐하고 당신의 행동을 보며 약간이라도 더 즐거워할 만한 누군가의 인상 속에 하느님의 이미지를 섞을 필요가 있다. 인기 가수 데이비드 번 정도면 괜찮다. 코미디언 그레이시 앨런이면 또 어떤가. 인기 진행자 로저 씨라도 상관없다.

당신이 하느님을 믿지 않는다면, 제닌 로스의 이 위대한 문장을 떠올리는 게 도움이 될 것이다.

"자각이란 당신 자신과 어울리는 법을 배우는 것이다. 나아가 보다 다정한 동반자가 되는 법을 배우는 일이다. 당신이 좋아하고 기꺼이 응원하고 싶은 어떤 사람이 마치 당신 자신인 것처럼 말이다."

당신이 가까운 친구의 처녀작을 읽을 때 그 친구 면전에서 별로 마음에 들지 않는다는 듯 눈을 이리저리 굴리거나 킥킥거리지는 않을 것이다. 손가락으로 자기 목구멍을 찌르는 시늉을 하지도 않을 것이다. 아마도 이런 식의 말을 건네지 않을까?

"잘했어. 몇 가지 문제점에 대해서는 나중에 함께 이야기해보자. 지금은 아니야. 지금은 그저 전속력으로 전진해!"

핵심은 이것이다. 어떤 경우든 쓰기를 원하는 한 당신은 어딘가에 도달할 터이지만, 자신의 완벽주의를 극복하려고 노력하지 않는 한 그다지 멀리 나아갈 수 없다는 것. 일단 뭔가를 쓰려고 자리에 앉으면, 당신은 자신이 느끼는 대로 진실을 말하려 한다. 당신 안의 뭔가가 그러라고 명령하니까. 그것은 마치 만화영화에서 연기로 만들어진 손가락이 그러듯 당신을 툭툭 건드린다. 그 연기는 좀 식히려고 창가에 올려 둔 갓 구운 파이에서 피어올라 문틈으로, 쥐구멍으로, 또는 잠든 남녀의 콧구멍 속으로 스며든다. 연기가 손가락을 까딱하면, 쥐나 남자나 여자는 자리에서 일어나 코를 킁킁대며 냄새를 따라갈 수밖에 없다. 그러나 조금 있으면 연기는 희미해지고, 당신은 최선을 다해 콧구멍을 벌렁거리면서 냄새를 좇아야 한다. 그러는 동안에도 당신은 끈기와 인내가 어떤 느낌을 주는지에 주목할지 모른다. 다음 날, 냄새가 좀 더 강해진다. 그게 아니라 단지 당신의 근성이 조용히 고양되고 있는 것인지도 모르지만. 이것은 너무나 귀중한 경험이다. 이와 반대로, 완벽주의는 오로지 당신을 미치게 몰아갈 뿐이다.

하루 종일 쓴 것이 읽고 보니 엉망진창일 수도 있다. 하지만 좀 그러면 어떤가. 소설 커트 보니것은 이렇게 말했다.

"나는 글을 쓸 때, 입에 크레용 하나를 물었을 뿐 팔도 다리도 없는 사람처럼 느낀다."

그러니 하던 대로 계속 밀어붙이고, 커다란 실수와 시행착오를 범하라. 많은 종이를 다 써버려라. 완벽주의는 졸렬하고 냉혹한 형태의 이상주의이다. 반면 뒤죽박죽 무질서야말로 예술가들의 진정한 친구이다. 우리가 아이였을 때 어른들이 부주의하게도 말해 주지 않은 것이 바로 이것이다. 즉 우리가 누구인지, 왜 태어났는지를 깨닫기 위해서는 실패해 볼 필요가 있다는 사실 말이다. 한 걸음 나아가, 우리가 무엇을 써야 할지를 깨닫기 위해서도 실패는 필수다.

점심 도시락에 관해
이야기하기

　글쓰기에 관해 내가 알고 있는 모든 것을 낱낱이 털어놓기 시작했지만, 학창시절 점심 도시락에 관해 알고 있는 것들도 모두 다 고백할 작정이다. 왜냐하면 그 두 가지가 갈망과 역동성과 불안이라는 측면에서 매우 유사하기 때문이다. 나는 또한 점심 도시락 이야기를 통해, 짧은 글을 한 편씩 쓴 다음 그것을 모아 거칠고 조잡한 초고를 쓰는 것이 어떻게 수많은 상세한 기억들과 날것의 소재들, 그림자 속에서 어른거리는 낯선 인물들에게 생명을 부여하는지를 보여 주려 한다.

　가끔씩 학생이 전화를 해서 뭐든 써보려고 아무리 애써도 소용없다며 자기는 재능이 없는가 보다고 울먹인다. 그러면 나는 그에게 학창시절의 점심 도시락에 대해 말해 보라고 시킨다. 그 학교는 교구 부속 학교일 수도 있고, 사립 학교일 수도 있고, 캘리포니아 남부에 있거나 뉴욕에 있는 학교일 수도 있다. 또 그 학생은 나보다 20년 전에 졸업했거나, 10년 후에 졸업했을 수도 있다. 그러나 그들이 털어놓는 경험을 들어 보면 결국 캘리포니아 북부의 중산층 공립 학교를 다닌 나의 도시락 이야기와 거의 유사하다. 다른 한편으로는 중요한 측면에서 차이를 보이는데, 그 차이를 뜯어보면 무척 재미있다. 그 차이의 양상을 연구하면 할수록 역시 우리에게 공통점이 있다는 사실을 더욱 확실히 믿게 되기 때문이다. 전화를 건 학생은 학교 점심에 대해 나와 마구잡이로 토론하다가 몇 가지 이상한 이유로 어느새 글쓰기에 대한 열망에 가득 차고, 보다 나아진 모습으로 전화를 끊는다.

한번은 어느 수업에서 학생들에게 30분 동안 학교 점심 도시락에 대해 글을 쓸 것을 요구했고, 나 역시 그들과 함께 앉아서 다음과 같이 글을 썼다.

여기 내가 공립 학교의 점심에 대해 알고 있는 중요한 사실이 한 가지 있다. 그것은 바로 점심 도시락이 그 도시락을 싸 온 아이들과 닮아 있다는 점이다. 점심 도시락을 펼치는 일은 정말로 모든 사람 앞에서 우리의 내면을 공개하는 것과 같았다. 글쓰기하고 똑같이 말이다. 7학년이나 8학년 체육 시간이 끝나고 샤워실에서 옷을 벗을 때, 모든 사람이 당신의 벌거벗은 몸이나 결점을 볼 수 있고, 당신의 몸 냄새를 맡을 수 있다. 그 시간 내내 당신은 쥐구멍에라도 뛰어들고 싶은 심정이 된다. 마찬가지로 당신의 점심 도시락을 채운 내용물은 당신과 가족의 상태를 대변해 준다. 어떤 도시락은 꽤 근사하지만, 어떤 것들은 그렇지 않았다. 사람들이 그렇듯. 거기에는 일종의 코드랄까, 올바르고 적절하다고 여겨지는 방식이 있었다. 너무도 명백했다.

30분 안에 완성하기에는 소재가 너무 넘쳐서 시간이 부족했다. 학생들도 마찬가지였다. 그래서 수업이 끝난 후에도 아무도 자리에서 일어나지 못했다. 우리는 부모님이 갈색 도시락 봉지에 손으로 쓴 글씨까지는 묘사하지 않기로 했다. 그게 터키 암살자의 글씨체와 얼마나 비슷했는지, 거기 적힌 내용이 무엇인지에 대해서도 언급하지 않고 넘어가기로 말이다. 잠시 동안 봉지 자체는 옆으로 밀어 두고, 그 대신 우리는 봉지 속 내용물에 집중했다. 특히 샌드위치부터 생각해 보기로 했다. 우리가 손에 든 것은 2.5센티미터짜리 사진틀이니까 말이다.

당신의 샌드위치는 도시락의 주인공이고, 거기에는 엄격한 불문율이 있었다. 가게에서 산 흰 빵이야말로 허용될 수 있는 유일한 빵이었다. 예외는 없었다. 만약 당신의 어머니가 샌드위치용 빵을 직접 구웠다면, 당신은 다른 사람이 그걸 알아보지 않기만을 바랄 뿐이었다. 당신은 결단코 그것을 자랑해서는 안 되었고, 어머니가 치즈까지 직접 만들었다는 자랑은 더더욱 해서는 안 되었다. 빵 사이에 넣을 수 있는 내용물도 오직 몇 가지에 한정되었다. 볼로냐소시지는 괜찮고, 살라미와 냄새가 약한 치즈는 괜찮았다. 땅콩버터와 젤리도 나쁘진 않았다. 당신의 부모님이 젤리와 잼의 차이를 이해하고 있다면.

포도 젤리가 최고였고, 그것도 충분히 달고 미끈거리며 석유처럼 광택이 있는 것이라야 했다. 딸기 잼이 두 번째였다. 그 밖의 모든 것은 이상한 것이었다. 예를 들면 산딸기 잼 같은 것…….

내가 산딸기 잼에 대해 정확히 뭐라고 썼는지는 잘 기억나지 않는다. 그 잼이 들었을 경우 매우 당혹스러워했다는 것밖에는. 그날 밤 집에 돌아가 친구에게 전화를 걸었다. 그는 매우 성공한 작가이고, 내가 아는 한 가장 신경이 과민한 사람이었다. 나는 그에게 초등학교 시절 점심 도시락에 포도 젤리가 들어가면 최고였고, 딸기 잼은 그냥 괜찮은 정도였지만, 산딸기 잼은 정말 최악이지 않았냐고 물으며, 기억나는 대로 무슨 경험이든 들려달라고 했다. 그러자 친구는 잔뜩 흥분해서 도시락에 관한 모든 기억을 토로하기 시작했다. 산딸기 잼에 관한 일화가 얼마나 많은지, 또 한 스푼마다 깨알 같은 씨들이 얼마나 많으며, 먹을 때마다 이에 얼마나 박혔는지에 관해서도. 마치 그 속에 수많은 작은 사람들이 들어 있는 것만 같았다고. 그것은 시체로 만든 잼이었다고.

그런 다음 살구 잼에 대해서도 언급했는데, 그건 산딸기 잼보다 더 나빴다. 나는 30년 동안 살구 잼에 대해서는 까맣게 잊고 있었는데, 그 순간 모든 기억이 끔찍한 광경과 함께 되살아났다. 살구 잼은 외관상 접착제와 너무나 유사했고, 고무풀 같은 점액질로 되어 있어서 징그러웠다. 그러나 당신은 아버지가 도시락을 쌀 경우 살구 잼을 먹을 수밖에 없었다. 아버지들은 살구 잼을 좋아했기 때문이다. 접착제와 유사해서였을까? 이유는 잘 모르겠지만, 프로이트의 딸 안나 프로이트도 그것에 관해 연구를 해보았을 거라고 확신한다.

그날 밤 자리에 앉아 도시락에 관한 글을 마저 썼다.

그 시절을 회상해 보면, 대체로 아버지가 도시락을 만들 때 모든 사태는 더 악화되었다. 아버지들은 그 당시 매우 건망증이 심하고 무심했다. 그들은 마치 외국인 같았다. 예를 들면 정식 볼로냐소시지 샌드위치는 흰 빵에 얇게 썬 볼로냐소시지 두 조각, 머스터드, 숨이 죽은 양상추 이파리 한 장으로 이루어져야 했다. (가톨릭 신자들은 마요네즈를 매우 좋아했는데, 우리도 나중에는 그렇게 되었다.) 우선 아버지들은 언제나 규정에 없는 빵을 선택한 다음, 거기다 마구잡이로 버터를 발랐다. 그렇게 만든 샌드위치는 샌드위치가 아니라 이것저것 욱여넣은 순대 같았다. 또한 아버지가 만든 샌드위치는 모든 내용물이 항상 바깥으로 떨어져 내렸다. 나는 왜 그런지 알 수가 없었다. 아버지들은 오직 숨이 죽은 양상추 이파리만 허용되는 자리에다 양상추가 아닌 뭐든 초록색에 쭈글쭈글한 것은 다 넣을 수 있는 줄 알고 집어넣었다. 당신의 친구들은 볼로냐소시지를 따라서 커다란 로메인 상추 잎이 떨어져 내리는 것을 목격했고, 당신은 곧 담장에 기대어 서 있는 왕따 친구 옆에 있는 자신을 발견했을 것이다.

학교에는 언제나 아이들과 어울리지 못하고 담장에 기대어 서 있는 아이가 하나 있었다. 우리는 그 담장에 서 있지 않은 것을 얼마나 큰 다행으로 여겼던가. 만약 그 아이가 남자아이라면, 아마도 발치에 트럼펫 케이스가 놓여 있고 이상하게 닳은 구두를 신고 있을 것이다. 왜냐하면 그는 다른 아이들과 섞여 보도 위로 걷는 것을 피하고 그 대신 깽깽거리는 개들과 함께 잡초가 우거진 길을 따라 걸었기 때문이다. 그는 자기 점심 도시락이 남들과 너무 다르다는 것을 악몽으로 느꼈기 때문에 그 정류장에 내리지 못했던 것이다.

그는 나중에 커서 틀림없이 작가가 되었을 것이다.

자, 이러한 것이 유용한 글쓰기의 재료가 된다는 것을 누가 알겠는가? 당신이 그 모든 것을 다 기록하기 전에는 그중에서 무엇이 재료가 될지 말할 수 없지만, 일단 다 써놓고 보면 거기에는 당신이 재료로 선택하게 될 하나의 문장이나 인물, 또는 테마가 있을 것이다. 아무튼 그것을 모조리 다 써야 한다. 그냥 쓰기만 하면 된다.

일전에『뼛속까지 내려가서 써라』의 저자인 나탈리 골드버그가 글쓰기에 관해 강연하는 것을 들은 적이 있다. 청중 하나가 최고로 효과적인 글쓰기 방법을 알려 달라고 하자, 그녀는 노란 노트를 집어 든 다음 펜을 잡고 글을 갈겨쓰는 시늉을 했다. 나는 이것이 일종의 선문답이라고 생각했다. 불교의 '염화미소'랄까. 부처님이 산에서 설법할 때 아무 말 없이 꽃 한 송이를 들어 보이자 어느 제자가 그 뜻을 깨닫고 미소를 지었다는 데서 나온 말이다. 착한 기독교 소녀 출신으로서, 예수님도 글쓰기에 관해 영감을 줄 수 있는 말을 하신 적이 있었으면 좋으련만. 학생들이 나에게 글쓰기에 관한 최고로 실용적인 조언을 해달라고 요구할 때, 나도 언제나 종이 한 장을 집어 들고는 마구 갈겨쓰는 시늉만 보여 준다. 학생들은 대개 이것이 내가 발명한 방법이 아닐 거라고 생각한다. 내 수준에 비해 월등하게 지혜롭고 선문답적이기 때문이다. 나는 그 행동의 출처가 나탈리 골드버그라고 밝히는 것을 자주 까먹는다.

"하지만 도대체 뭘 적는단 말인가요?"

그다음 그들이 하는 질문이다.

"당근 스틱에 대해 적어 보시죠."

표준적인 당근이라면 기계에서 찍어 나온 것 같은 모양에, 완벽히 획일적인 모양을 갖춰야 하고, 샌드위치 길이보다 절대 길어서는 안 된다. 당신의 부모님은 가끔씩 들쭉날쭉한,

바보 같은 토끼나 먹을 당근이 든 파라핀지 꾸러미를 들려서 학교에 보냈을 것이다. 그리고 당신은 당근으로 인해 자존감이 너무나 낮아져서 담장에 기대어 서 있는 아이를 쳐다볼 위험을 감수할 수조차 없었을 것이다. 그것은 아주 나쁜 징조다. 만약 당신이 그를 흘긋 쳐다보기라도 한다면, 눈에 보이는 감정 이입의 빛줄기가 거의 무지개처럼 그와 당신 사이에 통해서, 동급생들의 마음속에 영원히 둘의 연관성이 각인될 것이기 때문이다.

그다음으로 중요한 것은 포장지이다. 파라핀지와 나중에 등장한 랩이 그것이다. 정식 샌드위치는 인생에서 한 가지라도 괜찮기를 혹은 괜찮아 보이기를 바라는 간절한 열망과 관련이 있고, 당신 주변의 모든 것과 집에서, 당신의 내면에서 모든 것이 너무나 혼란스럽고 고통스러울 때, 당신의 샌드위치 포장지마저 바보같이 보이지 않도록 하는 것은 매우 중요한 법이다. 표준적인 점심 도시락은 당신의 가족 중 누군가가 당신에게 관심을 쏟아 주고 있다는 것을 보여 주어야 한다. 비록 속으로는 당신의 부모가 이쪽저쪽으로 틀어져 이혼 직전이라는 것을 알고 있다고 하더라도 말이다. 그래서 점심 도시락은 침대를 정돈하는 것과 약간 비슷한 구석이 있다. 모든 것이 질서정연하게 정돈되어 있어야 하는 것이다. 샌드위치는 병원 침상의 귀퉁이처럼 각이 깔끔해야 한다. 그렇지 않은가?

이 정도면 충분하다. 이제 점심 도시락에 대해 할 말은 다 했다. 이제 나는 이 이야기들로부터 소재를 선택해, 그것으로 글을 쓰고, 형태를 만들고, 편집하고, 강조할 곳에 강조를 하거나 아니면 삭제할 것이다. 이것은 나의 학교 점심 도시락 이야기이다. 당신의 점심 도시락은 나의 것과 다를 것이고, 나는 그것에 관한 이야기를 듣는 것이 재미있다. (내 말을 오해하지 말기 바란다. 나는 당신이 그 이야기를 내게 우편으로 보내라는 말을 하는 게 아니다.) 점심 도시락이 당신과 당신의 가족, 당신이 성장하던 시절에 관해 다소 재미있는 일화들을 드러낼 것이라고 확신한다.

그리고 내가 여기에 인용한 것이 조잡한 초고라고는 하지만, 담장에 기대어 있던 소년이 어디에서 튀어나왔는지는 도저히 모르겠다. 내가 글을 시작할 무렵에만 해도 그가 내 기억 속에 있는지조차 몰랐다. 그는 내가 이 수업에서 얻은 가장 중요한 수확이다. 내일 소설을 쓰려고 작업실 책상에 앉을 때, 그는 중요한 캐릭터가 될 것이고, 나는 그에 대해 더 많은 이야기를 쓰고 싶어질 것이다. 나는 그를 이해하게 될 것이고, 그는 오직 자기만이 데려가 줄 수 있는 곳으로 나를 데려가거나 무언가 중요한 것을 나에게 말해 줄 것이다.

폴라로이드가
현상되는 과정

　조잡한 초고를 쓰는 일은 폴라로이드 사진이 현상되는 과정을 지켜보는 일과 매우 비슷하다. 당신은 그 사진이 전체 모습을 드러낼 때까지는 거기에 무엇이 찍혀 있는지 정확히 알지 못할 뿐만 아니라, 전혀 예상도 하지 못한다. 물론 당신은 관심을 끄는 장면을 선택해서 사진을 찍었다. 예를 들면 앞 장에서 나의 관심과 주의를 끄는 것은 점심 도시락을 채운 내용물이었다. 그러나 현상이 진행됨에 따라, 담장에 기대 서 있는 소년의 이미지가 점차 선명하게 떠오른 것을 발견했다.

　폴라로이드 사진에 담장에 기대 서 있는 소년이 나타날 거로 예상했다 하더라도, 한 가족이 그에게서 몇십 센티미터 떨어진 자리에 서 있다는 사실은 마지막에 가서야 알아차린다. 아마 그 소년의 가족이거나, 그 소년과 같은 반 친구의 가족일 수 있겠지만, 아무튼 이들이 그 사진에 끼어들어 있다는 것은 예상치 못한 사실이다. 그때 카메라에서 튀어나온 또 한 장의 사진. 어슴푸레

한 청회색 화면은 점차 더 선명해지다가, 마침내 부부가 아기 하나는 안고 다른 두 아이는 옆에 세운 채 서 있는 장면으로 드러난다. 처음에는 모두 매우 다정해 보이지만, 나중에 그림자들이 나타나기 시작하면서, 지독한 비극과 함께 그들의 입매에 드러난 야비한 성격이 부각될 것이다.

그런 다음 당신은 그 사진을 손에 쥐었을 때만 해도 그 속에 있으리라고는 알지 못했던 붉은 꽃들을 언뜻 발견한다. 사진의 아래쪽 4분의 1을 차지하고 있는 이 꽃들은 당신에게 신비로운 감동을 주어, 지난 한 시절이나 옛 기억을 상기시킨다. 그리고 마침내, 그 사진이 완전히 초점이 맞을 정도로 선명해지면, 당신은 이 사람들을 둘러싼 모든 소품을 알아보기 시작할 것이고, 그것들이 얼마나 우리를 규정하고 또 위로하는지 이해하기 시작한다. 그것들은 우리가 지닌 가치와 욕구, 자의식 등을 보여 준다.

당신은 처음에만 해도 이 작은 사진이 어떤 내용을 담고 있을지 전혀 감을 잡지 못했다. 이제 당신을 압도하는 이 사람들에게 무엇인가 특별한 것이 있음을 알게 되었고, 그 정체를 밝혀내기 위해 꽤 오랫동안 그 사진을 붙잡고 궁싯거릴 것이다.

이 폴라로이드 사진이 현상되는 과정을 따라가 보자.

예닐곱 해 전 스페셜 올림픽이라 불리는 발달장애인 올림픽에 관한 취재 기사를 청탁받았다. 나는 몇 년간 꾸준히 그 행사를 보러 갔는데, 내 친구 두 명이 출전했기 때문이기도 하지만 원래 스포츠를 좋아한다. 장애인이든 건강한 사람이든 운동선수들을 보는 것이 좋다. 그래서 이번에도 엄청난 기대를 품고 보러 갔지만, 완성된 원고가 어떤 내용일지는 전혀 예상하지 못했다.

스페셜 올림픽에서는 모든 시합이 상상할 수 없을 정도로 느리게 진행되는 경향이 있다. 제멋대로 움직이는 몸을 감추려는 노력 같은 건 아니다. 그래도 그 나름의 열광적인 분위기가 있어서 나는 오전 내내 즐겁게 응원하고 기록을 했다.

점심시간 전에 열린 마지막 육상경기는 20미터 달리기였는데, 중증 장애를 지닌 달리기 및 경보 선수들이 출전했고, 그들의 모습은 혼란 그 자체였다. 그들은 떼 지어 몰려나와서는 이리저리 흔들리며 질주했다. 한 남자는 무리에서 이탈해 관중석을 향해 달팽이처럼 느린 속도로 다가오고 있었고, 또 한 명은 우승자에게 메달을 수여하는 시상대를 향해 달려가고 있었다. 둘 다 진행 요원의 도움으로 다시 무리 속으로 돌아갔다. 경기는 영원히 계속될 것만 같았다. 이제 정오가 다 되었고 우리는 모두 몹시 배가 고팠다. 마침내 모든 선수가 결승선을 통과해 스탠드에 있던 관중들은 식사하러 가려고 일어섰다. 바로 그때 우리는 트랙 아래쪽을 쳐다보다가 출발선에서 3, 4미터 떨어진 곳에 또 한 명의 주자가 남아 있는 것을 발견했다.

바싹 마른 몸 위로 얼굴만 정상적으로 보이는 열여섯가량 된 소녀였다. 소녀는 금속으로 만든 의족을 단 다리를 꾸준히 움직여 앞으로 나아가고 있었다. 작게 한 걸음을 내딛고 난 다음 나머지 한 다리를 움직였고, 한번 움직일 때 5 내지 7센티미터 정도 전진하는 것 같았다. 그렇게 조금씩 조금씩 한 다리 한 다리를 움직여 걸었다. 그것을 바라보는 일은 고문 그 자체였다. 게다가 나는 배가 고파 졸도할 지경이었다. 나는 마음속으로 미칠 지경이 되어, '제발, 제발, 제발'이라고 소리쳤고, 안절부절못하며 이마만 쓸어내렸다. 그러는 동안에도 소녀는 5 내지 7센티미터짜리 보행을 꾸준히 이어가고 있었다. 거의 네 시간처럼 느껴지는 시간이 흐른 후 소녀는 마침내 결승선을 통과했고, 우리는 그녀가 절대적인 기쁨에 어쩔 줄 몰라 하며 매우 수줍고 소녀답게 열광을 드러내는 것을 볼 수 있었다.

점심을 먹으러 가기 위해 관람석을 떠날 때 앞니가 없는 키 큰 흑인 남자와 나란히 걷게 되었다. 그가 내 스웨터 소매를 잡아당기더니 그날 자기가 친구들과 함께 찍은 폴라로이드 사진을 건네며 말했다.

"여기 우리 좀 보세요."

그의 말은 알아듣기 어려웠다. 휘어진 레코드판이 회전할 때처럼 어눌하고 느리게 들렸다. 사진 속에 있는 그의 두 친구는 다운증후군 같았다. 그들 셋은 모두 다 극도로 기분이 좋아 보였다. 나는 사진을 보고 감탄하고 칭찬해 준 다음 주인에게 돌려주었다. 그러자 그가 갑자기 걸음을 멈추었고 나도 따라 멈추었다. 그는 사진의 자기 얼굴을 가리키며 말했다.

"보세요, 정말 멋있는 남자죠."

그 장면으로부터 나의 원고가 모양을 드러내기 시작했다. 아직 어떤 내용의 원고가 될지는 확실히 말할 수 없었지만, 그 순간 내가 무엇을 써야 할지를 알 것 같았다. (감이 잡히기 시작했다.)

식사를 마친 후 나는 관중석을 이리저리 돌아다녔고, 그곳에서 남자 농구 경기가 열리고 있는 것을 발견했다. 앞니가 없던 그 남자는 시합의 스타였다. 비록 그 누구도 점수를 내지 못한 상황이었지만, 분명 그는 스타였다. 그의 팀 선수들은 거의 모든 공을 다 그에게 패스했다. 심지어 상대편 선수들조차 그에게 패스하는 경우가 부지기수였다. 득점하는 일에는 별 관심 없이, 그들은 공을 쿵쿵 드리블하면서 느린 속도로 코트 안을 이리저리 몰려다녔다. 이렇게 시끄러운 시합은 본 적이 없었다. 동시에 그것은 온갖 종류의 아름다움을 지닌 시합이었다. 나의 원고와 우리 학생들을 위해서 그 시합을 어떻게 묘사할 것인지 상상했다. 그 시끄러움과 열광에 대해서 말이다. 나는 자신의 방식으로 결승선까지 완주한 의족 소녀의 모습을 계속해서 재생시켰다. 그러다 갑자기 청회색 빛 어둠으로부터 원고가 모습을 나타내기 시작했다. 그것은 긴 시간을 지나며 기쁨으로 전환된 비극에 관한 이야기이자, 순전한 노력의 아름다움에 관한 이야기가 될 것임을 알 수 있었다. 그 멋진 한 남자와 두 친구의 사진만큼이나 선명하게 나의 원고도 윤곽을 드러냈다.

관중석의 자리들이 빽빽하게 들어찼다. 그러고는 몇 분 후에, 점수판에는 여전히 아무런 득점도 기록되지 않았지만, 그 키 큰 흑인 남자가 코트의 이쪽저쪽을 천천히 드리블하며 달리다가, 공을 공중으로 던져 올렸고, 그것이 마침내 림 안으로 떨어졌다. 관중은 포효했고, 양쪽 팀의 모든 선수가 휘둥그레진 눈으로 골대를 쳐다보았다. 마치 림에 갑자기 불이라도 난 것처럼 말이다.

나는 내 학생들에게, 그들도 그곳에 있었다면 그 시합에 반해 버렸을 거라고 말했다. 당신이라도 하루 종일 그들을 보았다면, 그들에 관해 글을 쓰고 싶다는 의욕에 사로잡혔을 것이다.

등장인물
(캐릭터)

당신의 등장인물들을 인식하는 일 역시 폴라로이드 사진의 현상 과정과 비슷하다. 내가 내 소설에 등장하는 인물을 이해할 수 있도록 도와주는 이미지가 하나 있다. 친구가 들려준 이야기인데, 우리는 모두 출생할 때 자신만의 마음의 땅을 부여받는다고 했다. 당신도 하나, 무서운 필 삼촌<small>세계적 연설가이자 목사인 노먼 빈센트 필 박사를 말함</small>도 하나, 나도 하나, 트리샤 닉슨도 하나, 모든 사람이 하나씩을 갖고 있는 것이다. 그리고 다른 누군가에게 피해를 입히지 않는 한도 내에서, 당신은 정말 마음대로 자유롭게 땅을 활용하게 된다. 과일나무나 꽃들을 심거나, 채소를 알파벳 순서대로 분류해서 심을 수도 있고, 아무것도 안 하고 땅을 놀려도 상관없다. 거대한 창고형 마트처럼 만들고 싶다면, 혹은 폐차장으로 만들고 싶다면, 당장 그렇게 하면 된다. 땅 둘레에는 담장이 있고 문도 있는데, 만약 사람들이 계속 당신의 땅에 침범하여 땅을 망치거나 자신들이 옳다고 생각하는 것을 당신에게 시키려

쓰기의
감각

고 애쓴다면, 당신은 나가라고 요구할 수 있다. 그러면 그들은 나가야 한다. 왜냐하면 이곳은 당신의 땅이니까.

같은 이유로, 당신의 등장인물들도 자기만의 마음의 땅을 지니고 있다. 그들은 각각 자기만의 특별한 방식으로 그 땅을 돌보거나 방치한다. 당신이 글쓰기를 시작할 때 알고 싶어 하는 것 중 한 가지는 바로 각 인물들 땅의 상태이다. 그 땅에 무엇을 기르며, 땅의 모양은 어떤가? 이러한 지식이 글에 그대로 나타나지는 않을지 모른다. 그래도 당신이 글로 형상화하고 있는 인물들의 내면의 삶에 대해서 최대한 많은 것을 발견할 필요가 있다.

당신은 또한 그들이 서 있는 모양새가 어떤지, 호주머니나 지갑에 뭘 넣고 다니는지, 생각에 잠길 때나 지루할 때나 두려울 때 표정과 몸짓에 어떤 변화가 나타나는지 묻고 싶을 것이다. 그들은 지난번 대선 때 누구를 찍었을까? 가만, 그런데 왜 이렇게까지 관심을 가져야 하지? 앞으로 살 수 있는 시간이 여섯 달밖에 남지 않았다는 것을 알게 된다면 그들은 가장 먼저 무슨 일부터 그만둘까? 중단했던 흡연을 다시 시작할까? 충치를 예방하려고 계속 치실을 사용할까?

당신은 스스로 만든 인물 가운데 일부는 편애할 것이다. 아마 그들은 당신의 분신이거나 혹은 당신의 일면을 지닌 사람일 테니까. 당신은 똑같은 이유로 일부 인물들은 미워할 것이다. 그러나 어느 쪽이든, 때로 당신이 사랑하는 일부 인물들에게 나쁜 일이 일어나도록 만들어야 할 것이다. 그러지 않으면 이야기가 풍부하지 못할 테니까. 좋은 인물들에게 나쁜 일이 일어나는 것은, 우리의 행동들이 필연적인 결과들을 가져오기 때문이고, 우리가 언제나 완벽하게 행동할 수는 없기 때문이다. 그들이 고상하지 못한 행동을 한 탓에 당면한 결과로부터 당신이 그들을 보호하기 시작하는 순간, 당신의 이야기는 밋밋하고 재미없어질 것이다. 마치 지루한 현실 세계처럼 말이다. 최대한 당신의 캐릭터들을 제대로 파악하도록 노력해야 한다. 그리고 뭔가 위태로운 일이 벌어져서, 그 파편이 그들에게 튀도록 하는 것이다.

알코올 중독자 구제회에서 활동하는 친구가 들려준 이야기인데, 한밤중에 술에 취해 맛이 간 상태로 집 앞 잔디밭에 쓰러져 있기 일쑤인 남편 때문에 신경이 곤두서고 절망에 빠진 아내가 있었다. 그녀는 언제나 동이 트기 전에 남편을 집 안으로 끌고 들어갔으므로 이웃 사람들은 그를 보지 못했다. 그러던 어느 날 마침내 남부 출신의 늙은 흑인 여인이 그녀를 찾아와 말했다.

"자기야, 남편은 하느님이 팽개쳐 둔 곳에 그냥 내버려 두지 그래."

그리고 나는 글을 쓰면서 천천히, 천천히 내가 사랑하는 인물을 일부러 내버려 두는 법을 배워 간다. 실제 인생에서는 훨씬 더 오래 걸리지만.

언젠가 알고 지내던 한 남자가 내게 말했다.

"증거는 내부에 있고, 당신은 판정을 내리는 배심원이야."

이것은 당신의 캐릭터들 하나하나에게 해당될 것이다. 증거는 내부에 있을 것이고, 그들 각자는 그(그녀) 자신의 배심원일 것이다. 그러나 당신은 아마도 처음에는 이 배심원이라는 존재가 무엇인지 모를 것이다. 당신은 캐릭터들의 본질 대신 외면만을 알고 있을지도 모른다. 걱정하지 마라. 시간이 가면 더 많은 것들이 드러나게 되어 있으니까. 우선은 자신이 창조한 캐릭터들이 어떤 외모를 하고 있는지 그릴 수 있는가? 그들의 첫인상은 무엇과 비슷한가? 그들 하나하나는 무엇에 가장 관심이 많으며, 세상에서 무엇을 가장 원하는가? 그들의 비밀은 무엇인가? 그들은 어떻게 움직이며 어떻게 냄새를 맡는가? 모든 사람은 자신이 누구인지를 광고하면서 걸어 다닌다. 그렇다면 이 캐릭터는 도대체 어떤 사람이란 말인가? 이런 것부터 보여 주면 된다.

당신의 캐릭터들이 행동하거나 말하는 모든 것은 그들의 인간성에서 비롯된 것이므로, 당신은 가능한 한 그들 하나하나에 대해 많이 알아 두는 것에서 출발할 필요가 있다. 그들을 파악하는 한 가지 방법은 바로 당신의 마음속을, 당신의 인간성이 가진 여러 가지 다양한 측면을 들여다보는 것이다. 당신은 그 속에서 사기꾼, 고아, 간호사, 왕, 바람둥이, 목사, 패배자, 어린이, 광대 등을 발견할 것이다. 이런 각각의 인물 속으로 들어가 그들 하나하나가 어떻게 느끼고, 생각하고, 말하고 생존하는지를 포착하도록 노력하라.

당신의 캐릭터들과 친밀해지는 또 한 가지 방법은 그들을 부분적으로 당신이 아는 누군가와 연관 지어 보는 것이다. 실제 세계에서 모델을 찾거나 그 인물들을 합성하는 것이다. 예를 들면 당신의 삼촌 에드거를 떠올리되, 우체국에 10분간 줄을 서 있을 때 관찰한 남자의 안면 경련 증세와 이상한 체취를 합성하는 것이다. 당신의 마음속에 있는 이런 인물들을 흘긋 본 다음에, 우리를 위해 그들의 그림을 그리기 시작하라. 그러나 그들을 여러 페이지에 걸쳐 너무 직접적으로 묘사하다가는 우리를 완전히 지치게 할지도 모른다. 그들이 무엇을 말하는지, 어떤 식으로 말하는지를 들어 보라. 진실을 알리는 한 줄의 대화는 여러 페이지의 묘사가 드러낼 수 없는 방식으로 인물의 진실을 드러낸다.

당신의 주요 캐릭터들은 친한 친구에게 어떤 식으로 자신의 현재 상황을 털어놓는가? 술을 약간 마시기 전에 고백하는가, 아니면 마시고 나서 말하는가? 그들이 다가와 자신이 누구라고 생각하는지, 그리고 최근에 자기가 어떤 삶을 살았는지를 말할 때 당신은 그 말을 경청하고 받아 적어야 한다. 그와 관련해 안드레 듀버스의 글을 인용한다. 내가 처음 캐릭터에 관한 강의를 시작할 때면 언제나 학생들에게 소개하는 부분이다.

내가 단편소설을 사랑하는 이유는 그것이 우리가 사는 모습을 그대로 보여 준다고 믿기 때문이다. 그것은 친구들이 우리에게 이야기를 들려주듯이, 고통과 기쁨, 열정과 분노, 갈망과 울분을 그대로 보여 준다. 우리는 친구가 자신의 파혼 과정에 대해 이야기할 때 그와 함께 밤을 꼬박 새운다. 결국 그 이야기는 열정과 자상함과 오해와 슬픔과 돈 문제가 총체적으로 뒤얽힌 한 편의 드라마이다. 그가 결혼해서 보낸 모든 시간과 나날과 순간이나, 그와 그의 아내가 서로에게 소리를 지르며 싸우던 일, 혹은 싸우고 나서 집을 나가 돌아다녔거나 화해의 섹스를 나누던 일들에 관한 이야기들 말이다. 자신의 결혼이 종착역을 향해 가는 것을 알면서도 그는 계속 일을 해야만 했다. 아무 일 없는 것처럼 친구들과 함께 저녁을 보내고, 아이들을 길렀다. 그러나 그런 것은 친구가 들려준 이야기에 포함되지 않을 것이다. 그것이 친구의 고통스러운 이야기를 들은 며칠 후, 우리가 그를 보고 이렇게 묻는 이유이다. "좀 어때?" 이제쯤 그에게 또 다른 이야기가 생겼거나 생기는 중일 수 있다는 사실을 알기 때문이고, 우리는 그것이 기쁜 소식이기를 바란다.

각 등장인물의 삶의 바구니를 떠올려 보자. 그 심령체가 흩어지지 않고 모여 있게 하는 것 말이다. 즉, 그 인물의 일과는 무엇이며, 신념은 무엇인가? 그 캐릭터의 일기장에는 어떤 소소한 일상이 적혀 있는가? 아마도 '난 이걸 먹었고, 난 저걸 싫어하고, 이런 일을 했고, 개를 데리고 오랫동안 산책했고, 이웃들과 잡담을 나눴다.' 같은 식일 것이다. 이 모두가 그들을 이 땅과 다른 사람에게 묶어 두는 요소들이다. 각각의 인물은 그 속에서 나름의 방식으로 자기 인생을 이해한다.

수많은 구멍이 뚫려 있다는 점에서 바구니가 적합한 이미지가 될 것이다. 각각의 캐릭터는 그 바구니가 실제로 얼마나 엉성한지를 자각하고 있는가? 그들은 얼마나 현재에 충실한가? 누군가가 나에게 이런 말을 했다.

"나는 현재에 사는 법을 배우기 위해 애쓰고 있어. 지나간 현재도 아니고, 다가올 현재도 아니고, 바로 지금의 현재 말이야."

그런 측면에서 볼 때 당신의 캐릭터들은 어느 '지금'에 살고 있는가?

당신의 캐릭터들이 자기 아이들에게 예를 들거나 주입식으로 가르치는 내용은 무엇인가? 일례로 나는 오랫동안 샘에게 반전 구호를 가르친 적이 있다. 그때 샘은 겨우 두 살이었다. 걸프 전쟁이 벌어지고 있었고, 나는 약간 화가 난 상태였다.

"우리가 원하는 게 뭐지?"

나는 큰 소리로 샘에게 물었다.

"평화!"

샘이 큰 소리로 대답했다.

"그리고 우린 언제 그걸 원하지?"

내가 다시 물었다.

"지금!"

샘이 말했고, 나는 웃으며 그에게 과자를 던져 주었다.

당연히 샘은 그게 무슨 뜻인지도 몰랐고, 그저 내가 가르친 대로 말한 것이다. 나는 샘에게 '평화' 대신 '만능 음식(spoo)!'을, '지금' 대신 '8월!'을 가르치는 게 더 나았을 것이다. 비록 내 친구들은 그렇게 말하는 샘을 보는 걸 재미있어했고, 샘의 조부모님 세 명도 모두 즐거워했지만 말이다. 자, 그렇다면 이 일화는 나와 내 열망에 대해 얼마나 많은 것을 말해 주는가? 나는 세 페이지에 걸친 묘사보다는 이와 같은 짧은 대화가 오히려 독자에게 캐릭터에 관해 더 많은 것을 말해 준다고 생각한다. 그 대화는 이 일화의 주인공이 지닌 정치 성향이나, 어린 시절 집안의 분위기, 남을 웃기고 싶어 하는 성격, 평화에 대한 염원과 소속되고자 하는 욕망, 분노와 좌절을 유머로 삭이는 방식—자기 아이를 작은 찰리 매카시 인형1930년대 유명 복화술사 에드거 버겐이 자기 동생이라고 소개하던 복화술 인형처럼 소품으로 활용하는 것도 포함해서—에 관해 독자에게 많은 이야기를 해준다. 매카시 인형은 좀 오싹한 데가 있긴 하지만, 그것 역시 일종의 신랄함을 보여 준다. 아마도 그녀 자신이 35년 전 부모님의 친구들을 위해 그런 연기를 했을 것이다. 그녀는 부모님의 찰리 매카시였는지도 모른다. 추측컨대 그녀는 정신과 의사와 몇 달 동안 그것에 대해 토론을 벌였을 수도 있다. 그렇다면 이 여자가 자기가 무슨 짓을 하고 있는지를 깨닫고 아이를 이용하는 것을 멈추었을까? 아니다, 그녀는 그러지 않았는데, 그 이유는 우리에게 훨씬 많은 것을 시사한다. 그녀는 그 행동을 계속하면서 전쟁이 끝나기를 염원했다.

그러던 어느 날 세 살 반짜리 아들을 불러 또 똑같은 질문을 했다.

"이봐, 우리가 원하는 게 뭐지?"

그러자 아들은 애처롭게 "점심 밥이요."라고 대답했다. 이로써 그 대화는 수명을 다했다.

한번은 에단 캐닌에게 글쓰기에 관해 알고 있는 것 중에서 가장 중요한 것이 무엇인지 말해 달라고 졸랐다. 그러자 그는 주저하지 않고 말했다.

"호감 가는 작중 화자만큼 중요한 건 없지."

그가 옳다고 생각한다. 만약 당신의 작중 화자가 독특한 관점으로 당신을 매혹시킨다면, 꽤 긴 시간 동안 많은 사건이 일어나지 않는다 하더라도 별문제 없을 것이다. 나는 존 클리스나 앤서니 홉킨스라면 한 시간 동안 설거지를 할 뿐 별다른 일이 일어나지 않더라도 가만히 지켜보고 있을 수 있다. 호감 가는 작중 화자를 갖는 일은 당신이 함께 지내고 싶어 하는 멋진 친구를 옆에 두는 것이나 마찬가지이다. 그의 마음과 정신을 닮고 싶고, 그의 즉흥 해설이 당신의 관심을 송두리째 잡아끌고, 당신을 큰 소리로 웃게 만들고, 그가 하는 말은 다 내 것으로 만들고 싶은 그런 친구 말이다. 당신에게 이런 친구가 생겼는데, 어느 날 그 친구가 이렇게 말한다.

"이봐, 페탈루마에 있는 쓰레기 매립지까지 운전해서 가야 하는데, 같이 갈래?"

쓰기의
감각

그러면 정말 정직하게 말해서, 당신은 세상에 달리 하고 싶은 일이라곤 아무것도 없는 사람이 되고 만다. 그 친구와 함께라면 지옥 여행이라도 흥미롭게 느껴질 테니까. 그와 마찬가지로, 지겹고 싫은 사람이 당신에게 값비싼 저녁을 사준다고 제안했다고 하자. 거기다 멋진 쇼를 감상할 티켓까지 준다고 해도, 당신은 진심으로 집에서 텔레비전이나 보는 편을 선택할 것이다.

그런데 보통 한 인물의 결점들은 그(그녀)를 오히려 호감이 가는 인물로 만든다. 나는 작중 화자를 선정할 때, 내가 평소 친구로 선택하는 사람들과 비슷한 사람을 선택하는 경향이 있다. 말하자면 나와 똑같이 수많은 결점을 지닌 사람들 말이다. 자의식이 강한 것도 나쁘지 않고, 일을 미루는 버릇이나, 자기기만, 어두운 성격, 질투, 비굴함, 탐욕, 중독 성향도 괜찮다. 그들은 너무 완벽해서는 안 된다. 완벽이란 공허하고 비현실적이며, 무엇보다 치명적인 건, 너무 따분하다. 나는 그들이 뛰어난 유머 감각의 소유자이고, 중요한 사안들을 자기 자신과 연관 지어 생각하는 것이 좋다. 달리 말해 그들이 정치 문제나 심리 문제, 정신적인 문제 등에 흥미를 지니고 있다는 뜻이다. 나는 그들이 자신이 누구인지와 인생이란 도대체 무엇인지에 대해 의문을 품기를 바란다. 그들이 나와 마찬가지 방식으로 정신적인 문제를 지니고 있었으면 한다. 예를 들면, 어느 날 내 친구 하나가 "내가 안 해서 그렇지, 바다한테도 뭐라고 할 수 있어."라고 말했고, 나는 그 순간 이런 점 때문에 내가 그를 사랑한다는 사실을 깨달았다. 나는 사람들이 희망을 품고 있었으면 한다. 친구든 소설 속 화자든 너무 빨리 자신은 희망이 없다는 것을 드러내면, 나는 흥미를 잃는다. 그런 상황은 나를 의기소침하게 한다. 나는 그런 말을 들으면 과식을 하게 된다. 어떤 사람이 모든 면에서 유머러스하다면 그가 희망을 품고 있지 않더라도 괜찮다. 확실히, 다른 사람을 웃게 만들 수 있다는 건 일종의 희망이나 회복력을 뜻하기 때문이다.

소설이란 희망을 품고 있어야 한다. 적어도 미국 소설은 그래야 한다. 프랑스 소설은 꼭 그럴 필요는 없다. 우리는 주로 전쟁에서 이겼고, 그들은 주로 패배했다. 물론 그들은 다른 어떤 나라보다 유대인을 많이 숨겨 주었고, 이것은 일종의 승리일 수 있다. 그들은 비록, 내 친구 제인이 지적했듯이, 당신이나 내가 여기서 엉터리 프랑스어를 구사하면 순식간에 등을 돌리겠지만. 아무튼, 희망 없는 소설을 쓰는 것은 대체로 무의미한 일이다. 우리는 모두 자기가 죽을 거라는 사실을 안다. 중요한 것은 이런 운명에 직면한 우리가 어떤 종류의 인간으로 살아가느냐 하는 점이다.

가끔씩 기대와 달리 재미도 없고 그리 똑똑하지도 못한 사람들이 있지만, 어떤 명확한 비전을 가지고 있다면 그들 역시 훌륭한 친구나 화자가 될 수 있다. 특히 역경에서 살아남았거나 역경에 맞서 싸우는 과정에 있다면 더 좋다. 이런 것은 언제 읽어도 재미있는 소재인데, 사실상 우리 모두의 앞에 놓인 과제이기 때문이다. 살다 보면 한쪽 손은 이쪽 바위 위에 얹고, 다른 쪽 손은 저쪽 바위 위에 얹은 채, 양쪽 엄지발가락으로는 잠깐이라도 디딜 만한 단단한 곳을 찾아 더듬거려야 할 때가 있다. 바위 표면을 가늠하느라, 웃고 떠들거나 샴페인을 터뜨리거나 재치를 부릴 시간도 없다. 이런 상황에 처한 사람들은 매력적인지 아닌지 여부가 중요하지 않다. 당신이 겪어야 할 일을 그들이 앞서서 그것도 품위 있게 해내는 것을 보면 그저 반갑고 기쁘다. 그들이 겪는 시련과 그들이 보여 주는 존엄만으로도 이야기는 충분히 재미있어진다.

물론 이야기의 재미는 객관적 사건만큼이나 주관적인 취향에 좌우된다. 사람들은 정말 재미있다고 장담하면서 어떤 책이나 기사를 건네주지만, 나는 읽자마자 잠이 들어서는 책을 손에 쥔 채 부르르 떨며 깨곤 한다. 영화관에서 잠깐 졸았다가 비행기에서 떨어지는 느낌으로 잠에서 깰 때처럼 말이다. 아비게일 토머스의 짧은 단편에서 이에 관한 결정적 문장을 읽었다.

나의 어머니가 남자를 판단하는 첫째 기준은 그가 흥미로운 사람인가이다. 그 말의 진짜 의미는 고급 수학 지식이나 문법적 미묘함을 가지고 말장난하기를 좋아하는 어머니의 진가를 알아볼 수 있는 남자인지를 본다는 소리다. 상상해 보라. 로비는 이를테면 딱 빨간색 컨버스 스니커즈 정도 흥미로운 남자다. 하지만 그는 바닥의 매트리스를 가리키고는 씩 웃으면서 천천히 바지 벨트를 푼다. 그의 바지가 바닥에 흘러내리고, 그가 말한다. "누워."

내겐 이 정도면 충분히 재미있다.

또 한 가지 더. 우리는 화자같이 중요한 캐릭터가 신뢰할 만한 사람이기를 바란다. 우리는 그 인물이 사기를 치거나 내숭을 떨거나 속임수를 부리지는 않을 거라고 믿고 싶어 한다. 대신 그 인물이 최선을 다해 진실을 말해 주기를 기대한다. (그 인물의 주요한 성격이 내숭이나 사기, 거짓말쟁이가 아니라는 전제하에서.) 우리는 너무 조잡한 속임수에 당하는 것은 바라지 않는다. (그럴 경우 우린 안 속는다.) 사실 소설을 읽는다는 것 자체가 속임수의 세계로 들어간다는 것을 의미하긴 한다. 그러나 그건 즐거움을 얻기 위해서이다. 우리는 마사지 전문가에게 마사지를 받고 싶지, 카펫 터는 사람에게 얻어터지고 싶은 마음은 추호도 없다.

이것은 '작가라면 진정 어떤 식으로 진실을 말해야 옳은가?'라는 질문을 던진다. 역설적으로 말해, 작가는 궁극적인 진실을 찾아가는 사람이지만 그 길의 모든 단계에서 거짓말을 한다. 당신이 어떤 것을 꾸며 낸다면 그것은 거짓말이다. 그러나 당신이 그것을 진실의 이름으로 꾸며 낸다면, 그때는 진심을 다해 그것을 제대로 표현하면 된다. 당신은 일부는 경험으로부터, 일부는 약간의 무의식으로부터 당신의 캐릭터를 만들어 낸다. 당신은 그들에 관해 정확한 진실을 전달할 필요가 있다. 비록 그들이 당신이 만들어 낸 허구의 인물이라 하더라도. 나는 이런 일을 하는 도덕적 근거를 성서의 '황금률'의 교훈에서 찾는다. "너희는 남에게서 바라는 대로 남에게 해주라." 즉, 나는 거짓을 듣기를 원하지 않고, 당신이 진실을 말하기를 원한다. 그러려면 나 역시 당신에게 진실을 말하려 노력해야 할 것이다.

마지막으로 기억해야 할 것이 있다. 당신은 캐릭터들을 만들기 시작한 지 몇 주나 몇 달이 지나서도 그들의 본질을 파악하지 못할 수도 있다. 그에 대해 프레드릭 뷔히너가 다음과 같은 말을 했다.

> 당신은 등장인물들이 당신의 예술적인 목표를 향해 북을 울리며 일정한 속도로 행진하라고 강요하지 말아야 한다. 그 인물들이 자신의 본성에 맞춰 살 수 있도록 어느 정도의 진정한 자유를 남겨 줘야 한다. 그리고 만약 조연급 인물이 주요 인물이 되려는 경향을 보인다면, 또 그럴 가능성이 보인다면, 적어도 그에게 기회는 줘보라. 소설의 세계에서는 진짜 주인공이 누구인지 알아내기까지 꽤 많은 페이지가 필요할 때도 있으니까. 현실 세계에서라면 몇 페이지가 아니라 몇 년이 걸릴지 모른다. 당신의 근원이 어디에 있는지에 관해, 가장 친한 친구나 교회 목사님, 또는 정신과 의사보다 언젠가 기차역에서 만나 30분가량 이야기 나눴을 뿐인 낯선 사람이 더 많은 진실을 알려주었음을 깨닫기까지 꽤 오랜 세월이 걸린 것처럼.

당신의 캐릭터들에 대해 그들 자신보다 당신이 더 잘 아는 척 하지 마라. 사실 당신은 그들을 잘 모르기 때문이다. 그들에게 기회를 열어 주고 가만히 기다려 보라. 이제 차 마실 시간이고 모든 인물이 식탁에 와서 앉았다. 그들이 하는 말을 잘 들어 보라. 얼마나 간단하고 쉬운 일인가.

플롯의 정체

플롯은 책이나 단편소설의 뼈대가 되는 이야기이다. 만약 당신이 플롯에 관한 길고 똑 부러진 설명을 찾고 있다면, E. M. 포스터와 존 가드너가 쓴 책들을 보기 바란다. 그들은 플롯을 너무나 명쾌하고 지혜롭게 정의하고 있으므로, 그 책을 읽으면 당신은 늑대처럼 길게 우짖을 것이다. 나도 여기다 몇 가지 생각을 보태고 싶다. 내 학생들이 특별히 괴로워하고 혼란스러워할 때내가 그들에게 들려주는 도움말들이다.

플롯은 캐릭터들로부터 비롯된다. 당신의 이야기에 등장하는 사람들이 어떤 사람인지에 초점을 맞춘다면, 책상에 앉아 당신이 그 인물에 대해 알아낸 것을 글로 쓰고 날마다 점점 더 그들에 대해 많은 것을 알아낸다면, 어떤 사건이 일어날 조짐이 보이기 시작할 것이다.

거꾸로 말하자면 캐릭터들은 당신이 꿈꾸는 플롯을 위해 졸개 노릇을 해서는 안 된다. 당신이 당신의 캐릭터에게 임의로 부여한 플롯은 플롯의 흉내에 불과하다. 나는 플롯에 대해서는 걱정 말라고 강조한다. 캐릭터에 대해서만 걱정하면 된다고. 그 인물들이 말하는 대로 말하게 내버려 두고, 자연스럽게 그들 자신을 드러내도록 하고, 그들의 삶을 살게 하라. 그러면서 호시탐탐 스스로에게 묻는 것이다. '이제 무슨 일이 일어날까?' 관계의 발전이 플롯을 창조한다. 플래너리 오코너는 『미스터리와 매너』에서, 습작 시절 그가 길 아래쪽에 사는 늙은 여인에게 자신의 소설들 한 뭉치를 건네주던 일을 이야기한다. 소설 뭉치를 건네받은 여인은 나중에 이렇게 말하면서 원고를 돌려주었다고 한다.

"이야기가 그냥 물 흐르듯이 흘러가게 해요. 그러면 자연스럽게 보통 사람들이 할 만한 행동들을 이야기가 보여 줄 거예요."

그것이 바로 플롯의 정체다. 모두가 그렇게 해서는 안 된다고 반대하는 상황 속에서도 불쑥 일어나 그런 행동을 저지르게 만드는 어떤 것, 즉 그 누구도 막을 수 없는 필연적인 것이 바로 플롯이다. 모든 사람이 그들에게 조용히 소파에 앉아서 라마즈 호흡법이나 연습하며 잊어야 한다고 말하거나, 정신과 의사에게 상담을 받아 보라거나, 그 일을 하려는 욕구가 사라질 때까지 실컷 먹어야 한다고 말할 때 말이다.

그러니까 등장인물에게 초점을 맞추면 된다. 예를 들면 포크너의 소설에서 일어나는 사건들은 그 소설 주인공들의 본성에서 비롯된다. 비록 그의 캐릭터들이 당신이 데이트하고 싶은 유형의 사람은 아니더라도, 그들은 우리를 사로잡는다. 우리는 그들이 실재하는 인물이며, 그들이 하는 일이 그들의 본성에 부합하는 것이라고 믿게 된다. 우리는 그가 만든 소름 끼치게 아름다운 캐릭터들 때문에 포크너를 읽는다. 포크너의 책을 읽고서 그가 어떤 관점에서 인생을 바라보는지를 발견한다. 그는 이러한 것을 자신의 인물들을 통해서 보여 준다. 당신이 우리에게 보여 줄 수 있는 것은 오로지 당신의 관점에서 바라본 인생인 것이다. 당신은 바닷속으로 떠날 계획을 세워 우리에게 알려줄 수는 없다. 인생은 해저 세계에서 이뤄지는 게 아니니까. 인생은 계획대로 되는 게 아니다.

각각의 인물이 세상에서 가장 관심을 두는 것이 무엇인지를 찾아보라. 그걸 알아야만 무엇이 급선무인지를 깨닫게 될 것이다. 그 발견을 행동으로 표현할 방법부터 찾아야 한다. 그런 다음 그것이 무엇이든지 간에 당신의 인물들이 그 일을 시작하거나 매달리거나 방어하도록 시키는 것이다. 그때 가서 당신은 그들을 좋은 상황에서 나쁜 상황으로 끌어내리거나, 다시 처음의 자리로 데리고 오거나, 나쁜 상황에서 좋은 상황으로 회복시키거나, 상실한 것을 되찾도록 만들 수 있다. 그러나 무엇인가는 위기 상황에 두어야만 한다. 그렇지 않으면 아무런 긴장도 만들 수 없을 것이고, 당신의 독자들은 페이지를 넘기지 못할 것이다. 하키 선수를 생각해 보라. 얼음 위에 하키공이 하나 정도 있는 게 좋다. 공이 없다면 그는 꽤나 우습게 보일 것이다.

내가 플롯을 만드는 방식은 다음과 같다. 나는 아침에 책상에 앉아 전날 써둔 원고를 다시 읽어 본다. 그런 다음 비어 있는 페이지나 허공을 뚫어져라 쳐다보면서 부질없는 공상에 잠긴다. 내 캐릭터들의 모습을 떠올리면서, 내가 그들이 된 것처럼 상상에 잠긴다. 머릿속에서 영화 한 편이 상영되기 시작한다. 그 아래로 감성이 맥박치고, 나는 그것을 무아지경 상태에서 응시한다. 그러다 거기서 글이 튀어나오고 문장이 만들어지기 시작한다. 그러면 나는 그것을 그대로 받아 적는 작업을 한다. 그때의 나는 전속 타자수와 다를 바 없다. 또는 아이들이 무엇인가를 파헤치는 동안 옆에서 손전등을 들어 주고 있는 사람과도 같다. 아이들이 파헤치고 있는 것이 무엇이냐고? 뭔가 파헤칠 만한 대상이니까 파헤치겠지. 즉 세부사항과 단서, 이미지, 고안물, 신선한 아이디어, 사람에 대한 직관적인 이해 같은 것들이다. 황당하게 들릴지 모르겠지만, 옆에서 손전등을 들고 있는 사람은 그 아이들이 파헤치는 것이 무엇인지를 30분 동안이나 모를 수도 있다. 나중에 결과물을 보고서야 비로소 그게 황금이라는 것을 안다.

플롯은 하루하루 그때그때 당신이 캐릭터들의 말에 귀 기울이고, 그들이 뭔가를 하거나 말하거나 우연히 마주치면서 움직이는 것을 주시하는 동안에 서서히 자리를 잡는다. 당신은 그들이 서로의 삶에 영향을 미치는 것을 보고, 그들이 무엇을 할 수 있고 또 하는지를 알고, 그들이 다양한 결과에 다다르는 것을 확인할 것이다. 그리고 이러한 이야기의 발견 과정은 눈 깜짝할 새에 일어난다. 그러므로 그것에 대해 너무 걱정하지 않는 게 좋다. 다만 이야기를 계속 앞으로 진행시키려 노력해야 한다. 나중에 가면 그 이야기를 매끈하고 보기 좋게 가공할 때가 올 테니까 말이다. 존 가드너는 이렇게 말했다.

"작가는 꿈의 세계를 창조한 다음 그곳으로 자신의 독자를 초대한다. 단, 그 꿈은 생생하고 지속성 있는 것이어야 한다."

나는 내 학생들에게 받아 적게끔 한다. '단, 그 꿈은 생생하고 지속성 있는 것이어야 한다.' 정말 중요한 말이기 때문이다. 교실 바깥에서는 독자 옆에 앉아 당신이 남겨 두고 온 사소한 것들을 설명하거나, 캐릭터의 행동을 보다 재미있고 믿을 만하게 만들어 줄 세부사항을 채울 수 없다. 이야기는 독자적으로 움직여야 하고, 그 꿈은 반드시 생생하고 지속성이 있어야 한다. 당신이 간밤에 꾼 꿈을 생각해 보라. 한 장면에서 다음 장면으로 얼마나 매끄럽게 넘어가던가? 어떻게 눈도 깜빡 않고 이렇게 말할 수 있었지? "잠깐만 기다려. 난 로잘린 카터 카터 대통령의 부인와 함께 마약을 판 적 없어, 그리고 난 심지어 말도 없다고. 고양이만 한 작은 아라비아 말은 고사하고."

꿈에서는 대개 이 장면에서 저 장면으로 자연스럽게 넘어가는데, 그것이 너무나 즉각적이고 강제적이다. 당신은 단순히 그다음에 무슨 일이 일어나는지만 파악하면 된다. 이것은 곧 당신이 독자에게 바라는 바이기도 하다.

당신의 원고를 읽고 의견을 들려줄 누군가가 필요할 것이다.

아마도 친구나 동료일 텐데, 글에서 어색한 부분이 보인다거나, 이야기가 어떤 부분에서 잠시 줄거리를 벗어났다거나, 혹은 글이 당신이 생각하는 것만큼 나쁘지는 않다거나, 초반의 100페이지는 정말 손에서 내려놓을 수 없었다거나 하는 말들을 당신에게 해줄 수 있는 사람 말이다. 어쨌든 반드시 다른 사람들에게 당신의 원고를 보여줘야 한다. 사형 집행자 노릇은 너무나 힘들다. 그러나 당신 혼자 힘으로는 그 문제들을 직시할 수조차 없을지 모른다. 왜냐하면 캐릭터들과 그들의 이야기를 찾는 과정에서 당신은 시각이 아닌 느낌으로 어떤 것을 묘사하려 애쓸 것이기 때문이다. 따라서 좀 더 냉정한 시선을 보태 줄 수 있고, 초연한 입장을 지닐 수 있는 누군가를 찾아보는 게 좋다.

나에게는 앨이라는 친구가 그런 역할을 해준다. 그는 너무나 자주 다른 사람의 고양이를 보호소에 버려 줬는데, 그 일을 직접 할 용기가 없는 친구들이 부탁했기 때문이다. 그 고양이들은 병에 걸렸다거나 대소변을 못 가린다거나 하는 이유로 버려졌다. 그는 고양이에 대해서는 아무 거리낌도 없다. 그에게는 가상의 회사가 있는데, 그의 사업은 고양이들을 잠재우는 것이고, 그의 슬로건은 "고양이도 대가를 치러야 한다."였다. 당신의 원고에 대해서도 이런 일을 할 사람이 필요하다. 당신이 아무리 열심히 노력했거나 아무리 시간을 많이 들였다 하더라도 플롯에 어울리지 않는 부분은 과감하게 제거하도록 도와줄 누군가 말이다.

만약 내가 서른 명의 학생들에게, 이혼을 고려하던 중 예상치 못한 어떤 일을 맞이하게 된 남녀에 관한 글을 써오라고 말한다면, 그들은 전혀 다른 서른 편의 소설을 써올 것이다. 그들은 모두 다른 서른 가지 개인사와 감성을 지니고 있을 테니까. 어떤 사람은 동방박사들이 예수를 찾아간 이야기처럼 아내가 밤의 달빛 아래 야생 거위들이 지나가는 것을 보고서 불현듯 남편에게 한 번만 더 기회를 주기로 결심한다는 내용의 소설을 쓸 것이다. 어떤 사람은 남편이 아침에 조깅을 하다가 처음으로 자신의 결혼이 지킬 만한 가치가 있다는 것을 깨닫고 아내에게 그 희소식을 들려주기 위해 집으로 달려가다가 갑자기 학생이 모는 차에 치인다는 이야기를 쓸 것이다. 또 다른 이야기는 할리우드에서 전개될지도 모른다. 그 학생은 최근에 너대니얼 웨스트 다다이즘과 초현실주의 영향을 받은 미국 소설가. 할리우드에서 시나리오 작가로 성공함의 작품을 읽었을 것이고, 그 영향으로 매우 기괴한 이야기를 창조할 것이다. 각각의 작가들은 사랑과 인생이 무엇인지에 관해 자기만의 묘사를 완성할 것이다. 이러한 묘사 중 일부는 냉소적일 수도 있고, 감상적일 수도 있고, 희망으로 가득 찬 것일 수도 있다. 어떤 것은 느린 전개에 내면적인 독백을 위주로 하고, 어떤 것은 드라마처럼 요란한 소리로 가득할 것이다.

드라마는 독자의 시선을 끌기 좋은 방법이다. 드라마의 기본 공식은 설정(setup), 발전(buildup), 클라이맥스(payoff)이다. 농담의 구조와 같다. 설정은 우리에게 게임의 공식이 무엇인지를 말해 준다. 발전은 당신이 모든 움직임과 방향 이동 방식을 집어넣는 곳으로, 거기에서 당신은 칠면조의 살을 모두 발라낼 수 있다. 클라이맥스는 '도대체 우리가 왜 여기까지 도달했는가?'라는 질문에 대한 대답을 들려준다. 당신이 전달하려고 한 것은 무엇인가? 드라마는 앞쪽과 위쪽으로 움직여야 한다. 그렇지 않으면 관객이 앉아 있는 자리는 매우 딱딱하고 불편해질 것이다. 객석만이 아니라 관객도 그렇게 될 것이다. 마침내는 참을성을 잃고 실망하고 괴로워할 것이다. 드라마엔 반드시 움직임이 있어야 한다.

당신은 캐릭터들을 계속 앞으로 전진시킬 필요가 있다. 그들의 걸음이 아무리 느리다 하더라도 말이다. 그들이 백합이 핀 연못을 건너가는 것을 상상해 보라. 만약 백합 한 송이 한 송이가 각각 아름답고 주의 깊게 묘사된다면, 독자는 당신이 연못의 다른 쪽에 도착할 때까지 당신을 따라갈 것이다. 리듬이나 어조나 분위기 같은 것에서 최소한의 일관성만을 요구하면서.

이제 당신은 사물을 움직이고, 각각의 캐릭터를 우리가 기억할 수 있도록 적절한 효과와 속임수를 사용해야 할 것이다. 가령 어떤 캐릭터에게 시가를 물려 준다든가, 돼지같이 찢어진 알코올 중독자의 눈을 부여하는 식으로. 그러나 당신이 그것을 가짜로 꾸민다면, 바로 눈에 띌 것이다. 플롯을 앞으로 전진시키려고 어떤 것을 의도적으로 조작하면, 예를 들어 당신이 이해하지 못하는 캐릭터를 취해서 그 인물에게 당신이 정말로 느껴 보지 못한 어떤 느낌을 부여한다면, 독자들은 당장 알아차리고 흥미를 잃을 것이다. 독자들은 신뢰를 잃을 뿐만 아니라 신경질을 내고 분노할 가능성도 있다. 이런 것은 독자들이 보일 수 있는 최악의 반응이다. 독자들은 영리하고 세심하다고 가정해야 한다. 비록 우리가 지난 몇 년간 약간 주의력이 떨어지긴 했어도, 당신이 일부러 플롯을 조작하면 우리는 감쪽같이 잡아낼 것이다.

만약 그랬음을 당신이 자각한다면, 글쓰기를 멈추고 당신의 캐릭터들을 다시 점검할 필요가 있다. 인물들을 더 깊이 연구해야 한다. 결국 당신이 그들을 잘 모른다는 이야기이고, 이는 자신의 내면을 더 깊이 탐구할 필요가 있음을 의미한다. 그토록 많은 문제와 특이한 성격을 지닌 당신을 말이다. 그럼으로써 당신은 당신의 분신이랄 수 있는 캐릭터가 당면한 문제를 풀 수 있고, 주어진 상황에서 그들이 무엇을 할 것이고 무엇을 하지 않을 것인지도 이해할 수 있다.

나는 『이집트의 열매, 메인 주』의 작가인 캐럴린 슈트를 인터뷰한 어느 글에서 고쳐 쓰기에 관해 논한 정말로 멋진 구절을 발견했다.

나는 항상 내 글이 스무 박스나 되는 크리스마스 장식을 매달고 있는 것처럼 느꼈다. 그런데 문제는 나무가 없다는 점. 당신은 말한다, 이 장식들을 어디다 걸어 두지? 그러면 그들이 말한다, 좋다, 나무를 주지. 하지만 우리는 당신의 눈을 가릴 것이고 당신은 숟가락으로 그것을 잘라야 해.

이것이 내가 수많은 시도를 통해 나의 플롯에 도달한 방법이다. 나는 이 모든 반짝이는 전구들을 가지고 있지만, 그것들 하나하나는 어디 마땅히 걸릴 곳을 찾지 못한 채 혼자서 빛을 발한다. 하지만 나는 그 캐릭터들과 함께 머물면서, 그들을 돌보고, 점점 더 그들에 대해 잘 알게 되고, 매일 아침 단정하게 입고 앉아 최선을 다해 글을 쓸 것이다. 그러다 보면 어느 순간 신기하게도, 그들의 이야기가 무엇인지를 알게 된다. 나는 점점 나의 캐릭터들이 자신이 누구인지를 알고 있고, 자기들에게 무슨 일이 닥칠지도 알고 있다는 느낌을 받는다. 그들이 어디에 있으며 어디로 갈 것인지, 그들이 무엇을 할 수 있는지에 관해서도. 그러나 그들은 글쓰기에 매우 서툴기 때문에 자기들을 대신해서 그 이야기를 써줄 사람으로 내가 필요한 것이다.

어떤 작가들은 일찍부터 클라이맥스가 어디에 위치할지를 알아야 한다고 주장한다. 그것도 클라이맥스에 근접하기 훨씬 전부터 말이다. 클라이맥스는 가장 중심이 되는 사건으로, 대개 결말을 향해 치닫는다. 당신이 지금까지 연주해 온 모든 곡이 한 가지 주요한 화음을 이루게 하는 것도 클라이맥스의 기능이다. 그것을 겪고 나면 적어도 당신의 인물 중 한 명은 심오하게 변화되어야 한다. 만약 누군가가 바뀌지 않는다면, 당신은 애초에 그 소설을 쓸 이유가 없다. 클라이맥스를 위해서는, 이야기에 반드시 죽음이나 치유나 권력 장악 등이 일어나야 한다. 그것은 진짜 살인이나 폭력이거나, 정신의 말살이거나, 누군가의 내면에 끔찍한 변화가 일어나거나, 내부에 있는 무기력을 타파하는 것일 수 있다. 내면의 죽음과 부활을 통해 사람이 다시 소생하는 것처럼 말이다. 여기서 치유는 재결합이나 교화, 위험한 상태에 있던 성배의 구출 같은 것일지도 모른다. 그러나 무슨 일이 일어나든지 간에, 우리는 그것이 필연적이고 불가피한 것이라고 느낄 필요가 있다. 비록 우리가 충격을 받을지라도, 그것은 절대적으로 올바르다는 확신을 주고, 사건이 여기에 도달하는 것이 필연이라고 느끼게 해야 한다. 당연히 사건이 이런 방식으로 자리를 잡아야 한다고 느끼도록 말이다.

이러한 필연성을 갖추기 위해, 당신 소설의 클라이맥스는 천천히 시간을 두고 자신을 드러낼지도 모른다. 당신은 이 순간이 담고 있는 의미를 알고 있다고 생각할 것이고, 실제 그것이 어떤 것을 지향하고 있는 것도 같지만, 나는 당신이 그것을 예측하려고 너무 애쓰지 않기를 바란다. 그 대신 당신의 등장인물들이 어떤 사람들인지, 그들이 서로를 어떻게 느끼는지, 그들이 무슨 말을 나누는지, 어떻게 냄새를 맡는지, 무엇을 두려워하는지에 매달리기 바란다. 인물들이 좋아하는 음악을 따라가게 내버려 두고, 자연스럽게 사건이 흘러가게 내버려 두라. 그런 다음 이야기의 도입부를 예쁜 부활절 달걀을 응시하듯 충분히 가까이에서 지켜볼 때, 당신은 캐릭터들의 마음속에 무엇이 들어 있는지를 발견하게 될 것이다. 당신이 그들에게 부여하려고 했던 것보다 훨씬 더 밝고, 훨씬 더 깊은 의미를 담은 이야기를 말이다.

그러니 너무 심하게 목표 지향적인 태도를 취하진 말기 바란다. 마침내 당신 눈앞에 클라이맥스가 형성되는 것을 보게 되면, 그때 가서 그것을 향해 달려가도 늦지 않다.

마지막으로 한 가지만 더 당부하겠다. 나는 몇 년 전 앨리스 애덤스가 단편소설에 관해 강의하는 것을 들었다. 그 강의에서 거론된 한 가지 관점이 관객석에 있던 글쓰기 지망생들에게 큰 반향을 불러일으켰고, 그 후부터 나도 내 학생들에게 그 관점을 전해 주게 되었다. 물론 나는 언제나 출처를 밝힌다. 그녀는 단편소설을 쓸 때 가끔씩 적용하는 공식이 있다고 했다. 그것은 ABDCE로 이루어져 있는데, 각각은 Action(행동), Background(배경), Development(발전), Climax(절정), Ending(결말)을 말한다. 당신은 먼저 액션부터 취해야 하는데, 그것은 우리를 유인하기에 충분하고 그다음이 어떻게 될지 궁금해하도록 만들어야 한다. 백그라운드는 당신이 우리에게 이 캐릭터들이 누구인지, 그들이 어떻게 만났는지, 이야기가 시작되기 전에 무슨 일이 일어나고 있었는지를 이해하도록 만든다. 그런 다음 이러한 인물들의 이야기를 서서히 발전시켜서, 그들이 무엇에 가장 관심을 쏟는지를 우리에게 알려 준다. 그것들로부터 플롯과 드라마, 행동, 긴장이 자라날 것이다. 당신은 모든 것이 절정이라는 한 지점에서 만날 때까지 그들을 계속 몰아가고, 절정을 기점으로 주인공들은 모든 것이 변화된 것을 실질적으로 느낄 수 있어야 한다. 그러고 나면 결말이 따라온다. 이제 이들이 어떤 사람들인지, 그들에게 남겨진 것이 무엇인지, 무슨 사건이 일어났고, 그것이 무슨 의미를 지니는지에 대해 우리는 어떤 느낌을 받았는가?

공식이라는 것이 있으면 처음 글쓰기를 시작할 때 매우 도움이 된다. 그것은 너무나 멋진 느낌을 주므로 마침내 용기를 내서 물속으로 다이빙한다. 이제 당신은 주위에 물을 튀기면서 잠시 격렬하게 허우적대겠지만 일단 물속에 들어오는 것까지는 성공했다. 이제 당신은 자신이 기억할 수 있는 모든 방법을 동원해서 닥치는 대로 헤엄을 치기 시작할 것이다. 그러면서 헤엄치는 게 얼마나 힘든 일인지, 앞으로 가야 할 길이 얼마나 많이 남았는지를 깨닫고 두려움을 품게 될 것이다. 그러나 어쨌든 당신은 몸을 담갔고, 죽지 않고 물에 떠 있으며, 계속 움직이고 있다.

대화
(다이얼로그)

훌륭한 대화는 글을 읽다가 마주치는 큰 즐거움이다. 묘사와 설명과 다른 산문체의 글들로부터 완벽한 속도 변화를 가져다주기 때문이다. 갑자기 사람들이 말하기 시작하면, 글을 읽는 우리도 빠른 속도로 그 대화를 따라가게 된다. 우리는 관음증이 주는 온갖 즐거움을 다 누리게 되는데, 무엇보다 대화 당사자들인 캐릭터들은 우리가 엿듣고 있다는 것을 모르기 때문이다. 우리는 별 수고도 하지 않고서 그들의 생각을 엿듣고, 짧은 시간 내에 그들의 비밀스러운 공간에서 일어나는 일들을 파악할 수 있다. 그들의 모든 생각을 다 종이에 적기를 바라지는 않는다. 다른 누군가가 자신의 지나치게 강박적이거나 편집증적인 생각을 나에게 쏟아붓는 것은 원하지 않기 때문이다.

한편 나쁜 대화만큼 글의 분위기를 망가뜨리는 것도 없다. 내 학생들은 수업 시간에 대화 부분을 빼면 굉장히 멋진 이야기가 되었을 소설을 낭독하다가, 갑자기 어린이극에서 잘라 온 듯한

쓰기의
감각

설명적이고 유치한 대화 부분과 마주치면 당황하고 괴로워한다. 순간 그 소설은 음치의 노래처럼 들리고, 아무런 호응도 받지 못한다. 나는 학생들의 얼굴에 떠오른 경악을 읽을 수 있다. 그 대화는 종이에 적혀 있을 때는 그런대로 괜찮아 보이지만, 소리 내서 읽어 보면 힌디어를 서투르게 번역한 것처럼 들린다. 작가가 대화를 직접 발음해 보지 않고, 한 자 한 자 생각나는 대로 단순히 적기만 했기 때문이다. 큰 소리로 읽어 보면, 대사와 대사가 자연스럽게 이어지지 않고, 실제 말할 때의 리듬감도 느껴지지 않는다.

그게 논픽션(실화)이라면, 그 사람이 실제로 그렇게 말했고 당신은 그대로 받아 적었다고 떠넘길 수 있을 것이다. 그러나 픽션에서는 그렇게 넘어갈 수 없다. 그것은 청각에 달린 문제이다. 육체적인 세부사항을 발견하는 일이 주로 시각에 달려 있듯이. 당신은 실제의 발화를 그대로 재현하는 것이 아니라, 캐릭터가 말하는 소리와 리듬을 단어들로 변형시킨다. 그 인물들이 어떻게 말하는지에 관해 당신이 지각한 것을 종이에 적는 것이다.

실제 사람들이나 당신의 캐릭터들이 말하는 모든 단어를 잘 듣고 나서 당신이 들은 것을 압축하여 기록하는 것이야말로 진정한 기술이다. 이때의 기록은 실제로 말한 것보다 훨씬 더 간결하고 재미있고 진실해야 한다. 대화는 실제 삶에서 이루어지는 대화라기보다는 영화의 대화에 더 가깝다. 실제 대화보다 극적인 요소가 더 강해야 하기 때문이다. 거기에는 액션의 느낌이 훌룽하게 녹아 있어야 한다. 옛날에 영화가 생겨나기 전, 헤밍웨이가 출현하기 전 시대를 예로 들면, 소설 속 대화는 훨씬 부자연스럽고 수사가 화려했다. 소설 속 주인공들은 실제 사람들이 그렇게 말할 거라고는 상상하기 어려운 방법으로 말했다. 그러나 헤밍웨이가 나타나면서부터 모든 것이 간결해지기 시작했다. 훌륭한 대화는 예리하고 간결해야 한다. 훌륭한 대화는 독자를 정신없이 몰아갈 수 있어야 한다.

대화를 쓰려고 할 때 도움을 줄 만한 것은 수없이 많다.

첫째로, 당신이 쓴 문장을 큰 소리로 읽어 보라. 소리를 낼 수 없는 상황이라면 입술만 움직여서라도 읽는 시늉을 해보라. 이것은 반드시 실행해야 하고, 그것도 여러 번 반복해야 한다. 그러면 책상 앞이 아니라 실제 바깥세상에서 사람들이 말하는 것을 들을 때, 그들의 대화를 편집하고 이러 저리 바꿔 보고 글로 썼을 때 어떤 모양새일지 가늠해 보게 된다. 실제 사람들이 어떻게 말하는지 귀 기울이고, 5분짜리 연설을 듣고 핵심을 그대로 담되 한 문장으로 요약하는 연습을 하라. 작가이거나 작가 지망생이라면 당신은 하루를 이런 식으로 채워야 한다. 듣고, 관찰하고, 기록하고, 고립의 시간을 결실로 바꾸기. 즉, 당신이 채취하고 엿들은 그 모든 것을 짊어지고 집으로 돌아와 황금으로 바꾸는 것이다. (적어도 노력해 보라.)

둘째로, 캐릭터들의 말을 통해 그들 하나하나를 구분할 수 있어야 한다는 점을 명심하기 바란다. 각각의 인물은 서로 다른 방식으로 말해야 한다. 또한 그들 모두가 당신처럼 말해서는 안 된다. 각각은 자기만의 자아를 가져야 한다. 당신이 그들 하나하나의 말버릇을 제대로 알 수 있다면, 그들이 무엇을 입고 무슨 차를 몰고 무엇을 생각할지, 어떻게 자랐고 어떤 식으로 느끼는지도 알게 될 것이다. 자신의 목소리 너머로 그들의 목소리를 제대로 듣기 위해서는 당신 스스로를 믿을 필요가 있다. 각 인물이 스스로를 표현할 수 있는 특징적인 장면을 적어도 하나씩 부여하라. 그들이 말하는 내용과 그것을 말하는 방식은, 그들이 누구이고 무슨 일이 정말로 일어날지를 당신에게 보여 주곤 한다. 저런, 결국 그들은 결혼하지 않겠구나! 그녀는 레즈비언이니까! 그런데 당신은 전혀 몰랐다!

셋째로, 이 세상에서 절대로 만나서는 안 될 두 사람이 서로 만나게 해볼 수도 있다. 철천지원수끼리 외나무다리에서 만나게 하는 것이다. 영원히 마주치지 않기 위해서 아예 한 도시를 통째로 피해갈 만한 그런 두 사람을 말이다. 세상에는 정부의 증인 보호 프로그램을 신청하고 싶게 만드는 사람들이 있게 마련이다. 아마 당신의 인생에도 그런 사람이 있을 것이다. 당신의 주인공이 이런 식의 감정을 느낄 만한 캐릭터를 투입한 다음 그 두 사람이 같은 엘리베이터를 타도록 만들자. 그런 다음 그 엘리베이터가 멈추도록 해보라. 지나치게 긴장된 분위기만큼 추진력 있는 것도 없다. 그들은 둘 다 할 말이 많을 것이지만, 한편으로는 자기가 하는 말을 제어할 수 없을까 봐 두렵기도 할 것이다.

그들은 감정의 폭발을 두려워한다. 아마도 한 번쯤 폭발이 있을 수도 있고, 안 그럴 수도 있다. 그러나 한 가지 길은 찾아내야 한다. 어느 쪽이든지 잘 만든 대화는 너무나 진짜같이 들려서, 독자는 몰래 엿듣고 있는 느낌이 들고, 작가가 지나치게 개입한다는 생각은 들지 않아야 한다. 따라서 훌륭한 대화는 말해야 할 것과 말하지 말아야 할 것 둘 다를 포함하고 있어야 한다. 말할 필요가 없는 내용은 멈춰 버린 엘리베이터 문 바깥에 꺼내 두든가, 아니면 엘리베이터 내부에 갇힌 인물들의 발치 근처에 놓아두라. 마치 쥐들처럼. 그러니까 이 인물들로 하여금 일부 생각은 감추게 하면서도, 동시에 조금씩은 폭로하도록 해야 한다.

운이 좋다면, 당신이 대화 부분을 쓰는 동안 성질 급한 캐릭터들은 자기 말을 제대로 받아 적지 못하는 당신의 무능을 못 견뎌할 것이다. 그것이 느껴진다면, 비로소 당신은 캐릭터들의 대화를 제대로 받아 적을 준비가 된 것이다.

대화는 등장인물의 성격을 고정시키는 방식이므로, 당신은 그 목소리를 제대로 포착해야 한다. 비록 인물의 입에 적절한 대사를 공급하는 건 당신이긴 하지만, 그렇다고 매번 당신이 캐릭터 곁을 지키고 앉아 있을 수만은 없다. 나는 매번 당신의 머릿속에 적절한 단어가 준비되어 있을 거라고는 생각하지 않는다. 캐릭터들의 머릿속에도 할 말이 미리부터 준비되어 있지 않긴 마찬가지이다. 그들은 어딘가 다른 곳에 존재한다. 우리 머릿속에 들어 있는 것은 우리가 언젠가 듣고 기억하게 된 편린들이거나 생각들이다. 우리의 무의식은 작은 헌옷가방을 들고 다니면서 어떤 것들은 버려 버리고 어떤 것은 주워 담는다. 예를 들면 당신의 캐릭터인 한 소년이 길을 걸어 내려가고 있는데 날씨가 몹시 춥다고 하자. 당신은 평소에 가죽 외투를 사고 싶었으므로 그 열망을 투사하여 그에게 가죽 외투 한 벌을 입힌다. 그런 다음 그를 따라 거리를 계속 내려간다. 그러면서 당신이 보는 것을 묘사하고 주의 깊게 듣는 것이다.

이 소년이 소녀를 만났다고 가정해 보자. 가죽 외투를 입은 소년이 길에서 구찌 백을 든 아름다운 여자를 만났다. 하지만 그가 곧바로 '이봐, 우리 결혼하자고!'라고 말할 수는 없다. 그러기 위해서는 뭔가 사건이 벌어질 필요가 있다. 아무리 조금이라 하더라도 서로에 대해 알 시간이 필요하다. 그들은 서로에게 말을 걸고, 자기 친구들에게 상대방에 관한 이야기를 털어놓는다. 당신은 그 모든 말을 다 적어 넣어야 한다. 당신이 그들과 함께 시간을 보내고 나면, 그들은 보다 자기 자신에 가깝게 말하기 시작할 것이다. 왜냐하면 당신이 그들에 대해 정말로 잘 알게 되었기 때문이다. 그제야 당신은 소년에게 가죽 코트가 어울리지 않으므로 제거하는 게 낫다고 생각할 수도 있다. 그의 형편에는 너무 과분하다. 그러면 다시 이전 지점으로 돌아가 초기의 대화를 고쳐 써야 한다. 그러나 멈추지 말고 지금은 쓰던 대목을 계속 써야 한다. 즉 남녀 캐릭터가 얼마간 함께 시간을 보내게 한 다음, 잠시 어울려 놀게 하라. 고쳐 쓰는 건 나중에 하면 되니까.

캐릭터들에 대해 더 많은 것을 알수록, 당신은 더욱 그들의 관점에서 보게 될 것이다. 그들이 어떻게 말하는지 감을 잡고 싶다면, 실제로 사람들이 말하는 것을 듣고 사람들을 관찰하고 그들이 어떻게 입고 움직이는지 주시함으로써 얻어 내야 한다. 무슨일이 있어도 이미 다른 소설 작품에서 본 것을 당신의 캐릭터들이 흉내 내는 것만은 피하고 싶을 것이다. 당신은 책이 아닌 실제 사람에게서 사람에 대해 배워야 한다. 독서는 당신이 세상에서 관찰한 것을 다만 승인해 줄 뿐이다.

자신이 만든 캐릭터를 이해할수록 그들에 대한 연민도 자라날 것이다. 그러나 주인공 한 명에게만 연민을 느껴서는 안 된다. 당신은 심지어 악당에게도 연민을 느껴야 한다. 아니 사실은, 특히 악당에게 연민을 느껴야 한다. 인생은 공식이 있는 허구가 아니다. 악당도 마음이 있고, 영웅도 엄청난 단점을 지니고 있는 법이다. 당신은 각각의 캐릭터들이 말하는 것을 집중해서 들었고, 그 덕분에 그들 하나하나의 마음을 알 수 있다.

오직 만화와 진부한 영화에서만 우리는 전적으로 사악하고 음흉한 악당들을 파멸시키는 것에서 즐거움을 얻는다. 왜냐하면 거기에 등장하는 악당들은 계획적으로 비인간화되었기 때문이다. 그들은 오직 극악무도하고 반사회적 이상 성격의 행동만 저지르며, 끔찍이 사악한 것만 말한다. 그러면 우리는 전통에 따라 아무런 죄책감 없이 그들을 무찌른다. 그래야 책의 결말부에 가서, 정의가 승리한다는 믿음을 얻을 수 있기 때문이다.

영웅이나 악당에 관해 머리로만 이해한 바를 그대로 글로 써 서는, 독자가 그 이야기에 빠져들기를 기대해서는 안 된다. 당신 은 당신 내면에 살고 있는 일군의 인물들 중에서 이러한 캐릭터 를 찾아야 한다. 예를 들어, (영화 이야기를 해보자면) 「양들의 침묵」 에서 앤서니 홉킨스가 한니발 렉터를 감정적으로 이해하지 못 했더라면, 그의 독특한 특징들이 그토록 진실하게 울리거나 소 름 끼치지는 않았을 것이다. 처음 등장했을 때, 그는 아무 말도 표정도 없이 그저 양팔을 옆으로 늘어뜨린 채 서 있었다. 그런데 도 정말 오싹했다. 순전한 불안감이 채찍을 휘두르는 느낌이었 다. 잘려 나간 내 목이 독립 생명체로 자라나 영화관 로비에서 나를 기다리고 있을 것만 같았다. 이런 효과를 우리에게 끼치는 걸 보면, 홉킨스는 렉터의 내면에 있는 무엇인가와 공명하고, 그 인물의 어떤 진심을 이해하고 있는 게 틀림없다.

작가는 이런 방식으로 자신의 인물 하나하나를 이해하기 위 해 노력해야 한다. 공포감과 낮은 자존감이 당신에게 이 일이 적 격이 아니라고 소곤거릴 때, 당신이 취해야 할 유일한 행동은 매 일매일 조금씩 작업을 함으로써 그런 생각이 사라지게 만드는 것이다. 그러다 보면 정말로 그런 생각을 떨쳐 버릴 수 있고, 렉 터 같은 악인의 성격도 당신의 내면에서 끌어낼 수 있다. 그들이 진정 하고 싶은 말이 무엇인지도 간파할 것이다.

예를 들어, 날카로운 지적에 쉽게 상처를 입는 주인공을 창조 했다고 하자. 당신과 다르게 말이다, 하하하. 그가 약간 상심하거나 긴장했을 때 허름한 갈비집에 가서 지글지글 구운 기름진 고기를 먹는다는 점에서는 당신과 약간 비슷하다고 치자. 따라서 그는 아마도 약간 과체중일 것이다. 물론 당신이 비만이라는 건 아니다. 실제 당신의 몸무게는 그런대로 괜찮은 편일 거라고 확신한다. 어쨌든 그를 사무실에 앉아서 일하는 직종에, 응석받이로 곱게 자라 온 인물로 만들어 보자. 그에게 조심스럽게 옷을 입히자. 잠시 후에 그를 모욕할지도 모르니까. 우리는 그의 아내가 오늘 아침 매어 준 넥타이의 매듭까지도 세세하게 볼 수 있지 않은가. 그의 옷과 반지와 신발은 모두 그에 대해 증언할 것이고, 우리는 그것을 통해 그의 인간성을 이해할 수 있을 것이다. 그러나 더 중요한 것은 그가 자기 비서나 그와 통화하는 사람들이나 함께 일하는 동료들에게 하는 말이다. 동료들은 그의 말에 뭐라고 대꾸할 것이고, 우리는 이 대화의 양쪽 편에서 오가는 이야기를 모두 듣기 원한다.

그의 상사가 별로 악의는 없어 보이지만 그의 급소를 찌르는 말을 한다면 무슨 일이 벌어질까? 이번에 그가 꾹 참고 바비큐를 먹으러 가는 대신 완전히 다른 방식으로 응수한다면 어떻게 될까? 그가 당신이 예상했던 것과 전혀 관계없는 말을 하기 시작한다면, 그런데 그 말이 모두 신기하게도 실제같이 들린다면? 그가 상사에게 너무나 모욕적인 언사를 퍼부은 나머지 일자리가 위험에 빠진 지경이라면, 그리고 나서는 약간의 폭식을 하러 가는 대신에 점심시간 내내 성인 도서 코너의 책을 뒤적이며 보낸다면? 글쎄, 아마도 당신이 처음부터 그에게 뭔가 잘못을 저지른 건지도 모른다. 어쩌면 그는 단 두 줄의 대화 때문에 아이비리그 출신의 변호사에서 약간 성공한 양탄자 장사꾼으로 전락할지도 모른다. 이것은 당신을 불편하게 만들긴 하겠지만, 적어도 이제 당신이 만든 주인공의 또 다른 측면을 파악할 수 있을 것이다.

이제 그가 자기 아내에게 하루 동안 있었던 일을 어떻게 묘사하는지, 말하지 않고 남긴 부분을 뭐라고 둘러대면서 넘기는지, 어떤 부분을 대충 말하는지를 들어 보자. 당신은 당신의 내면에서 그를 발견하려고 노력함으로써 이런 내용을 써보려 할 것이다. 언제나 어조를 낮춰 말해야 했던 이 인물, 뻔뻔한 구석이라곤 없고 걸핏하면 쉽게 상처받던 이 인물을 말이다. 당신은 이런 내용으로 조잡한 초고를 쓰고 나서 그것을 소리 내어 읽어 보아야 한다. 정말 그럴듯한 줄들은 남겨 두고 나머지는 삭제하면 된다. 나도 이런 일에 더 쉽고 간단한 지름길이 있기를 바라지만, 이것이 대부분의 좋은 글이 탄생하는 과정인 것을 어쩌겠는가. 그러니까 당신은 사태의 추이를 지켜보면서 따라가는 수밖에 없다. 그런 다음 거기에 맞춰 지나간 앞부분을 다시 고쳐 쓰면 된다. 명심하라. 당신의 조잡한 초고를 읽어 보는 사람은 아무도 없다는 사실을.

이번에도 본론에서 약간 벗어난 이야기를 해볼까 한다. 잠깐이면 된다. 당신은 이 캐릭터들을 창조한 후 그들이 말하고 행동하는 것을 조금씩 조금씩 이해하지만, 이런 과정은 모두 마음대로 접근할 수 없는 당신 내면의 어떤 부분에서 일어난다. 당신의 무의식 말이다. 그곳은 창조가 이루어지는 산실이다. 우리가 원재료에 해당하는 기초 인물부터 만들기 시작하면, 우리의 무의식이 실제의 인물, 즉 피와 살을 지닌 사실감 있는 인물을 공급해 준다. 내 친구 카펜터는 무의식을 지하실에 비유해서 말한다. 그곳에는 캐릭터들을 창조하는 어린 소년이 앉아 있는데, 자기가 만든 캐릭터들을 지하실 문을 통해 당신에게 건네준다. 종이 인형들을 그려서 자르는 것이 그의 일과다. 그는 매우 평온해 보이며, 단순히 놀이를 즐기고 있는 것 같다.

당신은 그 어린 소년이 제안하는 무엇인가를 기꺼이 받아들일 수만은 없는 입장일 뿐만 아니라, 그 지하실로 들어가는 열쇠를 따로 구할 수도 없다. 당신은 긴장을 풀고, 부질없는 공상을 하고, 내면의 비평가들을 제거하고 나서, 일종의 자기 최면 상태에서 자리에 앉아 단련을 해야 한다. 내 말은, 책상에 앉아 단순히 시간만 허비해서는 안 된다는 뜻이다. 손을 종이나 키보드 위로 가져가야 한다. 그렇게 하는 것이 얼마 동안은 서투르게 느껴질지도 모르지만, 얼마 안 가 지속적으로 생활화하게 될 것이다. 어느 정도까지는 단순한 타자수처럼 그 일을 해야 한다는 것을 명심하라. 훌륭한 타자수는 잘 들을 줄 안다.

나는 가끔씩 어린아이 대신에 목이 길고 성품이 착한 닥터 수스 퓰리처상과 칼데콧상을 수상한 어린이 그림책 작가이자 만화가 같은 캐릭터가 거기에 있다고 상상한다. 뭔가에 집중하느라 엄한 표정을 짓고 있으면서도 동시에 즐겁게 놀고 있는 인물이다. 그는 캐릭터들이 말하는 소리를 듣기 위해 그쪽으로 목을 길게 빼고 있지만, 법정의 기자처럼 심각하지는 않고, 차라리 옆자리 테이블에 혼자 앉아 있는 어떤 사람과 더 비슷하다. 엿들으려는 건 아니지만 모든 소리에 귀를 열어 놓고 있는 사람. 당신은 자신의 무의식에 대한 이미지나 은유를 얻고 싶어 할지도 모른다. 이 부분은 당신의 이성적이고 의식적인 측면과 분리되어 있지만, 이 영역에 살고 있는 사람과 당신은 협력할 수 있다. 이것이 당신의 고독감을 한결 덜어 줄 것이다.

마지막으로 한 가지 더. 사투리로 적힌 대화는 읽기가 매우 지겹다는 점을 알아 두기 바란다. 당신이 그것을 영리하게 잘 써낼 수 있다면 괜찮다. 만약 다른 작가들이 당신의 작품을 읽고 사투리에 대해 칭찬한다면, 계속 사용해도 좋다. 그러나 당신이 그것에 능한지 아닌지에 대해 솔직히 평가하기 바란다. 서툴게 사투리로 적힌 소설을 읽는 일은 독자를 매우 성가시게 하기 때문이다. 그러면 우리 목은 스트레스를 받아 더 뻣뻣해질 것이다. 당신도 알다시피, 우리는 늘 근육이 뻣뻣한 사람들이고, 당신이 보태 주지 않아도 원래부터 나쁜 자세 덕분에 목에 문제가 많다. (그렇긴 하지만 나 역시 그 유혹에서 자유롭지 않다. 지난주 폭풍이 불어 닥치던 날 마트에서 장을 보고 줄을 서 있는데, 내 뒤에 서 있던 누군가가 자기 이마를 한

대 치면서 "워미, 겁나게 퍼붓네잉!" 하고 말하더니 비가 쏟아지는 바깥을 가리켰다. 그날 오후 내내 그녀에 관한 소설 한 편을 사투리로 쓰고 싶은 충동에 사로잡혀 지냈다.)

무대 디자인

　가끔씩은 캐릭터들이 당신 없는 분장실에서 자기들끼리 복닥거리게 내버려 두는 것도 좋다. 당신이 그들을 위한 무대 장치를 설치하는 동안 그들은 각자 맡은 역할을 준비하면서 대사도 살펴볼 것이다. 당신을 지금 쓰고 있는 소설의 연극이나 영화 버전의 무대 디자이너라고 상상해 보라. 그러면 사건이 일어날 배경이 되는 그 방(혹은 배나 사무실이나 초원)이 어떤 곳인지를 이해하기가 훨씬 쉽다. 당신은 그 무대의 느낌과 온도, 색채가 궁금할 것이다. 모든 사람이 자기 자신의 '걸어 다니는 광고판'이듯이, 모든 방은 그곳에 거주하는 사람의 가치와 인격을 드러내는 작은 진열장이다.

　모든 방은 일종의 기억 저장소이다. 그곳은 우리의 과거와 현재, 우리가 누구인지, 우리의 신앙과 기벽과 희망과 슬픔, 우리가 실존하며 대체로 괜찮게 존재함을 증명하려는 시도 등에 관한 여러 층위의 정보를 제공한다. 그 방에 전구와 초와 창문이 얼마나 있는지를 보면 우리가 얼마만큼의 빛을 필요로 하는지 파악할 수 있고, 방의 사물들을 어떻게 밝히고 있는지를 보면 우리가 자신의 안락을 위해 어떤 노력을 기울이는지 알아챌 수 있다. 우리 방을 이루는 여러 가지 요소의 혼합은 매우 인상적인 효과를 낳는다. 사진들과 몇몇 보기 드문 장식품이 우리의 자존심과 (드물게) 반짝였던 어느 한때를 비쳐 주는 한편, 벽에 있는 어지러운 낙서와 갈라진 틈들은 우리 인생의 궁색함과 낙담을 드러낸다.

사진작가 캐서린 와그너가 지적했듯이, 이러한 방은 '미래의 폐허'라 할 수 있다.

그러니까 당신은 책상에 앉아서 당신의 캐릭터들이 곧 등장하게 될 무대에 어떤 장치들을 설치할 것인지를 연구해야 한다. 당신의 캐릭터들은 부유하더라도, 당신은 돈이 없을 것이다. 하지만 이것에 대해 전혀 괴로워할 필요가 없다. 돈이 많거나 한때 엄청난 부자였던 친구나 친척 중 한 명에게 전화를 하면 된다. 그들에게 가능한 한 세련되게 도움을 요청하자. 당신이 상류층 노인이 살았던 집을 디자인하는 것을 도와 달라고 말이다. 여기서 '세련되게'라는 말은, 당신이 인생의 불공평함에 대해 언급하지 않는다면 가능한 한 최고의 정보를 얻을 수 있을 거라는 뜻이다. 당신은 평생 누추한 오두막 같은 곳에서 살고, 도저히 경제력이 허용치 않아 사랑하는 개를 안락사시켜야 할지도 모른다는 식의 푸념은 넣어 두고, 그냥 이렇게만 말하면 된다.

"지금 쓰고 있는 책에서 처음으로 엄청난 부자 가족을 만나는 장면을 묘사하고 있는데, 그들이 어떤 종류의 카펫이랑 러그랑 조명이랑 골동품을 가지고 있을지에 관해 너한테 자문을 좀 구할 수 있을지 모르겠네. 당장은, 거실부터 시작할까? 가능한 한 많은 장식품과 세부 묘사를 곁들여서 정말로 사랑스러운 거실을 묘사해 줄 수 있겠니?"

그런 다음 친구가 부엌이나 거실에서 나던 냄새를 기억하는지 물어보고, 조명이 어땠는지 여러 방들에서 어떤 소리가 났는지, 너무 고요했다면 그 정적이 어떤 느낌이었는지를 캐묻자. 그것과 똑같은 방식으로, 당신은 가난하게 자란 누군가에게 그의 집과 부엌, 침실, 뒤뜰에 놓인 긴 의자 등에 대한 정확한 묘사를 요청할 수 있다.

몇 년 전 나는 정원을 가꾸는 여자가 나오는 소설을 쓰고 있었고, 그 주인공은 실제로 원예를 매우 사랑했다. 그러나 실제의 나는 원예에 관심이 없고, 그저 다른 사람이 가꾼 정원을 사랑하고, 꽃을 꺾는 것을 좋아하는 부류이다. 오죽하면 우리 집 앞마당에다 인조잔디를 깔고 온통 고급 플라스틱 꽃들을 심어 두었을까. 이 인조잔디와 조화들은 충분히 사랑스럽고, 내 마음속에 수많은 멋진 시들을 떠올리게 한다.

사람들은 종종 내게 화분을 선물했지만, 그 식물들에게 일어난 일은 너무 끔찍해서 여기 밝힐 수가 없다. 그들은 내가 물을 줄 때 고엽제를 함께 주사했나 싶은 모양으로 생을 마감했다. 내가 화분을 기르는 데 소질이 없다고 말하면 사람들은 아직 내게 맞는 식물을 만나지 못해서 그렇다며, 나에게 그 식물을 찾아 주고야 말겠다고 결심했다. 그들은 신이 내게 부여한 시각을 비롯한 온갖 감각의 재능을 회복시키겠다는 사명감을 가지고서 어떤 화분을 연습용으로 가져다주었다. 나는 그 화분에 물을 주고 일일이 햇볕에 내놨다가 그늘에 들였다가 하면서 정말 열심히 노력했다. 화분에 꽂힌 설명서에 그 식물이 좋아한다고 적힌 내용이면 뭐든지 다 했는데, 심지어 식물을 데리고 집 근처를 산책시키라는 것도 있었다. 결국 한 달도 안 되어 엽록소 파괴라든가 「백색 공포」반 마약 운동을 그린 영화 같은 유의 말을 들었다. 식물은 다 죽어 가는 마약 중독자처럼 목을 움켜쥐고 헐떡거리면서 퀭한 눈으로 응시한다. 원망을 가득 담아. 하지만 나도 할 말이 있다. 난 그 식물을 필요로 한 적이 없다. 나도 덕분에 충분히 고생할 만큼 고생했다.

나의 갖은 노력 덕분인지 실제로 어떤 끔찍한 식물이 몇 달간 목숨을 연명하긴 했다. 아주 거대한 화분에 담긴 식물이었다. 나는 그 식물의 이름도 모르지만, 키가 1미터나 되었고(시들기 전에는), 억지로 명랑한 척하는 듯한 초록빛이었다. 나는 그 화분에 물을 주고 죽은 잎을 떼어 주었는데, 왜 그런 식으로 앙갚음을 한 걸까? 점점 더 하워드 휴스의 마지막 나날 같은 몰골이 되어 가면서 말이다. 그것은 너무 말라서 몸무게를 다 잃어버렸고, 더 이상 새잎을 만들지 않았다. 나는 물을 주고 햇빛도 주고 값비싼 식물 영양제도 주었다. 도대체 더 무엇을 해야 한단 말인가? 정신과 의사라도 불러 주어야 하나? 마침내 좋은 생각이 났다. 나는 화분을 바깥으로 들고 나온 다음, 내 눈에 절대 보이지 않도록 집 뒤쪽에 갖다놓았다. 당신은 아마도 그것이 즉시 되살아났을 거라고 생각할지도 모르지만, 그렇지 않았다. 그 식물은 결국 죽고 말았다.

그러니 말할 필요도 없이, 내 소설의 주인공을 위해 정원을 구상해야 했을 때, 나 자신의 비참한 원예 경험으로는 턱없이 부족했다. 그러나 어쩐지 이번 소설의 주인공이 원예를 하는 인물임은 알 수 있었다. 비록 그 과정을 설명할 수는 없지만 말이다. 나는 정원에 있는 사람들을 바라보는 것이 좋고, 정원에 홀로 앉아 명상하는 것을 좋아하고, 정원이 지니는 모든 은유를 사랑한다.

정원은 인간에 대한 두 가지 거대한 은유 중 하나이다. 다른 하나는, 당연히 강이다. 은유는 훌륭한 언어 수단인데, 우리가 모르는 것을 우리가 알고 있는 것들을 통해 설명해 주기 때문이다. 그러나 은유는 작가의 가슴속에서 진정으로 공명할 때만 제대로 효력을 발휘한다. 그래서 나는 여기서 약간 힘이 달린다는 것을 느꼈다. 정원을 만날 때마다 그것이 보여 주는 은유를 사랑하고, 그것에 대해 쓰고 싶긴 하지만, 정원을 가꾸는 일만큼은 좋아하지 않았기 때문이다.

나는 어디에서부터 시작해야 할지 몰랐지만, 정원이 은유에서 출발하지 않았음은 알았다. 정원은 파라다이스의 이미지에서 출발했다. 그리고 이제는 삶과 아름다움과 모든 살아 있는 것의 덧없음을 이야기한다. 정원은 여자가 아이를 기르는 일, 부족을 위해 음식을 제공하는 일과 관련이 있다. 그것은 우리에게서도 찾아볼 수 있는, 아마도 동물이 먹이를 저장하는 절박한 영역 본능의 일부일 것이다. 경쟁적인 과시 메커니즘과도 관련이 있어서, 으뜸가는 황소나 최고의 토마토, 영국제 장미 홍차를 갖고 싶은 욕심과 비슷하다. 그것은 승리에 대한 본능이자, 더 우수한 물품을 사회에 제공하고, 당신이 훌륭한 감각과 가치를 지니고 있으며 열심히 일한다는 것을 입증하고 싶은 욕망이다. 게다가 적이 누구인지를 아는 것은 매번 얼마나 안심이 되는 일인가. 왜냐하면 정원에서, 적이란 모든 것을 의미하기 때문이다. 진딧물, 날씨, 시간…… 모두가 정원의 적이다. 그래서 당신은 자신의 시간과 열정을 온통 거기에 쏟아붓고, 너무나 오랫동안 정원을 돌보는 일에 몸을 바치고, 너무나 많은 탄생과 성장과 아름다움과 위험과 승리를 가까이에서 지켜볼 수밖에 없다. 그러다 결국 모든 것은 죽게 된다, 그렇지 않은가? 그러나 당신은 단지 그것을 계속할 따름이다. 이 얼마나 멋진 은유란 말인가? 나는 이런 은유가 정말 너무 좋다! 나는 내 책에 정원 이야기를 쓰는 날이 오기를 너무나 간절히 바랐다! 그리고 마침내 내가 종묘장에 전화하는 날이 온 것이다.

나는 매우 친절해 보이는 남자에게 다가가 내 직업을 설명하고, 그에게 내가 그림 같은 정원을 설계하는 것을 도와줄 수 있는지 물어보았다. 노스베이에서 거대한 뜰을 가꾸며 사는 사람

142

쓰기의
감각

을 위한 정원 말이다.

우리는 그 정원이 여름에 어떤 모습일지를 묘사하는 것부터 시작하기로 했다. 그런 다음 그는 계절이 바뀜에 따라 몇 달 동안 나를 도와주기로 했다.

"과일나무도 있었으면 좋겠어요?"

그가 물었다. 우리는 30분 동안 온갖 종류의 나무와 꽃들로 가득한 정원을 디자인했다. 나는 정원 어딘가에 격자 세공이 된 흰 가벽이 설치된 것이 보인다고, 어떤 종류의 덩굴식물이 거기서 잘 자랄 것 같냐고 물어보았다. 그는 깍지 완두를 추천했다. 그런 다음 우리는 몇 종류의 채소도 보태고, 한 다발의 야생딸기도 심었다. 그렇게 해서 나는 내 정원을 갖게 되었고, 몇 달 간격으로 그에게 전화하는 습관이 생겼다.

"사과나무는 지금쯤 뭘 하고 있을까요? 열매가 열렸거나, 잎도 달렸겠죠? 이제 화단을 보살피기 위해 무엇을 해야 할까요?"

나는 또한 다른 사람들의 정원을 찾아가, 이 식물 저 식물 가리키며 그게 무엇이냐고 물어보고, 어떻게 기르는지 방법도 물어보기 시작했다. 그들은 재미있게 혹은 똑 부러지게 설명해 주었고, 나는 그들이 하는 말을 그대로 훔쳤다. 원예에 관한 책도 샀다. 나는 그런 방식으로 꽃, 나무, 덩굴식물을 공부했다. 그리고 신의 이름을 걸고 맹세컨대, 나의 소설을 읽은 사람들은 내가 원예를 사랑한다고 믿었다. 사람들은 가끔씩 내 앞에서 전문 용어들을 꺼내면서 원예가들끼리만 나눌 수 있는 즉흥적인 수다를 기대한다. 내가 주변 사람들의 수많은 도움을 받아 그 글을 재빨리 쓴 것이라는 사실을 털어놓기 전까지는 말이다.

"당신이 원예를 좋아하지 않는다고요?"

그들은 믿을 수 없다는 듯이 묻고, 나는 열심히 고개를 끄덕인다. 내가 정말 좋아하는 건 오히려 꽃을 꺾는 일이라는 말만은 차마 할 수 없다. 그랬다가는 너무 폭력적이고 퇴폐적인 작가로 보일까 봐. 살바도르 달리가 자기가 가장 좋아하는 동물이 '가자미 요리'라고 말했을 때처럼 말이다.

그때 이후로, 나는 소설의 배경 장치를 만드는 데 도움을 줄 것 같은 모든 종류의 사람들에게 질문을 해왔다. 특정한 미국의 도시나 아프리카의 마을들, 빗속에 서 있는 어떤 차의 내부, 혹은 기차를 타고 조용히 마을로 흘러들어온 뜨내기 일꾼들이 물에 빠졌을 때의 광경 등 그 모든 세계가 어떤 모습인지를 묘사하기 위해 사람들에게 묻고 들었다. 그런 다음 최대한 구체적으로 이 장면의 영화적인 장치를 상상하려 노력한다. 때때로 나는 바로 눈앞에 있는 것처럼 선명하게 그 장면을 그려 보기도 한다. 또 어떤 때는 고양이처럼, 약간 멀리에서 바라보기도 한다.

부정출발에 유의할 것

　캔버스 한쪽 구석에 어떤 것을 그리다가 원래 생각하던 것이 아니라는 걸 깨닫고 지우는 일을 반복하는 화가에 대해 앞에서 언급한 적이 있다. 그는 그림이 마음에 안 들면 주저 없이 흰 물감으로 덮어 버린다. 그리고 매번 이렇게 함으로써 자기가 원하던 그림에 더 근접해 가는 것을 발견한다. 내가 글을 쓸 때도 이와 비슷한 일이 계속해서 일어난다. 나는 어떤 캐릭터의 인물 됨됨이에 대해 그리고 글이 어떻게 진행되어야 하는지에 대해, 내 머릿속에 미리 만들어 둔 희미한 청사진을 따라 글을 쓰기 시작한다. 그런데 일단 써놓고 보면 인물이 걸치고 있는 것들이 인물의 본질을 제대로 드러내지 못한다는 것을 발견한다. 그러면 화이트로 덮고 다시 쓰기 시작한다.

　나는 교회 사람들과 함께 한 달에 한 번씩 회복기 환자 요양소에 찾아가 예배를 드리는 봉사를 시작하면서 부정출발에 관한 중요한 사실을 깨달았다. 그 첫 번째 우울한 방문을 마치고 왔을 때, 나는 그곳 거주자들이 어떤 사람들이며 무엇을 할 수 있는지, 그 일들이 어떤 종류인지를 내가 잘 파악했다고 믿었다. 그 상태에서 내가 글쓰기에 착수했다면, 자부심에 가득 차서 내 눈에 보인 대로 그들을 재단하는 글을 쓰기 시작했을 것이고, 완전히 잘못 썼을 것이다.

올해로 그곳을 4년째 방문하고 있다. 나도 이렇게 오랫동안 지속하리라고는 정말 예상치 못했지만, 아직도 그들을 잘 이해하지 못한다는 이유로 매번 되돌아가기를 반복하고 있다. 어쩌면 나는 이 활동이 언젠가 '주니어 리그'상류층 여성들로 구성된 사회봉사 단체에 가입하는 데 도움이 되기를 무의식적으로 바라는지도 모른다. 여전히 그 요양소에 들어서서 노인들의 체취를 다시 맡는 순간, 복도에 널브러져 있는 그들의 모습이 꼭 길가에 버려져 있는 수많은 폐차 같다는 느낌을 받는다. 나는 하느님에게 기도하기 시작한다. 나는 절대 이렇게 되지 않도록 해달라고. 이런 곳에서 죽음을 맞지는 않게 해달라고. 그러나 하느님은 신속한 요리사가 못 되고, 이 사람들도 한때는 내 나이 또래였다. 틀림없이 그들도 하느님에게 지금 나와 같은 방식으로 이런 곳에서 생을 마감하진 않게 해달라고 기도했을 것이다.

처음에는 그들 다수가 이상하게도 닮아 보인다. 스페셜 올림픽에 참가한 사람들이 서로 비슷해 보이는 것처럼 말이다. 그러나 얼마 후부터 그들을 개별적으로 구분하기 시작한다. 어떤 이들은 양가죽 바지를 입고 있거나 담요를 덮고 있고, 어떤 이들은 매니큐어를 발랐고, 어떤 이들은 틀니가 아닌 진짜 자기 치아를 가지고 있고, 어떤 이들은 종기가 솟아 있고 어떤 이들은 없고, 어떤 이들은 젊은 시절 분명히 아름다웠던 것 같고, 어떤 이들은 안 그랬던 것 같고, 어떤 이들은 단순한 곡조를 허밍으로 따라 부르거나 리듬에 맞춰 손뼉을 치려고 애쓴다. 그러나 손뼉을 치는 사람들도 가만히 보면 하나같이 다르게 친다. 어떤 이들은 거의 소리가 나지 않는, 소위 '나일론' 박수다. 어떤 여성은 폴카라도 추러 온 듯 신나게 손뼉을 친다. 어느 노인은 딱 한 번 손뼉을 쳤는데, 꼭 파리를 잡으려는 것 같았다.

내가 좋아하는, 나와 이름이 같은 앤이라는 할머니가 있는데, 그녀를 처음 봤을 때는 분명 치매 환자인 줄로만 알았다. 그녀의 마른 몸은 언제나 오줌과 베이비파우더 냄새를 풍겼다. 그러나 그녀는 내가 생각한 그런 사람이 아니었다. 나는 아직도 그녀가 누구인지 모르겠지만, 이제 그녀가 어떤 사람이 아닌지에 대해서는 말할 수 있다.

그녀는 내 이름을 기억하지 못해서, 매번 내가 항의할 때마다 답답한 듯 자기 이마를 두드리는 시늉을 해 보인다. 그런 다음 우리 둘 다 웃는다. 내가 계속 그곳을 방문하는 이유가 그녀 때문이 아닌가 싶기도 하다. 우리가 「아멘」 노래를 부를 때면 그녀는 언제나처럼 손을 무릎 위에 올리고 앉아 있는데, 양 손바닥은 항상 오목하게 만들어 맞대고 있다. 마치 작은 새가 그 속에 있기라도 한 것처럼. 손뼉 칠 때마다 그녀는 두 손바닥을 아주 약간씩 떼었다 마주쳤다 했다. 정말로 음악에 맞춰 치고 싶긴 한데, 동시에 그 새가 날아가 버릴까 봐 걱정되는 것처럼 말이다.

만약 내가 첫 번째 방문을 마친 직후에 그녀와 다른 사람에 대해 글을 썼더라면, 그 악취와 당혹감에 대한 묘사가 주를 이루고, 기괴한 대화를 있는 그대로 기록했을 것이다. 가령 어떤 여자는 우리가 동창이라고 확신했고, 다른 한 명은 우리 아들 샘이 강아지냐고 물어보았다. 거기서 그쳤다면 괜히 시간만 낭비했다는 느낌을 지울 수 없었을 것이다. 그러나 나는 그곳을 계속 방문하면서, 그들의 쓸쓸하고 황량한 모습 속에 숨은 의미를 찾으려고 애썼다. 마침내 나는 중세의 수도사인 로렌스 신부에게서 해결의 실마리를 얻었다. 그는 우리 모두를 겨울나무로 보았다. 겨울나무는 남에게 줄 것이 아무것도 없고, 나뭇잎도 색깔도 없이 헐벗고 성장도 멈추었는데도, 하느님은 어쨌든 조건 없이 그 나무를 사랑한다고 했다. 노인들을 돌보는 일을 하는 성직자 친구 마거릿이 그 이미지를 나에게 전해 주었는데, 그녀는 그 늙은 사람들이 세상에서 더 이상 전통적인 의미로 쓸모가 없다 하더라도, 겨울나무들처럼 조건 없이 사랑받기 위해 그곳에 존재한다는 사실을 내가 깨닫기를 원했다.

독자 입장에서 우리는 당신이 창조한 소설 속 인물의 잎과 색깔과 성장 정도에 대해 모두 알기 원한다. 그러나 또한 표면적으로 보여 줄 수 있는 외피를 모두 벗었을 때의 그들이 누구인지도 알기 원한다. 그러므로 당신이 캐릭터들을 이해하려 한다면, 충분히 오랜 시간 그들과 함께 어울려 다니면서 그들의 본질을 가리고 있는 겉껍질 너머를 들여다볼 수 있어야 한다. 당신은 플롯에 편리하게 맞추려고 그들이 억지로 어떤 일을 하게 만들거나, 비둘기장에 넣듯이 짜 맞춤으로써 그들을 통제하고 있다는 착각을 유지할 수 있을지도 모른다. 그러나 운 좋게도 그들은 자신들을 가두고 있는 상자 바깥으로 덩굴손을 슬그머니 뻗칠 것이고, 당신은 마침내 당신이 그들에 대해 품었던 이미지들이 사실상 착각에 불과했다는 것을 인정하게 될 것이다.

죽어 가는 사람들은 우리에게 이 점을 가장 직접적으로 가르쳐 줄 수 있다. 종종 그들을 규정하는 속성들, 즉 머리칼 색깔이라든가 외모, 기술, 지혜 같은 것들은 금방 손아귀 새로 달아나 버린다. 그리고 나서 그 속성들은 사실상 그 인물이 정말로 지녀 왔던 본성과 다른 것이었음이 밝혀진다. 외양만으로는 전혀 예상치 못했던, 또 다른 종류의 아름다움이 반짝이는 것이다. 내 친구 패미와 나는 그녀가 죽기 열흘 전 기분 전환을 위해 쇼핑을 나갔다. 그때 그녀는 자신이 더 이상 수표에 서명할 수 없다는 것을 깨닫고는, 나를 돌아보며 말했다.

"수표에 더 이상 서명할 수 없게 되었을 때 살아 있다는 건 무엇을 의미할까?"

나는 단지 어깨만 으쓱하며 고개를 저었다. 그러나 패미가 한 말의 뜻은 그녀가 자기 손으로 할 수 있는 어떤 일에 관한 것이 아니라는 걸 깨달았다. 그녀가 누구인지는 그녀의 행위와 전혀 상관없었다.

패미의 첫 번째 기일에, 나는 그녀가 치료를 받던 방사능 병원 내부의 추모공원을 방문했고, 거기에서 누군가가 그녀를 기리기 위해 주목 나무를 심고 있는 것을 발견했다. 주목은 묘지에 주로 심는 상록수로, 죽음과 슬픔, 부활을 상징한다. 주목은 나보다 키가 컸고, 잎들이 고불고불해서 꼭 곱슬머리 남자를 보는 것 같았다. 나무는 마치 갑자기 다가와 나를 껴안을 것만 같았다. 주목 근처에 키 큰 꽃 덤불이 자라 있었다. 이름은 잘 모르겠지만 양귀비의 일종인 것 같았다. 한때 화려했을 꽃 덤불은 거의 모든 꽃잎이 다 떨어져, 천 개가량의 엉킨 꽃자루들만 무성히 하늘을 향해 자라고 있었다. 그때 나는 그 꽃자루들이 실제로 여전히 꽃들과 연결되어 있다는 것을 깨달았다. 씨앗을 땅에 뿌린 후 돌아오는 봄에 다시 화려한 꽃으로 피어나리라는 것을 말이다.

그것이 진짜 인생이 돌아가는 방식이다. 회복기 환자 요양소뿐만 아니라 우리의 일상에서, 심지어 죽음의 침상에서도. 그리고 우리는 훌륭한 글을 통해 때때로 이러한 삶의 비의(秘意)를 깨닫는다. 당신은 겉모양에 현혹되지 않고 오로지 집중한 다음에야 그 아래에 묻힌 본질을 볼 수 있고, 그때가 되면 어떤 놀라운 연관성이 눈앞에 모습을 드러낼 것이다.

플롯 대수술

내 학생들은 성공하고 존경받는 작가들이 책상에 앉아 글을 쓸 때면, 플롯의 윤곽을 미리 거의 다 그려 놓았기 때문에 무슨 이야기를 쓸 것인지를 아주 잘 알고 있을 거라고 생각한다. 그리고 그 때문에 그들의 책이 그토록 아름답고 화려할 거라고 믿는다. 그들의 인생은 책의 성공에 비례하여 수월하고 즐거우며 자부심은 하늘을 찌를 거라고. 그리고 처음부터 천진난만하고 완전무결한 재능을 타고났을 거라고. 글쎄, 나는 이 묘사에 적합한 사람은 한 명도 알지 못한다. 내가 아는 작가들은 자기 소설의 플롯과 구조를 발견하는 과정에서 하나같이 계속해서 실패하고 투덜거리고 낙담하기 일쑤이다. 당신도 이 투덜이 클럽에 들어온다면 언제든 환영이다.

한편, 당신은 플롯을 찾아내는 대신에 일종의 임시 목적지를 가질 수는 있다. 클라이맥스로 상정하고 있는 어떤 장면 같은 것 말이다. 그래서 그 장면을 향해서 글을 쓰지만, 거기에 막상 도달하거나 근접하고 보면 그동안 당신이 깨달은 캐릭터들의 성향에 어울리지 않는 결말이라고 느낄지도 모른다. 그 장면이 당신의 의욕을 자극해서 어떻게든 창작을 시작하고 진행하게 만든 촉매제 역할을 했을지는 몰라도, 이제 스스로 개연성을 의심하게 된 만큼 마지막 장면으로 채택할 수는 없다.

나는 두 번째 소설을 쓸 때 그런 경험을 했다. 처음부터 내가 만든 인물들에 대한 강렬한 인상을 받았고 하나의 이미지가 나를 추동했다. 그러나 정작 클라이맥스를 쓸 때가 되자, 미리 준비해 둔 이미지가 완전히 쓸모없게 된 것을 깨달았다. 그래서 며칠간 숨죽이고 지내면서 그 캐릭터들이 자기만의 대사와 계획을 가지고 나에게 다가오기만을 기다렸다. 점차 나는 그 책의 결말이 어떠해야 하는지, 그것이 어떻게 일관성을 갖출지를 알 것 같은 느낌에 도달했다. 이미 내가 그 책에 2년이라는 시간을 바친 후였고, 바이킹 출판사의 편집자에게 한 뭉치씩 원고 다발을 보낸 후였다.

편집자는 그 캐릭터들을 마음에 들어 했고, 어조와 문장을 칭찬했다. 그러나 내가 두 번째 수정한 원고를 읽어 보고는 이런 말로 시작하는 편지를 보냈다.

"이건 아마도 내가 이제까지 써본 것 중 가장 힘든 편지가 아닐까 해요."

우체국에서 그 편지를 펼쳐 보는 순간 눈앞에 별이 빙빙 돌았다. 마치 누군가가 내 뒤통수를 한 방 후려친 것처럼 말이다. 우체국 전체가 빙빙 도는 것 같았다. 편집자는 이렇게 말했다. 자기가 나의 등장인물들과 대사를 좋아하고, 내가 아름다운 진수성찬을 차려 놓은 건 사실이지만, 독자들이 앉아서 그걸 먹을 수 있을 정도까지 끌고 가지는 못한다고. 그래서 독자들은 배가 고프다는 것이다. 그는 줄곧 은유적인 표현을 써서 말했다. 내 책이 아무런 기초도 없고 버팀목도 없는 집과 같아서, 제 무게만으로 무너져 내리고 있고 그것을 달리 떠받칠 수단도 없는 것처럼 느껴진다는 얘기였다. 나는 편지를 던져 버리고는 완전히 새로운 책을 쓰기 시작했다.

중요한 건, 내가 그 소설로 받은 선인세를 이미 거의 다 까먹었다는 점이다.

나는 우체국에서 매우 극심한 허탈감과 공포에 빠져들었고, 다음 주 내내 거기서 헤어나지 못했다. 모욕감으로 미쳐 버릴 지경이었고, 무엇보다도 내 장래가 심히 걱정되었다. 나의 글을 사랑해 줄 누군가에게 전화를 걸었다. 나에게 다시 용기를 줄 누군가 말이다. 친구는 그 책에 대해 약간의 여지를 남겨 두라고 했다. 약간의 햇빛과 신선한 공기를 말이다. 한 달가량은 그 글을 다시 집어 들지 말고 그냥 잊어버리고 지내라고 조언했다. 그녀는 모든 일이 잘될 것이라고 위로했다. 비록 어떤 식으로 잘되는 것일지에 대해서는 정확히 알지 못했지만.

그래서 나는 상처 입은 코끼리가 동굴을 찾아가듯이 은거할 곳을 찾아 떠났고, 페탈루마 강변의 낡고 오래된 집의 방을 빌렸다. 그곳은 매우 조용하고 목가적인 곳이었다. 내가 누구인지 아무도 아는 사람이 없었다. 내가 그곳에 있다는 걸 아는 사람도 거의 없었다. 창밖으로 펼쳐진 초원에는 소 떼와 초목이 가득했다. 나는 2주 동안 내 상처를 핥으면서 집 나간 자부심이 돌아와 주기만을 기다렸다. 그 책이나 나의 작가로서의 인생을 어떻게 구해 낼 것인가에 대해서는 어떤 결정도 내리지 않으려고 노력했다.

마침내 그 원고를 다시 읽을 준비가 되었음을 깨달았다. 나는 자리에 앉자마자 원고를 끝까지 독파해 버렸고, 내용이 몹시 마음에 들었다. 나는 그 책이 정말 멋지다고 생각했다. 많이 난삽하지만, 그래도 훌륭하지 않은가.

편집자에게 전화를 걸어 이제야 내가 뭘 해야 할지 알게 되었다고, 그것을 어서 증명해 보이겠다고 말했다. 그는 진짜로 기뻐어쩔 줄 몰랐다.

내가 사는 집에는 거대하고 낡은 거실이 있었는데, 어느 날 아침 나는 300페이지에 달하는 나의 원고를 거실 바닥에 단락별로 나눠서 펼쳐 놓기 시작했다. 두 페이지짜리 장면은 이쪽에, 열 페이지짜리는 저쪽에 놓았다. 나는 각 페이지를 시작부터 끝까지 한 줄로 늘어놓았고, 그것은 도미노로 이루어진 지평선이나, 정원에 타일을 깔아 만든 길과도 비슷했다. 그렇게 펼쳐 놓고 보니, 분명히 중간 부분에 있어야 할 단락인데 앞쪽에 놓여 있는 것도 있고, 마지막에 위치하지만 도입부에 오면 더 멋질 장면들도 있었다. 장면들과 순간들이 여기저기 산만하게 흩어져 있으니, 그 걸 잘 모아서 다시 고쳐 쓰면 두 명의 주인공을 소개하기에 더할 나위 없이 훌륭한 도입 부분이 될 것이 틀림없었다.

나는 원고가 만든 길을 따라 이쪽저쪽으로 왔다 갔다 하면서 종이들의 순서를 옮기고, 독립적인 내용을 담고 있는 단락들을 따로 종이집게로 집어 두고, 필요하다고 생각되는 온갖 방법으로 각 단락의 모양을 다잡거나 압축하거나 늘리는 방법에 관한 메모를 휘갈겨 썼다. 어떤 부분에서는 꼭 필요한 내용이 빠져 있었다. 사건과 사건 사이에 무슨 일이 일어났는지 이해하기 위해 필요한 과도기적인 사건이나 생생한 정보들 말이다. 종이의 비어 있는 여백에 더 필요하다고 생각되는 내용의 대략적인 개요를 적어 넣었고, 각각 적합하다고 생각되는 장소에 그 페이지를 배치했다. 이런 페이지들에는 약간의 여유 공간이 남아 있었는데, 마치 절친한 친구가 당신이 죽고 난 후 당신을 애도하기 위해 남겨 두었을 만한 공간과 비슷한 방식으로 존재했다. 다양한 단락에 메모를 휘갈겨 쓰는 것은 사실상 거기에 어떤 껄끄러움이 남아 있다는 것을 가리켰다. 나아가서 나는 보호하고 싶었던 사람들에게 뭔가 나쁜 일이 일어나도록 해야 했다. 그들을 더 힘들게 몰아붙이고, 고생시키고, 파멸이 불가피하도록 만들기 위해, 그들에게 부담을 가중시킬 장소들을 찾아내서는 재앙의 윤곽을 대충 그려 넣었다. 그러고 나서야 새로운 이야기에 대한 확신이 섰다. 모든 페이지를 새로운 순서대로 쌓아 올린 다음 세 번째 수정 원고를 쓰기 시작했다.

　나는 그 원고를 짧게 짧게 나누어서 썼고, 아무리 작거나 가벼워 보이는 장이라 하더라도 최선을 다해서 쓰려고 노력했다. 그리고 내가 쓴 것 가운데 마음에 든 모든 단락을 발췌해서, 그것을 이 소설에 빽빽이 채워 넣었다. 나는 그런 식의 구성을 선호했기 때문이다. 그 작업을 8, 9개월 동안 했고, 첫 번째 3분의 1 분량을 편집자에게 보내서 그를 깜짝 놀라게 했다. 그런 다음 두 번째 3분의 1을 보냈는데, 그도 그걸 아주 마음에 들어 했다. 마지막 3분의 1을 끝냈을 무렵, 나는 한때 연인으로 지내던 남자와 파경을 맞았다. 정신분열증에 걸릴 지경이었다. 나는 후반부 원고를 우편으로 보내고 나서, 돈을 빌려 뉴욕으로 날아가기로 결심했다. 그곳에서 일주일을 머물면서 편집자와 함께 원고를 일일이 검토하는 동시에, 헤어지기로 마음먹은 남자에게 결별을 고하고자 했다. 또한 바이킹 출판사가 나에게 약속한 선인세의 마지막 3분의 1을 받아 뉴욕 시내에서 쇼핑을 하면서 우울증을 날릴 작정이었다.

　편집자에게 편지를 보내서 방문 계획을 알렸다. 그는 그러지 말라는 말은 하지 않았다. 사귀던 남자에게는 자기 물건을 모두 챙겨서 내 집에서 나가라고 명령했다. 이모에게서 천 달러를 빌렸다. 그달 말이면 돈을 갚을 수 있을 거라고 약속하면서. 그러고는 뉴욕으로 날아갔다.

　뉴욕에서 맞은 첫날 아침, 나는 여류작가다운 옷과 굽 높은 구두 차림으로 편집자를 만나러 갔다. 나는 우리가 그날 아침 바로 함께 편집을 시작할 거라고, 그러면 그가 선인세의 마지막 금액을 줄 수 있을 거라고 생각했다. 그러면 이 처참한 좌절로부터 다시 일어날 것이고, 진실과 아름다움이 다시 승리한다는 것을 만천하에 알릴 터였다. 이 책이 거의 다 매진됐다는 소리를 듣고 많은 사람이 충격에 빠지겠지.

그러나 편집자는 이렇게 말했다.

"미안해요."

나는 당혹감으로 그를 쳐다보았다. 이 무슨 뚱딴지같은 소리란 말인가? 그러나 편집자는 한 번 더 말했다.

"죄송합니다. 하지만 이걸로는 편집을 시작할 수 없어요."

그는 내 소설 속에서 어떤 사건이 왜 그런 방식으로 일어나는지를 이해할 수 없다고 했다. 즉 개연성이 부족하다는 것이다. 혹은 어떤 사건이 왜 맨 먼저 일어나는지, 무엇보다 중요한 것은 왜 그렇게 거의 아무 사건도 일어나지 않느냐고 했다. 나는 그의 얼굴을 녹여 버릴 기세로 노려보며 망연자실 앉아 있었다.

"정말 미안해요."

다시 그가 말했다. 너무 놀라서 소리도 지를 수 없었다. 나는 내 이마만 두드렸다. 머리가 여전히 붙어 있는지 확인해 보듯이. 곧이어 울음을 터뜨렸고, 당장 죽어 버리겠다고 말했다. 그는 다음 날 자기에게 전화하라고 말했다. 그러겠다고 대답하긴 했다. 그때까지 살아 있을지는 정말 확신할 수 없었지만 말이다.

운 좋게도, 나는 그 당시에 여전히 술을 마시고 있었다. 우리 가족과 오래 알고 지낸 친구들의 집을 찾아가, 그들과 함께 친교를 위한 음주를 시작했다. 부어라 마셔라 미친 듯이 술을 퍼마신 다음 택시를 타고 다른 친구들을 만나러 갔다. 그들과 술을 더 마신 다음, 아주 약간의 코카인을 흡입했다. 실제로 나는 어느 시점에서부턴가 개미핥기를 닮아 가기 시작했다. 그런 다음 주류 가게에 가서 반 파인트짜리 아이리시 위스키를 사서 내가 머물던 집으로 돌아갔다. 그리고 아이리시 위스키 중에서도 가장 독하다는 부시밀을 병째 스트레이트로 마시다가 필름이 끊겼다.

아침에 정신을 차렸을 때 약간 기분이 언짢았다. 가방에 들어 있는 원고 뭉치를 보면서, 거의 3년 동안 내가 그 원고를 쓰는 데 도움을 주었던 모든 아름답고 명랑하고 통쾌한 사람들을 생각했다. 그러자 갑자기 화가 치밀었다. 편집자 집으로 전화를 걸었다. 그는 그날 회사에 출근하지 않을 계획이라고 했다. 그도 역시 약간 침체되어 있었다.

"내가 당신 집으로 갈게요."

잠시 침묵이 이어지다가, 그가 매우 자신없는 목소리로 말했다.

"좋아요."

그는 아무래도 이렇게 묻고 싶은 모양이었다.

"그런데 혹시 칼을 들고 올 건가요?"

얼른 집을 나와서 택시를 잡아타고 그의 집으로 출발했다.

그는 나를 집 안으로 데리고 들어가 어떻게든 진정시키려고 애썼다. 그러나 나는 너무 제정신이 아니었고 실망감과 분노로 공황 상태에 빠질 지경이었다. 모욕감과 충격이 컸다. 나는 내 원고를 마치 아기처럼 가슴에 꼭 껴안고 있었다. 그 속에는 친구들이 읽고 큰 소리로 박장대소한 부분도 있었고, 감동을 받아 울면서 전화를 건 부분도 있었다. 간간이 엄청나게 재미있는 소재도 들어 있었고, 다른 누구도 쓸 수 없는 중요한 표현도 몇 가지나 있었다. 나는 그 점을 확신했다. 비록 얼마간이었지만 말이다.

나는 거실에서 그를 졸졸 쫓아다니면서 그 책의 다양한 측면을 설명하기 시작했다. 꼭 소송을 맡은 변호사가 배심원 앞에서 변론을 하듯이. 너무 자세하게 말할 필요는 없으니 세부 내용은 여기 적지 않기로 한다. 나는 명쾌하다고 확신했던 인물들 사이의 관계를 묘사하느라 수많은 공간을 다시 채웠다. 호통에 호언장담까지 하고 있었지만, 나는 겨우 스물여덟이었고 전날 술을 심하게 마셨고 곧 죽을 것 같은 느낌이었다. 나는 그에게 내 주인공들이 어떤 사람들이며 그들 사이에 일어난 일들이 어떤 것인지를 모조리 설명했다. 그들의 인생을 바닥부터 직접 스케치했고, 플롯과 주제라는 큰 문제를 어떻게 해결할 것인지, 어떤 것을 단순화하고 무엇을 심화할지에 관한 방법을 궁리했다. 나중에는 무엇을 말하려고 하는지도 모르고 마구 말했다. 말들이 그냥 입 밖으로 끝없이 쏟아져 나왔다. 내가 비로소 입을 다물자 그가 나를 쳐다보더니 말했다.

"고마워요."

우리는 얼마간 아무 말도 하지 않고 그의 소파에 나란히 앉아 있었다. 마침내 그가 먼저 입을 뗐다.

"잘 들어요. 나는 당신이 나에게 묘사한 그대로 그 책을 다시 쓰길 원해요. 당신은 아직 책에다 그걸 다 쓰진 못했어요. 어디론가 떠나서 나에게 시놉시스, 그러니깐 플롯만 구성한 것을 보내요. 당신이 방금 30분 동안 나한테 말한 것을 장별로 요약해서 써 보내면, 마지막 선인세를 보내 드리지요."

나는 그의 말대로 했다. 한 달 동안 친구들 몇 명과 함께 케임브리지에 머물기로 했고, 그곳에서 매일 책상에 앉아 각 장별로 무슨 일이 일어나고 있는지를 500자에서 1000자 내외로 정리해서 썼다. 캐릭터들의 성격이 어떠한지, 그들이 어디에 살고 있는지, 그들이 무엇에 매달리고 있는지, 왜 그것에 매달리는지 썼다. 때로는 원고 내용을 직접적으로 인용하기도 하고, 나와 내 편집자 모두에게 확신을 심어 줄 만한 최고의 구절을 사용하기도 했다. 그러면서 문제를 하나씩 하나씩 해결했다. 그 장이 시작되는 지점을 A지점이라 하고 장이 끝나는 지점을 B지점이라 정해서, 나의 인물들이 A지점에서 B지점까지 도달하게 하려면 무슨 일이 일어날 필요가 있는지를 궁리했다. 그런 다음 바로 앞 장의 B지점이 어떻게 다음에 이어지는 장의 A지점과 유기적으로 이어질 것인지를 고민했다. 책은 이제 마치 알파벳처럼 움직였다. 생생하고 끊임없이 이어지는 꿈처럼. 플롯 구성을 요약한 시놉시스만 40페이지에 달했다. 나는 케임브리지에서 그 원고를 발송한 다음 비행기를 타고 집으로 돌아왔다.

그게 드디어 효과를 발휘했다. 편집자가 나에게 마지막 선인세를 지급했고, 나는 그 돈으로 이모에게 빌린 돈을 갚았다. 그뿐만 아니라 마지막 퇴고 작업을 할 수 있는 시간을 벌었다. 이번에는 무엇을 해야 할지를 정확히 알 것 같았다. 나에게는 레시피가 있으니까. 그 책은 다음 가을에 출간되었고, 내 소설 중 가장 큰 성공을 거두었다.

내가 이 이야기를 할 때마다, 학생들은 그 시놉시스 원고를 실제로 보고 싶어 한다. 실제로 보여 주면, 그들은 그것이 무슨 로제타석이라도 되는 양 뚫어져라 관찰한다. 그것은 종이에 타이핑한 것으로 세월이 흘러 이제 손만 대도 바스러질 지경이다. 종이에는 주석들이 깨알같이 적혀 있고, 얼룩이 진 데다, 커피나 와인 잔을 얹어서 생긴 고리 모양의 자국도 남아 있다. 그것은 나에게 가장 용감한 인생의 기록으로 여겨진다. 매일 아침 내게 힘을 주는 작은 엔진처럼 말이다.

끝내야 할 때

　이것은 내 학생들이 언제나 던지는 질문이다. 나는 그 질문에 어떻게 대답할지를 잘 모른다. 나도 어떤 방법이 있는 게 아니라, 그냥 때가 되면 아는 것이기 때문이다. 학생들은 책을 여러 권 출판한 작가가 새로운 글을 마칠 때면 마지막 글자를 쓰고 마침표를 찍는 순간 책상에서 벌떡 일어나 하품을 하고 기지개를 켜고 여유롭게 미소 지을 거라고 믿는 것 같다. 하지만 그런 식으로 글을 끝낸 작가가 있다는 얘기는 아직까지 들어 본 적이 없다. 정말 단 한 번도 없다. 오히려 실제로는 써놓은 것을 여러 번 끝없이 반복해서 고쳐 쓰다 볼일 다 본다. 군더더기를 잘라 내고, 문장을 간결하게 다듬고, 다시 고쳐 쓰고, 초고를 읽어 봐준 사람들의 지적을 대부분 수용해서 글에 반영하고……. 그러다 보면 마지막으로 당신 내면의 어떤 존재가 이제 다음 소설로 갈아탈 때가 되었다고 속삭인다. 물론 당신이 더 할 수 있는 것은 언제나 남아 있게 마련이지만(아무리 고쳐도 또 고칠 건 수없이 남아 있다),

당신은 완벽주의가 억압자의 목소리라는 사실을 다시 한번 기억할 필요가 있다.

중독 회복기에 있는 사람들이 자주 사용하는 이미지가 하나 있다. 그 사람의 모든 중독 증상을 제어하는 것을 문어 한 마리를 침대에 집어넣는 장면과 비교하는 것이다. 나는 이야말로 당신이 마지막 퇴고 작업을 할 때 겪는 다양한 문제 해결 과정을 완벽하게 묘사해 준다고 생각한다. 당신은 한 다발이나 되는 문어의 발들을 산뜻하게 이불 속으로 밀어 넣어야 한다. 달리 말해, 플롯을 완성하는 동시에 두 명의 주인공 사이의 갈등을 해결하면서 어조를 부드럽게 조절해야 한다. 그런데도 발 두 개는 여전히 침대 밖으로 나와 이리저리 도리깨질을 하고 있다. 아마도 첫 번째 절반과 두 번째 절반의 대화가 어울리지 않거나, 한 인물이 여전히 피상적인 이미지로 머무르는 것처럼 보일 수도 있다. 그러나 당신은 마침내 그 발들까지도 이불 속으로 집어넣고, 또 하나의 길고 끔찍한 발이 마음대로 도망쳐 나오기 전에 얼른 불을 꺼야 할 것이다.

더구나 당신이 책상에 앉아 극도로 피로한 얼굴을 비빌 때, 얼굴이 벌겋게 달아오르고 고무를 입힌 것같이 느껴질 때 이런 일이 일어날지 모른다. 문어 발의 구역질 나는 원반 모양 촉수들이 열렸다 닫혔다 하고, 마치 권태롭다는 이유로 당신 피를 빨아먹으려는 듯이 단춧구멍처럼 째진 조롱 섞인 눈으로 당신을 쳐다본다 하더라도, 그처럼 비록 당신의 원고가 불완전하다는 걸 알고 있고 뭔가 더 수정 작업을 하고 싶다 하더라도, 그러나 압력 밥솥에 더 이상 뽑아낼 증기가 남아 있지 않다는 것도 잘 알고 있다면, 그것이 지금으로서 당신이 할 수 있는 최선인 것이다. 어떤가? 내 생각엔 이게 바로 당신이 글을 마칠 때가 되었다는 신호다.

쓰는 사람의 내면에서
벌어지는 일들

Bird by Bird
: Some Instructions on Writing and Life

감탄하며 바라보기

글쓰기란 현재 벌어지고 있는 일에 주의를 기울이고 그것으로 소통하는 법을 배워 가는 것이다. 그럼 지금은 어떤 상황이냐고? 확실한 건 우리 모두가 이 세계에 신물이 나 있고, 그러므로 가장 중요한 것은 서로에게 화풀이하지 않는 것이다. 그러지 않으면 모두 베이징 사람들처럼 으르렁거리고만 있을 것이다. "제길! 똥 밟았네! 순전히 '당신' 잘못이야, '당신이' 한 짓이잖아!" 글쓰기란 사람들의 인생 역정을 지켜보는 것이고, 로버트 스톤이 얘기했듯, 거기에서 어떤 의미를 포착해 내는 것이다. 그러나 당신이 타인을 존중하지 않는 한 의미를 발견하기는 힘들다. 사람들을 볼 때 오로지 그들이 싸구려 옷을 입었는지 비싼 옷을 입었는지만 본다면, 당신은 그들을 제대로 이해하지 못할 것이다.

작가란 한 걸음 떨어져 있는 사람이다. 『델의 농부』농장을 무대로 한 어린이 그림책에 등장하는 치즈처럼 말이다. 책 속에서 치즈는 유일하게 인간도 동물도 아니면서 그들 사이에 가만히 홀로 존재하는 캐릭터이지만, 단순한 소품이나 배경에 머무르지 않고 결국 나름의 역할을 한다. 그처럼 당신은 아웃사이더이지만, 멀리 떨어져서도 당신의 망원경으로 모든 것을 눈앞에 있는 것처럼 볼 수 있다. 당신이 할 일은 당신의 관점을 명백하게 드러내면서, 목격한 사실을 기록하는 것이다. 당신의 직업이 사람들을 실제 있는 그대로 바라보는 것이라면, 그렇게 하기 위해서 당신은 가능한 한 가장 다정한 태도로 자신을 들여다봐야 한다. 그래야 비로소 다른 사람들도 제대로 바라볼 수 있게 된다. 개념상으로는 간단하지만, 실제 그렇게 하기란 결코 쉽지 않다. 내게도 '엉클 벤' 스파이더맨의 죽은 삼촌. 자비로운 성품에 늘 교훈을 주는 인물 같은 어른이 있었는데, 그가 20년 전 나에게 보낸 편지에는 이런 말이 적혀 있었다.

언젠가 너는 나이나 성별과 상관없이, 너의 내면에 오래오래 남아 절대적인 영향력을 발휘할 만한 누군가를 만나게 될 거야. 그러면 네 눈에 있는 티끌이 치워지고 불현듯 그 사람 특유의 어조가 네 귀에 공명하지. 바로 그거야. 그렇게 너는 그 사람을 알아보는 거야.

내가 지금 말하고 싶은 것이 바로 그것이다. 당신은 독자들 눈에 있는 티끌을 걷어 내고 싶다. 그들이 당신의 캐릭터 중 한 명을 알아봄으로써 말이다. 그러나 당신이 먼저 자기 연민을 느껴

보지 못하고서야 그런 식의 공감을 이끌어 낼 캐릭터를 독자에게 선사하기는 힘들 것이다.

아이를 부드러운 시선으로 바라보며 그들의 행동을 인정하는 일은 비교적 쉽다. 특히 아이가 당신의 자식이거나 남의 아이라도 매우 귀엽거나 재미있다면, 아이가 아무리 당신의 감정을 상하게 하더라도 대충 넘어갈 것이다. 아니면 예를 들어 그 대상이 줄다람쥐라고 하면, 그것을 상냥하게 바라보는 일도 비교적 쉽다. 게다가 그건 훨씬 더 명확하게 눈에 들어오고, 바로 당신의 발 앞에 놓인 생생한 현실로 감지된다. 혹은 적어도 낮은 가지에 줄다람쥐가 실제로 존재하는 것을 보며, 줄다람쥐가 내는 날카롭고 째지는 듯한 고음의 소리를 들으면, 그 동물이 자기만의 생존 목표를 따라 살아가는 생명이라는 것을 알아볼 수 있다. 아직 줄다람쥐의 귀여움을 모두 다 알아차리지는 못했다 하더라도 말이다. 그 순간 당신은 당신과 줄다람쥐가 서로 닮았다는 것을 인식하게 되고, 다 같이 전체 세계를 이루는 일부분들이라는 것을 깨닫는다. 너무 이성적인 태도를 버린다면 우리가 더 자주 이런 인식을 얻을 거라고 생각한다. 이성적인 태도가 우리가 하나라는 감각을 방해하므로 우리는 능숙하게 직분을 다하고, 이 세상에서 좀 더 책략을 잘 부리고, 세금들을 제때 낼 수 있다. 그러나 당신은 경찰관을 바라볼 때도 앞에서 말한 것과 같은 느낌을 얻을 수 있다. 당신이 그를 제대로 바라본다면, 그가 다른 모든 사람과 똑같이 나쁜 놈들 때문에 고통을 당하는 살아 있는 숨 쉬는 인간이라는 것을 알게 될 것이다. 그러면 당신은 경찰이 상징하는 폭력과 혼란과 위험의 이미지로 그를 바라보지 않게 된다. 그를 당신과 동등한 사람으로 수용하는 것이다.

실제로 당신 자신을 이와 똑같은 자세로 다정하면서도 초연하게 바라보기는 훨씬 더 힘들다. 그러나 연습이 어느 정도 도움이 된다. 연습하는 첫 며칠 동안은 괴롭겠지만, 하다 보면 매일매일 그것에 조금씩 더 익숙해질 것이다. 나는 이처럼 나 자신에 대해 다정하고 초연한 장소로 내 미친 핀볼 기계 같은 마음을 옮기는 법을 천천히 배우고 있고, 그래서 내가 사는 세상을 둘러보고 다른 모든 것을 존경의 눈으로 바라볼 수 있게 된다. 당신의 마음을 배변 훈련시키고 있는 말 안 듣는 강아지라고 생각해 보라. 당신은 강아지가 바닥에 배변할 때마다 녀석을 이웃집 뜰로 공처럼 차버릴 수는 없다. 당신은 그냥 강아지를 신문지 위에 올려놓는 행동만을 계속할 것이다. 그렇게 나도 내 마음을 원래의 자리로 부드럽게 되돌려 놓기를 계속하고, 일종의 경외감으로 그것을 바라보고 기록한다. 이런 눈을 기르는 법을 배우지 못하는 한 나는 계속 뭔가를 잘못하고 있는 느낌일 것이다.

나는 솔직히, 작가가 되기 위해서는 당신이 경외심을 갖는 법부터 배워야 한다고 생각한다. 그렇지 않다면, 당신은 뭣 하러 글을 쓰는가? 왜 여기서 이 고생을 하고 있단 말인가?

경외심을 세상에 대한 감탄, 그 속에 존재한다는 감각, 세상을 향한 열린 마음이라고 생각해 보자. 그게 아니라면 세상을 비웃고 세상과 등지는 방법도 있다. 우연히 들여다본 다른 사람의 영혼에서 아름다움이나 통찰을 발견한 순간처럼, 당신을 일순간 전율케 한 시나 산문을 읽었던 때를 떠올려 보라. 갑자기 모든 것이 서로 통하는 것 같거나, 적어도 어떤 의미를 띠는 것만 같은 순간. 나는 이것이 작가로서 우리의 목표라고 생각한다. 사람들이 이러한 경외의 감각을 되찾아 사물을 새롭게 바라보고, 그 새로움에 허를 찔리고, 종내는 자신을 가두던 좁고 제한된 세계를 부수고 나올 수 있게 돕는 역할 말이다. 아이를 데리고 산책을 나가 보라. 아이는 줄곧 "와, 우와! 저 더러운 개 좀 봐! 저 불타 쓰러진 집 좀 봐! 하늘이 정말 빨개!"라는 식의 감탄사를 연발할 것이다. 그때 아이가 가리키는 곳을 바라보면, 당신도 이렇게 외치기 시작할 것이다. "어머나! 저렇게 커다랗고 멋진 담장은 처음 봐! 저 쪼그만 아기 좀 봐! 저 먹구름 너무 으스스해!" 나는 이것이 우리가 세상에 존재하는 방식이어야 한다고 생각한다. 현실을 살 것, 그리고 감탄할 것. 내 책상 앞에는 페르시아의 신비주의자 루미의 멋진 시가 붙어 있다.

신의 기쁨은 미지의 상자에서 미지의 상자로,
작은 방에서 방으로 옮겨간다. 빗물처럼, 화단으로 떨어져 내린다.
장미들처럼, 땅 위로 꼿꼿이 싹터 오른다.
이제 접시에는 쌀과 불고기가 넘친다.

이제 벼랑은 덩굴식물로 덮였다.

이제 말에는 안장이 없었다.

신의 기쁨은 이러한 것들 속에 숨어 있으니,

언젠가 갈라진 틈을 열고 모습을 드러내리라.

집중하는 일에는 엑스터시가 따른다. 당신은 세상에 대해서 워즈워스식의 열린 태도를 견지할 필요가 있다. 그러면 모든 것에서 신성함의 본질과 신이 모든 창조물에 내재한다는 표식을 보게 된다. 어쩌면 당신은 세상을 신성하게 바라보는 경향이라곤 없고 모든 것을 겉으로 드러난 대로만 보며, 표면에 보이는 것이야말로 내면의 보이지 않는 영광을 바깥으로 드러내는 가시적인 신호라고 생각할지도 모른다. 이것은 당신이 무가치한 속물 인간쓰레기라는 것을 의미하지는 않는다. 누구든지 원하기만 하면, 얼마든지 세상과 인간의 정신과, 마음의 아름다움과 고통을 발견하고 놀랄 수 있다. 그것의 세부사항과 미묘한 차이들을 있는 그대로 붙잡으려고 노력할 수도 있다. 만약 당신이 주변을 둘러보기 시작한다면, 당신의 눈에 그것들이 보이기 시작할 것이다. 우리 눈에 보이는 것들이 우리의 긴장을 풀어줄 때, 우리가 그것을 사실적으로, 최대한 개방적으로 묘사하게 될 때, 당신의 글은 한층 나아질 것이다. 당신은 주위를 둘러보고는 이렇게 말할 것이다. "우와! 저기 지난번하고 똑같은 앵무새가 나타났네!" 그 앵무새란 여자의 머리에 씌워진 빨간 모자를 말한

쓰기의
감각

다. 당신은 매일 멋진 빨간 모자를 쓰고 동네를 활보하는 여자를 보고서, 그 빨간 모자가 그녀에게 희망을 의미한다는 것을 알아차렸다. 이러한 이미지가 당신이 찍은 상상 속 폴라로이드 사진의 우측 하단에 희미하게 모습을 드러낼지도 모른다. 당신은 처음에는 그것이 풍경의 일부에 섞여 있는지조차 깨닫지 못했지만, 이제 그것이 당신의 마음속 깊이 존재하는 어떤 것을 환기시키는 바람에, 함부로 그 부분을 손가락으로 짚을 수도 없다. 여기 게리 스나이더가 쓴 글이 있다.

> 수면 위에 잔물결이 이네
> 물 아래 은빛 연어가 지나갈 때
> 미풍이 만들어 둔 잔물결과는 또 다르네

그는 채 스무 개도 되지 않은 어휘로 잔물결을 선명하고 간결하게 그려 내고, 같은 뜻이라도 새롭게 말한다. 나는 티베트 승려가 측은지심의 기도문을 읊는 테이프를 한 시간 동안 계속 반복해서 듣는데, 오로지 여덟 개의 단어를 반복하는 것이지만, 한 줄 한 줄이 다 다르게 느껴지고 마음이 차분히 가라앉으면서, 점차 그 소리가 노랫소리처럼 들린다. 그 승려가 눈을 아래로 내리뜨고 자기 시계를 흘끗 바라보면서, "제기랄, 겨우 15분밖에 안 지났잖아."라고 말하는 장면은 상상할 수 없다. 45분 후에도 승려는 계속 각각의 문장을 한 단어 한 단어 모두 다르게 욀 것이다.

마지막 단어를 읊을 때까지 한결같이.

　물론 대부분의 것들은 그처럼 단순하고 순수하게 이루어지지 않는 법이다. 인생을 하나의 노래처럼 여기고, 인생이 지닌 각각의 음절을 절대적으로 집중해서 부르기는 어렵다. 그러나 그러한 종류의 주의력은 굉장한 보상이라 할 수 있다. 자신 바깥에 있는 어떤 것에 열중하는 것은 이성적인 정신에 대한 강력한 해독제와도 같다. 즉, 그토록 자기 안위만 생각하는 태도에서 잠시나마 벗어날 수 있게 해준다. 편협하고 어두운 나르키소스적인 관점으로는 아무에게도 희망을 주지 못한다.

쓰기의
감각

당신이 옳다고 믿는 것

당신이 단편소설이나 원고를 몇 편 시작하긴 했지만, 공들여 끝내는 작업은 전혀 하지 않았으며, 그 작품에 대한 재미나 신념마저 잃어버린 지경이라면, 그 글의 중심에 당신이 열정적으로 몰두할 만한 어떤 것이 존재하지 않는다는 뜻일지도 모른다. 당신은 그 글의 중심 주제와 당신이 옳다고 믿는 신념에 보다 몰입할 필요가 있다. 한마디로, 당신이 가장 열정적으로 믿는 윤리적인 관념이 있다면 바로 그런 관념을 나타내는 언어로 글을 쓰면 된다.

이러한 관념은 아마도 우리가 선험적으로 아는 것이거나 아무도 일부러 꾸며 낼 수 없는 것이어서, 모든 문화와 시대를 관통해 진실로 받아들여진 관념같이 느껴질 수도 있다. 이러한 진실을 말하는 것이 바로 당신의 일이다. 이것 말고 다른 것은 말할 필요가 없다. 너무나 당연한 일이지만, 당신은 그런 것들을 하나의 문장이나 한 단락으로는 줄여서 말할 수 없다. 그런 진실은 자동차 범퍼에 붙인 광고 스티커처럼 간단히 적을 수 있는 분량은 아닌 것이다. 짤막한 재담 한 토막이나 정치적 선전물의 핵심 구절처럼 순간적으로 반짝이는 통찰을 담은 말도 있을 수 있겠지만, 대부분 일상의 기초를 이루는 진실은 단 몇 마디 말로 포착하기에는 우리의 능력을 초월하는 것이다. 그러나 당신의 작품 속에서 단 한 줄의 문장만 반짝여서는 안 되고, 작품 전체가 진실이어야 한다. 그것을 담아내려면 일종의 내용 전개가 필요할 것이고, 다층적인 면도 필요할 것이다. 우리는 여기서 한마디 말로 표현할 수 없는 것들을 다루고 있다. 즉, 우리는 이미 알려진 세계와 미지의 세계 사이에 놓인 곳에 서서, 양쪽 세계 모두에 근접하여 낚싯줄을 당기려고 애쓰고 있다. 그 일을 하는 데 책 한 권이 통째로 필요한 이유이다.

그렇다고 도덕을 가르치거나 교훈적인 메시지를 전달하려는 목적에서 이야기를 만드는 작가가 되라는 말은 아니다. 당신에게 어떤 확실한 메시지가 있다면, 새뮤얼 골드윈이 말했듯이, 전보를 보내면 된다. 그러나 우리는 어떤 것이 도덕적으로 옳다고 확신하면, 비록 우리가 얼마나 자주 틀리는지 알고 있음에도 불구하고, 자신이 옳다는 느낌에 근거하여 이러한 것들을 다른 누군가에게 털어놓고 소통하고 싶어 한다. 예를 들면, 나는 동전의 양면처럼 한 쌍의 대립항이 항상 존재한다고 생각했다. 사랑은 미움의 반대이고, 올바름은 그름의 반대라고. 그러나 이제는 우리가 이러한 개념을 믿는 이유가 복잡한 현실을 감내하는 것보다는 절대적인 것을 수용하기가 훨씬 더 쉽기 때문이라는 생각이 든다. 나는 어떠한 것도 사랑의 반대항이 될 수 없다고 생각한다. 현실 세계는 용납하기 어려울 정도로 복잡다단하기 때문이다.

당신이 나와 비슷한 부류라면, 처음부터 적지 않은 기대를 품고 글쓰기를 시작할 것이다. 당신은 재기발랄하고 반짝이는 통찰이 가득 담긴 글을 써서, 당신이 얼마나 독창적이고 영리하고 섬세한 작가인지 세상이 알아주기를 바랄 것이다. 그러나 시간이 지남에 따라 매일 조금씩 글 쓰는 요령이 늘어 가면서, 오히려 당신은 당신의 캐릭터들이 인간 드라마를 연출하기를 원하기에 이르는데, 그 변화는 거의 자연 발생적인 것처럼 보인다. 그렇게 해서 쓴 드라마는 대부분 재기발랄함이나 반짝임과는 거리가 멀 것이나, 도덕적인 측면에서 매우 훌륭하다. 사실 대부분의 훌륭한 글쓰기의 목적은, 윤리적인 조명을 비췄을 때 우리가 어떤 사람인가를 폭로하는 데 있는 듯하다. 잔 모로가 출연한 「섬머 하우스」라는 코미디 영화의 한 장면을 정말 좋아한다. 부엌에서 일하던 그녀가 "모든 인간은 열광적으로 토로할 만한 나름의 주제를 가지고 있다."라고 주장하자, 집주인은 그녀를 비웃으며 도대체 당신 따위가 무슨 심각한 주제를 가지고 있느냐고, 그게 뭔지 어서 말해 보라고 재촉한다. 그러자 그녀는 불타는 듯한 빨간 머리칼을 한번 새침하게 흔들고는 이렇게 말한다.

"무한히 높은 벼랑 위에서 울부짖는 고독한 바람에 대해."

우리는 개인으로서 혹은 무리로서, 우리 등 뒤에서 불어 닥치는 바람에 어떻게 대처하는가? 과연 잘 대처하고 있는가? 그 와중에도 품위와 연민을 잃지 않으려 애쓰고 있는가?

살아가면서 우리는 삶에 도움이 되는 것과 삶을 훼손하는 것을 번갈아 발견하고, 우리의 캐릭터들은 이것을 극적인 연기로 보여 준다. 이것은 도덕적인 소재라고 할 수 있다. 그러나 '도덕'이라는 말은 근본주의라든가 완고한 설교자, 까다로운 사람들 같은 부정적인 이미지를 떠오르게 한다. 우리는 그런 한계를 극복해야 한다. 만약 당신의 도저한 신념이 당신으로 하여금 글을 쓰지 않고 못 배기도록 만든다면, 그 신념은 또한 당신의 캐릭터들을 움직이는 요소가 무엇인지도 밝혀 보일 것이다. 당신은 그들의 겉모습과 태도 뒤에 가려진 정말로 훌륭한 인격을 발견할지도 모른다. 그렇다면 그 사람은 독자가 좋아할 만한 사람이고, 함께 있으면 기분이 저절로 좋아지는 사람일 것이다. 우리는 어떤 캐릭터들이 착하거나 고상한 인품을 지녔기 때문에 좋아한다. 즉, 그들은 세상에 존재하는 어떤 품위를 내면화함으로써 남달리 위험을 무릅쓰거나, 다른 누군가를 위해 자신을 희생하기도 한다. 그들은 이 세상에 어떤 종류의 도덕적 나침반이 여전히 작동하고 있다는 것을, 그래서 우리 역시 선택하기만 한다면 그 나침반에 의지하여 인생이라는 긴 여정을 이어 갈 수 있음을 보여 준다.

뛰어난 소설을 읽을 때, 우리는 한쪽 눈은 영웅이나 선한 인물에게 두고, 다른 한쪽 눈으로는 멍하니 나쁜 인물을 바라본다. 아마 후자가 훨씬 더 재미있기 때문일 것이다. 플롯이 이 모든 캐릭터와 독자들을 컴컴한 숲속으로 끌고 들어가면, 우리는 거기서 모든 고난을 헤치고 그 플롯이라는 나침반으로 여자나 남자를 찾아낸다. 그런 후에도 그 나침반은 여전히 흔들림 없이 정북을 가리키고 있다. 그것은 기적이라 부를 수 있는, 대단히 놀라운 일이다. 이 한 줄기 광선은, 때로 보일 듯 말 듯 희미하게 깜박이지만, 어둠을 밝히는 동시에 어둠을 물리친다.

그 좋은 예가 교훈적인 내용을 담고 있는 중세의 권선징악극이다. 우리는 선한 무리가 악의 무리를 이기고 당당히 개선하는 이야기를 듣고 싶어 하고, 연약한 인간이나 생명이 구출되는 이야기를 좋아한다. 보통 이런 소설의 내용은, 악이 거의 끝까지 이기다가, 모든 고난과 시련에도 선이 우세해지면서, 결국 영웅이 큰 가슴을 가진 소녀에게 키스하는 것으로 끝맺는다. 현대인의 삶은 중세보다는 어느 정도 더 복잡해졌지만, 많은 부분에서는 거의 똑같다고 할 수 있다. 여전히 폭력적이고, 끔찍하고, 혼돈으로 가득 차 있고, 전염병과 살인자와 도둑이 들끓고 있긴 마찬가지다. 우리의 마음속에 아직도 부패하거나 붕괴되지 않은 선한 마음이 남아 있으며, 마음만 먹으면 얼마든지 선한 마음을 회복할 수 있다는 건 무척 다행스러운 일이다. 다소 평범한 캐릭터, 즉 친절하기도 하면서 동시에 이기적인 누군가가 스스로 용기나 선한 의지를 회복할 수 있는 장소를 발견할 때, 우리 역시 갈망해 오던 어떤 진실을 깨닫게 된다. 이것은 독자들과 당신의 캐릭터, 당신의 책을 연결시키는 데 도움을 준다. 이런 진실이 담겨 있을 때 우리는 우리 친구들에게 당당하게 책을 팔 수 있을 것이고, 그 책은 오래 기억할 만한 책 혹은 평생의 경력으로 내세울 만한 책이 될 것이다.

그러려면 우선 당신부터 자신의 견해를 신뢰하지 않으면 안 된다. 그러지 않으면 작품을 계속 전개할 이유가 없다. 당신이 말하고 있는 내용에 대해 작가인 당신이 자신감을 갖지 못한다면, 그 작품은 더 이상 아무런 의미가 없다. 그럴 바에야 차라리 작품 활동 따윈 집어치우고 볼링이나 치러 가는 게 낫다. 그러나 만약 당신이 어떤 것에 깊이 관심을 쏟는다면—예를 들어, 어떤 단어가 지닌 위대한 의미를 조심스럽게 밝혀내려 한다거나, 혹은 어떤 지역의 풍경과 천연의 생태계를 보존하려고 애쓰고 있다면—그럴 경우 그 신념은 당신이 작품을 끝까지 완성할 수 있도록 에너지를 공급할 것이다.

훌륭한 작가가 되기 위해 당신은 기본적으로 많은 글을 써야 하겠지만, 그것만으로는 부족하다. 당신이 쓰고 있는 주제에 그만큼 깊이 몰입하는 일도 필요하다. 꼭 복잡한 윤리 철학을 견지해야 할 필요는 없지만, 내 생각에 작가는 언제나 어느 정도의 해결책을 제시해야 하고, 인생에 대해 조금이라도 이해하고 느낀 바를 전달하려고 노력해야 한다. 심지어 사뮈엘 베케트처럼 냉혹하고 이성적인 작가조차(쓰레기통에 들어가 있거나 목까지 모래

180

쓰기의
감각

속에 파묻혀 있으면서, 평생 자기 주머니의 내용물이나 긁어내고 거기서 나오는 모든 물건에 그저 놀라워하는 것으로 평생을 보내는 정신병자 주인공을 만들어 내는 작가다) 무엇이 진실인가에 관해, 무엇이 인간의 삶을 위로하는가에 관해 위대한 통찰을 제공한다. 그는 자기가 발견한 진실, 즉 우리 인간은 태어남과 동시에 무덤을 향해 달려가는 존재이고, 우리가 사는 이 지구라는 행성은 달처럼 차갑고 삭막한 곳이라는 진실을 있는 그대로 받아들이고, 그것을 희화하는 방법을 알고 있었다. 그는 우리에게 모호하고 개인적인 미소를 지어 보이지만, 그 미소는 그 무엇보다 매력적이며, 이러한 시각의 변화는 우리가 인생을 바라보는 방식을 변화시킨다. 소소한 몇 가지 일상의 의미가 갑자기 명확하게 와닿고, 그것은 우리에게 의지할 수 있는 일종의 해결책을 제시하는 것만 같다. (어쩌면 우리는 '해결책'이라는 말에 대해서 '도덕'이라는 말을 대할 때와 똑같은 문제에 봉착하는 것 같다. 그 말은 너무 딱딱하게 들리므로, 우리는 그 말에 대한 고정관념을 뛰어넘어야 할 것이다. 아마도 우리가 해야 할 일은 이 지상에 머무는 시간을 오로지 온화함과 훌륭한 유머로 가득 채우는 것뿐일지도 모른다.)

아니면 14대 달라이 라마를 보라. 내 생각엔 그야말로 현재 지구상에 존재하는 가장 온건한 인물이다. 그는 단순하게 말한다. "나의 진정한 종교는 친절입니다." 그것은 위대한 도덕적 자세이다. 즉, 친절함을 실천하고, 고통 가운데에서도 마음의 문을 계속 열어 두는 것이다. 그러나 불행히도 그 주제가 곧바로 훌륭한 문학 작품을 만들지는 못한다. 당신은 그것을 약간 윤색할 필요가 있다. 그러지 않으면 당신의 책은 한 문장으로 정리될 수 있는 책이 될 것이고, 그 책을 읽게 될 편집자나 에이전트는 당신을 별로 매력적이지 않은 작가로 단정 짓고 말 것이다.

　도덕적인 입장은 메시지가 아니다. 도덕적인 입장은 당신의 내부에 있는 열정적인 관심을 드러낸다. 가령 우리가 지금 모두 위험에 처해 있고, 온통 낯설기만 한 상황에 맞닥뜨렸다고 하자. 그래서 당신이 작품 속에서 그 위험을 경고해야 하는 입장이라 하더라도, 당신이 나름의 중요하고 건설적인 메시지나 해결책을 갖고 있지 않다면, 독자를 끌어모으거나 관심을 끌 수 없을 것이다. 내 친구 카펜터의 말에 따르면, 우리에겐 더 이상 하늘이 무너진다고 말해 줄 치킨 리틀 영화 「치킨 리틀」의 주인공. 하늘이 무너졌다고 말하며 동네에 대소동을 몰고 온다이 필요하지 않다고 한다. 왜냐하면 치킨 리틀이 이미 그렇게 했기 때문이다. 지금의 이슈는 그런 상황 속에서 서로를 어떻게 돌볼 것인가이다. 당신이 그것을 명백히 조명해 줄 때 일부 독자들은 재미를 느끼고 책을 사볼 것이고, 더군다나 당신이 그것으로 웃음까지 선사할 수 있다면 우리는 그보다 더 큰 대가라도 얼마든지 치를 준비가 되어 있다. 우리를 포함하여 일부 사람들에게, 좋은 책과 아름다운 글은 지상의 위로이며, 어떤 훌륭한 음식과도 비교할 수 없는 만족과 편안함을 주기 때문이다. 그러므로 당신에게 가장 절박하고 중요한 주제에 대해 글을 쓰라. 사랑과 죽음과 섹스와 생존은 우리들 대부분의 중대 관심사이다. 일부 사람들은 신과 자연보호에도 흥미가 있다.

당신이 가장 열정적으로 관심을 쏟는 분야가 단식과 장세척에 관한 것일 수도 있다. 카푸치노 커피로 관장을 한다든가 하는 식의. 이것도 나쁘진 않다. 하지만 당신이 그런 것들에 대해 글을 쓰는 건 바라지 않는다. 그런 소재로 글을 쓰면 사람들은 당신이 단순히 개인적인 히스테리를 글로 승화한 거라고 몰래 추측할 테니까. 이런 일들이라면 이미 교회나 뉴에이지 축제들에서 수백만 명이 하고 있으니, 굳이 책에 쓸 건 없지 않은가.

차라리 자유에 대해 써보라. 그것을 위해서라면 인생을 걸고 투쟁할 만한 가치가 있는 것 말이다. 인권은 당신 캐릭터의 출발점이고, 당신의 캐릭터에 영향을 미친다. 그들이 아무리 혐오스러운 사람들이라 하더라도 말이다. 당신은 사람들의 개성을 형성하는 가치들을 존중해야 한다. 도덕적인 견해는 슬로건이나 당위가 아니다. 그것은 바깥 세계나 하늘 위에서 주어지는 것이 아니다. 그것은 캐릭터의 가슴속에서 출발하며, 그곳에서 성장한다. 진리를 말하고 자유에 대해 쓰고 그것을 위해 투쟁하라. 당신이 그것에 얼마나 헌신할 수 있는가에 따라 작가로서 당신의 인생은 풍부한 보상을 받을 것이다. 몰리 아이빈스가 말했듯이, 자유를 위해 투쟁하는 이들이 언제나 승리하지는 않지만, 그들은 분명 언제나 옳다.

브로콜리와
대화하는 방법

「2000살 남자」를 보면 영화감독이자 시나리오 작가인 멜 브룩스의 단골 대사가 나온다.

정신과 의사가 자기 환자에게 이렇게 말한다.

"당신의 브로콜리가 하는 말을 잘 들어 봐요, 그러면 브로콜리가 당신에게 자기를 어떻게 먹으면 되는지 알려 줄 거요."

처음 이 말을 학생들에게 전했을 때, 그들은 마치 나를 정신병자 보듯이 못마땅한 표정으로 바라보았다. 그러나 글쓰기에 있어 이 개념은 현실 세계에서와 마찬가지로 매우 중요하다.

그것이 의미하는 바는 당신이 무엇을 써야 할지 모를 때, 당신이 만든 캐릭터가 이 상황에서 어떻게 행동할지를 예측할 수 없을 때, 조용히 숨죽이고 내면에서 들려오는 작은 목소리에 귀 기울여 보라는 뜻이다. 그 목소리는 당신이 무엇을 써야 할지 말해 줄 것이다. 문제는 우리 중 너무나 많은 사람이 브로콜리와 대화하는 방법을 까먹었다는 것이다. 분명히 어린 시절에는 알고 있

쓰기의
감각

었는데 말이다. 어린 시절 우리는 자신의 직관에 귀 기울였고, 우리가 진실이라고 믿는 것을 어른들에게 말했다. 그러나 어른들은 종종 틀렸다고 지적하거나 비웃고, 심지어 벌을 주기도 했다. 어른들의 말로 판단컨대, 하느님은 당신이 자기만의 견해와 관념을 갖는 것을 금지했고, 그럴 바에야 차라리 머리에 이를 키우는 게 더 낫다. 당신이 순진하게 "왜 엄마가 목욕탕에서 울어요?"라고 물었다면, "엄마는 우는 게 아니야, 엄마가 알레르기가 있어서 그래."라는 소리를 들었을지 모른다. 혹은 "아빠는 왜 어젯밤에 집에 안 들어왔어요?"라고 물었을 때, 어머니는 애써 명랑한 목소리로 "아빠는 어젯밤에 집에 왔는데, 새벽에 일찍 출근했거든."이라고 대답했을 수도 있다. 그러면 당신은 마지못해 고개를 끄덕였을 것이다. 비록 그것이 새빨간 거짓말이라는 걸 알고 있다 하더라도, 어른들의 좋은 면을 바라보는 게 중요하기 때문에 그냥 넘어갔던 것이다. 진심으로 당신을 걱정해 주는 사람은 아무도 없었고, 너무 집요하게 따지고 들다가는 저녁 식사마저 금지당하고 방에 갇히거나, 발목에 말뚝이 박힌 채 주유소 위쪽 언덕에 버려질지도 몰랐다. 그러다 보니 사건의 진상에 대해 꽤 분명하게 말해 주는 내면의 목소리를 오히려 의심하는 버릇이 생겼는지도 모른다. 확실한 건, 당신이 잃어버린 그 감각을 반드시 회복해야 한다는 점이다.

글을 잘 쓰기 위해서는 당신만의 브로콜리가 필요하다. 그게 없으면 당신은 아침에 일어나 앉아 오로지 이성이 안내하는 대로만 생각을 전개할 것이다. 그러고는 하루 종일 글이 잘 풀리지 않는다는 이유로 완전히 기분이 상해서는 모든 일을 엉망으로 만들어 버릴 것이다. 애초에 쓰기를 포기하고 자리를 박차고 일어나 다른 데로 가버릴 수도 있겠지만, 그건 더 나쁘다. 왜냐하면 우리는 대개 자리에 오래 앉아 있기만 해도 어떤 형태로든 뭔가 조금은 쓸 수 있다는 것을 알기 때문이다. 지금이 겨우 오전 9시 15분이라고 하자. 일단 당신이 끝까지 참고 버틴다면, 어떤 이미지나 상황이 머리에 떠오를 것이고, 그것이 중요한 열쇠가 되어 캐릭터를 향한 문을 억지로 열어 주면, 당신은 오로지 그 문을 통해 탈출할 수 있다. 그때가 되어야 캐릭터가 앞으로 나와 말을 걸고, 이야기에 도움이 되는 뭔가 결정적인 것을 가르쳐 줄 것이기 때문이다. 그 내용이 어쩌면 그 캐릭터에게 가장 중요한 것일 수도 있고, 그렇다면 당신의 플롯은 갑자기 아귀가 딱 맞아떨어질 것이다. 그 인물을 선한 인물에서 나쁜 인물로 바꾸거나 그 반대로 만드는 방법이 떠오를 수도 있다.

그러나 참을성 부족으로 하루 치 작업을 통째로 중단해 버리면, 당신은 패배감과 함께 혼란과 무기력증에 시달릴 것이고, 내일은 더욱 힘든 하루가 될 것이다. 그것이 바로 오늘 당신이 글을 쓰려고 자리에 앉은 지 겨우 15분 만에 포기해 버린 대가이다. 영화 「캣 벌루」 제인 폰다 주연의 코믹 서부극 에서 술에 취해 곤드레만드레가 된 리 마빈이 의기양양해서 고래고래 소리를 지르다가 점점 좌절감에 흐느끼며 울부짖더니 급기야 의식을 잃어버

쓰기의
감각

리던 장면이 기억나는가? 거기서 그를 주시하던 남자들 중 한 명이 이렇게 말한다. "하루 일을 저렇게 빨리 해치우는 사람은 처음 봐." 이런 일이 당신에게 일어나서야 되겠는가.

자신을 신뢰하고 자신 편에 서서 열심히 싸워야 비로소 자신감과 직관을 회복할 수 있다. 무엇보다 자신의 능력을 믿을 필요가 있는데, 특히 당신이 처음으로 완성한 조잡한 초고에 대해서 그러하다. 불안과 의심이 기어오르겠지만, 거기에는 틀림없이 당신의 진정한 상상력과 모든 체험에 대한 생생한 기억이 담겨 있을 것이다. 그것들을 믿어 보라. 제대로 가고 있는지 확인하기 위해 자꾸 발아래를 쳐다볼 필요 없다. 당신은 그냥 즐겁게 춤만 추라.

머무를 공간만 마련해 놓는다면 집 나갔던 당신의 직관은 반드시 돌아올 것이고, 그때 비로소 끝없이 떠들던 당신의 이성은 하던 일을 멈출 것이다. 이성적인 사고는 결코 당신의 정신을 기름지게 하지 못한다. 당신은 이성만이 당신에게 진실을 일깨워 줄 거라고 믿고 있다. 이성적인 정신은 합리주의를 강요하는 문화가 숭배하는 황금송아지이기 때문이다. 그러나 실상을 알고 보면, 이성 중심주의는 풍부하고 왕성하고 매혹적인 감성들을 착취한다.

간혹 직관을 되찾기 위해서는 스스로를 띄워 주는 노력이 필요한데, 직관은 약간 수줍음이 많기 때문이다. 몰아붙이지 않고 놔두면, 직관은 종종 영혼이나 무의식에서 둥실둥실 떠올라 작고 깜박거리는 불꽃이 된다. 너무 다그치거나 광적인 주의를 기울이면 꺼져 버릴 수도 있겠지만, 부드러운 집중력으로 주시한다면 조용히 타오르면서 꾸준히 빛을 발할 것이다.

그러므로 진정하고, 침착하게 숨을 들이쉰 다음 직관의 목소리에 귀 기울여 보라. 당신의 머릿속 화면을 흘끔 곁눈질해 보라. 당신이 찾고 있는 것이나 이야기의 세부사항, 또는 방향을 볼 수 있을 것이다. 지금 당장은 아닐지도 모르지만, 언젠가는 그런 순간이 올 것이다. 당신의 마음을 지나치게 통제하려 들지만 않는다면, 당신은 이 캐릭터나 저 캐릭터가 어떤 사람인지에 관해 직관적인 느낌을 얻게 된다. 습관화된 이성의 통제를 멈추는 일이 쉽지는 않겠지만, 당신은 결국 해낼 것이다. 만약 당신의 캐릭터가 갑자기 자기 주머니에서 반쯤 먹어 치운 당근을 끄집어낸다면, 그렇게 하도록 내버려 두라. 이것이 정말 있을 법한 일인지에 대해서는 나중에 가서 점검해 보면 된다. 내면에서 들려오는 아주 작은 목소리를 들으려면 스스로를 단련해야 한다. 대부분의 사람이 지닌 직관은 통속적인 말들에 가려 들리지 않는다. 우리는 진정한 공감이나 통찰의 순간에 도달하더라도, 그런 통찰을 시시한 것으로 치부해 버리는 속물들의 말을 먼저 떠올리기 쉽다. 직관은 진짜이고 풍성하며 신선하고 가능성으로 넘치는 데 비해, 통속적인 생각은 들으나 마나 한 진부한 말에다 유통기한도 지났고 자기만족적인 것이 대부분인데도 말이다.

당신이 생각하고 느끼는 것의 가치를 존중하는 자세를 계속 유지하고, 고지식하다 싶을 정도로 그 내용들을 모두 받아 적어 보라. 이때 다음 사항을 조심해야 한다. 당신의 직관이 당신의 이야기를 혐오스러워한다면, 그것이 정말로 당신의 내면의 소리인지, 무의식 속에 존재하는 당신의 어머니가 말하는 것인지를 확인해 보라. 예를 들면 '이런 캐릭터는 보라색 상어 가죽 바지를 입고 있는 걸 봤어.'라는 생각이 갑자기 떠올랐는데, 곧이어 걱정스러운 어머니의 목소리가 '아니지, 아냐, 그에게 뭔가 좀 점잖은 옷을 입혀야지'라고 말하는 상황 말이다. 하지만 당신이 노파심 많은 어머니의 말을 듣고 캐릭터에게 점잖은 옷을 입힌다면, 곧 당신도 그 인물이 지겨워질 것이고 독자들도 하품을 할 것이다. 당신의 직관은 보다 신나고, 보다 자연스러운 수단들을 만들어 줄 것이다. 어쩌면 그 상황에 정말로 잘 어울리는 것을 보여 줄지 모른다. 그러나 당신이 언제나 다급하고 또렷한 목소리로 '맞다! 보라색 상어 가죽 바지야!'라고 말하는 것을 들을 수 있는 것은 아니다. 그보다 더 자주 당신은 기어들어 가는 듯 혼자 중얼거리는 소리를 들을 것이다. 그 소리는 아마도 시냇물 소리처럼 수많은 갈라진 소리 중 하나로 들릴지도 모른다. 아니면 모호하고 비밀스러운 암호처럼 구석에서 살금살금 새어 나올지도 모른다. 확실한 건 당신이 너무 많은 조명을 비추면, 그것은 당장 뒤로 물러나거나 사라져 버릴 것이라는 점이다.

직관에 기대는 방법을 배우기 위해 거쳐야 할 주요한 단계는, 그것에 다가갈 유용한 은유를 발견하는 것이다. 브로콜리는 너무 우스꽝스러워서 나에게 은유의 매개체로 떠올랐다. 한 친구가 말하길, 자신의 직관은 자신의 동물과 같다고 했다. 그는 평소에 '내 동물은 이렇게 생각해.'라거나 '내 동물은 저게 싫다네.'라는 식으로 말한다. 당신이 그 존재를 무엇으로 상상하든지 간에, 그것의 목소리를 통제하거나 지배하려고 해서는 안 된다. 만약 당신이 숲에서 길을 잃는다면, 말에게 집에 가는 길을 찾도록 내버려 두라. 당신은 앞장서서 길을 제시하는 행위를 멈추어야 하는데, 왜냐하면 방해가 될 뿐이기 때문이다.

글쓰기는 결국 당신이 자신을 믿도록 스스로 최면을 걸어서 어떤 식으로든 글을 쓴 다음, 최면에서 깨어난 후 그 글을 냉정하게 검토하는 과정이라 할 수 있다. 거기에는 수많은 실수가 있을 것이므로, 많은 부분을 제거하고 또 새로운 내용을 그만큼 더 써넣어야 할 것이다. 당연한 이야기지만, 당신이 언제나 올바른 결정을 내릴 수는 없다. 내 친구 테리가 말했다. 글쓰기든 다른 일에서든 결정을 내려야 하는데 무엇을 선택해야 할지 도저히 알 수 없을 때는, 그냥 이걸 하든 저걸 하든 하라고. 이럴 때 벌어질 수 있는 최악의 상황이라고 해봐야 내가 끔찍한 실수를 저질러 버렸다는 것 정도니까. 그러니까 이 부분에서 플롯을 오른쪽으로 가는 대신에 왼쪽으로 향하게 한다든가, 당신의 캐릭터가 메스껍고 괴팍한 남편에게 돌아가기로 결정을 내리게 놔둬라. 이 결정은 올바른 것일 수도 있고, 아닐 수도 있다. 아니다 싶으면, 이전 단계로 되돌려서 다른 시도를 하면 된다. 우리는 대체로 자기가 행하고 말하고 결정하고 쓰는 것이 우주적으로 중요한 것들이라고 생각하는 경향이 있다. 전혀 그렇지 않다. 어디로 가야 할지 길을 모를 때는, 단순하게 생각하라. 당신의 브로콜리가 하는 말을 들어 보라. 아마도 브로콜리는 올바른 방향을 알고 있을지도 모른다. 오늘 이미 두어 시간이나 신념을 고수하며 일했는데도 아직까지 브로콜리의 소리를 들을 수 없었다면, 일단 점심이나 먹으러 가기 바란다.

내 머릿속
라디오 방송국

여기서 라디오 방송국 KFKD 혹은 K-Fucked에 대해 언급하고 넘어갈 필요가 있는 것 같다. 그것은 아마도 작가들에게 있어, 자기만의 브로콜리의 목소리를 듣지 못하게 가로막는 가장 큰 장애물일 것이다. 이번에 말하고 나면, 나는 다시는 이 방송국에 대해 언급하지 않겠다고 약속하는 바이다.

당신이 주의하지 않으면, KFKD 방송국은 당신의 머릿속에서 24시간 내내 스테레오로 쉬지 않고 방송을 내보낼 것이다. 오른쪽 스피커에서는 자신에 대한 과대평가와 자화자찬이 반복되고, 어떻게 해서 그토록 개방적이고 재능 있고 훌륭하고 지적인 자신이 오해를 받고 과소평가되는지에 관한 변명이 끝없이 흘러나온다. 왼쪽 스피커에서는 자기혐오로 가득 찬 랩과, 잘 못하는 일들만 골라 모은 목록, 오늘을 비롯해서 평생 동안 저지른 모든 실수와 의심, 손만 댔다 하면 모두 똥이 되고 만다는 하소연, 인간관계를 잘 유지하지 못한다는 불평, 자신이 모든 면에서

쓰기의
감각

가짜이며, 이타적인 사랑 따윈 할 줄 모르며, 재능이나 통찰력이라곤 눈곱만큼도 없다는 둥 수많은 기분 나쁜 내용이 방송된다. 글을 쓰려면 차라리 헤드폰으로 헤비메탈 음악을 듣는 것이 더 나을지도 모른다. 당신은 어떻게든 머릿속을 잠잠하게 해야만 캐릭터들이 하는 말을 들을 수 있고, 그들로 하여금 이야기를 계속 끌어가게 할 수 있다.

그 방송을 잠재우는 최선의 방법은—광범위한 정신과 치료, 우울증 치료제 복용, 뇌를 일부 잘라 내는 수술 등을 한꺼번에 받는 것 외에—첫째로 그 방송국이 방송을 하고 있음을 자각하는 것이다. KFKD는 매일 아침 내가 일하려고 책상에 앉을 때마다 자동으로 방송을 시작한다. 그래서 나는 잠시 동안 책상에 앉아서 작은 목소리로 기도를 한다. "제발 이 시험을 이기도록 도와주셔서 오늘 써야 할 분량의 글을 다 쓸 수 있게 해주세요." 간혹 이런 기도가 그 소음들을 진정시킬 때도 있다. 한번 시도해 보라. 어떤 방법이라도 도움이 될 것이다. 예를 들면 교회 제단에서 기도를 한다든가, 촛불을 켜고 봉헌 기도를 올린다든가, 세이지 향을 피우거나, 작은 동물을 희생 제물로 바치는 방법 같은 것 말이다. 이제 연방대법원이 동물 번제 의식을 합법화하지 않았던가. (나는 그 뉴스가 보도되던 날, 기사의 제목만 오려 내서 우리 집 고양이의 물그릇 위에 붙여 두었다.) 이런 의례는 당신의 무의식에게 이제 작동할 때가 되었음을 알려 주는 좋은 신호가 될 것이다.

호흡법을 시도해 보는 것도 꽤 도움이 될 것이다. 비록 내가 그다지 자주 써먹는 방법은 아니고, 대체로 의식적인 복식호흡에 대해 말하는 사람들과는 별로 어울리지 않는 편이지만 말이다. 나는 그런 사람들과 마주치면, 혹시라도 그들이 아로마 테라피에 관한 꽤나 긴 강의를 시작할까 봐 걱정이 밀려오기 시작한다. 그러나 이처럼 느리고 의식적인 호흡을 일상적으로 행하는 사람들은 당신이 그 호흡을 정말 따라 하는지 일부러 흉내만 내는지를 단번에 알아차린다. 당신이 잠시라도 느린 호흡을 시도하고 있다면, 당신의 숨소리가 상대적으로 더 낮아질 것이기 때문이다.

말하자면 다음과 같다. 당신은 아침 9시에 작업을 시작하기 위해 책상에 앉아, 기도를 올리든지 작은 동물을 희생 제물로 바치든지, 일단 뭐든 하는 것이다. 그런 다음 잠시 느린 호흡을 하고는, 당신의 캐릭터들이 놓여 있는 상황에만 초점을 맞추도록 노력한다. 그런데도 여전히 마음이 약간씩 흔들리는 것을 느낄 것이다. 그것은 아주 전형적인 상황이라 할 수 있는데, 당신은 다음과 같은 궁금증에 시달리는 자신을 발견할 것이다. 정말로 위대한 작가는 어떻게 글을 쓰는지, 왜 그가 당신보다 훨씬 더 잘 사는지, 데이비드 레터먼 쇼에 출연하면 기분이 어떨지, 레터먼이 당신의 농담에 웃어 줄지 당신을 조롱할지 아니면 당신이 마음에 들어서 친구로 삼을지, 그러면 점심때 무엇을 먹어야 할지, 당신의 머리카락이 불타거나 누군가(비평가나 다른 누구든)가 당신의 눈에 날카로운 꼬챙이를 꽂는다면 기분이 어떨지 등등. 걱정할 것 하나도 없다. 당신의 산만한 정신을 부드럽게 달래어, 원래 하던 일로 다시 데리고 가면 된다.

당신의 캐릭터 가운데 한 명이 다 자란 아들과 함께 황금빛 언덕에 서 있는 사이프러스 나무 아래에 앉아 있다고 해보자. 그 캐릭터는 가장 서글픈 목소리로 자신의 인생에서 겪었던 몇 안 되는 황홀한 순간들에 대해 고백하고 있다. 당신이 이 아침에 할 일이라곤 그를 흘끔흘끔 곁눈질하면서 그의 말을 엿듣고, 그 순간들의 느낌이 어떠했는지를 알아주는 일밖에 없다. 잠시 후, 당신의 남자 캐릭터 하나가 누군가의 잔디 깔린 뒤뜰에서 자기보다 젊은 히피 남자와 탁구를 치고 노는 것이 눈에 띈다. 그들은 서로 경쟁을 하는 게 아니라, 그냥 공을 치면서 즐기고 있다. 당신은 이러한 장면을 그대로 종이에 적기 시작하지만, 두 문장도 쓰기 전에 다시 재정 파탄에 대해 걱정하기 시작하고, 차 안에서 생활하는 것이 어떨지를 심각하게 고려해 본다. 그때 당신의 어머니가 즐거운 목소리로 전화를 걸어서는, 8학년 때 당신을 괴롭혔던 누군가에게 정말 환상적인 행운이 일어났노라고 말한다. 그 전화를 끊고 나면, 당신의 마음은 과학 실험실에서 카페인에 적셔진 개구리의 뇌처럼 멍해진다. 잔디 깔린 뒤뜰에서 남자 캐릭터가 탁구를 치며 놀고 있는 장면으로 돌아가려면 좀 더 시간이 걸릴지도 모르겠다. 일단 눈을 감아 보라. 그리고 호흡을 천천히 가다듬은 뒤, 다시 시작하는 것이다.

나도 뭔가 더 분명하고 확실한 요령이 있기를 바라지만, 미안하게도 이것이 유일한 해결책이라는 말밖에는 할 수가 없다. 이에 대해서는 나를 믿어도 좋다. 나는 자연요법 같은 걸 증오하는 부류이기 때문이다. 아니면 여하튼 그것은 가장 마지막에 의지할 만한 방법이라고 생각한다. 이틀 전, 나는 가슴이 아프고 목구멍이 미치도록 따가운 채로 수업을 하러 들어갔는데, 꼭 기관지암에 걸린 것만 같았다. 어쩌다 보니 내 수업을 듣는 학생 중에 의사가 두 명이나 있었고, 그중 한 명이 기관지암은 아닐 거라고 안심시켰다. 사실 가을에 유행하는 바이러스 때문에 많은 사람이 비슷한 증세를 보이고 있다고 했다. 다른 의사는 정말 정말 뜨거운 물을 마실 것을 추천했다.

"뜨거운 물이라고요?"

나는 너무 놀라서 물었다.

"뜨거운 물만 마시면 된다고요? 집에 가서 시럽으로 된 진통제에 수면제가 든 목감기 약을 먹어야 할 판인데, 당신은 고작 뜨거운 물을 처방해 주세요?"

나는 그의 학점을 깎겠다고 협박했다. (물론, 이 수업은 학점을 주는 수업이 아니므로, 학생들은 내가 아무리 협박해도 눈도 깜박하지 않는다.) 쉬는 시간에 그 의사가 펄펄 끓는 물을 한 컵 가져다주었다. 티백이 들어가 있지 않은 차 같은. 어쨌든 나는 그걸 마셨다. 약 20초 후 목과 가슴의 통증이 멎었다.

덕분에 통증이 멎기는 했지만 그런 식의 자연요법을 나는 정말 싫어한다.

아무튼 호흡 고르기는 당신의 집중력을 높여서, 당신의 캐릭터가 마음의 변화를 일으킨 지점을 찾아내고, 사람들이 길에서 당신의 소설에 대해 이야기하는 소리도 들을 수 있는 위치로 당신을 데려다 놔줄 것이다. 당신이 그런 위치에 이르면 자연스럽게 알게 될 것이다. 나는 지금 '조화'라는 말을 쓰지 않으려고 무지 애쓰고 있다. 이와 관련된 짧은 이야기 한 편을 들려주겠다.

지난여름 나는 뉴욕 시 방송국에서 일하는 어떤 프로듀서에게서 전화를 받았다. 그는 내게 이틀 후 동부로 날아가서 밤새 시내에 머무르며 TV 토크쇼에 출연한 다음 집으로 돌아오는 일정을 제안했다. 나는 그렇게 할지 말지를 한참 동안 매우 열심히 고민했다. 약 30초 동안이나. 당연히 나는 가고 싶었다. 그러나 샘을 할아버지 집에 하룻밤 맡기기 위해 조치를 취해야 하고, 그다음 날 밤에 있을 글쓰기 수업에 늦지 않도록 시간에 맞춰서 돌아오는 비행기 편을 예약해야 했다. 그렇게 하기 위해서는 댈러스의 포트워스 공항에서 비행기를 타는 방법밖에 없었다. 그런데 댈러스 공항에서 비행기를 잘 갈아탈 수 있을지 너무 자신이 없었다(정말이다). 이 모든 사항을 그 프로듀서와 의논한 후, 일단 교회 모임에 참석하러 갔다.

나는 혼란스러웠다. KFKD 방송국은 오른쪽 스피커로 내가 TV 토크쇼의 드레스 리허설을 마친 후 연이어 다른 토크쇼에 출연하는 장면을 내보냈고, 왼쪽 스피커로는 비행기 충돌 사고들에 관한 프로그램을 방송했는데, 강한 충격을 받았을 때 사람 몸에 무슨 일이 일어나는지를 상세하게 묘사하는 내용이었다.

교회에 도착해 보니 내가 속한 모임은 아직 시작되지 않았지만, 교회의 여자 장로님 네 분이 그곳에 있었다. 세 명은 아프리카계 미국인이고 한 명은 백인인데, 기도 모임을 갖고 있었다. 그들은 집 없는 고아들을 위해 기도하고 있었다.

"잠깐 동안 저의 개인적인 문제를 의논해도 될까요?"

내가 요청했다. 그들은 고개를 끄덕였고, 나는 그들에게 나의 비행기 환승 공포증과 이번 동부 여행을 위해 얼마나 많은 일을 한꺼번에 처리해야 하는지에 대해 털어놓았다. 그들은 또다시 고개를 끄덕였다. 예수님과 여행사 직원들이 다 알아서 해 줄 거라고 믿는 것 같았다. 나는 한숨을 쉬었다. 나의 모임은 다른 방에서 시작될 예정이었고, 그래서 터덕터덕 그 방을 떠났다. 머릿속에서는 토크쇼 장면들과 비행기 충돌 사고, 댈러스의 공항에 기관총을 들고 서 있을 테러리스트의 이미지가 빙빙 돌았다. 모임 내내 집중이 되지 않아 애를 먹었다. 모임이 끝나고 집으로 가려고 밖으로 나왔는데, 기도에 관한 작은 책이 눈에 띄었다. 나는 그 책을 집어 가방에 쑤셔 넣었다. 다음 주 일요일 다시 제자리에 돌려놓으면 된다고 생각하면서.

햄버거 가게에 가면서 혹시 차 사고라도 당해 그 책을 내가 가져간 것이 발각될까 봐 걱정했다. 유족들은 내가 마침내 미쳤다고 생각할 것이다. 간신히 식당에 도착해 자리를 잡고 앉자마자 그 작은 책을 꺼냈다. 책 표지가 다른 사람에게 노출되지 않도록 가방에서 꺼내기 전에 미리 책을 펼쳤다. 그게 무슨 포르노 소설이라도 되는 것처럼. 나는 책을 읽기 시작했고 바로 첫 페이지에서 이 아름다운 구절을 만났다.

> 멕시코 만류는 빨대 하나를 통과해 흐를 것이다. 그 빨대가 멕시코 만류와 일직선으로 놓인다면, 만류와 서로 어긋나는 방향이 아니라면.

긴말 다 집어치우고 간단하게 말하자면, 나는 뉴욕으로 날아갔고 모든 일은 순조로웠다. 댈러스 공항에서는 비행기에서 내릴 필요가 없었고, 제 시간에 맞게 돌아와 수업을 시작할 수 있었다. 그 결과 이제 나는 학생들에게 멕시코 만류에 대해 주구장창 얘기할 수 있게 되었다. 즉, 그 구절이 우리 작가들에게 의미하는 것은, 우리 자신을 이야기의 흐름과 일치시킬 필요가 있다는 것이다. 스스로를 무의식과 기억과 감수성의 강물, 캐릭터들의 삶의 강물과 한방향으로 정렬하면, 그 강물은 빨대를 통과하듯이 우리 안으로 흘러 들어올 것이다.

KFKD 방송이 흘러나올 때, 우리는 그 강물과 어긋나게 된다. 그럴 때는 자리에 앉아서 심호흡을 하고, 자신을 고요하게 가다듬은 다음, 옷소매를 걷어붙이고 다시 시작해야 한다.

질투와의 전쟁

KFKD 방송국에서 듣게 될 모든 목소리 가운데 가장 이기기 힘든 것이 바로 질투의 소리일 것이다. 질투는 당신이 자신감의 볼륨을 아무리 최대한으로 높여도 단번에 그것을 파괴하는 직격탄이 될 수 있다. 당신이 계속해서 글을 쓰다 보면, 언젠가 질투심에 몸부림칠 날이 올 것이다. 멋지고 눈부신 성공이 하필이면 당신이 알고 있는 대부분의 괴팍하고 성질 더럽고 쓰레기 같은 작가들(다시 말해서, 당신이 아닌 다른 사람들)에게 일어날 것이기 때문이다.

이런 일이 일어나는 것은 대체로 대중의 관심이, 정신과 마음과 생각과 손과 종이가 함께 작용할 때 일어나는 마술적인 힘에 좌우되지 않기 때문이다. 오히려 대중은 토크쇼와 영화 제작자와 TV광고에 이끌린다. 그렇긴 하지만 당신도 순록 떼가 당신이 있는 방향으로 달려오길 잠시나마 바랄 것이다. 우리는 대부분 속으로는 그러길 원한다. 그러나 아마도 그 무리는 풀만 잔뜩

쓰기의
감각

뜯어 먹은 다음 당신이 아닌 일부 정말로 자격 없는 작가들에게로 뒤뚱거리며 몰려갈 것이다. 그 작가들은 베스트셀러 목록을 차지하고, 영화 판권 수입에 막대한 선인세까지 움켜쥘 것이다. 게다가 유명 잡지에 사진도 대문짝만하게 실린다. 편집기자들이 그의 너무 긴 송곳니나 주름살, 뿔같이 생긴 코를 모두 에어브러시로 수정한 후여서 사진 속 그 작자는 더 멋지고 대단해 보인다. 당신이 세상에서 가장 존경하는 작가들이 『타임스』에 이들을 격찬하는 서평을 싣거나, 페이퍼백 판에 실릴 광고에 추천사를 제공한다. 이 벼락 성공의 주인공들은 어마어마한 저택을 살 것이고, 그러고도 돈이 남아서 집을 한 채 더 살 것이다. 첫 번째 집보다 더 좋거나, 그것과는 비교가 되지 않을 정도로 더 좋은 집 말이다. 그러면 당신은 집 뒷계단에서 굴러떨어지고 싶어질 것이다. 특히 그 사람이 당신의 친구라면 더더욱.

당신은 말로 표현할 수 없는 무시무시한 감정에 사로잡힐 것이다. 수많은 나날 동안 모든 사람을 증오하고, 세상의 모든 것을 불신하게 될 것이다. 그런 영광을 거머쥔 작가를 정말 알고 있다면, 그(그녀)는 당신에게 반드시 이렇게 말할 것이다. 다음번에는 당신 차례라고. 그 말은 결혼식 때마다 행복한 신부들이 당신에게 매번 하는 말과 같다. 그러는 동안 당신은 점점 더 늙고 점점 더 망가져 가는데 말이다. 당신이 이 친구에게 작은 불행이라도 일어나기를 바라고 있다는 것을 깨달을 때, 당신의 자존심은 아주 약간 손상을 입을 수도 있다. 예를 들어 그 친구가 크게 망신을 당한다든가, 어느 날 아침 눈을 뜨자마자 전립선에 통증을 느낀다든가 하는 장면을 상상하며 고소해하는 것이다. 왜냐하면 어떤 사람이 아무리 부유하고 성공했다 하더라도 이런 상황이라면 의사에게 전화를 해서 문자 메시지라도 달라고 사정해야 하고, 그러면 온종일 기다리느라 아무 일도 못 하긴 당신과 마찬가지일 것이기 때문이다. 그러나 결과적으로 당신은 다시 한번 사탕가게 쇼윈도 앞에 서 있는 아이 같은 기분을 느낀다. 당신이 증오하는 그 친구가 가게의 사탕을 모조리 독차지했다고 믿고 있는 것이다. 당신은 그 친구의 성공이 그에게 특별한 기쁨과 평온과 든든한 보호막을 가져다주어서 그의 인생이 훨씬 더 편해졌을 거라고 믿는다. 그(그녀)는 120살까지 살 것이고, 그(그녀)는 결코 죽지 않을 것이다. 빨리 죽는 사람들은 당신과 같은 선한 사람들이다.

물론, 결코 사실이 아니다. 아무리 많은 돈을 번다고 해도 돈이 그 작가들에게 그리 많은 것을 보장해 주지는 않는다. 그들이 이제 훨씬 값비싼 종합 선물 세트 같은 문제에 봉착하게 되었을 뿐이다. 그만큼 인생에 대한 압력이 더 거세졌기 때문이다. 정말이다.

좋다, 뭐라고 떠들든 상관없다. 나는 그 거센 압력에 관심이 있다. 솔직히 나도 그런 사람들이 겪는 문제라는 걸 좀 겪어 봤으면 좋겠다.

정말로 바라는가?

쓰기의
감각

그렇다. 나는 정말로 바란다.

그러나 우리가 아는 사람들 가운데 가장 고독하고, 가장 비참하고, 신경과민이고, 비열한 사람들 중 몇몇은 세상에서 가장 성공한 사람들이다.

맞다. 그러나 내가 그렇게 성공한다면 그들과는 다를 것이다. 나라면 내 이야기가 실린 신문기사만 스크랩하는 짓은 하지 않을 것이다. 나라면 항상 내 성공만 말하고 다니지는 않을 것이다. 나라면 절대 이런 식으로는 말하지 않을 것이다.

"이봐, 너는 오늘 비가 심하게 온다고 생각하겠지? 나는 비가 정말로 격렬하게 퍼붓던 날을 기억하는데, 아마 그게 내가 구겐하임 상을 수상하던 해였을 거야."

당신은 결코 그러지 않을 것이다. 당신이 언급할 수 있는 다른 사람들과는 달리 말이다.

그런 마음 자세는 매우 좋다. 이런 일이 언젠가는 당신에게도 일어날 것이다. 그것을 믿어라. 질투는 작가가 되면 반드시 겪는 직업병 가운데 하나이고, 그중에서도 가장 품위가 떨어지는 병증이다. 그리고 엄청난 질투심의 소유자인 나는 그 문제를 쉽게 만들거나 변형할 수 있는 유일한 방법이 첫째 더 나이가 들거나, 둘째 그 흥분이 사라질 때까지 수다를 떨고 다니거나, 셋째 그것을 소재로 글을 쓰는 것이라고 믿게 되었다. 또한 어딘가에서 그와 같은 문제를 겪고 있는 누군가가 당신으로 하여금 그런 일을 웃어넘기도록 만들어 줄 수도 있고, 그러면 당신은 평정을 되찾을 것이다.

나는 작년에 매우 심한 질투를 겪은 적이 있는데, 나와 친하게 지내던(혹은 친했던) 누군가가 엄청난 성공을 거두었을 때였다. 그녀는 내게 사흘이 멀다고 전화해서 자기 책이 얼마나 잘 팔리는지에 관한 희소식만 전해 주었다. 나중에는 더 이상 일을 하지 않아도 충분히 먹고살 만큼의 돈을 번 것처럼 보였다. 그것이 나를 불구덩이 속으로 던져 넣었다. 내가 그녀보다 더 훌륭한 작가인데 왜 세상은 그걸 몰라 줄까. 내 작가 친구 중 다수가 매우 잘 살고 엄청나게 성공했어도, 나는 그들을 질투하지는 않는다. 왜 그런지는 모르겠지만 그건 사실이다. 그러나 그녀에게만은 상황이 달라진다. 그녀가 전화상으로 자기의 최근 성공에 대해 열변을 늘어놓는 것을 듣고 앉아 있노라면, 지금 당장 전화를 끊지 않으면 내가 자제심을 잃고 소리를 지를지도 모르겠다는 생각을 했다. 그런 일이 일어나기 전에 제발 그녀가 먼저 전화를 끊기를 기도했다. 나는 말 그대로 물웅덩이처럼 불행을 줄줄 흘리고 있었다.

나는 마음 깊은 곳에서, 우리가 시한부 인생임을 자각하고 사는 것이 우리를 자유롭게 할 수 있다고 믿는다. 죽어 가는 사람들은 당신에게 집중하기와 용서하기, 작은 일에 연연하지 말기를 가르친다. 그래서 그 친구가 전화할 때마다 우리 둘 모두를 용서해 보려고 안간힘 썼다. 그 친구는 그해 여름 알게 된 친구였는데, 남부 출신에 언제나 "정말 대단하지 않니?"라고 외치는 버릇이 있었다. 게다가 그 말을 할 때면 반드시 압운처럼 "멋져."라는 말을 덧붙였다. 그 친구는 자신의 최신 희소식을 전하려고 전화할 때면, 언제나 기독교로 개종한 미스 아메리카 출전자처럼 겸손하게 말을 꺼냈는데, 그러면 나는 그 친구의 흉내를 내며 "그거 정말 대단하고 멋진 것 같아, 그렇지 않니?"라고 응수했다.

그러면 그녀는 이렇게 말했다. "넌 정말 격려를 잘해 줘. 내 친구들 몇몇은 내가 이런 말 하면 힘들어하는데."

나는 이렇게 대답한다. "내가 격려 안 해줄 이유가 없잖아? 그건 정말 대단한 일이니까 그렇지."

그러나 나는 언제나 이렇게 묻고 싶었다. '너의 그 다른 친구들의 전화번호와 이름을 나한테 좀 가르쳐 주면 안 되겠니?'라고.

때때로 나는 전화를 끊자마자 참았던 울음을 터뜨렸다. 그리고 잠시 후 다른 사람들에게 도움을 받기 위해 전화를 걸기 시작했다.

그중 한 명이 소설가 진 리스가 한 말을 상기시켜 주었다. 우리 작가들은 모두 하나의 호수로 흘러드는 작은 강물이며, 한 명에게 좋은 것은 모두에게 좋을 거라고, 우리 모두는 집단적으로 서로의 성공을 함께 공유하고 갈채를 보내 주어야 하는 거라고 말이다. 나는 말했다. "넌 정말 짜증 나는 인간이야."

나의 정신과 의사는 질투심이 이차적인 감정이라고 말했다. 그것은 배신감이나 박탈감에서 비롯되는 감정이며, 만약 내가 그 오래 묵은 감정을 다스린다면 아마도 그 질투의 감정을 깨부

술 수 있을 것이라고 했다. 나는 우울증 치료제를 처방해 달라고 졸랐지만, 그녀는 내게 이렇게만 말했다. 그 작가는 내가 나의 과거를 치유하도록 도움을 주기 위해 존재한다고 말이다. 그 작가 덕분에 내가 평생 지속된 내면의 감정을 꺼내 볼 수 있었다고. 그 감정이란 '다른 가족들은 우리 가족보다 더 행복하고, 다른 가족들은 우리에게 없는 많은 것을 소유하고 있다'는 감정이라고 했다. 그것이 나의 내면과 다른 사람의 외면을 비교하는 일과 관련이 있다고도 했다. 계속해서 그 감정을 충분히 느껴 보라고 했기에, 그렇게 했다. 그 기분은 몹시 더러웠다.

하루는 내가 그토록 질투를 느꼈던 작가 친구가 전화를 걸어서는 남부 여자들이 쓰는 사투리로 이렇게 말했다.

"난 정말 모르겠어. 하느님이 올해 나한테 왜 이렇게 많은 돈 복을 내려 주는지 말이야."

그러면 나는 잠시 동안 나만의 라마즈 호흡을 한 다음에 이렇게 말했다.

"그거 정말 멋지지 않아?"

평생 그때보다 더 비참했던 적은 없다.

평소 알고 지내던 매우 현명한 작가에게 전화를 걸었다. 그는 여러 해 동안 알코올 중독 방지 협회에서 활동했고, 반평생을 알코올 중독자를 돕는 일에 바쳤다. 나는 그에게 정신적 고통이나 질투심 같은 증세에 시달리는 초심자에게 뭐라고 말해 주는지 물어보았다.

"난 그냥 말을 들어줘."

그가 말했다.

"그들은 모두 엄청나게 길고 자만심에 가득 찬 이야기를 두루마리 휴지 풀듯이 끝없이 풀어내지. 다 듣고 나서 세 가지 말 중 한 가지를 해. '아하'나 '흐음'이나 '저런'."

나는 그 말을 듣고 웃었다. 그런 다음 내 무시무시한 친구에 대한 이야기를 풀어놓기 시작했다. 그는 잠시 아무 말이 없다가 이렇게 말했다.

"아하."

그다음으로는 약간 과체중인 알코올 중독자이자 명랑한 성품의 가톨릭 성직자 친구에게 전화했다.

"너도 질투심을 느낄 때가 있어?"

그가 대답했다.

"나와 동갑인데 엄청 훌륭한 몸매를 지닌 남자를 볼 때 갈등을 느끼고, 나도 그 사람처럼 날씬했으면 하고 바라면서 동시에 그를 이기고 싶어지거든. 그게 질투심일까 아니면 그 사람에 대한 인정일까?"

질투심을 사라지게 하거나 뭔가 다른 감정으로 변화시켜 줄 말이면 뭐라도 상관없었다. 그러나 그런 말을 모두에게서 얻어내는 것은 힘든 일이었다. 나는 동화에 나오는 사악한 의붓언니가 된 느낌이었다. 또 다른 친구와도 의논을 했는데, 그녀는 라코타 수가 한 말을 읽어 주었다.

"때때로 나는 자기 연민에 빠져들기 시작한다. 그러면 내내 하늘을 가로지르는 거대한 바람을 올라타고 있는 것 같은 기분이 든다."

나는 이렇게 대답했다.

"정말 아름다운 문장이야. 그래서 내가 이렇게 정신병에 시달리나 봐!"

어쨌든 그런 말들이 조금씩 해결의 실마리를 제공해 주었고, 나를 가둔 정신의 감옥 벽에 작은 틈을 내주었다. 나는 하느님이 강림해서 마법의 지팡이로 내 몸을 건드리면 갑자기 (고장 난 토스터 오븐처럼) 고쳐지는 식의 해결책을 기다리고 있었다. 하지만 그런 일은 일어나지 않았다. 그 대신, 나는 날이 갈수록 눈곱만큼씩 좋아지고 있었다.

다른 해결책은 클라이브 제임스의 시에서 얻었다. 「나의 경쟁자의 책이 헐값에 팔렸다」라는 시였는데, 일요일자 『뉴욕 타임스』의 서평란에 실렸다. 그 시는 "그래서 나는 기쁘다."라는 구절로 시작했고, 그 어떤 말보다 도움이 되었다. 나만큼이나 질투심 강하고 앙심으로 가득한 사람이 있는데 그는 그런 감정을 우습게 봐 넘길 수 있다. 그것은 나 역시 그럴 수 있겠다는 믿음을 주었다. 나는 내가 조언을 구했던 사람들 모두에게 전화를 걸어 그 시를 읽어 주었다. 모두가 인정한다며 호탕하게 웃었다.

또 하나의 해결책은 내 친구 주디에게서 우연히 건졌다. 주디는 질투심과 경쟁심을 끊으려고 애쓰는 것 자체가 문제라며, 중요한 건 그것이 나의 자기혐오를 부채질하는 점이라고 했다. 그녀는 다른 작가들을 위해 내가 굳이 기뻐하려고 노력하는 것이 바보짓이라고 말했다. 이 말이 내게 얼마나 큰 도움이 됐는지 모른다. 나는 경쟁심과 만족할 줄 모르는 마음, 수십만 달러가 있어야 행복하다는 환상을 밀어붙이는 문화 속에서 성장했다. 그러면서 한편으로는 성공을 열망하는 감정이나 그게 언제나 다른 누군가의 차지가 되는 것을 질투하거나 두려워하는 감정을 갖는 것은 수치스러워하는 분위기 속에서 살아온 것이다. 나는 내가 그렇게 하도록 훈련받은 대로만 행동하고 있었다.

그제야 나는 유머 감각을 되찾기 시작했다. 만약 신이 돈에 대해 어떻게 생각하는지를 알고 싶다면, 그가 돈복을 주는 사람이 누군지를 쳐다보라고 나 자신에게 말하기 시작했다. 이것은 나의 기분을 몹시 고무시켜 주었다. 비록 나의 가장 친한 친구들이 많은 돈을 가지고 있긴 하지만 말이다. 나는 또한 나 자신에게, 역사적으로 볼 때 너무 단기간에 부자가 된 사람들은 결국 비극을 맞았다는 이야기도 해주었다. 그러므로 너무 빨리 부유해지지도 않았고, 사실상 아직까지 너무 잘살아 본 적도 없는 나야말로 실제로 유리한 입장에 있었다. 나는 추악한 자기 과신의 드라마 속에서 잘난 체하는 여주인공이 되지는 않을 터였다. 이런 자기 위로의 가치를 과소평가해서는 안 된다. 나의 신경은 몹시 지친 상태였으므로, 나에게 가장 위험한 것은 천둥 같은 맹공격과 조용한 비난, 심벌즈와 독거미들, 산불을 부채질하는 바람……

내 말은, 그런 걸 어느 누가 필요로 하겠냐는 것이다.

나는 질투에 대해 글을 쓰기 시작했다. 내 안에 있는 어떤 차갑고 어두운 구석을 쳐다보고, 거기 무엇이 있는지를 직시하고, 우리 모두가 공통으로 지니고 있는 본성에 작은 전등을 비추었다. 때때로 이러한 인간의 본성은 얄팍하고 비극적이지만―질투심은 특히 더 그렇다―그것을 느끼고 그것에 대해 말하고 그것을 통과해 나가는 것이 평생 동안 술에 절어 지내는 것보다 낫다.

이제 나 자신이 어딘가에 도달한 것처럼 느껴졌다. 무섭고 차가운 영국 해협을 몇 주 동안 헤엄쳐 건넌듯 감정의 소모를 겪은 후였다. 그때 TV에서 한 쌍의 에이즈 환자에 관한 다큐멘터리를 보았다. 그러자 해결책의 모든 퍼즐 조각이 모여 마침내 하나의 그림을 완성하는 것 같았다.

그 다큐멘터리에는 철저히 망가진 육체, 우리 대부분은 뒷걸음질 치고 싶어 할 모습을 담은 장면이 꽤 많았다. 한 남자의 야윈 등은 카포지 육종으로 뒤덮여 완전히 보라색으로 변해 있었다. 그러나 시청자가 일단 그의 영혼을 들여다본다면, 친구들이 만들어 준 퀼트 이불 아래 누워 있는 그 병든 사람에게서도 아름다움을 볼 수 있을 것이다. 공포스러운 현실을 떳떳하게 견디는 사람들의 놀라운 강인함을 볼 수 있을 것이다. 그러면서 당신 역시 자신의 움푹 팬 상처를 직시하며 이것이 당신이 겪고 있는 증세이며, 이것이 병이고, 심지어 질투라는 것을 깨닫는 것이다. 그래서 당신도 그것을 견딜 수 있게 된다. 이 파괴된 육체 혹은 상처 입은 영혼은 가능한 한 부드럽고 자상하게 보살핌을 받을 수 있고, 그래야 한다.

나의 질투에 대해 글을 쓰고 그 다큐멘터리 영화를 생각하면 할수록, 그 작가 친구가 내 앞에서 자신의 재산에 대해 얼마나 자주 말했는지가 떠올라 점점 더 분노가 치밀었다. 왜냐하면 그해 여름 샘과 나는 거의 파산 지경이었고, 그녀는 누구보다 그 사실을 잘 알고 있었기 때문이다. 나는 나의 유년 시절에 대한 글을 계속 쓰고 있었고, 다른 소녀들이 가진 것과 다른 가족들이 누리는 것을 내가 얼마나 자주 갖고 싶었는지에 관해 쓰고 있었다. 나는 내 책상 위 벽에다 힐렐가장 존경받는 유대인 랍비이자 상인의 말을 써서 붙여 놓았다.

"나는 잠을 깬다. 나는 걷는다. 나는 잠이 든다. 그동안 나는 계속해서 춤춘다."

내게 있어서 그 춤은 바로 글쓰기이다. 그래서 나는 세상에 대해 더 세심한 주의를 기울이려 노력하는 것, 모든 일을 덜 심각하게 받아들이는 것, 보다 천천히 움직이는 것, 좀 더 자주 바깥에 나가는 것에 관해 글을 썼다. 마침내 내가 쓰고 있는 내용이 더 재미있어지고, 나와 내 작가 친구에 대한 감정도 극복할 수 있었다. 그리고 그때쯤 나는 그녀에게 최대한 상냥하게 말했다. 내가 우리 우정으로부터 안식일을 필요로 한다고. 인생은 정말로 너무 짧다. 그리고 마침내 나는 내 질투심과 나 자신이 둘 다

기묘하게 아름답다고 느꼈다. 다큐멘터리에 나왔던 그 남자들처럼, 혹은 다리 긴 늙은 새처럼, 완전히 변해 버린 후에도 계속 자신의 춤을 추는 모습이 말이다.

계속 써나가는 데 도움을 주는 것들

Bird by Bird
: Some Instructions on Writing and Life

나의 색인 카드 인생

나는 헨리 제임스가 한 명언 "작가는 아무것도 잃어버리지 않는 사람이다."를 즐겨 생각한다. 머리 위에 얹힌 안경을 계속 찾아다니는 그의 모습을 상상하면 더 재미있다. 요즘 우리는 기억해야 할 것이 너무나 많다. 그래서 이 모든 것을 목록으로 만든다. 그 목록들이 우리가 꼭 해야 할 일과 쇼핑해야 할 것들, 편지를 보내야 할 곳들과 전화해야 할 중요한 용건, 소설이나 기사용으로 생각해 낸 모든 아이디어를 잊지 않게 해줄 거라는 희망에 차서 말이다. 그리고 어느 한 가지 목록에 적힌 일을 다 완수할 무렵에는 이미 또 다른 목록을 눈앞에 두게 된다. 그래도 나는 여전히 목록을 믿고, 메모를 믿고, 양쪽 모두를 기록하기 위한 색인 카드를 믿는다.

나는 집 안 도처에 색인 카드와 펜을 비치해 두었다. 침대 머리맡, 욕실, 부엌, 전화기 옆, 그리고 자동차에도. 나는 개를 산책시키러 나갈 때도 뒷주머니에 색인 카드 하나를 넣어 간다. 다만 카드는 세로로 접어서 넣고 다니는데, 내 옷이 터질 것같이 보이지 않기를 바라기 때문이다. 당신도 똑같이 따라 하고 싶어질지 모르겠다. 뭐, 당신은 뚱뚱해 보일까 봐 걱정할 필요도 없이 머리로 다 기억할 수 있는 능력자일지도 모르지만. 아무튼 내 경우엔 가방 없이 집을 나설 때마다—가방에는 별도로 작은 메모장이 들어 있다—색인 카드를 절반으로 접어서 펜과 함께 뒷주머니에 쑤셔 넣는다. 카드의 한쪽 귀퉁이는 주머니 밖으로 삐죽이 나와 있다. 좋은 아이디어가 떠오르거나, 사랑스러운 것이나 이상한 것이나 어떤 이유에서건 기억할 만한 가치가 있는 것들을 발견할 때면, 얼른 카드를 꺼내 몇 마디 단어로 압축하여 휘갈겨 쓴다. 나중에 그것을 통해 전체를 기억해 낼 거라고 믿으면서 말이다. 상황에 적확하게 들어맞는 대화나 반전 있는 대사를 엿듣거나 생각해 낼 경우, 그것도 압축해서 적어 넣는다. 그러고는 다시 주머니에 꽂아 넣는다. 염전을 따라 걷다가, 피닉스 호수에 산책 나왔다가, 고속전철을 타고 가다가, 불현듯 나를 웃음 짓게 만들거나 손뼉을 치게 만드는 멋진 말을 들을 때가 있다. 마치 그게 방금 내 머리에 떠오른 말과 일치하기라도 하는 듯이. 그러면 당장 색인 카드를 꺼내서 메모를 남기는 것이다.

지금 내 오른편에 있는 색인 카드에는 갈겨쓴 글씨로 이렇게 적혀 있다. "패미, 데미 무어." 그 메모는 나에게 영화 같은 한 편의 영상을 떠올리게 한다. 패미가 죽기 6개월 전 어느 날의 이야기이다.

우리는 패미의 정원에 앉아 있었다. 하늘은 파랬고 구름 한 점 없었으며, 모든 것이 꽃을 피우고 있었고, 패미는 작은 라벤더색 면 모자를 쓰고 있었다. 그녀는 그날 상태가 매우 좋았다. 죽어 간다는 사실만 제외하면. (내 아버지의 담당 의사는 아버지에게 이렇게 말하며 안심을 시켰다. "당신은 매우, 매우 건강한 55세 남자입니다. 뇌에 암 세포가 자라고 있다는 것 말고는 말입니다.") 우리는 티셔츠와 반바지 차림으로 기다란 안락의자에 누워 핼러윈 초콜릿 바를 먹고, 샘 은 패미의 두 살배기 딸 레베카를 작고 새빨간 유모차에 태워 정 원을 돌아다니고 있었다.

"난 조금 우울해."

패미가 말했다. 그 며칠 전, 그녀는 자기가 정말 정말 우울한 건 레베카를 생각할 때라고, 그리고 자기가 정말 정말 즐거워지 는 것도 레베카를 생각할 때라고 말했었다.

"사실은 몹시 우울해." 그녀가 말했다.

"나도 그 이유를 모르겠어."

"위안이 될 만한 게 뭘까? 오늘은 도통 기억할 만한 게 없어."

나는 그녀를 위로할 만한 게 있을까를 생각하다 이렇게 말했다.

"위안이 될 만한 건 네가 임신한 데미 무어의 꼴사나운 누드 사진을 더 이상 보지 않아도 된다는 거야."

그녀가 잠시 동안 정말로 놀란 눈으로 나를 바라보았다.

"세상에나!"

그녀가 소리쳤다.

"그거 엄청 위로가 되네. 그건 생각해 본 적이 없는데."

그녀는 그날 하루를 아주 재미있게 보냈다. 아이들과 나와 함께 있는 것을 행복해하면서 말이다.

이런 것은 누가 봐도 영원히 잊지 못할 드문 장면이다. 나는 어떤 것이 충분히 중요한 내용이라면, 집에 도착할 때까지 내가 그것을 잊지 않고 기억할 거라고 생각하곤 했다. 집에 가서 노트를 펼치면 직업 정신을 발휘하여 쉽게 적을 수 있을 거라고.

그러나 실제로는 그렇게 되지 않았다.

나는 간혹 내 캐릭터에게 필요한 장소나 상황(그들이 새 직장에 첫 출근한 기념으로 언덕 위의 낡은 집에서 파티를 여는 것에서부터, 그들이 유년 시절에 짓고 놀던 장난감 집까지, 혹은 어디든지 그들이 갈 만한 장소들)에 완벽하게 들어맞는 이미지나 적합한 말을 발견했을 때, 그것을 내내 기억하려고 애쓰면서 집까지 왔다. 그러나 막상 쓰려고 하면 그 생각이나 말들이 이미 희미해져서 제대로 기억나지 않는 경우가 대부분이었다. 아침에 깨어나서 간밤의 꿈을 기억해 내려고 애쓸 때와 비슷하게, 눈을 꿈벅거리면서 혀끝에서 맴도는 무엇인가를 붙잡으려 해보지만 끝내 기억할 수 없다. 그 이미지는 깨끗이 사라져 버린 것이다. 그럴 때의 기분은 정말 최악이라고 할 수 있다. 멋진 순간이나 통찰, 근사한 비전이나 구절을 분명히 손에 넣었다는 건 알지만, 정작 그 내용 자체는 까먹고만 것이다. 그래서 이제는 내 머리를 믿는 대신 색인 카드를 사용한다.

글을 쓰기로 마음먹고 나서부터 일어나는 현상 중 한 가지는 자기도 모르게 작가처럼 생각하기 시작한다는 점이다. 눈에 보이는 모든 것이 글의 소재로 보이기 시작한다. 자리에 앉거나 산책을 나가도, 당신의 생각은 당신이 쓰고 있는 글의 일부분에 머물 것이고, 작은 장면 하나를 위해 떠올린 아이디어나 당신이 창조한 캐릭터의 초상에 도달할 것이다. 아니면 글이 완전히 막혀버리는 바람에 절망하다가, 이럴 바에야 그냥 부엌으로 가서 따뜻한 진 한 잔을 스트레이트로 마시고 취해서 이 비루한 현실을 벗어나는 게 낫겠다고 생각할지도 모른다. 그때 신기하게도 어디에서 나왔는지 알 수 없어 보이는 생각이나 이미지가 저절로 떠오른다. 어떤 것은 황금물고기처럼 사랑스럽고 밝은 오렌지빛으로 당신의 머릿속을 가볍게 떠다닐 것이고, 그러면 당신은 수족관에 간 아이처럼 그 물고기의 움직임에 시선을 고정할 것이다. 때론 어둠 속에서 기괴하고 끔찍한 이미지들이 튀어나오는 바람에, 깜짝 놀라 뒷걸음질 칠 것이다. 이렇게 무의식 속에서 저절로 떠오른 이미지들은 종종 너무나 풍부하고 선명해서 도저히 까먹지 않을 것처럼 느껴지겠지만, 그래도 일단은 모두 종이에 기록해 두는 편이 후회 없을 것이다.

세상에는 기록을 하지 않는 작가 친구들도 꽤 많이 있는데, 그것은 수업 시간에 필기하지 않고 듣기만 하는 것과 같다. 내 생각에, 당신이 중요하고 창조적인 생각들을 잊어버리지 않고 잘 저장해 놓을 수 있을 정도로 기억력이 뛰어난 사람이라면—즉,

당신의 머리가 여전히 쓸 만하다면—그것은 큰 행운이고, 나머지 인간인 우리가 당신을 왕따시키더라도 놀라지 말아야 한다. 나는 실제로 죽이고 싶을 정도로 얄미워하는 친구가 한 명 있는데, 그가 최근에 내게 이런 말을 했다. 집에 도착했을 때 기억이 나지 않는 내용이라면, 그것은 아마도 그다지 중요한 게 아닐 거라고 말이다. 그러면 나는 무심한 어른에게 반발심을 품는 여덟 살짜리 아이로 돌아가 혼자서 분개한다.

아무튼 이제 당신이 어느 쪽에 가까운지 결정해야 한다. 어쩌면 당신은 완벽하게 훌륭한 기억력을 가지고 있고, 숲길을 산책하던 중이나 치과 치료를 기다리던 중에 떠오른 생각을 세 시간 후에도 정확히 되살릴 수 있을지 모른다. 그런가 하면 전혀 기억하지 못하는 부류일 수도 있다. 만약 기록하는 것이 거부감을 주지 않고, 조금이라도 도움이 된다면, 기록을 하라. 그건 결코 편법이 아니다. 기록하는 것과 당신의 명성은 아무런 상관이 없다. 만약 아주 조금이라도 정리가 안 되는 기분이 느껴진다면, 그것은 아마 당신의 영토가 다소 허물어졌기 때문일 것이다. 그 원인을 찾자면, 젊었을 때 복용한 모든 약물이나, 20년간 매일 피워댄 마리화나 때문일 수도 있고, 출산 경험 탓일 수도 있다. 아이는 태어날 때 그 작은 손에 당신 뇌의 50퍼센트는 꽉 붙잡고 나온다. 마치 IUD(자궁 내 피임기구)를 달고 나오는 아이들처럼 말이다. 그러니까 어떤 이유로든, 오로지 기록을 하는 게 마땅하다는 얘기이다.

나의 색인 카드 인생은 능률적이라거나 잘 조직화된 것과는 거리가 멀다. 적대적이고 공격적인 학생들은 내가 그 색인 카드로 무엇을 하는지를 집요하게 물어 댄다. 그때 할 수 있는 말이라곤, 내가 색인 카드를 늘 휴대하고 다니다가 아이디어를 얻는 즉시 기록을 하며, 무언가를 거기에 적는 행동만으로도 50 대 50의 확률로 내 기억 속에 그것들이 저장될 거라는 것뿐이다. 책이나 기사를 쓰고 있는 중이라면, 그와 관련된 기록이 색인 카드에 담겨 있는지 보고, 그 기록들을 글의 소재로 활용한다. 거친 초고의 적당한 페이지에 그것들을 붙여 두고 글을 씀으로써, 그 아이디어나 이미지가 이야기에 생명력을 불어넣을 수 있기를 바란다. 혹은 내가 작업하는 어떤 장이나 원고에 따라 그 페이지에 어울리는 내용이 적힌 색인 카드들을 책상 위에 쌓아 두고서 수시로 들여다본다. 글이 막히거나 뭘 해야 할지 모르거나 머릿속에서 정글의 북이 울리기 시작하면서, 이제 끝장이라는 내면의 목소리가 들려오고 창작의 샘이 완전히 고갈되어 버린 듯한 느낌이 들 때, 나는 색인 카드를 처음부터 끝까지 다시 넘겨 본다. 그 속에서 글에 도움이 되는 요소나 약간의 자신감을 돌려줄 짧은 단락이 있는지 찾으려 애쓴다. 마침내 그다음 내용을 이어 나갈 수 있게 해줄 단 하나의 결정적인 단어가 그 속에 있는지 찾아 헤매는 것이다.

　내 책상 위에는 지난 한 주 동안 생각했거나 보았거나 기억했거나 엿들은 것들을 기록한 색인 카드들이 놓여 있다. 그중에는 2년 전에 써두었던 것도 섞여 있다. 심지어 예닐곱 해 전에 써두었던 카드도 한 장 있는데, 소살리토와 밀 밸리 사이의 염전을 따라 걸을 때 적은 것이었다. 그때 자전거를 탄 사람들이 내 양옆으로 지나갔는데, 별 관심을 기울이지 않고 있다가 여자 한 명에게서 레몬 향기 같은 것이 풍기자 번쩍 정신이 들었다. 그 섬광과 같은 순간, 25년 전쯤 친척 아주머니의 부엌에서 일어난 일에 대한 후각적인 기억이 떠오른 것이다. 나는 갑작스럽게 과거의 한 장면 속으로 들어와 있었다. 아주 더운 여름날이었고, 아주머니는 조카들에게 둘러싸여 있었다. 나는 여덟 살로 아이들 중 가장 연장자였고, 아주머니는 막 이혼한 직후였다. 그녀는 슬픔에 싸여 있었고 걱정이 많았다. 나는 어떻게든 그녀를 도와주고 상처 입은 영혼을 위로해 주고 싶었던 것 같다. 그녀는 우울한 기분을 전환하기 위해 쇼핑하러 갔다가 시장에서 몇 달러짜리 신종 레모네이드 기계를 사 왔다.

물론 레모네이드에 필요한 거라곤 주전자와 레몬 압착기, 각얼음, 물, 레몬, 설탕뿐이다. 그게 전부다. 아, 기다란 스푼이 필요하다. 그러나 아주머니는 약간 의기소침했으므로, 이 새로운 기계가 자기를 재미있게 해주고 자기 인생을 약간이라도 풍성하게 해줄 거라고 기대했음이 틀림없다. 그녀의 바짝 타버린 영혼에 맛있고 시원하고 달콤한 레모네이드를 가득 채움으로써 말이다. 그 기계는 유리 주전자 꼭대기에 압착기가 있고, 압착기에는 레몬즙이 고이도록 물통 같은 게 달린 모양새였다. 이제 할 일은 그 주전자에 물과 얼음과 설탕을 가득 채운 다음 압착기를 그 위에 얹고, 레몬을 한가득 넣어 눌러 짠 다음, 통에 고인 레몬 즙을 주전자 속으로 부어 넣는 것이었다. 마지막으로 기다란 스푼으로 휘휘 저어 주면 된다. 짜내고 남은 레몬 찌꺼기와 씨앗들은 압착기 상단에 남는다. 일견 매우 효율적으로 보였지만, 조금만 생각해 보면, 누가 봐도 그런 기계를 사는 건 현명한 일이 못 되었다.

우리는 모두 부엌에 모였고, 다섯 명의 사촌과 나까지 여섯 명의 아이들이 싱크대를 둘러쌌다. 그녀는 우리를 위해 레모네이드를 만드는 일을 매우 뿌듯해했다. 먼저 유리 주전자에 차가운 물을 부은 다음 각얼음을 넣고 다량의 설탕을 넣었다. 주전자 위에 압착기를 얹고 여남은 개의 레몬을 눌러 짰다. 그러고는 찬장에서 유리잔들을 꺼내 식탁에 내려놓기 시작했다. '잠깐만요!' 아이들은 이렇게 외치고 싶었다. '주전자에 레몬즙을 안 부었잖아요!'라고. '멈춰요! 뭔가 잘못됐다고요!' 그러나 그녀는 투명한 유리잔과 플라스틱 잔과, 화려한 알루미늄 잔 일곱 개를 꺼내 그 설탕물을 가득 부었다. 안절부절못하던 여섯 명의 식솔은 아무 말도 못 하고 마음만 졸였다. 우리는 그저 모든 것이 괜찮아지기만을 바랐고, 그녀가 더 이상 슬퍼하지 않기를 바랐다. 그녀는 잔을 높이 들면서 우리에게 건배를 하자고 했다. 우리는 모두 건배를 한 다음 차가운 설탕물을 한 모금씩 마셨다. 아주머니는 레몬을 자르고 즙을 짜느라 손에 온통 레몬즙을 묻혔기 때문인지, 어느 정도 레몬 맛을 느낀 게 틀림없었다. 우리는 설탕물을 마시면서 간청하는 눈빛으로 그녀를 쳐다보긴 했지만, 곧 활짝 웃으며 마치 진짜 청량음료를 마시고 있는 것처럼 행동했다. 얼른 잔을 비운 다음, 한 잔 더 달라고까지 했다.

나는 그 염전에서 레모네이드에 얽힌 모든 상황을 완벽하게 기억해 냈다. 아주머니의 부엌 바닥에 깔려 있던 싸구려 리놀륨과, 어두운 베이지색 리놀륨 위에 군데군데 보이던 검은 얼룩들, 너무 낡아 거의 검은색으로 변색되어 있던 싱크대 주변, 닳아서 구멍이 난 장판 속으로 썩은 나무 바닥이 보였던 것까지. 그리고 사촌들의 모습도 떠올랐다. 그중엔 너무 어린 동생들도 있었는데, 어떻게 그 차가운 설탕물을 레몬이 든 설탕물만큼 맛있게 먹을 수 있었는지 의문이다. 그 어린 동생들이 약간 더 나이가 많은 우리와 함께 싱크대 앞에서 아주머니 주변을 둥글게 감싸고 서 있던 모습도 생생히 기억났다. 그때 나는 그들 모두를 얼마나 친근하게 느꼈던가. 마치 우리가 모두 하나의 바퀴를 이루고 있는 것처럼.

그 싸구려 리놀륨과, 아주머니의 고통과, 레모네이드 기계에 대한 그녀의 자부심과, 괜찮은 척하려고 애쓰던 모습과, 우리에게 더 맛있는 레모네이드를 만들어 주고 싶어 하던 그녀의 열망과, 그녀를 기쁘게 해주고 싶어 하던 우리의 바람과, 설탕물을 마시고서 사실대로 말하고 싶은 마음을 억누르며 잔을 다시 내밀던 광경이 내게 너무나 깊은 감명을 남겼다. 마치 우리는 독일의

10월 축제에서 건배하며 맥주를 마시는 것 같았다. 그런데 그런 추억을 무려 25년 동안 까맣게 잊고 살았던 것이다.

어쩌면 그 기억을 메모한 색인 카드를 전혀 써먹지 못했을지도 모른다. "레모네이드 만들기 관련"이라고만 적혀 있었기 때문이다. 그러나 그것은 어떻게든 고통을 이겨내려 애쓰는 한 가족을 담은 한 장의 낡은 사진 내지는 영화에서 잘라낸 필름 한 조각과도 같았다. 거기에는 내내 닫혀 있던 마음이 절망과 사랑의 힘으로 열리는, 세상의 그 모든 폭력에도 잠시나마 모든 것이 견딜 만하게 느껴지는, 그런 드문 순간이 포착되어 있었다.

가끔은 혼자서 차를 몰고 가는 중에, 불현듯 내 소설의 몇 가지 기술적인 문제를 해결할 방법이 떠오를 때가 있다. 가령 나의 캐릭터들에게 세월이 흘렀다는 것을 어떤 식으로 보여 줄지에 관한, 그날 아침 내내 고민했는데도 전혀 떠오르지 않던 해결책 말이다. 창밖으로 달력 낱장이 낙엽처럼 떨어져 나가는 장면이나 시계의 바늘들이 빠른 속도로 돌아가는 식의 옛날 영화 기법을 빌리지 않고 말이다. 그러한 영화적 장치는 말로 이루어진 문학 장르에서는 적용하기가 어렵다. 다른 누군가가 써놓은 글을 읽을 때는 멋드러지기만 하다. 그 작가가 적확한 디테일을 적재적소에 사용하여 시간의 흐름을 표현하는 바람에, 당신은 그 이야기가 얼마간 세월이 흐른 후에 다시 이어지는 것을 자연스럽게 알 수 있다. 계절이 바뀌거나, 아이들이 학교에 들어가거나, 수염이 자라거나, 주인공 머리칼이 회색으로 변한다거나 하는 식으로 말이다. 그러나 정작 자기 글에서만은 그게 쉽지 않을 때가 있다. 시간이 흐른 것을 시각적으로 표현할 방법을 찾지 못할 때, 책상에 가만히 앉아서 써둔 글을 고통스럽게 응시하고 있어 봤자 아무 소용이 없다. 그러다 당신이 개와 씨름을 하고 있을 때나 전기요금을 납부하고 있을 때, 불현듯 정말로 중요한 뭔가가 떠오를 듯 말 듯 한 기분이 드는데 정확히 포착되지는 않을 때가 있다. 마치 산소호흡기를 단 사람이 막 의식을 되찾는 아슬아슬한 순간과도 같다. 만약 그 옆에 계속 머물면서 기다리다 보면, 가끔씩 그가 눈을 깜박이는 것을 목격할 것이다. 마찬가지로, 어떤 의식의 공간이 열리도록 계속해서 문을 붙잡고 버틴다면, 마침내 어떤 이미지를 붙잡게 될 것이다. 그때, 제발 그것을 조금이라도 메모해 두기 바란다.

여기 있는 색인 카드 한 장에는 이런 말이 적혀 있다. "통에 담겨서도 여전히 살아 퍼덕이던 물고기의 모습이 6년 후까지 그녀의 뇌리에 남아 있었다." 그 장면을 글에 집어넣으려면 6년이라는 시간이 담긴 과도기적인 글을 써야 할지도 모른다. 그러나 지금까지도 그 기록을 써먹을 만한 적당한 장소를 찾지 못했다. 당신이 할 수 있다면, 얼마든지 환영이다.

내 색인 카드 중 상당량은 결국 버려지는데, 거기 적힌 내용을 이미 어딘가에 써먹었기 때문이거나, 그 생각이 그다지 재미없다고 판단했기 때문이다. 특히 한밤중에 써놓은 수많은 메모가 조리 없는 경향이 있다. 가령, 엄청나게 똑똑한 수학과 학생이

LSD를 흡입하면서 오렌지나 진실에 대해 생각한다는 식이다. 내 수업을 듣는 학생들에게 들려줄 만한 위대한 인용문들이 적힌 카드도 있지만, 애석하게도 종종 출처를 함께 적어 놓는 것을 잊어버린다. 예를 들면 이런 글처럼 말이다.

"우리 뒤에 놓인 것과 우리 앞에 놓인 것은 사소한 것들이다, 우리 내부에 놓여 있는 것에 비하면 말이다."

랠프 월도 에머슨이 한 말이라고 거의 확신하지만, 어떤 비평가들은 이것이 사실 조제트 모스바허가 한 말이라고 지적할지도 모른다. (이렇게 말한 건 또 누구더라? "비평가란 전투가 끝난 후 전장에 와서 부상자들에게 총을 쏘는 사람들이다." 그것도 어딘가에 적어 두었던 것 같은데……) 작은 서류철이나 정처 없이 떠돌아다니는 메모지들과 뒤섞여 있는 색인 카드들은 나와 함께 사는 생물과 같다. 어쩌면 내 아들은 언젠가 내가 죽은 후에 그것들을 대신 처리하게 될지도 모르겠다. 어느 소설 속 바보 같은 아주머니가 키우던 고양이들과도 유사한 존재다. 그러나 나의 색인 카드들은 냄새가 난다거나 똥을 싸거나 바닥에서 쉬를 하지는 않을 것이고, 내 생각엔 샘이 쉽게 처리할 방법을 알아낼 것 같다. 그중 대다수는 그에게 별 의미가 없을 테니 말이다. 대다수 색인 카드는 거기에 겨우 한두 마디 말이 적혀 있을 뿐이어서, 나라면 그걸 보고 전체 장면이나 이야기를 기억해 내겠지만, 아들은 머리를 긁어 대며 수수께끼를 보듯 할 것이다.

그러나 그는 1990년대 초반의 날짜가 적힌 색인 카드들도 발견할 것이고, 거기에는 그가 나를 어떻게 골탕을 먹였는지, 어떻게 나에게 수많은 의문을 품게 만들었는지가 적혀 있다. 그에게 내가 품었던 일종의 믿음에 관한 이야기도 담겨 있을 것이다. 1993년 9월 17일로 기록된 다음 색인 카드처럼 말이다.

샘과 나는 저녁 식사를 마친 후 빌과 애데어와 함께 그들의 차가 있는 곳까지 걸어갔다. 꽁꽁 얼어붙을 정도로 춥고 별이 총총한 밤이었다. 샘의 손을 잡고 가던 빌이 숨을 깊이 들이마시더니 이렇게 말했다. "너무너무 좋은 냄새가 나지 않아, 샘?" 샘도 역시 숨을 깊이 들이마셨다. 마치 맛있는 음식 냄새라도 맡듯이. 그러더니 어둠 속 어딘가를 응시하면서 이렇게 말했다. "꼭 달의 향기가 나는 것 같아요."

그런 기억을 어떻게 잊을 수 있겠는가. 내가 그 일을 다시 써먹게 될지는 확실치 않다. 방금 여기 인용했으니 말이다. 그러나 이런 기록은 글에 인용하고 나서도 절대 버리지 않을 것이다.

샘이 처음으로 천식 발작을 일으켰던 날, 둘이 함께 응급실에서 보냈던 새벽에 대해서는 세세한 것까지 다 기억할 것이고, 그때 적은 색인 카드들 역시 영구 보존할 것이다. 우리는 둘 다 잔뜩 겁을 먹었고, 슬퍼했고, 무슨 일이 일어날지 전혀 알지 못했다. 샘은 콧줄을 연결하고 입에 마스크를 달았고, 나는 그의 침대 옆을 지키고 있었다. 집을 나올 때 장난감이라도 하나 가지고 올

걸 후회하다가, 가방에서 작은 크레용 박스와 두 장의 색인 카드를 끄집어냈다. 한 장에는 쇼핑 목록이, 다른 한 장에는 하늘에 대한 간단한 묘사가 적혀 있었다.

비어 있는 부분에 무서운 거인을 한 명씩 그렸다. 샘은 거인들을 보고 무서워했다. 이번에는 그 거인들의 오른손에다 구멍을 뚫고, 거기에 의사가 환자의 혀를 누를 때 사용하는 기구를 꽂았다. 그런 다음 두 거인의 격렬하고 요란한 칼싸움을 연출했다. 샘의 눈이 휘둥그레지더니, 곧 미소를 지었다. 샘이 자유롭게 숨을 쉴 수 있게 되고도 꽤 오랫동안 입원 치료를 받은 후에야 퇴원해도 좋다는 말을 들었다. 나는 퇴원하기 전에, 그 거인들의 무장을 해제시켜 준 다음 하나는 뒷주머니에 쑤셔 넣고, 다른 색인 카드의 뒤쪽에는 이때의 이야기를 급히 휘갈겨 썼다.

여기저기 전화 걸기

　세상에는 당신과 나눌 수 있는 소중한 정보를 지닌 사람들이 어마어마하게 많다. 당신이 해야 할 일은 오로지 전화기를 드는 것뿐이다. 그들은 당신이 전화를 걸어 주는 것을 반긴다. 사람들이 전화를 걸어 와서 당신이 우연한 기회에 통달하게 된 어떤 소재에 관해 생각을 빌리고 싶어 하면, 당신은 흔쾌히 응할 터이다. 나 역시 그런 전화를 받을 경우, 그게 나를 꽤나 흥분시키는 소재라면 주저하지 않고 신나게 떠들 것이다. 당신이 우연히 매듭이나 펭귄이나 치즈에 대해 많은 것을 알게 되었다고 하자. 그런데 때마침 어떤 사람이 그것들에 관해 알고 있는 모든 것을 다 말해 달라고 요청하는 것이다. 이 얼마나 멋지고 드문 경험이란 말인가. 실제 삶에서는 그런 신나는 질문보다는 대답하기 어려운 질문을 받는 경우가 더 많다. 가령 당신이 무엇을 가지러 부엌에 왔는지, 1776년 7월 4일 날 무슨 일이 일어났는지 같은 질문 말이다. 그러면 당신은 망연히 앉아서 이런 생각을 한다. '아,

쓰기의
감각

제발, 그거 알고 있었는데…… 입안에서 맴돌기만 하고 나오질 않네, 어디 보자…… 좋아요, 잠깐 기다려요, 미국 헌법이 제정된 날이던가? 아니지, 잠깐만, 분명히 알고 있었는데…….' 그러므로 당신이 약간이라도 지식을 갖고 있는 소재에 관해 질문을 받는다는 것은 틀림없이 매우 기쁜 일이다.

이것이 우리가 주변에 전화를 해야 하는 가장 큰 이유이다. 또 한 가지는 당신이 그것을 하루 일과의 일부로 여길 수 있다는 점이다. 작가가 된다는 것은 당신이 너무나 많은 시간을 홀로 지내게 될 것이라는 뜻이기도 하다. 그리고 그 결과, 당신의 마음은 한쪽으로 치우쳐 외곬으로 치닫기 쉽다. 당신이 조그마한 작업실에서 일한다면, 당신의 두뇌는 연쇄살인범 칼리가리 박사독일 표현주의 영화 「칼리가리 박사의 밀실」의 주인공 의 연구실 세트처럼 기괴하게 쭈그러들 것이다. 심할 경우 정신분열증의 징후를 보이기 시작할지도 모른다. 예를 들어, '정신분열증'이라는 단어를 너무 오랫동안 응시하고 있으면 그 글씨가 변형되어 보이기 시작한다. 그 변형된 단어는 사전에서 찾을 수 없는 말일 테고, 당신은 자신이 그 단어를 창조했다고 생각하기 시작한다. 그러다 문득 입안에 돋은 작은 궤양들을 알아차린다. 그중 한 개는 혀가 도저히 피해 갈 수 없어서, 혀가 닿을 때마다 엄청나게 큰 상처라도 되는 듯 쓰라리기 짝이 없지만, 정작 거울을 들고 자세히 살펴보면 핀 대가리만큼 아주 작은 하얀 반점이다. 그러나 당신은 —너무 많은 시간을 홀로 보냈기 때문에—자신이 구강암에 걸렸다고 확신하고 만다. 의사가 당장 당신 턱의 절반을 잘라 낼 것이라 예측한다. 과도한 강박신경증에 걸린 당신의 불쌍한 머리가 암세포에 먹히는 것을 막기 위해서. 그러면 얼굴 전체에 두건을 쓰고 다녀야 할 것이고, 다시는 아무도 당신과 키스하고 싶어 하지 않을 것이다. 물론 전에도 그랬지만.

이런 식으로 생각을 전개하는 것이 꼭 잘못됐다고 말하는 건 아니다. 다만 정말이지 하나도 생산적이지 않다고 볼 뿐이다. 그러므로 당신은 그런 지경까지 이르지 않도록 뭔가 특단의 조치를 취하는 게 좋다. 조금이라도 다른 인간과 접촉하고 연결되는 편이 낫다. 육아에 있어서 내가 확신하는 한 가지는, 어린이는 매일의 삶에서 규칙을 필요로 한다는 점이다. 그처럼 당신에게도 하루에 최소 300단어 이상의 글을 써야 한다는 할당량을 부여하는 것이 유용하다. 동시에 어린이에게는 매일 적절한 휴식도 필요하다. 그러므로 당신 자신에게 휴식을 부여하는 의미로 주변에 전화를 거는 것이 어떨지 생각해 보기 바란다.

어떤 세부 사항이 막혀 글이 더 나아가지 못할 때가 반드시 있다. 당신이 자란 마을에 아직 기차가 다니던 시절의 모습이 어떠했는지, 대상포진의 발병 초기 증상이 어떤지, 당신의 캐릭터가 미용학원에서의 첫 일주일 동안 무엇을 배울지 등등에 관해 제대로 알지 못하고는 글을 도저히 진척시킬 수 없는 것이다. 그럴 때는 누가 그걸 알고 있을지 파악한 다음 그 사람에게 전화를 걸라. 만약 재치 있고 똑똑한 친구를 생각해 낼 수 있다면 가장 좋고, 그 친구에게서 모든 정보를 훔칠 수 있을 것이다. 또한 날카로운 통찰을 지닌 사람과 전화를 한다면 훨씬 더 흥미로운 대화를 나눌 수 있을 것이다. 그들이 제공하는 정보나 통찰이 모두 유용한 것은 아니다. 당신이 찾고 있는 것은 단지 한 조각의 정보이거나 딱 한 단어뿐일 수도 있고, 모든 디테일이나 관련된 농담들까지 다 필요로 하는 건 아니기 때문이다. 그리고 이 한 조각의 정보를 찾는 과정에서 당신이 결코 예상할 수 없었던 뭔가다른 것이 당신을 기다리고 있을 수도 있다.

일례로 내가 두 번째 소설을 쓰고 있을 무렵, 주인공 남자가여자와 첫 데이트를 앞두고 샴페인 한 병을 들고 오는 장면에 이르렀다. 그는 뚜껑에 있는 금박지를 벗겨 냈다. 나는 너무도 아름다운 그의 손을 묘사하고 있었는데, 손가락은 길고, 커다랗고 네모진 손톱에는 하얀 반달이 넓게 자리 잡고 있다. 손의 움직임이어찌나 황홀한지, 그가 노란색 싸구려 폴리에스터 셔츠를 입고있다는 사실도 잊게 만든다. 또한 훌륭한 샴페인을 가져온 점도그에게 유리하게 작용한다. 데이트 상대인 여자는 술 마시는 것을 좋아한다. 그래서 남자는 금박지를 벗겨 낸 다음, 샴페인 코르크를 감싸고 있던 철사 장치를 비틀기 시작한다.

그런데 '철사 장치'에서 딱 막히고 말았다. 나는 항상 그 '철사장치'의 이름을 그냥 철사 장치로만 알고 있었다. 내가 아는 모든 사람이 그것을 그렇게 불렀기 때문이다. 예를 들면 이런 식이다. "자기야, 샴페인의 철사 장치 좀 벗겨 줄래? 난 방금 손톱을 깎았거든." "아, 저것 봐, 우리 강아지가 철사 장치를 가지고 노네. 저거 물고 놀다가 입술 베이면 안 되는데……."

그러나 철사 장치에도 나름의 명칭이 있을 게 분명했다. 그렇지 않겠는가? 내 말은, 그 물건이 든 상자가 와인 농장에 배달될 때, 상자 바깥에 그냥 '철사 장치 500개'라고만 적혀 있을 리는 없다는 것이다. 그것도 나름의 이름표를 달고 배달될 것이다. 결국 나는 가까운 와인 농장에 전화를 걸었다. 통화 중이었다. 괜히 마음이 더 급해졌다. 잠시 망연자실 허공만 쳐다보며 앉아 있다가 여러 번 포도밭을 지나갈 때마다 보았던 풍경을 눈앞에 떠올려 보았다. 그러다 보니 특히 이른 가을의 포도밭은 지상에서 찾아낼 수 있는 최고로 관능적인 공간이라는 것도 기억났다. 그윽하고 풍부한 향기에, 어머니의 유방과도 같은 매력을 지닌 열매. 고대의 가을에도 풍겼을 향기를 발산하며, 잎사귀로 햇빛을 반쯤 가린 채 매달린 그 알차고 탱글탱글하던 포도송이들. 그 포도들은 믿을 수 없을 정도로 아름다워서, 그 앞에 서면 어쩔 수 없이 심장이 두근거린다. 만약 당신이 그런 느낌을 가질 수 없는 사람이라면, 누군가가 머릿속에 들어와서 당신의 뇌를 못 쓰게 만들어 놓은 것이 틀림없으니, 치료를 좀 받은 후에 다시 포도밭을 방문할 필요가 있다. 물론 당신이 어떤 가게의 상품으로 전시된 포도밖에는 본 적이 없거나, 절정의 시기를 한 달 지나 포도밭에 도착하는 바람에 땅에 뒹구는 썩은 잔해밖에 볼 수 없었다면 그건 좀 다른 얘기가 될 것이다. 빛나는 포도들은 하얀 가루에 뒤덮여 있어 안개를 머금은 것만 같고, 공기처럼 가벼운 눈에 뒤덮인 것 같기도 하고, 혹은 스스로 만들어 낸 정제 설탕을 덮어쓰고 있는 것처럼 보인다.

나는 이런 것을 생각나는 대로 모두 적은 다음, 와인 농장에 다시 전화를 걸었다. 여전히 통화 중이었다. 막 전화를 끊었을 때, 친구가 전화를 걸어와서 자기가 최근에 겪은 정서적인 파탄을 설명해 주고 싶어 했다. 하지만 나는 거절했다. "안 돼 안 돼, 오로지 포도에 대해서만 말해야 해." 그에게 내가 쓴 것을 읽어 주자, 그가 말했다.

"그래, 포도밭의 포도들은 정말 사랑스럽지. 빛나는 것 같기도 해. 어머니 자연은 동물이 그 과일의 아름다움에 매료되고 세뇌당하기를 바라서, 그들이 포도를 먹고는 어딘가에 씨를 퍼뜨리게 하지. 그래서 결국 그녀에게 더 많은 포도를 만들어 바치도록."

나는 그 친구의 말도 색인 카드에 적었고, 그 카드를 보며 매우 흐뭇해했다. 비록 그걸 지금 당장 써먹을 수는 없다 하더라도 말이다. (바로 여기서 써먹게 될 줄이야!)

마침내 와인 농장의 안내원이 전화를 받았고, 나는 그녀에게 내가 필요로 하는 명칭에 대해 설명을 시작했다. 그녀는 자기도 언제나 그것을 '철사 장치'라고만 생각했다면서, 이천 살은 먹었을 것 같은 목소리의 늙은 수도사를 바꿔 주었다. 그는 막 산책을 마치고 들어온 노아처럼 숨을 헐떡였고, 목소리는 힘없고 가

날프게 들렸다.

그는 내가 전화해 준 것을 매우 기뻐했다. 그는 정말 그렇게 말했고, 목소리에도 기쁨이 묻어 있었다. 나는 몰래 상상의 나래를 펼쳤다. 그가 내 전화를 받기 위해 그렇게 오래 살아온 것이라고. 내 질문에 대답한 직후에, 전화를 끊고서는 비로소 미소를 지으며 눈을 감을지도 모른다고.

"아, 그거!"

내가 찾고 있는 것에 관해 설명을 마치자 마침내 그가 답을 제시했다.

"아마 철제 후드라고 할걸요."

이 얼마나 멋진 날인가! 기막히게 완벽한 포도밭 묘사는 모두 그 한 줄을 얻기 위한 무대 장치에 불과했다. 나는 어머니 자연이 자신의 사업을 얼마나 훌륭하게 처리하는지를 생각했고, 나의 캐릭터들이 코르크 마개를 따내기 전에 '철제 후드'를 비틀어서 제거했다고 썼다.

그 책이 출간된 후 10년 동안, 얼마나 많은 사람이 나에게 다가와서 자기들이 철사 장치라고만 부르던 것의 정확한 명칭을 알게 되어 기쁘다는 말을 하고 갔는지 모른다. 좋다, 사실은 얼마나 많은 사람이 내게 그 말을 했는지 당신에게 말해 줄 수 있다. 딱 세 명이다. 그러나 그 세 명은 정말로 기뻐하는 것 같았다. 그들이 내내 궁금해하던 것을 알게 되었으니까. 좋다, 좀 더 정직해지겠다. 두 명의 진짜 독자들과 내 어머니이다. 어머니는 진짜 독자는 아니지만, 내 신작을 보여 드릴 때마다 아무 말도 못 하고 눈물을 글썽인다.

아마 이렇게 말하고 싶은 것이리라.

"오, 내 딸아, 네가 정말 혼자서 그걸 써냈니?"

마치 딸아이가 찍어 온 손바닥 도장이라도 보는 듯이 말이다. 하기야 나 역시 여러 의미에서 내 책을 그렇게 여긴다.

창작 모임

　작가의 일이란 대부분의 시간을 책상에 앉아서 매일매일 글을 쓰는 것이라 할 수 있고, 살면서 마주치는 거의 모든 것을 일용할 양식처럼 여기며 놓치지 않는 습관을 기르는 것이다. 그것은 손톱을 물어뜯는 것과 비슷하게 무척 위안이 되는 습관이다. 매번 겁에 질리는 대신, 한발 물러서서 무슨 일이 벌어지는지를 관조하고, 그 상황을 보다 창조적으로 고찰하는 것이다. 당신은 지하철에서 범죄자를 마주칠 경우에도 공황 상태에 빠지기보다는 그들의 옷차림이나 태도, 언어의 디테일을 자세히 관찰한다. 아무리 그래도 '아하, 이쪽 끝에서 보면 총이 저렇게 보이는구나!' 하는 경지에까지 도달하지는 못하겠지만, 그래도 최선을 다해 모든 것을 있는 그대로 들여다본다. 아이들이 그러듯 말이다. 대다수 성인들의 시야는 잔뜩 스모그가 끼어 제대로 보지 못한다.
　그렇게 계속해서 글을 쓰고, 편집하고, 수정하고, 새로운 도입

쓰기의
감각

부와 결말을 시도하는 과정에서, 약간의 피드백이 필요한 시점에 이른다. 다른 사람이 글을 한번 읽어 줬으면 싶은 것이다. 당신은 그들이 어떻게 생각할지 알고 싶다. 우리는 사회적 동물인 만큼, 당연히 우리 종에 속한 다른 개체들과 소통하고 싶어 한다. 그런데 지금까지 당신은 글을 완성하느라 내내 혼자만의 동굴 속에 처박혀 지냈다. 당신의 글을 다른 사람들도 재미있어할지 알지 못한다. 한 달에 걸쳐 유화를 그렸다면 그냥 벽장 속에 넣어 둘 리 없다. 당연히 사람들이 볼 수 있는 곳에 그림을 걸어 놓을 것이다. 그와 마찬가지로 글쓰기 교실이나 모임에라도 나가 볼까 하는 생각이 들 것이다.

대부분의 작가 지망생들은 글쓰기 워크숍이나 창작 교실에 등록할 때 거기서 무엇을 하게 될지 정확히 알지 못한다. 일부는 글 쓰는 법을 배우고 싶어 하고, 일부는 더 잘 쓰는 법을 배우고 싶어 한다. 오랫동안 많은 습작을 해온 터라 약간의 피드백을 받고 싶어 하는 이들도 있다. 이러한 것은 모두 현실적인 목표에 속한다. 한편, 어떤 사람들은 글쓰기 교실을 캠프처럼 생각해서 글쓰기를 지향하는 다른 사람과 어울려 놀거나 존경하는 작가들을 만나서 이야기 나눠 보는 것에 주안점을 둔다. 또 글을 쓰다 겪는 어려움에 대한 해결책과 격려를 주고받는다거나, 다른 사람은 그들의 소설을 어떤 식으로 설명하는지 듣고 싶어 한다. 어떤 사람들은 실망감을 함께 나누고, 편집자에게서 받은 거절의 편지나 열대의 무풍지대에 갇힌 것만 같은 침울한 기분을 나눌 친구들을 필요로 한다. 많은 사람이 다른 사람의 글에 대해 의견을 나누는 것을 좋아하는데, 그렇게 함으로써 자기들이 글로 표현하고 싶지만 마음대로 되지 않던 것들을 해결할 아이디어를 얻을 수 있기 때문이다. 또 어떤 이들은 가까운 친구나 편집자가 아니라 현실적이고 정직하고 도움이 되는 사람들에게 피드백을 듣고자 한다.

나의 워크숍이나 수업에 들어온 많은 사람이 내가 자신들의 과제물을 읽고 압도적인 감동을 받기를 은근히 바란다. 그러나 나는 수업이 끝나면 과제물들을 한쪽 옆으로 밀어 놓고는 이렇게 이야기한다.

당신들이 제출한 소설에 필요한 것은 아마 결말부에 약간의 반전을 넣거나, 그 장면을 보다 짧게 압축하는 정도일 거라고. 그러고 나면 우리는 그 원고를 출판 에이전트나 『더 뉴요커』로 보내거나, 곧바로 소니 메타 역대 대통령들의 전기를 펴낸 바 있는 크노프 출판사의 사장이자 유명한 편집자에게 보낼지도 모른다고. 소니에게는 팩스부터 넣는 게 좋을 것이다. 그는 그 방식을 고집하니까.

그리고 마지막으로 말한다, 사실 이런 일은 절대 일어나지 않을 거라고. 창작 콘퍼런스가 열릴 때마다 너무나 많은 사람들이 자기가 멋진 작가들의 눈에 들어 따로 불려 가는 상상을 한다. 작가는 그의 작품이 마음에 든다면서, 어떻게든 도와주겠노라고 약속한다. 내 워크숍에 참가한 사람들도, 내가 누군가를 따로 불러내어 이렇게 말하기를 바란다. "당신은 아주 재능이 있어요. 그러니까 지금부터 6개월 동안 작업을 더 한 다음에 저한테 전화를 주세요. 그러면 우리가 원고를 받을 테니." 그러나 이것은 거의 있을 수 없는 일이다. 대개 내가 하는 일은 그저 그들의 소설을 읽고 나서 격려하는 것이며, 나에게 매일의 일상에서 글쓰기가 의미하는 것이 무엇인지와 내가 글을 쓸 때 도움이 되는 것과 도움이 되지 않는 것이 무엇인지를 말할 뿐이다. 다만 나는 그들의 작품에서 마음에 드는 요소를 찾아내어 칭찬한다. 분위기가 얼마나 멋진지, 언어가 얼마나 세련된지. 또한 그들의 글에서 어떤 부분이 혼란스럽게 엉켜 있는지를 지적해 준다. 우리가 하는 일은 신체검사를 하는 의사처럼 당신의 작품을 전반적으로 점검해 주는 것이다. 우리는 당신의 글이 보다 돋보일 만한 부분을 찾아내고 약간의 호의적인 압력을 줌으로써, 당신이 작품을 완성하는 데 도움을 주기를 바란다. 우리는 당신에게 약간의 존경심을 표할 것인데, 왜냐하면 그 효과를 잘 알기 때문이다.

　그런 반면 당신은 사자의 아가리 속에 머리를 집어넣고 있는 것 같은 기분에 빠질 수도 있다는 점을 미리 경고한다. 문예 창작 교실과 현재 진행 중인 워크숍들은 콘퍼런스보다는 더 신사적인 경향이 있지만, 그 모든 상황에서 당신은 도덕적으로, 미학적으로 당신의 글을 갈가리 찢어발겨야 할 의무감을 지닌 수많은 작가들과 같은 테이블에 앉아 있는 기분일지도 모른다. 기껏해야 그들은 당신이 글을 과거 시제로 고쳐 쓴다면 훨씬 더 좋아질 거라고 얘기하는 정도일 것이고, 과거 시제로 고쳐 쓰기를 마치고 나면 차라리 현재 시제로 쓰는 게 더 낫겠다고 할 것이다. 혹은 당신이 첫 번째 인물에 대한 묘사 부분을 다시 써야 한다고 하거나, 그들 말대로 첫 번째 인물을 고쳐 쓰고 있으면, 세 번째 인물을 고쳐야 한다고 할 것이다. 최악의 경우, 그들은 당신에게서 눈에 띄는 재능이라고는 아무것도 찾을 수 없으니 다시는 어떤 글을 쓰려는 수고도 하지 말고, 심지어 당신의 이름조차 쓰지 말아야 한다고 주장할지도 모른다.

내가 강의를 맡은 어느 창작 콘퍼런스에서는, 유명한 작가가 작품을 너무 잔인하게 비판하는 바람에 학생들이 공황 상태에 빠졌다. 또 다른 콘퍼런스에서는 같은 참가자들끼리 서로의 작품을 너무 난도질하는 바람에 무슨 전쟁터 같은 분위기였다. 예를 들어, 지난 여름 나는 꽤 규모가 크고 정평 있는 콘퍼런스에서 강의를 맡았다가 완전히 통제 불능 상태에 빠진 적이 있다. 그날 참여한 학생들은 스무 명가량 되었고, 그들 중 한 명이 자기 작품을 낭송하는 것을 듣고 있었다. 그는 꽤 오랫동안 글을 쓰지 않고 지내다가 이번에 의욕적으로 새 작품을 썼노라고 했다. 그의 글은 꽤 실험적인 데다, 잘못된 대화가 수두룩한 것이 전반적으로 형편없었다. 다른 학생들은 미리 읽어 보고 지적할 사항을 적어 넣을 수 있도록 원고를 받은 상태였기에 종이에 각자의 논평을 적은 다음 그에게 돌려주었다. 그들은 자기 마음에 드는 부분과 잘 썼다고 생각하는 부분, 여기저기서 발견한 꽤 감동적인 대목을 언급했다. 그들은 글 속의 대화가 매끄럽지 못하긴 하지만, 그래도 그 이야기에는 나름대로 많은 진실이 담겨 있어서 울림을 준다고 말했다. 나는 그들이 말한 것이 진심이라고 생각했다. 비록 다소 과장된 부분이 있긴 하더라도. 그래서 나 역시 약간의 고무적인 논평을 했고, 부자연스럽게 들리는 몇 가지 대목을 지적했다. 그리고 대화의 속도를 바로잡는 방법들을 추천하고, 조금 더 손질이 필요하다는 말을 완곡하게 했다. 그 작가는 몇 가지 구체적인 질문을 했고, 몇 가지 훌륭한 제안을 받았다. 바로 그때 지금껏 침묵을 지키던 젊은 여성 한 명이 손을 들었다.

"제가 미친 건가요?"

그녀가 탄원하듯이 말했다.

"제가 정신이 나간 건가요? 이 글에 한 명이라도 믿을 만한 캐릭터나, 단 하나의 의미 있는 이미지가 있다고 생각하는 사람이 실제로 있단 말인가요?"

그녀는 계속해서 속사포처럼 비난의 말을 퍼부었다. 우리는 얼빠진 얼굴로 그녀를 쳐다보았는데, 마치 코브라의 주문에 옴짝달싹 못하고 얼어 버린 것만 같았다. 사실 그녀가 말한 것은 대부분 다 맞는 말이었다.

할 말을 다 끝낸 그녀는 벌겋게 달아오른 얼굴로 애원하듯 나를 쳐다보았다. 나는 무엇을 해야 할지 고민하고 있었다. 잠시 침묵이 흘렀다.

"그럼 그는 이 글을 완전히 접어야 할까요?"

내가 물었다.

"제 생각엔 사람들이 그를 너무 부추기고 있어요. 사람들이 진실을 말하지 않는다면 그는 결코 나아지지 않을 거예요."

그녀가 소리쳤다.

"하지만 당신이 말하는 진실은 오로지 당신의 의견일 뿐이죠."

정작 작품을 발표한 당사자는 천장만 뚫어져라 쳐다보았다. 마치 자기에게 몰려드는 모기들의 윙윙거리는 소리를 듣기라도 하듯이. 교실에 앉아 있던 나머지 사람들은 일종의 긴장감에 가득 찬 시선으로 나를 쳐다보았다. 나는 그 젊은 여성의 기분이 어떤 것인지를 어느 정도 이해할 수 있었다. 그 말을 하기 위해서는 그녀에게도 대단한 용기가 필요했으리라. 하지만 한편으로는 책상다리를 떼어 내서 그녀에게 집어 던지고 싶은 기분도 들었다. 나는 그녀가 그보다 훨씬 더 글을 잘 쓴다는 것을 알고 있었는데, 왜냐하면 다른 어떤 누구도 그보다는 글을 잘 썼기 때문이다. 나는 심호흡을 하면서 평정을 찾으려 애썼다. 그리고 출판 경험이 없는 작가들에게 필요한 것이 무엇인지를 기억해 내고, 왜 그들이 이 창작 콘퍼런스에 왔는지를 다시 한번 떠올렸다. 그들에게 필요한 것은 관심이다. 그들은 누군가가 자신의 작품에 대해 가능한 한 정직하게 말해 주는 것을 원하지만, 독설을 듣거나 폄하를 당하는 것은 바라지 않는다. 그래서 나는 그 작가가 뭔가 매우 남다른 것을 시도했으므로, 이러한 비난을 당할 위험을 감수했다는 사실에 초점을 맞췄다. 나는 그에게 최대한 목

쓰기의
감각

표를 높게 잡고, 실수하는 것을 두려워하지 말고 계속 쓰라고 말했다. 그러면 그가 늙거나 죽어갈 때, 이렇게 말하는 일은 절대 없을 것이다.

"어쩜! 난 위험이라곤 눈곱만큼도 감수한 적이 없어서 너무 기뻐! 애초에 낮은 목표를 세우길 참 잘했지!"

나는 그에게 앞으로 계속 노력하기를, 그 원고를 한 번 더 고쳐 쓰기를, 그러고 나서 뭔가 다른 새 작품을 시작하기를 당부했다.

나는 학생들이 모두 보는 앞에서 그 젊은 여성에게 말했다. 그런 말을 할 수 있다니 당신은 정말 용기 있는 인물이라고. 나중에 그녀가 나를 따로 찾아와서, 자기가 괴물처럼 보이느냐고 물었다. 나는 그녀에게, 당신은 매우 정직하며 당신이 하는 말이 전적으로 훌륭하다고 생각하지만, 언제나 진실의 검으로 사람을 벨 필요는 없다고 말했다. 그냥 그 검으로 사람을 가리킬 수는 있지만 말이다.

그 콘퍼런스가 끝난 지 한참 후, 나는 빌 홀름의 시 한 편을 발견했다. 나는 이 시를 그 남자에게 보내 주고 싶었다. 그러나 내게는 더 이상 그의 주소가 남아 있지 않았다. 시 제목은 「앨버타 워터톤의 8월」이다.

하늘 위에서, 바람이 전력을 다해 불어온다.
나뭇잎을 떨어뜨리려고
미루나무에게는 한 달 이른 이때에.

오 무용한 바람이여. 그대가 할 수 있는 거라곤 오로지
음악 소리를 내는 것뿐
실패의 소음이 점점 더 아름다운 소리로 변해 가네.

일부 콘퍼런스와 창작 프로그램들은 살인적으로 치열하거나 경쟁적일 수 있다. 그러므로 무턱대고 등록부터 하기 전에, 당신은 그런 식의 혹독한 비평을 견딜 필요가 없거나 마음의 준비가 되어 있지 않을 수도 있다는 것을 유의하기 바란다. 그러나 당신이 피드백과 격려와 긍정적인 압력과 다른 작가 친구들을 필요로 한다면, 작은 글쓰기 모임을 시작하는 것도 괜찮다.

내 수업을 들었던 학생들 가운데 몇몇이 매달 셋째 주 목요일이나 마지막 일요일마다, 혹은 언제든지 날을 잡아 서너 명씩 모이기 시작했고, 이 모임은 지금까지 수년째 지속해 왔다. 그들이 만날 약속을 잡았다는 사실은 그때까지 각자 정해진 분량의 작업을 끝내야 함을 의미한다. 또한 글을 쓰는 사람은 혼자서 힘들게 지내는 날이 많을 거라는 점을 기억하라. 당신은 전적으로 혼자라고 느낄 뿐만 아니라, 당신을 제외한 다른 모든 사람은 늘 무리와 함께한다고 느낄 것이다. 그러나 다른 글쟁이들과 교류를 하다 보면, 이러한 고독이 작가가 되는 과정의 일부이자 불가피한 직업병이라는 점을 깨닫게 된다.

작가들은 자신의 작품을 두고 이러쿵저러쿵 말하는 것에 대해 지나치게 예민한 경향이 있다. 그러나 만약 당신이 격려의 말

을 필요로 할 때 전화할 누군가가 있다면, 그가 신뢰할 만하고 정직하고 관대하며 당신을 깎아내리지 않을 사람이라면, 그것은 엄청난 도움이 될 수 있다. 자신이 한없이 초라하게 느껴질 때는 작가를 때려치우고 점성술사 노릇이나 하면서 살겠다는 식의 농담도 할 여유가 없다. 그럴 때는 충고도 듣기 싫다. 당신에게 필요한 건 약간의 공감과 확신이다. 다시 한번 다른 사람이 당신을 신뢰한다는 느낌을 받을 필요가 있다. 당신이 창작 모임에 가입한다면 멤버들은 종종 그런 느낌을 제공할 것이다.

이제 창작 모임을 시작하는 방법을 알고 싶을 것이다. 한 가지 방법은 문예 창작 교실에 참여해서 가장 마음에 드는 사람들에게 모임을 하자고 요청하는 것이다. 그들이 서로의 작업에 대해 얘기를 들어주고 지지해 주고 약간씩 잡담도 나누지만, 주로 글쓰기에 대해 대화를 나누는 모임을 한 달에 한 번씩 갖기로 한다면, 당신도 거기 들어가 그들과 함께 소통하면 된다. 그러나 어쩌면 그들은 당신을 끼워 주지 않으려 할지도 모른다. 그러면 당신은 잭 케보키언 안락사에 찬성하여 130여 명의 환자에게 도구를 제공하고 자살을 도운 의사을 불러내서 당신의 자살을 도와줄 수 있는지 알아볼 수도 있다. 아니면 모임을 만들 의사가 있는 사람을 두세 명 더 만날 때까지 계속 찾아다니든지. 어느 쪽을 택할 것인가는 당신 마음이다.

내 학생들 몇몇은 게시판과 작은 신문들에 초보 작가 지망생을 위한 창작 모임이나 미발표 소설의 출판을 시도하는 작가들을 위한 모임 결성을 알리는 광고를 올렸다. 전부는 아니라 하더라도, 이런 사람들 중 다수가 결국 효과적인 모임을 만들게 되었고, 그 모임은 그들에게 엄청난 즐거움과 에너지를 제공했다. 나의 신세대 친구들은 그들이 단지 "만천하에 공공연하게 광고하기"만 했더니 모임이 저절로 만들어졌다고 주장한다. 이제 나는 이런 종류의 다소 순진하고 과장된 대화를 사랑한다. 나는 그들의 말대로, 언제나 온 세상 사람들이 그들의 부름에 응하고, 자신의 메모지를 들고 숨 가쁘게 달려오는 장면을 상상한다. 이런 재미있는 친구들이 모두 창작 모임을 풍성하게 만든다.

내 수업을 들었던 학생들끼리 만든 모임 중에서 여자 셋과 남자 하나 이렇게 네 사람으로 구성된 모임이 있는데, 그들은 이제 4년째 꾸준히 만나고 있다. 나는 그들이 서점이나 카페의 테이블에 함께 앉아 와인이나 커피를 마시면서 서로의 작품을 읽어보고, 비판과 격려를 제공하고, 의문을 제기하고, 다음번에 어디에서 만날 것인지를 의논하는 모습을 본다. 그들은 실제로 서로의 초고를 편집하지는 않는다. (이것에 대해서는 다음 장에서 이야기할 것이지만.) 그러나 그들은 서로의 작품에 대한 이야기를 귀 기울여 듣고 그 글을 계속 쓸 수 있도록 서로 도움을 준다.

가끔씩 그들은 나의 수업을 찾아온다. 학교 선배들이 새내기들의 농구 연습장에 우연히 들리듯이 말이다. 그들은 새로운 학생들에게 창작 모임의 일원이 되는 것이 얼마나 멋진 일인지, 그들이 얼마나 서로를 좋아하게 되었는지, 그것이 그들이 작품을 완성하는 데 어떻게 도움이 되는지를 일깨우는 격려 연설을 해준다. 그들 네 명은 원래 고집 세고 약간 자존심이 강하고 고독한 사람들이었다. 그들이 소재로 삼는 건 기껏해야 가까이에서 우리에게 영향을 끼치는 엽기적인 가족들에 관한 게 전부였다. 이제 그들은 서로서로 매우 다정하다. 그들 모두 예전에 내 수업을 들을 때의 매끈하고 세련된 태도는 사라진 것처럼 보인다. 왜냐하면 서로를 돕는 일이 그들의 마음을 보다 넓게 만들었기 때문이다. 넓은 마음은 꽤 듬직한 동시에 섬세한 것이기도 하다. 그 마음은 방어적이거나 소극적인 것과는 거리가 멀다. 그것은 아기의 정수리처럼 거기서 영혼의 맥박을 들여다볼 수 있을 정도로 무방비 상태일 수도 있다. 그들은 이제 서로에게서 이러한 맥박을 볼 수 있다.

그들 네 명은 모두 훌륭한 작가들이지만, 그중 단 한 명만 짧은 글 한 편을 발표함으로써 공식적인 등단을 했다. 그러나 용케도 서로를 질투하지 않고 사랑한다. 이미 몇 년째 이어 온 모임인데도 지겨워하기는커녕 매번 몹시 기다려지는 모양이다. 그들은 서로 함께하는 작업 때문에 더 나은 작가들이 되었고, 더 나은 인격을 갖추게 되었다. 거의 항상 네 명 중 적어도 한 명은 기분이 좋고(네 명이 모두 기분이 나쁘기는 어렵다) 다른 사람들을 도울 수 있는 상태이다. 비록 항상 누군가 한 명은 포기할 위기에 놓여 있고 그 모임을 그만둘까 말까 갈등하는 상태라 하더라도 말이다. 그러나 지금까지는 서로에게 끝까지 버티라고 말할 수 있었다. 한 번은 이런 일이 있었다. 그들 중에서 짧은 글을 발표함으로써 등단했다는 멤버가 주말에 나에게 전화를 걸어, 자기가 글쓰기를 포기하기 직전이라고 말했다. 처음 글을 발표한 이후 몇 달 동안 다른 어느 곳에서도 원고 청탁을 받지 못했기 때문이라고 했다. 그녀는「곰돌이 푸」에 등장하는 우울한 당나귀 이요르 같은 목소리로 자신이 이제 7년째 금주를 했기 때문에 다시 술을 마셔도 안전할 거라고 말했다. 그러고는 나 역시 7년 동안 금주했으니 술을 다시 마셔도 괜찮을 거라고 진단해 주었다. 그녀의 계획은 나와 샘을 차에 태워서, 아이가 함께 갈 수 있는 가벼운 술집을 찾아가 술을 마시는 것이었다.

나는 최대한 다정한 목소리로 그녀가 이전에 열정적으로 고수했던 사항들을 상기시켜 주었다. "짧은 글 한 편"이라고 나는 속삭였다. "조잡한 초고들……." 그녀는 울음을 터뜨렸다. 나는 그녀의 창작 모임 멤버 가운데 도움이 될 만한 사람이 있느냐고 물어보았다. 그러나 그녀는 없다고 대답했다. 그녀는 그들에게 전화할 수 없다고, 그들이 모두 잘 지내고 있다는 걸 알고 있고, 그들은 모두 멋진 주말을 보내고 있고, 어쩌면 자신에게만 말하지 않고 며칠마다 자기들끼리만 모였을 거라고, 그리고 자신에 대해 그들이 가장 고소해하는 경멸적인 흥을 보면서 킥킥거릴 거라고 말했다.

나는 그녀에게 마음을 가라앉히고 자리에 앉아 자신의 감정에 대해 있는 그대로 적으라고 말했다. 그녀의 모든 고독과 편집증은 멋진 소재가 될 수도 있을 거라고. 그녀는 자기는 절대 편집증 환자가 아니라고, 단지 자기 친구들 모두가 작은 그룹으로 모여서 자기에 대해 험담을 하고 있을까 봐 걱정될 뿐이라고 말했다.

그러나 바로 그때 그녀의 다른 전화에서 벨이 울리는 게 들렸고, 그녀는 곧 전화를 받았다. 전화를 건 사람은 그녀만큼이나 의기소침한 상태에 빠진 모임 멤버였고, 그녀는 나에게 나중에 다시 전화해도 되겠냐고 양해를 구했다. 그날 나는 그녀에게서 다시 전화를 받지 못했다. 기다리다 못해 내가 전화를 걸었다. 그녀가 차고에서 우울한 노래를 틀어 놓은 채 시동을 켠 차 안에 앉아 자살을 시도하고 있는 건 아닌지 걱정이 되어서였다. 그러나 그녀에게 전화를 걸었던 멤버는 그녀보다도 더 상태가 심각했고, 정말로 침울한 상태였던 것으로 밝혀졌다. 그는 아이처럼 심한 좌절감에 빠져 있었다. 평소 멋지고 아름답고 재미있는 작가였던 그가 말이다. 그녀는 그를 깊이 신뢰하고 있었고, 그래서 그에게 용기를 주는 격려의 말들을 건넸다. 전화를 끊은 직후 그녀는 쓰고 있던 글을 다시 쓰기 시작했고, 사실 내가 전화를 걸어 방해할 때까지 계속 글을 쓰느라 정신이 없었던 것이다.

당신의 조잡한
초고를 읽어 줄 사람

오래된 만화인 「뉴요커」에 보면 이런 이야기가 나온다. 사람들로 붐비는 칵테일 파티에서 소파에 앉아 있는 두 남자가 조용한 대화를 나눈다. 둘 중 얼굴에 턱수염이 있는 남자는 작가처럼 보이고, 다른 쪽은 보통 사람이다. 이 작가 타입의 남자가 옆의 남자에게 말한다. "출판사랑 의견 조율 중인데, 우린 아직도 일치점을 찾기가 어려워. 나는 여섯 자리 숫자의 선인세를 고집하는데, 그들은 원고를 읽는 것 자체를 거부해."

자, 나는 이전에는 거의 항상 내기에 졌지만, 이 남자가 자기 책이 출판되기 전에는 결코 다른 작가들에게 작품을 보여 주지 않으리라는 내기를 하면 확실히 이길 수 있다. 그는 틀림없이 자신을 과대평가하고 있다.

내가 창작 콘퍼런스에서 다른 누군가가 나의 조잡한 초고를 읽어 줄 때의 이점을 언급할 때마다, 나보다 나이가 많은 작가나 출판 경험이 있는 작가가 다가와 이렇게 말한다. 그는 자기 글을 완성하기 전에는 하늘이 무너지는 한이 있어도 다른 사람에게 절대 보여 줄 수 없다고 말이다. 그러고는 초고를 남에게 보여 준다는 건 좋은 생각이 아니니까, 학생들에게 더는 그런 말을 하지 말라고 충고한다. 나는 그냥 일본 게이샤처럼 말없이 의미심장한 미소만 짓고는, 알아들었다는 시늉을 한다. 그런 다음 사람들에게 그들이 쓴 초고를 읽어 보는 일을 꺼리지 않고 유용한 제안을 해줄 수 있는 누군가를 찾아볼 것을 계속 권유한다. 그 사람은 그 작품이 뭐가 부족한지에 대한 해결책을 가지고 있거나 어떤 부분이 짜증이 난다고 지적해 주지는 않을지도 모르지만, 글을 쓰다 보면 원래 너무나 자주 실수를 하고 뭔가 빠졌다는 느낌을 갖게 되므로, 누가 당신의 글을 객관적인 시각으로 읽어 주기만 해도 큰 도움이 된다. 당신의 소설을 올바르게 평가해 줄 방법은 수없이 많을 것이고, 누군가는 그런 방법 중 하나를 이용해서 당신에게 도움을 줄 것이다.

나는 당신과 다른 작가가 어딘가에 비좁은 방을 빌려서 나란히 앉아 데칼코마니처럼 일을 하다가, 작업을 끝낸 후 아이가 처음으로 자기 이름을 썼을 때 놀라워하듯이 서로의 작업량을 보며 환하게 미소 짓는 식으로 일하라는 것이 아니다. 내가 제안하고 싶은 건 그런 게 아니라, 바깥세상 어딘가에 있는 누군가를 찾으라는 것이다. 그건 배우자일 수도 있고, 가까운 친구일 수도 있다. 당신이 끝낸 거친 초고를 읽고 정직한 논평을 해주고, 어느 대목이 재미있고 어느 대목이 재미없는지를 일깨워 주고, 어떤 부분을 삭제해야 하고 어떤 부분을 좀 더 공들여 써야 하는지를, 당신의 작품이 더 나아질 수 있는 방식으로 제안해 줄 사람 말이다.

20년 전 읽은 도널드 바셀미의 첫 번째 소설에, 진실은 받기도 어렵고 던져 버리기도 어려운 뜨거운 감자와도 같다는 대목이 있었다. 당신이 어떤 작품에 오랫동안 매달려 왔고, 이제 다 썼다고 생각해서 누군가에게 보여 주면서 그가 당신의 작품을 높게 평가해 주기를 바랐는데, 정작 그가 당신에게 좀 더 쓸 필요가 있다고 말한다면, 그때의 고통스러운 느낌이 어떤 것일지를 나는 잘 알고 있다. 당신은 그 지점에서 그 사람의 인물됨이 어떠한지를 자문하고, 만약 그(그녀)가 배우자나 평생지기가 아니라면, 그와 평생 절교할 것인지 말 것인지를 고민할 것이다. 추측컨대 이때 당신의 첫 번째 반응은, 더 이상 추가 작업을 할 필요가 없다고 생각하는 것이다. 그러나 잠시 후 당신을 위해 이런 수고를 해줄 소중한 누군가를 지녔다는 사실이 당신 인생에서 작은 기적처럼 느껴질지도 모른다. 그 사람은 당신이 존경할 수 있는 취향을 지녔고(어쨌거나 이 사람은 당신과 당신의 작품을 사랑한다), 당신에게 진실을 말해 주고, 똑바로 좁은 길을 가도록 도움을 주거나 길을 잃은 당신에게 돌아갈 길을 찾아준다.

나는 작품의 복사본을 내 편집자나 에이전트에게 보내기 전에 항상 두 친구 중 한 명에게 먼저 보여 준다. 나는 이런 방법으로 보다 안전하게 연결된 느낌을 받으며, 이 두 사람은 나에게서 어마어마하게 좋은 작업을 끌어낸다. 그들은 한마디로 산파와 같다. 나의 내면에 이러한 이야기들과 아이디어들과 비전들과 기억들과 플롯들이 있다 하더라도, 그것을 밖으로 꺼내 놓을 수 있는 사람은 오로지 나 자신뿐이기 때문이다. 논리적으로는 내가 그것을 혼자서도 할 수 있을 것 같지만, 도와주는 사람이 있으면 훨씬 수월해지는 것이 당연하다. 자연분만을 통해 아기를 낳은 여자 친구들이 있는데―약물이나 경막외마취나 다른 것의 도움 없이―그들은 내심 자기들이 보다 더 정직한 출산 경험을 가지고 있다고 생각하지만, 나는 경막외마취를 이용한 무통분만은 역사상 가장 획기적인 출산 방법이라고 생각한다. 새로운 백신이나 슈퍼마켓 내부의 샐러드 바처럼 말이다. 그것은 개인의 선택일 뿐이다. 나에게 유용한 방법은 당신에게 꼭 유용하지는 않을지도 모른다. 그러나 친밀하게 지내는 누군가에게 받는 피드백은 나에게 자신감을 북돋아 주거나, 적어도 내가 더 나아질 수 있는 시간을 준다. 당신이 파티에 갈 준비를 하고 있는데, 당신의 옷차림이나 스타일을 점검해 주는 사람이 집에 있다고 상상해 보라. 당신이 특별한 드레스나 정장을 입었는데 실제로 평소보다 약간 더 뚱뚱해 보인다거나, 빨간색 옷이 당신을 다소 옴에 걸린 사람처럼 보이게 한다고 귀띔해 주는 것이다. 물론 잠깐은 실망스럽겠지만, 곧 당신이 여전히 집이라는 사적인 공간에 있고 옷을 바꿔 입고 나갈 시간이 있다는 것에 크게 감사할 것이다.

내가 아는 어느 뛰어난 작가에게는 그가 쓰는 모든 글을 다 읽어 주는 아내가 있는데, 그녀는 어느 부분이 마음에 들고 어느 부분이 마음에 들지 않는지를 말해 주고, 마음에 들지 않는다면 왜 그런지를 일일이 설명해 준다. 그녀의 검토는 전체 글쓰기 과정에서 반드시 거쳐야 하는 공정과 같다. 내가 아는 다른 두 작가는 서로를 활용한다. 앞에서 언급했듯이, 내게는 내 원고를 읽어 주는 두 명의 친구가 있다. 한 명은 나처럼 작가이고, 나의 가장 친한 친구이자 우리 모임에서 가장 신경이 과민한 괴짜이다. 또 한 명은 일주일에 두세 권의 책을 독파하는 도서관 사서이지만 단 한 자도 글을 쓴 적은 없다. 나는 이제 됐다 싶을 때까지 작품을 계속 고쳐 쓴 다음, 그것을 이 두 친구 중 한 명에게 보낸다. 물론 미리 읽어 주겠다고 동의를 한 사람에게.

이때 항상 비싼 등기 속달로 보낸다. 일반 소포로 원고가 전달될 때까지 기다리는 일이 너무 고통스러워서이다. 나는 다음 날 하루 종일 전화 오기만 기다리고, 참을성 없이 왔다 갔다 하고, 과식을 하고, 편집증에 빠지고, 점심 때까지 친구에게서 소식을 듣지 못할까 봐 걱정하며 보낸다. 자연히 나는 그들이 내 작품을 헛소리라고 생각하지만 차마 나에게 말할 용기가 없어서 전화하지 않는 거라고 억측한다. 그런 다음 그들에 대해 내가 생각해 낼 수 있는 모든 단점을 끄집어내서는, 실제로 내가 그들을 둘 다 얼마나 미워하는지 생각하고, 그들 둘 다 친구가 별로 없는 게 너무나 당연하다고 생각한다. 그런데 바로 그때 전화벨이 울리고, 그들은 대개 "내 생각엔 정말 훌륭한 것 같아, 정말 좋은 작품이라고 생각해. 하지만 약간의 문제가 있긴 한 것 같아."라고 말하면서 뭔가 의견을 내놓기 시작한다.

이쯤 되면 나는 대체로 그들의 제안에 개방적인 태도가 된다. 일단 그들이 내 작품을 괜찮게 평가한다는 사실에 너무나 안심이 되기 때문이다. 나는 쾌활한 목소리로, 그들이 개선의 여지가 있다고 생각하는 부분이 어디인지를 묻는다. 그다음부터가 매우 민감한 부분이다. 그들은 아마도 전반부 전체의 전개가 너무 느리다고, 그래서 쉽게 이야기에 몰입할 수 없다고 말할지도 모른다. 그러나 6페이지나 38페이지 정도에 이르면 마침내 속도감이 생기고, 그때부터는 책을 놓을 수가 없더라고 말한다. 그들은 나머지 부분은 맹세컨대 한달음에 읽어 버렸다고 말한다. 단, 그들이 결말부에 가서는 다소 두통을 앓았다는 점을 제외하면. 그리고 내가 캐릭터 한 명의 동기를 정말로 이해했는지, 내가 그 인물에 대해 단 5분이라도 좀 더 생각해 볼 의사는 없는지 궁금했다고도 덧붙인다.

그들이 많은 제안을 늘어놓을 경우 나의 첫 번째 반응은 결코 진정한 안도와는 거리가 멀다. 내 인생에서 누군가 나에게 정직하게 대하고, 내가 할 수 있는 최선을 다하도록 도와주는 사람이 있다는 안도감? 아니, 사실 처음 드는 생각은 '글쎄. 미안한데, 난 너희들과 더 이상 친구로 지낼 수 없을 것 같아. 왜냐하면 너희들은 너무 문제가 많으니까. 게다가 너희들은 너무 못됐잖아.

인간성도 나쁘고.'이다.

때로는 너무 망연자실해서 아무 말도 할 수가 없다. 마치 그들이 샘은 너무 못생기고 재미없고 버릇없는 아이니까 내다버리라고 말하기라도 한 것처럼. 비판을 받아들이기는 매우 어렵다. 내 작품을 가차 없이 공격하던 친구(그게 누구든)는 이제 자기와 같이 한 장 한 장, 한 줄 한 줄 점검해 보자고 제안한다. 그러면 나는 격앙된 목소리로 재빨리 그럴 필요는 없을 거라고, 내 글은 전반적으로 괜찮다는 뜻을 비칠 것이다. 그러나 그들은 전화로 원고를 살펴보자고 나를 설득한 다음, 내가 만약 그때까지 전화를 끊지 않고 있다면, 수많은 부분을 지적하기 시작한다. 어디를 손봐야 더 강렬하고, 재미있고, 현실적이고, 흥미로워질지, 또는 덜 지루해질지 말이다. 심지어 그 부분들을 어떻게 고치면 좋을지에 관한 아이디어를 주기도 한다. 나는 결국 그렇게 안도의 숨을 깊이 내쉬기에 이른다. 깊이 감사하는 마음까지 담긴 숨을.

누군가 신뢰할 만한 사람이 이런 식의 피드백을 준다면, 당신은 당신 작품이 독자에게 어떤 영향을 미칠지에 관한 정확한 감각을 갖게 되고, 나아가 최종 원고는 어떤 식으로 접근해야 할지도 알게 될 것이다. 이제 작품을 잠정적 에이전트에게 보낼 준비가 된 것 같겠지만, 여전히 미흡한 원고를 보냈다가 그들을 완전히 등 돌리게 만들 위험을 감수하고 싶지는 않을 것이다.

당신은 그 글을 무슨 수를 써서든 가능한 한 완벽에 가깝게 다듬어야 한다. 미세한 조정만 거치면 되는 수준일 수도 있지만, 캐릭터 한 명을 통째로 빼거나 바꾸는 작업이 필요할 수도 있다. 친구는 당신의 원고를 읽고서 글의 느낌이나 소재 자체는 마음에 들지만, 완성되려면 아직 한참 먼 것 같다고 말할 수도 있다. 이런 얘기를 들으면 실망이 매우 크겠지만, 출판 에이전트나 편집자에게 듣느니 배우자나 친구에게서 듣는 편이 훨씬 낫다.

다음은 매리언 윌리엄슨이 들려준 이야기이다. 당신이 하느님더러 당신 삶에 간여해 달라고 기도할 때는, 그 분이 와서 당신 영혼의 집을 둘러보고 이런 정도로 평가할 거라 예상한다. '바닥을 새로 깔거나 가구만 좀 교체하면 괜찮겠군. 전체적으로 청소도 조금 하고.' 그렇게 첫 6개월은 하느님이 거기 계시니 인생이란 얼마나 멋진지 모르겠다고 생각한다. 그러다 어느 날 창밖을 내다보았더니 건물을 부술 때 쓰는 철구가 대기 중이다. 애초에 하느님의 생각은 '이 집은 기초부터 잘못되었으니 아예 부수고 처음부터 다시 짓는 게 낫겠군.'이었던 것이다. 다른 누군가에게 자기 작품을 읽어 보라고 주는 것은 바로 이와 같은 일이다. 그 사람이 당신 작품을 좋아할 수는 있지만, 여전히 전체 구성은 엉망이고 엄청난 수정이 더 필요하고, 어쩌면 처음부터 완전히 새로 시작해야 한다고 말할 수도 있다.

그렇다면 나는 이런 파트너들을 어떻게 발견할 수 있었을까? 내 학생들이 자주 하는 질문이다. 그 방법은 창작 모임을 만들기 위해 수많은 사람을 물색할 때와 같다. 유일한 차이라면, 여러 명이 아닌 단 한 명의 파트너를 찾는 것이다. 당신이 글쓰기 관련 수업을 듣고 있다면, 주위를 둘러보며 훌륭한 작품을 쓴 사람을 찾아보라. 당신과 같은 수준으로 보이는 사람으로 말이다. 그(그녀)에게 다가가, 만나서 커피 한잔하면서 서로 협력할 수 있는 타입인지를 의논해 보겠느냐고 물어보라. 데이트 신청과도 비슷하다. 그러는 과정에서 어쩌면 7, 8학년 때 겪었던 가장 비참한 기억(번번이 데이트를 거절당하던)을 떠올리고 괴로워할지도 모르겠다. 만약 그 사람이 '싫다'고 하면, 그 사람과 완전히 헤어진 후 잠시 기다렸다가 차에 탄다. 그런 다음 옷을 쥐어뜯으며 통곡을 하거나 원시적인 비명을 질러 댈 수 있다. 이때 그 사람이 당신을 차 앞까지 따라온 건 아닌지 잘 확인해 본 후에 그렇게 해야 한다. 그러나 그(그녀)가 당신의 통곡을 목격했느냐 아니냐는 실제로 전혀 중요하지 않다. 왜냐하면 그 사람과는 더 이상 친하게 지낼 일이 없으니까. 그 사람은 상대할 가치가 없는 바보 천치다. 당신은 평정심을 회복할 때까지 몇 주간 정신과 치료를 두 배로 받으면 되고, 그런 다음 다른 사람을 찾으면 된다. 이전 사람보다 훨씬 더 좋은 사람으로 말이다.

어떤 영리하고 세련된 사람이 당신의 작품을 좋아한다는 것 같다면, 그 사람에게 당신의 소설 일부나 최근에 쓴 단편을 기꺼이 읽어 줄 수 있는지 물어볼 수 있다. 그 쪽도 글을 쓰는 사람이라면, 당신도 그(그녀)의 원고를 읽어 주겠다고 제안하라. 그 사람이 모두 '노'라고 말한다면, 그냥 상냥하게 행동해서 그(그녀)

가 당신을 이전보다 과소평가하지 않도록만 처신한다. 그런 다음 다른 누군가에게 다시 제안할 정도로 충분히 상처가 아물 때까지는 당신의 정신과 의사가 사는 동네의 이동식 주택 주차 구역으로 이사를 가두는 것도 좋다.

창작 파트너에 대해 학생들이 주로 묻는 두 번째 질문은 이것이다. 어떤 사람과 서로 작품을 읽고 조언해 주는 것에 동의했는데, 상대방이 당신의 작품에 대해 전적으로 부정적이고 파괴적인 평가를 할 경우 어떻게 하겠느냐고. 아무리 그가 최대한 호의적인 어조로 말을 했다고 하더라도 당신은 분명히 몹시 좌절하거나 배신감에 사로잡힐 것이다. 당신은 믿을 수 없을 정도로 용감한 행동 ─당신이 심혈을 기울인 작품을 그에게 보여 주었다─을 했는데, 그는 당신의 작품이 별로 훌륭하지 않다고 생각한다. 그는 그런 평가밖에 할 수 없는 것에 대해 무한히 미안해하고 용서를 구한다. 하지만 이런 말을 해주고 싶다. 내가 보기에 그는 정말 미안한 것이 아니라고. 그는 당신의 작품을 악평하는 것을 정말 즐기고 있다. 그것도 절대 놓칠 수 없는 즐거움, 거의 본능에 가까운 쾌감이라고 할까. 이런 사람은 즉시 잘라 버려야 한다. 비록 그 사람이 당신의 남편이라 하더라도 말이다. 아무도 당신에게 그런 식으로 말해서는 안 된다.

당신이 처음으로 긴 글을 쓰고 있고, 과연 출판할 만한 내용인지 궁금한 가운데, 사실상 그 글은 결코 그런 수준이 못 된다고 치자. 누군가는 당신에게 그런 사실을 솔직하게 말할 수 있어야 한다. 다만 잘난 체하지 않고 정중하게 말함으로써, 당신이 출판의 뜻은 접더라도 글은 계속 써나갈 수 있도록 격려하는 방식이어야 한다. 이런 사람은 틀림없이 또 다른 사람의 의견도 들어보자고 제안할 것이다. 반대로 그가 지나치게 공격적이고 단호하게 나온다면, 그런 멍청이는 걷어차 버려라. 누군가가 당신 아이들에게 이렇게 말하는 것을 듣는다면 당신은 참을 수 있겠는가? "당신 아이들은 그림에 그다지 재능이 없으니 괜히 수고스럽게 배울 필요 없어요." 혹은 "아이들 시가 별로 재미없으니 그만 쓰는 게 좋겠군요."라고. 물론 참을 수 없다. 이런 사람에게는 화염 방사기라도 발사할 것이다. 그러니까 누군가가 이와 비슷한 말을 당신에게 한다면, 굳이 그와 더 많은 시간을 보낼 필요가 없다. 뭣하러 이런 똥파리 같은 인간에게 당신의 소중한 작품을 보여 주고, 바쁜 시간을 허비하겠는가?

내가 이렇게 말하는 것을 예수님이 듣는다면 술을 진탕 마시고 곯아떨어지실까 봐 걱정이다. 예수님은 분명 원수를 사랑하라고 했는데 말이다. 그러나 내 친구 패미가 죽기 한 달 전쯤 들려준 한마디는 나를 영원히 변화시켰다.

우리는 함께 옷을 사러 갔다. 나는 그날 밤 당시에 사귀던 남자와 나이트클럽에 갈 예정이었다. 여왕님 가발을 쓰고 옷가게에 따라온 패미는 휠체어에 앉아 있었다. 나는 라벤더색 짧은 드레스를 입어 보았는데, 내가 평소에 입던 스타일은 아니었다. 나는 원래 크고 헐렁한 옷을 즐겨 입었다. 사람들은 뚱뚱하고 맘씨 좋은 동네 구멍가게 주인 아저씨 스타일이라고 말하곤 했다. 여하튼 그 드레스는 내 몸에 딱 맞았다. 패미 앞에 선 나는 매우 수줍고 몸 둘 바를 몰랐으며, 한편으로는 즐거웠다.

"네가 보기엔 어때? 이 옷 때문에 엉덩이가 너무 커 보이지 않아?"

그러자 패미가 느릿느릿한 말투로 대답했다.

"애니? 왜 그런 고민을 해? 머뭇거리기엔 인생이 너무 짧아."

나 역시 당신이 그런 일로 머뭇거리지 않기를 바란다. 아주 잘 쓰지 못할까 봐 두렵다는 이유로 글을 쓰지 않고 낭비할 시간이 있다고 생각하지 않으며, 당신을 친절과 존중으로 대하지 않는 사람에게 낭비할 시간이 있다고도 생각하지 않는다. 인생의 소중한 시간을 고작 자기를 기죽이는 사람 곁에서 낭비하고 싶은 사람이 어디 있겠는가. 주눅이 들어서는 결코 자신감 있게 글을 쓸 수 없다. 자신감이야말로 글쓰기의 원천이며, 당신의 머릿속이 텅 비어 있을 때도 온갖 이미지와 아이디어와 향기를 폭포수처럼 퍼부어 당신을 가득 채워 준다. 글쓰기는 창작의 샘이 바닥났을 때의 공허를 어떻게 다루느냐에 달려 있기도 하다. 그 공허는 주위의 도움을 받지 않을 경우 작가의 영혼을 파괴하기에 충분하다.

내 수업에는 언제나 한두 명 이상의 완전한 초심자들이 참가하는데, 그들은 자기들이 쓴 습작을 읽어 줄 사람들을 필요로 한다. 존중과 격려로 그들을 고무시켜 줄 수 있는 사람들 말이다.

초심자들은 언제나 자신들의 모든 인생을 10페이지에 꽉꽉 담으려고 애쓰고, 항상 자신에 대해 요란하게 과장하는 경향이 있다. 작품의 여주인공을 걸핏하면 울어 대는 알코올 중독자 어머니를 가진 승마 챔피언으로 설정하는 경향도 있고. 그러나 초심자들은 글 쓰면서 즐겁게 노는 법을 배우고 있으므로, 자기 손을 움직여 뭐든 계속해서 쓸 수 있도록 용기와 격려를 얻을 필요가 있다.

주변을 둘러본다면 당신에게 필요한 사람을 반드시 발견할 수 있다. 내가 아는 거의 모든 작가가 친구이자 비평가 노릇을 해줄 만한 사람을 찾을 수 있었다. 그 사람이 당신에게 적합하고 당신이 그 사람에게 적합할 때, 당신은 바로 그를 알아볼 것이다. 결국 그것은 운명의 상대를 찾는 것과 조금도 다르지 않다. 거기서 내내 당신을 기다리고 있던 운명으로 조금씩 발을 들이고 있다는 느낌을 받을 것이다.

편지글의 효용

당신이 달리 무엇을 할지 알 수 없고 절망과 자기혐오와 권태에 빠져 정말로 옴짝달싹 할 수 없는 지경에 있다면, 그러나 잠시도 일을 쉬거나 영감이 떠오를 때까지 기다릴 수도 없다면, 당신의 인생사를 일부 피력해 보는 것도 좋은 방법이다. 혹은 당신이 만든 캐릭터의 인생사를 일부분만이라도 편지의 형식으로 써보는 것도 괜찮다. 그 비공식성이 당신을 완벽주의의 억압에서 자유롭게 풀어 줄 것이다.

그 편지의 수신인을 당신의 아이들로 해도 좋다. 아니면 조카나 친구에게라도 상관없다. 먼저 편지의 꼭대기에 수신인의 이름을 적고, 이제 당신의 인생 이야기를 조금 들려주려 한다는 것과, 이 이야기는 당신에게 무척 큰 의미를 지니는 것이기에 그들이 잘 간직해 주었으면 좋겠다는 내용을 적는다.

내 수업의 학생들도 편지를 썼다. 그중 가장 멋진 편지들은 자기 아이들에게 자신의 어린 시절 이야기를 들려주거나, 자기 아이들의 어린 시절에 관해—아이가 태어날 즈음의 삶과 그때 가족이 살았던 언덕 아래의 집이 어땠는지—이야기하는 것이었다. 평화봉사단 활동을 하며 머물렀던 작고 아름다운 아프리카 마을에 관해 쓴 편지나, 40대 시절 고래잡이배에서 일한 경험을 쓴 편지도 정말 좋았다. 한 남자는 발을 씻어 주는 의식을 행하는 침례교도 가정에서 자랐는데, 자신의 아이들에게 장장 200페이지에 달하는 편지를 썼다. 거기에는 남부에서 보낸 유년 시절과 그가 집을 뛰쳐나온 경위, 알래스카에서 고래잡이 선원으로 보낸 험한 세월, 하느님을 영접한 과정, 나중에 항구에서 아내를 만나게 된 사연이 고스란히 담겨 있었다. 오래전 자기 딸에게 중편소설 길이에 해당하는 편지를 쓴 학생이 있었다. 상파울루에서 중국계 미국인 간호사로 살던 시절에 관한 내용이었다. 거기에는 그녀가 보고 듣고 생각한 것 중에서 기억할 수 있는 모든 것이 다 들어 있었다. 그녀는 수업 시간에 자신의 편지를 일부 읽어 주었다. 그것은 정말 아름답고 다정하고 군데군데 웃기기도 하고 슬프기도 했다. 듣고 있던 사람들은 너나없이 눈물을 흘렸다. 그녀는 나중에 그 편지 내용을 토대로 플롯을 구성하여 소설을 썼다.

한 잡지사 편집자가 최근 원고 청탁을 해왔다. 평생 동안 자이언츠(샌프란시스코 야구팀)의 팬으로 산다는 것이 어떤 것인지에 관한 에세이를 써달라고 했다. 나는 실제로 평생 자이언츠의 팬이었지만 그 내용을 막상 쓰려니 머릿속이 백지처럼 하얬다. 처음에 기억나는 거라곤 내가 자란 작은 커피색 집의 부엌으로 들어가는 장면뿐이었다. 거기서 엄마와 오빠는 구부정하게 앉은 채로 라디오에서 중계되는 자이언츠의 시합을 너무나 열중해서 듣고 있었다. 나는 무엇인가의 팬이 된다는 것에 관한 나만의 이야기를 샘에게 들려주고 싶어졌다. 내 인생에서 그토록 소중한 측면이 소실되는 것을 원하지 않았기 때문이다. 그러나 막상 이야기를 시작하려니, 그 이미지 하나 말고는 정말로 기억할 수 있는 게 없었다. 그래서 나는 다른 자이언츠 팬들과 그들이 기억하고 있는 것들을 가지고 많은 이야기를 나눴고, 덕분에 하나씩 하나씩 모든 기억이 돌아왔다.

샌프란시스코 자이언츠 팀의 전용 구장이었던 캔들스틱 파크의 엄청나게 환한 조명을 잊을 수 없다. 그 거대한 연둣빛 공간에 처음 들어서던 순간 나는 마치 『오즈의 마법사』에 나오는 이상한 나라 '오즈'로 걸어 들어가는 것만 같은 기분이었다. 그것은 정말로 그린란드를 발견한 사건과 맞먹었다! 야구장의 푸른 외야를 다 커버하려면 당연히 스무 명 정도의 선수들이 필요할 거라고 걱정하다가, 거기에 외야수가 오로지 세 명밖에 없는 것을 보고 놀랐던 일도 기억났다.

"사랑하는 샘에게"라는 문장으로 글을 쓰기 시작했다. "엄마가 어린아이였을 때 샌프란시스코 자이언츠를 얼마나 사랑했는지를 너에게 들려주고 싶구나." 어깨 너머에서 회의적인 눈초리를 보내는 편집자를 상상하는 대신에, 샘이 언젠가 내 옆에 다정히 앉아서 이 편지를 읽고 있을 장면을 그려 보았다. 내가 이걸 글로 적어 둔 것을 보고 그가 얼마나 반가워할까! 나는 야구선수가 슬라이딩을 할 때 일어나던 불그스름한 흙먼지와 야구 배트가 공을 때리는 순간에 들리던 폭발하는 듯한 소리, 건강한 군중의 맥박이 모두 모여 하나의 거대한 심장박동처럼 울리는 듯했던 느낌에 대해 쓰기 시작했다. 친구들에게 전화를 걸어, 거대한 전투의 일원이 된다는 것이 어떤 느낌인지에 관한 감상들을 비교해 보았다. 사람들이 이기고 지고, 승리를 뽐내거나 패배의 굴욕을 맛보는 그곳에서 말이다. 나는 이것들에 대해 샘에게 이야기하는 형식으로 종이에 적었다. 그 경기들을 기억하는 사람들과 즐겁게 수다를 떨었다. 전설적인 투수 후안 마리찰의 믿을 수 없을 정도의 하이킥이나, 우리 대부분에게 최고의 타자로 기억되는 윌리 매코비, 게일로드 페리의 보일 듯 말 듯 교묘한 스핏볼 공에 침을 발라 던지는 반칙구 에 대해서 말이다. 페리는 너무나 야비하고 심술궂고 끈적해 보여서 마치 조지아의 뻘밭에서 뒹굴다 온 사람 같았다. 센터필드에서 윌리 메이스를 처음 보았던 때도 기억하는데, 꼭 예수님이 거기 서 있는 것만 같았다. 그때 나는 겨우 다섯 살이었다. 그러다 누군가가 티토 푸엔테스를 언급했고, 그러자 모든 기억이 되살아났다. 그를 얼마나 사랑했는지, 커서 그와 결혼하기를 간절히 기도했을 정도였다. 사람들과 함께 얼마나 열렬히 "티이이이이토, 티이이이이토"를 외쳤는지도

쓰기의
감각

떠올랐다. 그렇게 응원하면서 마치 「웨스트 사이드 스토리」의 여주인공이 된 듯한 착각에 빠져들기도 했다.

조금씩 조금씩 샘에게 이 모든 디테일을 말하는 과정에서 나는 야구에 관한 더 큰 관점을 깨닫게 되었다. 즉, 야구는 우리가 잃어버린 공동체의 감각을 되살려 주었다. 우리는 무리를 이루는 동물이고, 집단을 이루고 소통하는 것을 매우 즐기는 존재이다. 그런데 현대를 살아가는 우리는 문화와 나이의 구속이나 온갖 두려움들로 인해 각자의 작고 외로운 상자 속으로 구겨 넣어진다. 그러나 야구는, 우리가 그것을 사랑하기만 하면, 다시 행복한 군중 속 자리로 우리를 데려가 준다. 그리하여 우리의 상처와 외로움을 회복시켜 준다.

그래서 나는 이 모든 깨달음을 샘에게 보내는 편지에 적었고, 그 속에서 추억과 디테일과 사실과 느낌이 하나둘 조화롭게 짜여 나갔다. 폴라로이드 사진처럼, 편지도 조금씩 제 모습을 갖춰 갔고, 그로부터 선명하고 밝고 향기와 소리와 희망이 꽉꽉 들어찬 에세이가 완성되어 갔다. 인생과 마찬가지로 야구도 희망이 있어야 생명을 유지할 수 있고, 희망이 없다면 애초에 야구는 존재할 수 없을 것이기 때문이다. 그뿐만 아니라 나의 희망도 그 속에 담았으니, 샘과 그의 아이들이 언젠가 이 편지를 읽고 야구와 함께 나의 인생을 이해하게 될 것이라고 말이다.

작가의 장벽과
받아들임

작가에게는 '작가의 장벽(writer's block)'이라 알려진, 아무것도 쓸 수 없는 불안한 상태에 빠지는 것만큼 절망적인 경험이 없다. 거기에 한번 부딪히게 되면 당신은 텅 빈 페이지만 한없이 응시하며 해부용 시체처럼 앉아서, 심장은 딱딱하게 굳어 버린 것만 같고, 재능은 다리를 타고 양말 속으로 흘러내린 것 같은 느낌에 휩싸일 것이다. 최근에 노트나 색인 카드에 갈겨쓴 메모를 읽어 보면, 꼭 정신병자 연쇄살인범이 메모한 것처럼 무시무시하고 두서가 없어 보인다. 그와 동시에, 당신의 가장 가까운 작가 친구가 행운이 계속 따라서 소설도 쓰고, 희곡도 쓰고, 아동용 책도 쓰고 있다는 소식이 들려온다. 그 친구의 소설이 공장에서 대량 생산되는 조잡한 냄비 받침처럼 매번 똑같은데도 불구하고, 그 시시한 책들이 서점 창밖으로까지 쏟아져 나간다. 이렇게 영광스러운 생산품을 전시하기에 서점 내부 공간이 너무 부족하다는 듯.

쓰기의
감각

당신도 언젠가는 반드시 이러한 작가의 장벽에 부딪힌다. 당신은 최근에 써둔 극소량의 원고를 읽어 보고는 그게 개똥보다 못하다는 사실을 극명하게 깨달을 것이다. 신의 축복을 받은 생산적인 조증 단계는 끽 소리를 내며 멈추고, 갑자기 당신은 만화 「루니 툰」에 등장하는 멍청한 코요테가 되어 버린 기분이다. 추격 중이던 로드러너가 방향을 급하게 바꾸어 버리자 달리던 속도를 멈추지 못해 그대로 벼랑으로 떨어져 내리는 코요테처럼, 당신은 몇 초간 허공에서 두 다리를 맹렬하게 내젓다가 곧 수천 미터 아래를 내려다보고는 절망적인 비명을 지르며 떨어져 내린다. 아니면, 당신은 얼마간 전혀 쓸 수 없었고, 다시는 글을 쓰지 못하리라는 공포가 엄습한다. 당신이 바른길로 가고 있다는 것을 입증해 주는 빵 부스러기는 흔적조차 찾을 수 없고, 무기력감과 패배감에 사로잡히고, 작가로서의 삶을 지탱하던 에너지와 신념조차 썰물처럼 빠져나가 버린 느낌에 신음할 것이다. 어쩌면 소설 쓰기가 치과용 드릴로 매킨리 산을 깎으려는 시도처럼 허무맹랑하게 느껴질지도 모른다. 모든 게 절망적이고 가망 없이 보인다. 당신은 재밌는 결말을 쓰는 것은 고사하고, 이제까지 써온 것을 좀 더 괜찮게라도 고칠 수 있을 만큼 상상력이 풍부하거나 체계적인 사람도 못 된다.

당신은 당신이 생각해 낸 모든 아이디어와 인용문과 이미지들이 어디에서 왔는지를 안다. 즉, 그들은 하나같이 신선하지 못하다. 자신이 쓴 글에 너무 익숙하다 보니 그 말들이 모두 흔한 소리로만 들린다. 작가란 진공청소기와 같아서, 우리가 보고 듣고 읽고 생각하고 느끼고 구분한 것들을 모두 빨아들이는데 그모든 것은 주변의 다른 모든 사람도 충분히 듣고 보고 생각하고 느낄 수 있는 것들이다. 우리는 모방꾼이자 앵무새다. 그게 바로 작가들인 것이다. 출처가 있음을 알면 신비감은 사라진다. 그 소재들은 이내 통속적이고 진부하게 느껴지기 때문이다. 그렇다면 당신은 애써 그것을 발견하거나 깨달을 필요가 없다. 이미 모든 사람이 다 보고 느끼고 있기 때문이다. 당신은 어쩌면 텔레비전을 보면서 간단히 요리할 수 있는 냉동식품을 집에서 요리한 음식인 것처럼 우기는 것 같은 기분이 들기 시작할 것이다.

우리는 모두 그런 증상을 겪어 보았고, 그것은 세상이 끝나는 것과도 같은 느낌이다. 수소폭탄을 맞은 작은 박새와 같다고나 할까. 그러나 이것을 좀 다르게 생각해 볼 필요가 있다. 더 이상 그것을 장벽으로 생각하지 않는다면 어떨까? 내 생각에 우리는 잘못된 각도에서 문제를 바라보고 있다. 만약 아내가 당신이 집에 못 들어오도록 문을 잠가 버렸다면, 문제는 당신의 문에 있는 게 아니다.

'장벽'이라는 말은 움직임을 방해당해 옴짝달싹 못 하게 된 상황을 말하고, 그때의 진실은 당신이 공허감을 느낀다는 것이다. 앞 장에서 말했듯이, 이러한 공허감은 작가들의 영혼을 충분히 파괴할 수 있다. 수치와 좌절이 그렇듯이 말이다. 글의 신이 그토록 많은 좋은 나날을 줄 때 글을 썼더라면 좋은 책 한 권이나 한 권 반을 쓰고도 남았을 텐데! 그런데 지금 당신을 보라. 아무것도 떠오르지 않는 공허한 나날을 보내고 있다. 갑자기 글의 신이 이렇게 말하기라도 한 것처럼.

"이제 됐어! 더 이상 나를 괴롭히지 마! 난 이미 너한테 너무 많이 줬어. 다른 사람한테 지장이 생길 정도로 말이야! 제발. 나는 내 문제만으로 충분히 괴롭다고."

문제는 '받아들이기'이다. 우리는 불편한 상황을 개선하고, 상황을 바꾸고, 불쾌한 기분을 제거해야 한다고만 배웠다. 그러나 만약 당신이 자신에게 주어진 현실을 인정하고 받아들인다면— 당신이 생산적이거나 창조적이지 않은 시기를 보내고 있다는 사실 말이다 —당신은 비로소 스스로를 놔주고 재충전을 시작할 것이다. 나는 간혹 이런 시기에 놓인 학생들에게 무엇이든 써서 종이 한 장을 채우라고 독려한다. 글쓰기를 얼마나 싫어하는지에 관한 기억, 꿈, 혹은 의식의 흐름을 300단어로 써보라고 시킨다. 그냥 장난삼아서. 그저 그들의 손가락이 관절염에 걸리는 것을 막으려고. 어쨌든 그들은 매일 300단어씩 쓰기로 약속했으니까. 나쁜 나날에는 일이 굴러가는 대로 그냥 놔두는 편이 낫다.

* * *

패미가 죽기 여섯 달 전 의사가 했던 말을 나는 거의 매일 생각한다. 그 의사는 언제나 내게 직설적인 답변을 해주는 사람이었다. 그날 나는 패미의 악화하는 병세에 관해 뭔가 긍정적인 소견을 듣길 바라며 그녀에게 전화를 걸었다. 물론 그녀는 그럴 수 없었지만, 내 인생을 바꾼 말을 했다.

"지금 그녀를 유심히 지켜보세요."

의사가 말했다.

"그녀는 당신에게 어떻게 살아야 하는지를 가르쳐 주고 있으니까요."

나는 더 이상 아무것도 쓸 수 없을 때, 이것을 떠올린다. 내가 죽어 가고 있다고 생각하면서 살기. 실제로 우리 모두가 죽음이라는 종착역을 향해 가는 버스를 타고 있다. 죽어 가는 사람처럼 사는 것은 우리에게 진정한 현존을 경험할 기회를 준다. 시한부 인생에게 살아 있는 시간이란 그 자체로 너무나 충만하다. 아이들에게 하루하루가 흥미진진하듯이 말이다. 그들에게는 하루가 짧다. 그래서 비참하게 컴퓨터 화면을 응시하며 돌파구를 찾으려고 애쓰는 대신에, 나는 나에게 이렇게 말한다.

"좋아, 음…… 한번 보자. 내일 죽는다 이거지. 그럼 오늘 내가 뭘 해야 할까?"

그러면 나는 그날 오전에 월러스 스티븐스의 책을 읽기로 결정한다거나, 해변으로 놀러 가거나, 일상적인 하루 일과를 열심히 살아 낸다. 무엇을 하건, 하루를 흥미로운 것과 좋아하는 것, 아이디어, 비전, 추억 들로 가득 채우기 시작한다. 나는 죽는 그날까지도 글 쓰는 일만을 고집할지도 모르지만, 어쩌면 불가항

력적인 또 다른 선택지를 깨닫게 될지도 모른다. 중요한 건 내가 어떤 일을 하더라도 그것을 소중하게 여길 거라는 점이다. 그리고 나는 언제나 현재를 살기를 원할 것이다.

* * *

당신이 글쓰기를 처음 시작할 때, 글을 쓰지 않아도 될 이유, 포기할 이유가 수백 가지가 있다. 그것이 글 한 편이나 한 가지 이야기를 완성하겠다는, 끝장을 볼 때까지 몰고 가겠다는 약속을 하는 일이 극도로 중요한 이유이다. 내면에서 부정적인 목소리가 당신을 집요하게 괴롭힐 것이다. '이건 죄다 헛소리야.' 그 말이 정말일지도 모른다. 당신이 하고 있는 일은 아마도 단순한 연습에 불과할지도 모른다. 그러나 이것이 더 나은 글을 쓸 수 있는 방법이며, 완성하지 않는다면 연습도 별 의미가 없다.

나는 지난번 소설을 3분의 2가량 썼을 때 신념을 거의 잃을 뻔했다. 진짜 위기 상황이었다. 내가 직전에 출간한 소설이 연달아 27개의 악평을 받았다는 것도 한 가지 이유였고, 나의 재능과 출판의 기쁨이라는 것도 의심스럽기 이를 데 없었다. 그러나 그 신념의 위기를 겪는 동안, 나는 책 자체가 아니라 캐릭터들을 위해 반드시 소설을 완성하겠노라 약속했다. 그래서 매일 짧은 시간이라도 책상에 앉아서, 가족의 추억과 나의 청년기를 기록하면서 시간을 보냈다. 산책을 했고, 낮 공연을 많이 봤고, 독서도 했다. 내 무의식이 문을 열고 손짓할 그 순간만을 기다리면서 최대한 많은 시간을 집 밖에서 보냈다.

마침내 그런 때가 도래했다. 나는 활짝 웃으면서 어깨를 펴고, 오랫동안 놀고 있던 손을 툭툭 털고, 다시 책상 앞으로 돌아왔다. 그 순간이 대단히 아름답거나 특징적이거나 하지는 않았다. 차라리 그것은 아메바가 설사하는 순간을 포착하는 것과 같았다. 그냥 이런저런 일들을 걱정하면서 앉아 있었을 뿐인데, 다음 순간 믿을 수 없을 정도로 절박한 심정이 되어 책상으로 달려간 것이다.

스스로 자기 운명의 통치자라는 생각을 버리는 것이 도움이 된다. 삶이라는 것이 언제나 우리가 의도하는 대로 흘러가지는 않기 때문이다. 우리는 강물에 떠서 아등바등하는 소금쟁이들이고, 물속의 송어들에게는 그 모습이 훤하게 잘 보인다. 나 같은 사람들은 자기 운명을 책임진다는 환상을 갖기 위해 온갖 규칙을 만들어 낸다. 나 자신에게 그런 규칙이 더 이상 필요하지 않다고 말할 필요가 있다. 그냥 곤충만이 누릴 수 있는 즐거움을 누리고 살면 된다고. 다른 사람들에게 친절하고, 강가에 얼룩진 이끼풀들을 잡아당기고, 자신의 곤충 다리들이 얼마나 아름답게 강물을 노 저어 가는지를 알아차리면 된다고 말이다.

모든 훌륭한 이야기들은 바깥세상에 신선한 야생의 상태로 대기 중이다. 누군가 자기를 글에 써주기만을 기다리고 있는 것이다. 마크 트웨인은, 아담이야말로 무엇이든 최초로 좋은 이야기를 할 수 있는 유일한 사람이었다고 했다. 인생은 재활용 센터와 같아서, 인간의 모든 관심과 드라마가 우주를 가로지르며 여기저기 재활용되고 있는 것이 사실이다. 당신이 글로 써야 하는 것은 당신 자신만의 감수성인데, 이는 당신만이 가질 수 있는 남다른 유머 감각이나 내면의 느낌이나 의미 같은 것이다. 우리 모두는 똑같은 노래를 선택해서 부를 수 있지만, 거기에는 여전히 십억 가지의 다른 노래가 있을 것이다. 어떤 사람은 자기 방식으로 편곡하여 노래를 부를 것이고, 어떤 사람은 감동적인 부분을 여러 번 후렴으로 집어넣어서 부를 것이다. 오페라 하우스에서 노래할 수 있을 때까지 연습을 계속할 사람도 있을 것이다.

어떤 방식으로든, 우리가 좋아하는 방식으로 우리 감성에 맞게 이야기를 들려주기 위해 필요한 모든 요소는 이미 우리 내부에 존재한다. 당신이 필요로 하는 모든 것은 당신의 머리와 기억 속에 있고, 당신의 감각이 제공하는 모든 느낌 가운데 있으며, 당신이 이미 보고 생각하고 몰두했던 것 속에 포함되어 있다.

당신의 무의식 속에서도 진정한 창조가 진행되고 있다. 특히 당신의 무의식 속에는 작은 아이나 지하실에 사는 닥터 수스의 창조물 같은 존재가 있어서, 모든 이야기를 배열하거나 꿰매 붙이는 작업을 하고 있다. 이 존재가 당신에게 어떤 소재나 단락을 제공하거나, 갑자기 어떤 캐릭터가 소설의 전체 틀을 모조리 바꿔 놓을 변화를 일으킬 때, 당신은 그들이 시키는 대로만 쓰면 된다. 그러므로 그 재단사가 일을 하는 동안, 당신은 잠시 신선한 공기를 쐬러 가는 편이 더 나을지도 모른다. 그저 300단어 쓰기 숙제를 마친 후, 산책이나 하러 가면 된다. 거기 앉아서 뭔가 도움을 주려는 노력을 하고 싶겠지만, 방해가 될 뿐이다. 당신이 의식적으로 무의식의 목을 졸라 뭔가를 짜내려 한다면 무의식은 아무 일도 할 수 없다. "아직이야? 아직도 안 됐어?" 당신은 옆에 붙어 앉아 계속 재촉할 것이고, 무의식은 당신에게 최대한 상냥하게 대답할 것이다. "입 다물고 썩 꺼져 버려."

Lesson 4

그럼에도 우리가
글을 쓰는 이유

Bird by Bird
: Some Instructions on Writing and Life

선물로서의 쓰기

출판이 당신의 삶을 바꾼다거나 문제를 해결해 주지는 않을 것이다. 책을 냈다고 해서 당신이 이전보다 자신만만해지거나 아름다워지지도 않을 것이고, 아마 더 부유해지지도 않을 것이다. 출판을 하기까지는 매우 긴 준비 기간이 필요하지만, 막상 출판하고 나면 그 잔치 분위기는 너무나 빨리 끝나 버린다. 우리는 이런 것에 대해서는 엄청 짧게 언급하고 넘어갈 것이다. 그러느니 차라리 어떤 작가를 놀라게 할 만한, 글을 써야 하는 다른 몇 가지 이유에 대해 논의해 보자. 그것은 심지어 출판을 포기하지 않은 작가까지 놀라게 만들 것이다. 값진 보상을 받을 가능성으로 가득 찬 출판계라는 경기장에 도달해 보면, 당신의 인생과 당신의 자의식과 부에 대한 감각은 완전히 바뀔 수 있다.

나는 이제껏 두 번, 시한부 삶을 살게 된 사랑하는 사람에게 선물하기 위해 책을 쓰기 시작한 경험이 있다. 앞에서 내 아버지가 받은 뇌암 진단과 갑자기 너무나 슬픈 이야기를 쓰게 된 상황에 놓였던 일에 관해 언급했었다. 그 소설은 나이 든 히피들과 신탁 자금 예찬론자들과 예술가들과 신세대들과 평범한 사람들이 마구 뒤섞여 있는 어느 작은 동네에 사는 한 아버지와 세 명의 덜 자란 아이들에 관한 이야기로, 드라마와 유머가 듬뿍 담겨 있었다. 아버지가 난데없이 불치의 병에 걸려 죽음을 기다리게 되었을 때, 가족의 삶도 동시에 위태로워졌다.

그래서 나는 우리의 새로운 삶에 관해 쓰기 시작했다. 오빠와 남동생은 아버지를 돕고 곤경에 빠진 서로를 도우려 애썼고, 우리 모두는 유머 감각을 유지하려 애썼고, 그 모든 상황 속에서 어떤 의미를 발견하려 애썼고, 우리가 깨달은 생각들을 서로 나누었다. 나는 그 순간들을 모두 기록했다. 그 이야기 속에는 같은 동네에 살던 수많은 사람과 풍경에 대한 묘사가 있었다. 그 부분은 이미 써두었던 것으로, 나는 여전히 그 묘사를 마음에 들어 하며 책에 그대로 삽입했다. 그러나 최고의 소재는 같이 살고 있던 아버지와 오빠와 남동생이 그 당시에 겪고 있던 일들이었다. 바로 그 순간순간들 말이다. 나는 그들이 말하는 농담과 애정 어린 시간, 블랙 유머, 눈물과 웃음이 공존하는 그 모든 기묘한 상황을 재빨리 휘갈겨 썼다. 그리고 그 소재들을 자립적인 하나의 이야기로 형상화하기 시작했다. 그 글을 보여 주었을 때 아버지는 우리가 겪고 있던 모든 고통과 공포와 상실이 사랑과 생존에 관한 이야기로 탈바꿈한 것이 정말 대단하다고 말해 주었다. 그는 내 원고를 돌려주면서, 마치 흑인 인권 운동가들처럼 주먹을 가슴에 대고 경례한 다음 미소 지었다. 그것만으로 계속 쓸 동기는 충분했다. 어떤 의미에서, 나는 아버지에게 보낼 연애편지를 쓰고 있었다. 그는 결코 자기 방식으로 이야기를 쓰도록 강요하지 않았다. 아버지의 머리가 여전히 작동하고 있는 동안 내가 소설을 마칠 수 있었던 것은 기적에 가깝다. 그는 그 원고를 모두 읽어 볼 수 있었다. 그는 죽은 후에도 자신의 이야기가 오랫동안 지속되리라는 것을 아는 채로 하늘나라로 갔다.

이 첫 번째 소설을 쓰게 한 또 하나의 추동력은 암에 관한 경험을 조명하는 동시에 웃음까지 선물하는 책이 거의 없다는 점이었다. 그런 책을 절실히 찾아 헤맸지만, 결국 바이올렛 바인가르텐의 『죽음의 암시』라는 책 한 권밖에 찾지 못했다. 그 책은 작가가 겪은 화학 요법에 관한 일지로, 나는 거기에서 내 책을 위한 경구를 얻었다. "싫은 것을 억지로 하고 있기에는 인생이 너무 짧다고 해야 하나, 그런 것을 신경 쓰고 있기에는 인생이 너무 짧다고 해야 하나?" 나는 그 책을 여러 번 반복해서 읽었고, 전화기를 통해 오빠와 동생에게도 큰 소리로 읽어 주었다. 그런 다음 도서관으로 가서 이렇게 물었다.

"혹시 이것 말고 또 다른 정말 웃기는, 암에 관한 책 없나요?"

그러자 사서들은 황당하다는 눈으로 나를 물끄러미 쳐다보았다. 그 도서관에는 그런 책이 한 권도 없는 모양이었다. 우리의 경험을 담은 책 한 권, 이토록 절망적인 상황에 직면해서도 낙천적인 자세를 잃지 않으려는 한 가족의 노력을 보여 주는 책

은, 아픈 가족이나 친척을 가진 사람들에게 너무나 반가운 선물
이 될 것 같았다. 내가 쓰고 싶은 것은 오로지 우리 가족의 이야
기였다. 왜냐하면 그 책을 쓰는 동안 친구들에게 어마어마한 지
지를 받았고, 그 모든 공포와 상실감 속에서도 웃음과 기쁨을 발
견할 수 있었기 때문이다. 그것은 아버지가 임종 직전에 최고의
몇 달을 보낼 수 있도록 돕는 길이자, 최선의 죽음을 맞을 수 있
도록 하는 방법이었다. 그건 정말 위대한 작업이었다고 나는 감
히 말할 수 있다. 죽을 만큼 힘든 나날을 보내야 했지만, 멋진 일
임에 틀림없었다.

당연히, 모든 사람이 다 내 책을 마음에 들어 하지는 않았다.
끔찍한 평론도 많았다. 개인적으로 마음에 들었던 내용은 블랙
유머 덕분에 우리 가족이 신세대 '애덤스 패밀리'로 보인다고 쓴
리뷰였다.

"샌타바버라 신문에 실린 당신 책에 대한 리뷰입니다."

편집자가 그렇게 메모하고, 또 다른 메모지에 이렇게 덧붙여
서 보내 주었다.

"(애덤스 패밀리에는) 죽는 사람들이 거의 없지만."

그로부터 15년 후 내 친구 패미가 유방암 진단을 받았다. 나
는 갓 태어난 아들에 관해 기록하고 있었고, 패미는 아들의 양육
을 돕고 있었기에, 대부분의 일기에는 이미 그녀가 포함되어 있
었다. 그러다 어느날 문득 그녀가 더 이상 곁에 있어 주지 못할
거라는 사실을 깨달았다. 그래서 나는 그 일기를 타이핑해 에이

전트에게 보냈다. 샘이 하루하루 자랄수록 패미의 증세는 점점 악화되었으므로, 나는 최대한 빨리 글을 쓰고 있었다. 그녀가 생전에 책을 읽을 수 있게 하고 싶었기 때문이다. 그리고 그 소원은 이루어졌다. 나는 패미가 죽기 몇 달 전 그녀에게 완성본을 건넬 수 있었다. 그것은 또 하나의 연애편지였다. 주로 그녀를 향한, 그리고 샘과 그녀의 딸 레베카를 향한. 패미는 자기가 죽은 후에도 자신의 이야기가 종이에 인쇄된 형태로 존재하리라는 것을 알게 되었다. 그것을 통해 자신의 존재가 불멸하리라는 것도.

한편으로 나의 일기가 다른 사람들, 특히 싱글맘들에게 좋은 선물이 될 수 있으리라는 믿음도 내 안에 일부 있었다. 샘이 처음 태어났을 무렵, 혼자서 아이를 키우는 엄마에 관한 웃음과 아픔이 담긴 현실적인 이야기를 찾아보았는데, 그런 책은 한 권도 없었다. 훌륭한 육아서들은 제법 있었지만, 그 어느 것도 내게 웃음을 선사하지는 않았고, 육아의 고통이나 수유용 브래지어가 가진 불편함에 대해서도 언급하지 않았다. 그것들은 모두 훌륭하고 예쁜 말만 하는 데다, 지극히 이성적이며, 이것이나 저것을 하기만 하면 틀림없이 그 작은 골칫덩어리 귀염둥이가 말을 잘 듣고 나쁜 행동을 자제할 것이라고 주장했다. 하지만 이것은 절대 사실이 아니다. 아기를 갖는다는 건 갑자기 최악의 룸메이트를 갖는 것과 같으며, 심한 숙취와 생리전증후군에 시달리는 제니스 조플린 _{헤로인 과용으로 죽은 여가수} 이 당신과 함께 머무르는 것과 같다. 내가 구할 수 있는 모든 육아서들은 울부짖는 작은 학자를 달래겠다는 백색소음기 같은 것들만 추천했다. 그래서 나는 샘 옆에 앉아서 환경 운동 단체인 시에라 클럽에서 만든 테이프를 틀어 주었다. 밤의 강변에서 들려오는 소리를 녹음한 것으로 귀뚜라미, 부엉이, 개구리 들의 소리만 잔뜩 울려 나오자, 샘은 잠깐 동안 걱정스러운 얼굴로 나를 쳐다보았다. 마치 '엄마 제정신이야? 왜 하필 상어 싸움 같은 소리를 나한테 들려주는 거지?'라고 말하는 것 같았다. 그러더니 울음을 터뜨렸다.

내 옆에 다른 엄마가 쓴 책이 한 권이라도 있었다면 진짜로 위안이 되었을 것이다. 가끔씩 자기도 아기의 발목을 잡고 힘껏 던져 버리고 싶을 때가 있었다고 시인하는 엄마 말이다. 그 기세를 몰아 다른 어머니들을 위한 일종의 지침서이자 선물로서 내가 직접 그런 책을 쓰기 시작했다.

샘이 태어난 지 8개월이 됐을 무렵 패미가 아프기 시작했는데, 그때 친한 친구를 잃는 것에 관한 정말 사실적이면서도 또한 재미있는 책이 있었더라면, 나는 너무나 큰 위안을 받았을 것이다. 그래서 또 한번 그런 책을 쓰게 된 것이다. 샘과 패미 두 사람의 이야기를 엮어서, 그 두 사람을 위해, 그리고 그 둘과 비슷한 상황에 놓인 사람을 알고 있을 누군가를 위해.

몇 년 후 패미는 죽었다. 다시 몇 개월이 지났을 때, 친한 친구 부부가 아기를 낳았고 태어날 때부터 뇌 손상이 심했던 아기는 5개월 만에 죽고 말았다. 이때 내가 그들의 이야기를 전달하는 사람이 될 수 있을지 고민하기 시작했다. 샘과 나는 그 부부와 그들의 작은 아기와 함께 많은 시간을 보냈다. 그들은 너무나 놀라운 일을 해냈고, 그러면서 나에게 많은 가르침을 주었다. 나는 다른 사람들도 나의 깨달음을 공유했으면 했다. 나는 그 부모에게 선물하려는 일념에서 그들의 아기에 관한 글을 쓰고 싶었고, 아기가 책 속에서 새 생명을 얻기를 바랐다. 브라이스(아기의 이름)가 살아 있었던 몇 달 동안, 나는 색인 카드에 모든 기록을 남겼었다. 그에 관한 글을 실제로 쓰게 되리라고는 전혀 생각하지 않았을 때부터 말이다. 나는 모든 것을 묵묵히 지켜보았고, 아기는 내 마음속에 깊은 인상을 남겼다. 나는 지금껏 얼마나 마음의 문을 닫고 외면하는 것이 안전하다고 생각하며 살았던가. 그러나 마음을 열고 사랑하는 것이야말로 진실로 더 안전한 것이었다. 왜냐하면 그럴 때 비로소 우리는 그 모든 인생과 사랑에 연결되기 때문이다. 브라이스를 받아들이는 샘을 관찰하며, 그 모습 또한 색인 카드에 기록했다. 사실 나는 자의식에 가득 차 있었고, 다소 수치심을 느끼고 있었다. 내가 최근에 투병과 죽음을 다루는 글을 너무 많이 쓴 게 아닌가 싶었다. 그래도 어쨌든 나는 기록하는 일을 계속했다.

브라이스는 그해 5월에 숨졌다. 한 달쯤 후에 나는 라디오 방송에 나가는 3분 에세이를 쓸 기회를 얻었다. 내용은 내 맘대로 정할 수 있었다. 그래서 나는 브라이스의 부모에게 양해를 구했다. 내가 브라이스에 관해 글을 쓴다면 사생활을 침해당한 느낌을 받을 것 같으냐고. 그들은 전혀 그렇지 않다고 대답했다. 오히려 그 반대였다. 그래서 나는 그간의 색인 카드들을 모으고, 2.5센티미터짜리 사진틀을 통해 적절한 내용을 고르기 시작했다. 그리고 마침내 글쓰기에 착수했다.

샘은 지난달 난생처음으로 사람이 죽는 것을 목격했다. 우리 친구 부부의 아기가 최근에 죽었는데, 우리는 그날 아침 그 집에 가서 그들과 아기의 시신과 함께 있어 주었다. 아기는 5개월이었고, 3.6킬로그램밖에 나가지 않았다. 태어날 당시의 몸무게는 4.5킬로그램이었는데, 그렇게까지 몸무게가 줄어든 것이다. 침대 위의 커다란 바구니에 누운 아기는 하얀 세례복 가운을 입고 있었고, 허리 아래쪽은 꽃잎들로 덮여 있어서, 마치 한 송이 백장미 같았다. 주변에는 온통 꽃과 추억의 물건이 담긴 상자, 부처상과 달라이 라마의 사진(아기의 어머니는 불교 신자였으므로), 예수님의 사진(아기의 아버지는 기독교 신자였으므로) 들이 놓여 있었다. 브라이스는 어딘가 눈의 나라에서 찾아온 작고 근심 어린 천사 같아 보였다. 샘을 포함해서, 우리 중 누구도 그에게서 눈을 뗄 수 없었다. 그는 너무나 성스러워 보였다.

"방금 뭐라고 했어?" 이 이야기를 들려주자 내 친척 하나가 반문했다. "샘한테 뭘 보여 주러 갔다고?" 그럼 다음번에는 샘한테 또 뭘 보여 주러 갈 거야? 뇌수술이라도 보여 줄 거야? 뭐 그런 뜻이었다. 나는 내가 왜 그래도 괜찮다고 생각했는지를 설명할 수 없었다. 나 역시 병자와 죽음(특히 요절이라든가, 늙어서 죽는 것)을 끔찍하게 여기도록 교육을 받았고, 그것이 나의 인생을 엄청나게 손상시킬 거라고 여겼다. 당연히 나는 샘을 위해서 더 좋은 것을 주고 싶었다.

내 친구들 중 다수가 암이나 에이즈로 죽었다. 그러나 브라이스의 죽음은 샘이 목격한 첫 번째 죽음이었다. 샘은 전혀 두려워하는 것 같지 않았다. 아마도 그건 브라이스가 너무나 아름다운 모습으로 죽었기 때문일 것이다. 브라이스는 이미 죽음에 익숙했다. 무슨 말인고 하니 그는 출산 중에 이미 한 번 죽었다가 7분 후에 인공호흡으로 소생했다. 즉 두 번째로 태어난 것이다. 그러나 그때 너무 오랫동안 의식을 잃었던 것이 문제였다. 그의 눈은 짙은 회색이었고, 언제나 눈을 뜨고 있어야 했고, 울 수도 없었다. 바로 그런 점 때문에 브라이스는 항상 미소 짓는 것처럼 보이거나 심지어는 반짝반짝 빛나는 것처럼 보이기까지 했다.

브라이스 어머니의 불교도 친구는 브라이스를 구름 소년(Cloud Boy)이라 불렀다. 왜냐하면 그가 하늘과 땅 중간쯤에서, 완전히 이쪽도 아니고 완전히 저쪽도 아닌 곳에서 삶을 유지하고 있었기 때문이다. 그의 아버지의 기독교도 친구들은 그에게 많은 이야기를 들려주었다. 모두가 그를 안고 살살 흔들어 주었다. 샘과 나는 그를 위해 오랜 시간 재미있는 그림책을 읽어 주었다. 주로 닥터 수스 책들이었다.

"브라이스는 정말 착한 아기예요." 어느 날 샘이 그런 말로 브라이스의 부모를 위로했다. 시한부 판정을 받은 아기를 어떻게 해야 할지 고민하던 그들은, 생후 3주 된 브라이스를 집으로 데리고 왔다. 아기가 병원 침대에서 죽기를 바라지 않았기 때문이다. 그들은 브라이스가 집에서 자신들과 자신의 친구들과 함께 지내기를 바랐다. 그들과 함께 있어 주는 것은 놀랍고 멋진 일이었다. 어떤 사람들은 브라이스를 불쌍하게 보았고, 아기의 부모가 그를 병원에 남겨 두고 오지 않은 것을 미쳤다고 생각했다. 브라이스를 집에서 만난 우리는 말할 수 없이 슬펐지만, 어쩌면 우리는 어떤 신성한 존재를 대하고 있었던 것 같다. 인격이나 성격이나 나이를 초월한 어떤 천사와도 같은 존재를 말이다.

"브라이스는 정말 착한 아기예요." 샘이 어느 날 차 안에서 나에게 그렇게 말했다. 우리는 얼마간 브라이스에게 책을 읽어 주고 오는 길이었다. "하지만 그 애는 약간 슬퍼요."

브라이스가 죽었을 때 그의 부모는 우리에게 전화를 걸었고, 샘과 내게 와줄 수 있는지 물었다. 그들은 슬퍼했지만 그래도 괜찮아 보였다. 샘은 그날 아침 아기에게 두 가지 선물을 주었다. 바구니에 누워 있는 아기에게 말이다. 한 가지는 공이었는데, 캐치볼을 할 때 쓰는 공이었다. 또 한 가지 선물은 작은 시간 여행 자동차였는데, 영화 「백 투 더 퓨처」에 등장하는 차 모양을 본뜬 장난감이었다. 브라이스의 부모와 나는 그걸 보고 어리둥절해하며 머리를 긁었다.

그날 아침 그 집에서 나온 후, 샘을 동네 볼링장에 데려갔다. 그것은 샘에게 또 하나의 대단한 체험이었다. 볼링장의 풍경은 또한 터무니없이 현실적이어서, 오히려 신성하게 여겨지기까지 했다. 우리는 한 시간 동안 볼링을 했다. "애를 또 어디에 데려갔다고?" 내 친척이 또 반문했다. 이번에도 나는 그 이유에 대해 설명할 수 없었다. 그것은 일종의 엄숙한 분위기를 떨쳐 버리려는 바람에서 나온 행동이었다. 삶과 죽음의 사이클을 완성하려는 열망과도 관련이 있었을 것이다. 볼링은 그것의 가장 즉각적인 성격 때문에 삶에 가까웠다. 즉, 당신이 공을 던지고 나면 곧바로 핀들이 쓰러진다. 나는 또한 샘에게 신성함은 계속된다는 것을 보여 주고 싶었다. 우리가 아무리 많은 공을 거기에다 던져 대도 전혀 아랑곳하지 않는다는 것을(언제나 핀은 아무 일 없었다는 듯 다시 공급되니까).

나는 이것을 라디오에서 읽기 전에 먼저 브라이스의 부모에게 읽어 주었고, 그들은 자기들이 아는 모든 사람에게 전화를 걸어서 내 방송이 나갈 때 라디오를 들으라고 부탁했다. 그리고 그들은 방송을 녹음했다. 비록 패미와 나의 아버지가 늘 내 마음속에 살아 있듯이 그들의 아들이 그들의 가슴속에서 항상 살아 있다 하더라도, 그리고 아마도 이것이야말로 우리가 정말로 누군가를 간직하는 길이겠지만, 사랑했던 사람들의 초상화를 그리려 애쓰거나 그들과 함께한 표현할 길 없이 아름다워 보이던 순간들, 우리를 변화시키고 우리를 웅숭깊게 한 경험들을 기록하려는 노력은 여전히 큰 의미를 지닌다.

* * *

토니 모리슨은 이렇게 말했다. "자유의 역할은 다른 누군가를 자유롭게 하는 것이다." 당신이 더 이상 좌절한 상태가 아니거나, 어떤 사람이나 삶의 방식에 속박되지 않게 되었다면, 당신의 경험담을 들려주라고. 다른 누군가를 자유롭게 하기 위해 위험을 무릅쓰라고 말이다. 물론 모든 사람이 다 당신의 그런 행동을 반가워하지는 않을 것이다. 당신 가족의 일원들이나 다른 비평가들은 당신이 차라리 당신만의 비밀로 간직하기를 바랄지도 모른다. 그렇다면 당신은 무엇을 할 것인가? 그 모든 것을 다 글로 적어 보라. 당신이 쏟아 낼 수 있는 것들을 모두 종이 위에 기록하는 것이다. 엄청나게 조악하고, 제멋대로에, 짜증 나고, 징징거리는 초고를 써보라. 당신이 할 수 있는 최대한의 것을 있는 대로 꺼내는 것이다.

나의 유명한 단편소설 「아널드」에 대해 내가 말하지 않은 한 가지는 내가 그 원고를 내 아버지의 에이전트에게 몇 달에 한 번씩 보냈다는 것 외에, 다른 주요 잡지사 편집자에게도 보냈다는 사실이다. 그는 다음과 같은 메모를 적어 내게 돌려보냈다.

"당신은 당신에게 일어난 모든 일이 다 재미있다고 착각하는 실수를 저질렀군요."

말할 필요도 없이, 나는 굴욕감으로 치를 떨었다. 그러나 그 메모는 결국 내게 도움이 되었다. 왜냐하면 그것이 나의 글쓰기를 막지는 못했기 때문이다. 그러나 내 아버지의 병에 관한 소설을 쓰기 시작했을 무렵, 나는 엄청난 혼란 속에서 작업을 해야 했다. 편집자가 말한 나의 실수라는 것 때문이었다. 나는 정말 그랬으니까. 나는 그런 실수를 두 번 다시 저지르지 않기 위해 정말 열심히 노력했다. 그래서 우선 우리에게 일어난 모든 일을 다 기록한 다음, 자아도취가 느껴지는 부분은 삭제하기 시작했다. 나는 남의 눈에 띄려고 그 책을 쓰는 게 아니라, 기록할 가치가 있는 개인사를 어떻게든 기록으로 남기려고 애쓰고 있었으니까. 즉, 나는 단지 내 아버지에 관한 책을 쓰고 싶었고, 그 책이 비슷한 상황을 겪고 있을 누군가에게 도움이 되었으면 하는 바람에서 책을 썼다.

어떤 사람들은 그 책이 너무 개인적이거나, 너무 고백적이라고 생각했을지도 모른다. 그러나 사람들이 그렇게 생각하건 말건 내가 상관할 일이 아니다. 나는 내 아버지와 내 가장 친한 친구에 관한 글을 썼고, 그들은 죽기 전에 자기 이야기가 담긴 글을 읽었다. 상상할 수 있겠는가? 나는 내가 사랑하고 존경했으며, 또한 나를 사랑하고 존경해 준 단 두 사람의 독자를 위해 글을 썼다. 그래서 나는 그들을 위해 최선을 다해 최고로 사려 깊게, 감성적으로 글을 썼다. 말할 필요도 없이, 그것은 내가 항상 그렇게 쓸 수 있었으면 하고 바라는 바이기도 하다.

자신의 목소리를
찾아서

어느 배우가 현실 세계에서 하느님을 찾으려고 노력한 일에 관해 간증하는 녹음 테이프를 들었다. 그는 우리 마음대로 하게 내버려 두었을 때, 우리가 하느님 대신 얼마나 많은 세속적인 것들을 추구하는지에 관해서도 이야기했다. 개인적인 소유물이나 돈, 외모, 권력 같은 것들 말이다. 우리는 그것들이 우리에게 성취감을 가져다줄 거라고 생각하지만 실제로 그런 것들은 소도구에 불과하다. 그리고 이 생을 마치고 떠날 때, 그것들을 모두 하늘에 있는 위대한 소도구 담당자에게 반납해야 한다.

"그것들은 빌린 것일 뿐이지요."

그 배우가 말했다.

"그것들은 우리 것이 아니죠."

이 테이프는 가장 좋아하는 작가를 열심히 흉내 내려 애쓰는 내 학생들에 대한 나의 시각을 바꾸어 놓았다. 나는 사람들이 다른 누군가의 스타일을 모방하는 것이 당연하다는 것을 깨달았고, 그것은 진정한 자기만의 것이 생기기 전까지 잠시 동안 빌려서 사용하는 소도구라는 것을 깨달았다. 어쩌면 그것은 단순한 소도구의 기능을 넘어서 사실이자 진실인 어떤 것, 즉 자신의 목소리를 찾도록 도움을 줄지도 모른다.

나는 수업 시간에 종종 학생들에게 왜 글을 쓰고 싶어 하는지 이유를 적어 보라고 한다. 왜 내 수업을 듣는지, 이렇게 때로는 고통스럽고 때로는 지겨운 작업을 하도록 만든 추동력이 무엇인지에 관해서. 거기에 그들이 거듭해서 하는 답을 요약해 보면 이와 같다.

"나는 다시는 가만히 입 다물고 있지 않을 것이다."

그들은 착한 어린이들이었고, 때로 보이지 않는 어떤 것의 존재를 느꼈고, 어떤 무서운 광경들을 목격했다. 그러나 어느 시점부턴가 그들은 자신이 본 것에 대해 더 이상 말하지 않게 되었다. 솔직하게 털어놓을 때마다 벌을 받았던 것이다. 이제 그들은 자신의 삶과 인생을 정면으로 쳐다보고자 한다. 예전처럼 진실을 말했다고 해서 자기 방에 감금당하는 어린애는 아니니까. 그러나 자기만의 목소리를 찾는 것은 매우 어렵다. 그래서 다른 누군가의 목소리를 취하는 것이 매력적으로 보이는 것이다.

이사벨 아옌데가 매번 새로운 책을 낼 때마다 나는 행복해진다. 내가 그 책을 읽을 수 있을 테니까. 그러나 내 학생들의 반수 이상이 그녀의 글을 흉내 내어 쓰기 시작하는 것을 볼 때면 다시 우울해진다. 어쨌든 나는 아옌데 여사의 작품을 사랑한다. 다른 수많은 남미와 중앙아메리카의 작가들을 사랑하듯이. 그들의 책을 읽을 때면, 한밤에 모닥불가에 둘러앉아서 그들이 도란도란 들려주는 신비롭고 마술적인 이야기들을 듣는 기분이다. 루브 골드버그의 만화에 등장하는 복잡하기 짝이 없는 알람시계 장치처럼, 그들의 이야기는 수많은 새와 처녀와 징과 벨과 호각으로 가득하다. 나는 왜 이런 스타일이 그렇게 내 학생들에게 매혹적으로 보이는지를 이해한다. 그것이 원시예술과 닮아 있기 때문이다. 단순하고, 장식적이며, 풍부한 색감에, 고풍스러운 양식을 지녔으며, 느끼긴 하지만 실제 볼 수는 없는 존재들에 관한 수많은 기담으로 가득 차 있다. 나는 항상 수많은 특수효과로 가득 찬 황야의 극장을 보는 것 같은 느낌을 받는다. 어쩌면 그토록 다채로운 인생 이야기들이 있을까! 그러나 보다 더 중요한 것은, 이러한 스타일이 상상력과 호기심의 자양분을 제공한다는 것이다. 나는 이러한 환상적인 세계로 들어가는 것을 좋아한다. 거기서 우리는 망원경을 거꾸로 들여다보고 있는 것 같은 기분에 사로잡힌다. 즉, 모든 것이 작고 귀엽고 풍요로워 보인다. 거기에 비하면 진짜 세상은 너무나 자주 거대하고 혼란스럽고 위험하고 칙칙하다. 그러나 아옌데 같은 작가가 자신의 캐릭터와 그 인생과 가족과 유령 들을 연마하고, 뒤집고, 비틀어 보편적인 굴곡과 양상으로 만들어 놓고 나면, 그 글은 엄청난 공명을 일으킨다. "그래, 맞아. 이런 게 바로 인생이지."

　나는 내 학생들이 이러한 효과를 빚어내는 재능을 열망하는 것이 좋다. 그러나 안타깝게도 그들의 연출은 전혀 개연성을 갖지 못한다. 몇 달 후 앤 비티의 신간이 출간되자 학생들은 반짝이는 그릇과 창유리에 관한 이야기를 적어 제출하기 시작했다. 그러나 그때도 개연성이 없기는 마찬가지다. 비티는 우리 인생의 외관을 아름답게 꾸미고, 광을 낸 다음 몇 가지 디테일을 추가한다. 그러나 비티를 따라 할 때 학생들의 이야기는 미적지근해지는 경향이 있어서, 나는 말한다. 인생은 이미 충분히 미적지근하다고! 제발 우리 삶에 약간의 불이라도 더 지펴 보라고! 만약 내가 폭스바겐을 몰면서 폭스바겐만 한 크기의 문제를 가진 듯 보이는 한 무리의 사람들에 관한 이야기를 읽는데, 작가가 이들에게 빙판 위를 달리게끔 한다면, 나는 그 빙판 아래로 정말 정말 차가운 물이 다량 흐르는 위태로운 분위기를 원한다. 그러다 마침내 누군가가 얼음을 깨기를 바란다. 나는 작가들이 빙판을 뚫고 수면 밑으로 떨어지길 원한다. 그곳에서 삶은 너무나 시리고 혼란스럽고 차마 똑바로 마주보기 어려울 정도로 험난할 것이다. 나는 작가들이 그 구멍 속으로 몸을 던지기를 원한다. 평소 우리가 온갖 소도구로 가득 채우려 애쓰는 구멍 말이다. 구멍과 그 주변의 공간이야말로, 우리 자신이 누구인지를 응시하거나 삶의 미스터리를 엿볼 수 있는 기회를 포함해서, 온갖 종류의 가능성이 존재하는 곳이다.

　　위대한 작가들은 내면의 차갑고 어두운 공간에 대해, 얼어붙은 호수 아래의 물에 관해, 숨어 있거나 위장한 구멍에 관해 쓰려고 계속 분투한다. 이런 구멍이나 구덩이에 그들이 비추는 조명 덕분에 우리는 덤불이나 가시나무들을 베어 버리거나 밟으며 나아갈 수 있다. 그리하여 우리는 그 심연의 언저리에서 춤을 추거나, 그 속으로 소리를 질러 보거나, 깊이를 가늠해 보거나, 돌을 던져 넣거나 할 수 있는 것이다. 여전히 그 속에 직접 뛰어들지는 않고서 말이다. 우리 눈앞에 모습을 드러낸 그 세계는 더 이상 우리를 삼켜 버릴 수 없다. 비로소 우리는 그들과 두려움 없이 공존할 수 있게 된다.

술을 끊은 지 오래된 친구가 어느 날 내게 말했다.

"내가 아직 술을 마시던 시절에, 나는 진지한 괴물이었어. 그런데 술을 끊은 후에는, 그냥 괴물이 되었지."

그는 자신의 괴물에 대해 들려주었다. 그의 말은 양념을 좀 더 치지 않는다면 내 것과 비슷하게 들렸다. 사람들이 자신의 괴물에 약간의 조명을 비출 때, 우리는 그 괴물이 자신의 괴물과 얼마나 비슷한지를 깨닫게 된다. 비밀스럽고 어둡고 모호한 존재. 이러한 괴물들이 막연하게만 존재감을 내비칠 때 우리는 그것이 매우 무시무시한 것일지 모른다는 두려움을 품는다. 그러나 사람들이 자신의 괴물을 약간이나마 바깥에 꺼내 놓으면, 그제야 우리 모두 똑같은 것을 지니고 있었고 똑같은 생각을 하고 있었음이 밝혀진다. 이것은 우리의 운명이자 인간의 조건이라 할 수 있다. 드러내는 행위에 따라오는 것은 낙인이 아니다. 그보다는 서로의 이야기를 나누게 될 것이다.

우리는 드러나지 않은 것을 드러내기 위해 쓴다. 만약 성 안에 출입이 금지된 문이 하나 있다면, 당신은 악착같이 그 문을 열고 들어가야 한다. 그러지 않으면, 이미 살고 있는 방에서 그저 가구들의 배치만 이리저리 옮겨 놓으며 살 것이다. 대부분의 인간은 닫힌 문 하나는 계속 닫아 놓고 지내려 한다. 그러나 작가의 의무는 그 문 뒤에 무엇이 놓여 있는지를 살펴보고, 그 음침하고 발설할 수 없는 것을 대면한 다음, 그 말로 표현할 수 없는 것을 언어로 표현하는 것이다. 그것도 그냥 단순한 말이 아니라, 가능한 한 리듬과 블루스를 섞어서 말이다.

자기만의 진실한 목소리를 발견하지 않고는 결코 이 일을 할 수 없다. 부모가 어깨 너머에서 모든 것을 대신 말해 준다면, 당신은 결코 당신만의 진실한 목소리를 발견할 수 없을 것이고, 닫힌 문 뒤쪽을 응시하여 진실하고 선명하게 그것을 우리에게 전할 수도 없다. 부모는 아마도 처음에 당신에게 그 문을 열지 말라고 금지했던 사람들일 것이다. 부모가 등 뒤에 서 있는지 아닌지는 쉽게 알 수 있다. 왜냐하면 작은 목소리가 이렇게 속삭일 것이기 때문이다. "앗 저런, 그건 말하면 안 되지. 그건 비밀이라고." "그건 나쁜 말이야." "네가 자위를 했다는 말은 아무한테도 해선 안 돼. 다들 그 짓을 하기 시작할 테니까." 그 목소리들을 떨쳐 버리기 위해서는 심호흡을 하거나 기도를 하거나 정신과 치료를 받아야 한다. 당신 부모가 죽은 것처럼 글을 써라. (뒤에서 우리는 명예 훼손에 대해서도 토론할 것이다.)

"그런데, 왜 그래야 하죠?"

학생들이 나를 뚫어져라 쳐다보며 묻는다.

"왜 우리가 그런 문들을 모조리 다 열어야 하죠? 왜 꼭 우리 자신의 목소리로만 진실을 말해야 하는 거죠?"

그러면 나는 잠시 동안 그들을 응시한다.

"그게 우리 본성이기 때문이라고 생각하니까요."

또한 나는 당신의 캐릭터들 대부분이, 아이들이 그렇듯이, 진실이 밝혀지고 나면 틀림없이 선량한 사람으로 보일 것이라 믿는다. 진실은 모습을 드러내고 싶어 한다. 인정받지 못한 진실은 당신의 에너지를 고갈시키고, 당신과 당신의 캐릭터 모두를 불편하게 구속하거나 기만한다. 그러나 닫힌 벽장문을 열어젖히고 그 속에 있는 것을 밖으로 끄집어내면, 당신은 해방감과 기쁨을 동시에 맛볼 수 있다. 위경(僞經)으로 간주되는 그노시스파의 복음서인 도마 복음을 인정한다면, 거기 나오는 다음과 같은 예수님의 말을 참고할 수 있다.

"내면에 있는 것을 꺼내 놓는다면, 당신이 내놓은 것이 당신을 구원할 것이다. 만약 내면의 것을 꺼내 놓지 않는다면, 갇혀 있는 그것이 당신을 파멸시킬 수 있다."

당신이 경험한 진실은 오로지 당신의 고유한 목소리만이 담아낼 수 있다. 만약 그것이 다른 누군가의 목소리로 포장된다면, 우리 독자들은 의심스러워할 것이다. 마치 당신이 다른 누군가의 옷을 입고 있는 게 아닌가 하고. 당신은 결코 다른 사람이 지닌 거대하고 어두운 장소에 대해서 완벽하게 묘사할 수 없다. 당신은 오로지 자신의 것만을 완벽하게 표현할 수 있다. 가끔씩 다른 누군가의 스타일을 빌려 입는 것이 매우 편안하고 따뜻하고 예쁘고 밝아 보여서, 그것이 마음의 긴장을 풀어주고 당신을 언어와 리듬과 기교의 기쁨 속으로 이끌어 줄 수 있다. 그러나 당신이 말하는 것은 직접적인 경험에서 도출된 것이 아니기 때문에 추상적인 관념에 그칠 것이다. 당신이 경험한 진실을 다른 누군가의 목소리나 언어로 담아내려 할 때, 당신이 직접 본 것과 아는 것에서 당신은 스스로 한 걸음 멀어지는 셈이 된다.

진실이나 현실, 아니면 당신이 그것을 무엇으로 부르든지 간에, 그것은 인생의 초석임에 틀림없다. 우리 교회에 다니는 백 세가량 된 흑인 노인 한 분이 지난 일요일 이렇게 외쳤다.

"당신의 집에 하느님이 계신다."

나는 그 생각에 동의하는데, 나 자신을 포함하여 내가 만들어 낸 모든 재미있는 캐릭터들은 그들의 중심에 다름과 향수의 감각을 품고 있었기 때문이다. 그리고 누군가가 마침내 그들을 막고 있던 문을 활짝 여는 것을 보는 일은 정말 멋지다. 비로소 드러난 것은 사람들의 비열한 본능이 아니라 인간애이다. 진실 또는 현실이 우리의 근원이라는 것이 밝혀진다.

두 가지 극단적인 경우를 살펴보자. 어쩌면 당신은 사뮈엘 베케트의 작품에서 진실을 발견할 수도 있을 것이다. 그의 작품에 따르면 우리는 모두 매우 고독한데, 이 고독이라는 놈은 전적으로 두렵고, 고통을 주는 존재이며, 더러운 발 냄새같이 고약하다. 당신이 가장 절실하게 바라는 것은 당신이 실패했을 때 정기적으로 누군가가 손을 내밀어 당겨 올려 주거나, 덮고 잘 헝겊조각 또는 작은 격려의 말이라도 건네 주는 것이다. 베케트의 작품에서 구원은 너무나 드물다.『고도를 기다리며』의 2막에서, 말라죽어가는 나무의 잔가지는 이파리 하나를 싹 틔운다. 겨우 한 장의 잎을 말이다. 결코 많다고 할 수 없다. 그런데도 베케트는 자살을 시도하지는 않았다. 그는 자살하는 대신 글을 썼다.

어쩌면 당신이 이해한바 진실은 180도 반대편에 있는 건지도 모른다. 하느님은 어디든 존재하고, 우리는 모두 우리가 살도록 예정된 곳에 존재하며, 언젠가 더 많은 진실이 드러날 터이다. 어쩌면 당신은 워즈워스가 옳았다고 느낄지도 모른다. 루미나 스티븐 미첼의 말이 맞다고 생각할 수도 있다. 스티븐 미첼은 욥기에 관해 다루면서 이렇게 썼다.

> 육신은 한 줌 먼지에 지나지 않고, 인간의 드라마도 뜬구름일 뿐이다. 그것은 마치 우리가 우리의 감각으로 지각하는 세상, 저토록 온통 훌륭하고 멋진 것으로 가득 찬 세상이 실은 얇디얇은 비누거품 위에 비친 환상이며, 그 밖의 모든 것은 그 안팎을 비추는 단순한 빛줄기에 지나지 않은 것과 같다. 고통도 기쁨도 둘 다 단순한 그림자와 같고, 죽음은 한 점

에 불과하다.

　어느 쪽이든, 당신이 행복하게 미소 지으며 들판에 앉아 있기만 해서는, 당신의 분노와 피해와 슬픔을 회피한 채로는, 이러한 진실을 하나도 얻을 수 없다. 당신의 분노와 피해와 슬픔이 바로 진실에 이르는 길이다. 출입을 금지당했던 방과 벽장과 숲과 심연 속으로 들어가지 않는다면, 표현할 만한 진실을 그다지 많이 얻을 수 없다. 그 속으로 들어가 한참 동안 그곳을 살펴볼 때, 단지 심호흡만 하다가 마침내 그것을 받아들일 때, 바로 그때 자신의 고유한 목소리로 말할 수 있게 되고, 현재의 순간에 머무를 수 있다. 바로 그 순간 당신은 당신의 본향에 돌아온 것이다.

주고 또
주는 사람이 되는 법

애니 딜러드는 당신이 가진 최고의 소재들을 다음 작품을 위해 남겨 두지 말고 매일매일의 작업에 모두 쏟아부어야 한다고 말했다. 당신이 공짜로 베풀 때, 언제나 그 이상을 보상받을 것이다. 이것은 인간의 본성에 심히 역행하거나 적어도 나의 본성에 위배되는 과격한 제안이라서 나는 개인적으로 그 속에서 어떻게든 조그마한 개구멍이라도 찾아보려 애쓴다. 그러나 내가 충만한 존재감을 느끼고, 키보드 앞에 앉은 그리스인 조르바처럼 되는 것은, 오직 내가 계속 글을 쓰고 매일 나의 문학적이고 창조적인 재능을 다발로 쏟아 놓기로 결심할 때뿐이다. 그러지 않으면 나는 식량을 저장하면서도 계속 모자랄까 봐 걱정하면서 도토리를 숨기는 데 여념이 없는 작고 예민한 다람쥐가 된 기분이다. 내 손에 관절염이 생기고, 내 마음속에서 사물의 모양을 형성하던 손에도 관절염이 생기고, 나의 무의식이라는 지하 공간에 살면서 넝마 가방에서 자기가 가장 좋아하는 헝겊조각들을 모조리 꺼내 뭔가를 만들고 싶어 하던 녀석의 손에도 관절염이 자리 잡는다.

당신은 주고, 주어도 또 주어야 할 것이고, 그러지 않으면 글을 쓰고 있을 이유가 없어진다. 당신의 내면 가장 깊은 곳에 자리한 진실도 꺼내 주어야 하고, 그렇게 주는 일을 계속해야 할 것이며, 주는 행위가 그 자체로 보상이 되어야 할 것이다. 당신의 작품을 출간하는 일은 전혀 중요하지 않지만, 주는 사람이 되는 법을 배우는 것은 중요하다.

당신이 가진 모든 것을 당신의 캐릭터와 독자들에게 나눠 주고 있을 때면, 종종 당신의 작품이 세 살짜리 아이 같고 당신이 그 아이를 혼자 기르는 싱글맘이 된 것 같은 기분에 사로잡힐 것이다. 그 아이는 멋지다가, 괴팍하다가, 끔찍하다가, 발광하다가 (정신병자처럼), 혼을 빼놓을 만큼 매력적으로 굴기를 차례로 반복할 것이다. 걸음마 하는 아이들은 당신이 그들만의 코란에 적힌 몇 가지 기본 계율을 위반했다는 이유로 당신을 이교도처럼 죽이려 드는 존재 같다. 또 어떤 때는 임종의 침상에 누운 존경스러운 조부모같이 당신에게 손을 내밀고 당신을 어루만질 것이다. 손가락으로 당신의 얼굴을 기억해 내려는 듯이. 샘이 세 살 반쯤 되었을 무렵, 어느 날 밤 우리는 함께 침대에 누워 있었고 샘은 나의 볼을 부드럽게 어루만졌다. 마치 나의 두 볼이 햇볕에 타기라도 한 듯이.

"이 작은 얼굴, 너무 사랑스러워."

샘이 그렇게 말하는 순간, 나는 곧 아이가 내 볼을 꼬집으며 이렇게 외칠까 봐 두려웠다.

"속았지롱! 예쁜 건 내 얼굴이지!"

그다음 날 샘은 나를 마치 자신의 플레이보이 클럽에 근무하는 바니걸처럼 다루었고, 30분 전에 자기 술을 다 마셔 버린 사람처럼 굴었다.

당신이 언제나 한없이 주어야 하는 존재들은 당신의 아이들만이 아니다. 당신의 일, 당신의 책도 그것을 요구한다. 당신은 당신의 작품이 존재하도록 도왔고, 이제 매일 그것을 먹이고, 잘 지내도록 돌보고, 조언을 해주고, 당신을 무시할 때조차 사랑해 줘야 한다.

성장하는 과정에 있는 당신의 세 살 난 아이와 당신의 일은 당신에게 나눠 주는 법을 가르친다. 그들은 당신이 자신만을 위하는 일로부터 벗어나서 다른 누군가를 위한 사람이 되는 법을 가르친다. 이것은 어쩌면 행복으로 가는 비밀 열쇠일 것이다. 그러므로 이것은 우리가 글을 쓰는 이유이기도 하다. 당신의 아이와 당신의 작품은 당신을 인질처럼 붙잡아 놓고, 당신의 진액을 다 뽑아 먹고, 당신의 잠을 방해하고, 당신의 머릿속을 어지럽히고, 당신을 먼지처럼 취급한다. 그런 다음에야 그들이 당신에게, 당신이 언제나 찾아 헤매던 황금 덩어리를 주었다는 것을 발견하게 된다.

두 가지 요소가 나에게 베푸는 마음을 갖게 한다. 한 가지는 거의 모든 사람을 내가 응급실에서 마주친 환자들처럼(나 역시 환자로서) 생각하게 된 점이다. 나는 수많은 갈라진 상처들과 멍한 표정들을 본다. 혹은 매리언 무어가 말했듯이, "세상은 거대한 고아원"이라고 보는 것이다. 이건 정말 대단한 진실인 것 같다. 그러나 우리는 글을 씀으로써 너무나 많은 위로를 받을 수 있다. 당신이 책을 펴서 한 줄을 읽고는 "맞아!"라고 외친 적이 얼마나 많았는지를 생각해 보라. 그리고 나 역시 다른 사람들에게 내가 외롭지 않고, 언제나 다른 사람들과 연결되어 있다는 느낌을 전해 주고 싶다.

다른 한 가지는 나에게 멋진 책들을 써준 작가들을 생각하는 것이다. 그러면 나는 그들에게 책을 써서 돌려주고 싶어진다. 그들이 우리에게 준 선물은 바로 그들의 인생에서 나온 것이다. 우리는 그들의 책을 읽고 감동하여 주변 사람들과 그 내용을 나눈다. 책 읽기가 다른 무엇보다 당신의 영혼을 더 풍성하게 하지 않았더라면 당신은 굳이 작가가 되려 하지 않았을 것이다. 그러므로 V. S. 나이폴이나 마거릿 애트우드나 웬델 베리 혹은 어느 누구든, 당신에게 가장 창작의 욕구를 불어넣었고 당신이 가장 즐겨 읽은 작가들에게 책을 써서 돌려주라. 할 수 있는 한 최대한 많이 써서 돌려주는 것이다. 그것은 인류가 알고 있는 감정 중에서 가장 위대한 감정일 것이다. 주빈이 되어 접대하는 기쁨, 사람들을 불러서 먹고 마시고 어울리도록 하는 사람이 되는 기분. 이것이야말로 작가가 제공해야 하는 것이다.

*　*　*

헌신에 관해 내가 알고 있는 최고로 진실한 이야기는, 우드에이커에서 스피릿 록 명상 센터를 운영하는 잭 콘필드가 들려준 것이다. 여덟 살 난 소년의 어린 여동생이 백혈병으로 투병하고 있었다. 소년은 여동생이 수혈하지 않으면 죽을 거라는 말을 들었다. 그의 부모는 소년의 피가 아마도 여동생의 피와 잘 맞을 거라고, 만약 그게 확인된다면 소년이 동생에게 헌혈할 수 있을 거라고 설명해 주었다. 그들은 소년에게 혈액 테스트를 받을 수 있겠냐고 물어보고, 소년은 허락한다. 소년의 혈액은 예상대로 여동생의 혈액과 잘 맞았다. 부모는 소년에게 0.5리터 분량의 혈액을 여동생에게 헌혈하겠냐고 물어보고, 그것이 여동생이 살아날 수 있는 유일한 방법일 거라는 말도 덧붙였다. 소년은 거기에 대해 하룻밤만 생각해 보겠다고 말한다.

다음 날 소년은 부모에게로 가서 자기가 기꺼이 피를 주겠노라고 말한다. 부모는 소년을 병원으로 데려갔고, 그는 여섯 살 난 여동생 옆의 침대에 누워 나란히 헌혈실로 실려 간다. 남매는 둘다 팔에 주사기를 연결한다. 간호사가 소년에게서 0.5리터의 혈액을 뽑아내서, 소녀의 몸에 수혈한다. 자기 몸에서 나온 피가 여동생에게 공급되는 동안 소년은 침대에 누운 채 침묵을 지킨다. 잠시 후 의사가 와서 소년의 상태를 진찰할 때까지. 그때 소년이 눈을 뜨고 묻는다.

"저는 이제 언제부터 죽기 시작할까요?"

작가가 되려면 당신은 간혹 이 정도로 천진난만해져야 한다. 글쓰기는 고도의 세련미와 천진난만함의 결합이 필요하다. 그것은 정의가 아름답다는 믿음과 양심을 요구한다. 위대한 작품이 되기 위해서, 예술은 어딘가 지향점이 있어야 한다. 그러므로 당신이 더 이상 순진한 양심에 익숙하지 않다면, 당신이 작가가 될 이유를 찾기는 어려워 보인다. 내 친한 친구들은 거의 다 인격 장애가 있지만, 나는 그들의 내면에 천진난만함이 존재한다는 것을 알고 있다. 그들의 얼굴과 그들이 순간순간 내리는 결정을 보면 알 수 있다. 나는 이러한 자질이 아직도 당신의 내부에 있고, 당신이 이 잠자고 있는 영웅적 자질을 얼마든지 발휘할 수 있는 사람이라고 거의 백 퍼센트 장담할 수 있다.

이처럼 세련된 천진난만함은 선물과도 같다. 그것을 포기하는 것은 당신의 선택이다. 우리는 견고하고 방어적인 정신세계에 둘러싸이는 대신에, 한 인간으로서 세상에 대해 개방적인 사람이 될 수 있다. 당신은 주고 또 주는 것으로써 당신의 독자들이 더 용감해지고, 이전보다 더 좋은 사람이 되고, 다시 세상에 대해 열린 사람이 되도록 도울 수 있다. 그러기 위해서 반드시 낙관주의자가 될 필요는 없다. 나의 성직자 친구 랜킨은 자신을 명랑한 염세주의자라 표현한다. 이런 태도가 그를 황량함에서 구출해 내는데, 그러지 않으면 그 황량함이 그의 정신을 마치 자궁 속 태아처럼 웅크리게 만들었을 것이다.

그러고 보면 이러한 자폐성은 당신의 캐릭터 중 하나가 클라이맥스 근처에서 취하기에 안성맞춤인 자세이다. 그것에서 벗어나는 것이야말로 소설의 훌륭한 주제가 될 수 있기 때문이다. 현실의 삶에서는 실제로 감정을 조절하기 위해 태아처럼 몸을 웅크리고 있지는 않는다. 대부분은 다른 사람과의 관계에 질질 끌려가거나 일 중독자나 마약 중독자가 되거나 술이나 음식에 탐닉한다. 그렇게 해도 유사한 자기 폐쇄 효과를 얻을 수 있다.

당신은 아마도 당신의 캐릭터가 이러한 무기력증을 타파할 정도로 충분히 상태가 좋지 않거나, 적어도 아직은 준비가 되지 않았다고 여길지 모르겠다. 하느님께 맹세코, 처벌을 받거나 인사불성 상태에 빠지는 편이 정신을 차리고 깨어 있는 일에 비해 엄청나게 더 편하고 익숙하다. 오래전에 들은 재미있는 이야기가 생각난다. 한 여자가 동물원에 가서 고릴라의 아름다움과 힘에 완전히 홀려 버렸다. 사랑에 빠진 그녀는 그 고릴라에게서 눈을 뗄 수가 없었다. 고릴라는 우리 창살에 기댄 채 잠들어 있었고, 비록 표지판에는 그러지 말라고 되어 있지만, 그녀는 고릴라를 쓰다듬기 위해 손을 안으로 집어넣었다. 그 즉시 잠에서 깬 고릴라가 미쳐 날뛰기 시작했고, 창살을 찢고 나와 그녀를 발톱으로 마구 할퀴고 상처를 냈다. 그녀는 거의 죽기 직전이다. 동물원 직원이 달려와 가까스로 마취 총을 쏘아서 고릴라를 쓰러뜨렸다. 여자는 당장 집중치료실로 이송되어 간신히 목숨을 건졌다. 여자는 천천히 혼수상태에서 깨어났다. 나흘 후 드디어 방문

객을 맞을 수 있을 정도까지 회복되었을 때 가장 친한 친구가 문병을 왔다. 여자는 거의 눈을 뜨지도 못한다.

"세상에, 너 엄청나게 고통스러워 보인다."

친구가 말하자, 여자가 한숨을 내쉬었다.

"고통이라고……."

여자가 말했다.

"넌 고통이라는 게 뭔지 몰라. 그(고릴라)는 전화도 하지 않고, 편지도 없어."

이것은 내가 가장 좋아하는 이야기 중 하나이다. 이야기에 등장하는 캐릭터가 나와 너무나 비슷하기 때문이다. 그녀는 아마도 당신이 아는 많은 사람과 비슷할 것이다. 그녀는 망상을 타파할 준비가 되어 있지 않거나, 혹은 아마도 더 많은 역경을 겪고 나서야 정신을 차릴지도 모르겠다. 어쩌면 당신이 그 착란 상태를 타파할 수 있는 무엇인가를 그녀에게 줄 수도 있을 것이다. 그러나 당신은 그것을 일단 당신의 내부에서 찾아야 한다. 그런 다음에야 줄 수 있다. 그걸 건네 받은 여자는 정신을 차릴 수 있을 것이다. 그러면 그녀도 다음번에 뭔가 남에게 줄 것이나 들려줄 노래를 갖게 되리라. 그것은 정확히 말해 노래는 아닐 것이다. 다만 짧은 선율, 서사시의 선율, 생존의 선율이리라.

출간 후 오는 것들

　좋다, 이제 출판에 대해 이야기해도 될 시점이다. 정확히 말해 출판의 신화에 대해 한번 터놓고 말해 보자.

　당신이 책 한 권을 다 썼다고 하자. 혹은 책의 초고나 전체 스토리를 완성했다고 할 때, 이미 출판 에이전트와 계약이 되어 있다면 원고를 당신의 에이전트에게 보낼 것이다. 그렇지 않다면 친구의 에이전트나, 직접 전화번호부나 '문학 출판 시장' 목록에서 발견한 에이전트에게 보낼 것이다. 어디선가 출판사 편집자를 알게 되었다거나, 일전에 당신에게 예의 바른 거절의 편지를 보냈던 편집자를 알고 있다면, 그 편집자에게도 보내고, 친구들 두세 명에게도 보낼 것이다. 앞에서 밝혔듯이, 나는 원고를 우편으로 보낸 직후 제정신이 아닌 상태가 되는 부류이다. 아직 그 우편물이 도착할 수 없는 시간인데도 이미 나는 나를 둘러싼 냉혹하고 게으르고 가학적인 인간쓰레기들에 대해 고통스러워하고 분노한다. 세상에는 나 같지 않은 작가들도 있고, 당신은 어쩌면 그런 부류일지도 모른다. 그냥 지난 원고는 잊고 대범하게 다음 작품을 위한 작업에 들어가는 부류 말이다. 나는 결코 이런 사람에 가까워질 수 없었지만, 그런 사람이 존재한다는 건 안다. 여하튼 당신이 나와 같은 부류라면, 당신은 기다리고 기다리고 또 기다리면서 하루에 열 번도 넘게 우편함을 확인하고, 응답이 없는 매시간 좌절하고, 거절당한 것 같은 기분에 시달릴 것이다. 마침내 운이 좋다면, 일주일 후쯤 에이전트의 조수로부터 그 원고가 실제로 잘 도착했다는 소식을 들을 것이다. 그리고 아마도 원고를 받은 친구 중 한 명이 전화를 걸어서 자기가 그 원고를 일부 읽었고, 그 글이 정말로 굉장하니까 전혀 걱정하지 않아도 된다고 말할지도 모른다. 그러나 당신은 계속 걱정하면서 어쨌든 작은 좌절감에 시달리고, 당신의 에이전트나 편집자가 직접 전화해서 원고가 정말로 훌륭하다고 해주기만을 간절히 기다린다. 전화벨이 울릴 때마다 당신은 이렇게 노래한다. "하느님 제발, 그 사람이게 해주세요. '반드시' 그 사람이어야만 해요." 그러나 다른 데서 온 전화이고, 그러면 당신은 죽을 것만 같고, 엄청난 폭식을 하는 당신 친구들이 대부분 얼마나 엉터리에 가식 덩어리인지를 생각하게 된다. 그런 다음 잠시 잠잠해진다. 다시 일상적인 업무를 하게 된다. 약간 회복이 된 상태라고 할 수 있다. 무언가를 읽어 보려고 애쓰지만, 결국 당신이 쓴 원고만 다시 읽게 되고, 그게 얼마나 형편없는지 깨닫고 부끄러움에 사로잡힌다. 당신이 실제로 발작 상태에 빠져들기 시작할 바로 그때,

당신의 친구가 다시 전화를 걸어 와서 자기가 방금 다음 장을 읽었는데, 정말로 자기 손자의 영혼을 걸고 맹세하건대, 당신이 이제껏 쓴 작품 가운데 최고의 작품인 것 같다고 열변을 토한다. 다시 말해, 그는 그 글을 사랑하고, 당신을 사랑한다.

그래서 당신은 다시 괜찮아진다. 끽해야 10분가량.

또 한 주가 지난 후, 당신은 에이전트에게 직접 전화한다. 더는 냉정한 척하고 버틸 수 없기 때문이다. 그러나 에이전트는 당신의 원고를 아직 읽지도 않았다고 한다. 더 중요한 일들로 허우적거리고 있기 때문이다. 그는 직전에 하던 일을 막 끝낸 것처럼 어렴풋이 짜증 섞인 말투로 말하거나, 당신의 편집자에게서 소식을 들었다면서, 그가 당신에게 전화할 것이라고 말한다. 그러면 모든 것이 금방 좋아질 것이다. 잘 지내죠? 에이전트가 묻는다. 별일 없지요? 당신은 그의 얼굴을 할퀴어 주고 싶은 지경이지만 억지로 참는다.

그 순간 문득 당신의 에이전트와 편집자가 한패이며, 화난 것 같던 그 목소리는 실제로 발작적인 웃음을 억지로 참는 소리였음을 직관적으로 알아차린다. 그날 아침 내내 전화로 당신 책의 단락을 하나하나 나눠 읽으면서, 이제까지 읽어 본 중 가장 당황스러운 졸작이라는 것에 동의하고는, 둘이서 마구 씹고 비웃었을 것이다. 어느 지점에서는 너무 거칠게 웃은 나머지 당신의 편집자는 강심제를 조금 먹어야 했고, 당신의 에이전트는 목구멍이 찢어졌을 것이다. 그들은 당신 주인공의 아버지가 죽는 심각한 대목을 서로에게 읽어 주면서 특히 많이 비웃었을 것이다.

(당신이 실제로 이러한 사람들과 계약한 거라면, 당신의 편집자는 그 지점에서 전화를 끊었어야 했다고 본다. 당장 법무팀에 전화를 해서 그들이 당신에게 마지막 선인세를 지불해야 하는지를 논의해야 할 테니까. 혹은 그들이 이미 당신에게 지불한 돈을 돌려받기 위해 소송을 걸 수도 있는지를 문의해야 할 것이다.)

그러나 당신이 할 수 있는 일이라곤 기다리고 또 기다리고 끝까지 기다리는 것이다. 마침내 당신의 에이전트나 편집자가 전화를 걸어서 그 책이 굉장하며 봄이나 가을이나 다른 언제쯤에 출판될 것이라고 말할 때까지. 그 책은 언젠가 출판되긴 할 것이다. 그러면 다시 몇 달간은 행복하게 지낼 수 있다. 글을 수정하고, 편집하고, 교정본으로 다시 작업하고, 모든 단계를 좋아하고 용기를 내면서. 그리하여 도착한 교정쇄는 완전히 기적과도 같은 힘을 발한다. 당신의 글이 타이핑된 책의 형태로 당신에게 도착한 것이다. 마치 진짜 책이 출간된 것만 같은 기분이다.

작가가 아닌 많은 사람들은, 출판이 작가의 인생에서 경천동지할 정도로 기쁜 사건일 거라고 생각한다. 그리고 그것이 내 학생들의 눈앞에서 대롱거리는 거대하고 반짝이는 당근임에는 틀림없다. 그들은 무언가를 출판하기만 하면, 인생이 그 즉시 극적으로 좋아질 거라고 믿는다. 자부심은 빵빵하게 부풀어 오를 것이고, 자신에 대한 모든 의심은 오타를 지우듯 삭제될 것이다. 실망과 거절과 불신에 관한 단락이나 원고들은 깡그리 지워지고,

대신 그 자리는 평온하고 다정한 자존감과 소속감으로 채워진다. 이제 그들의 세상은 광채로 휩싸일 것이다.

그러나 이런 일은 정확히 말해 절대로 일어나지 않는다. 적어도 나에게는 절대 가능할 것 같지 않은 일이다.

내게 있어 출판은 임신의 마지막 몇 주 동안 겪는 고통과 더 비슷하다. 자신의 모습이 기괴해 보이는가 하면 지나친 호르몬 분비로 기분이 들쭉날쭉하고, 발목은 두껍게 부풀고, 야채 요리 냄새에도 구역질이 난다. 그리고 7학년 첫 체육 시간으로 돌아간 기분을 느낀다. 학교에서는 체육복을 나눠 주기 전에 체격별로 아이들을 줄 세우는데, 당신은 E.T 체형에 키가 1미터 20센티미터밖에 되지 않거나, 다이앤 아버스의 사진에 등장하는 유대계 거인이 된 것처럼 느끼거나 둘 중 하나다.

어쨌든 그 과정은 충분히 잘 넘겼다고 치자. 정식 출간을 하기 몇 달 전 어느 날, 당신은 한 묶음의 교정쇄를 받게 된다. 말하자면 이것은, 당신의 원고가 인쇄된 종이책 형태의 가제본이다. 나는 항상 이 지점에서 극도의 안도감을 느끼는데, 왜냐하면 출판사가 이제 출판을 취소하기에는 너무 많이 와버린 것처럼 보이기 때문이다. 이 교정쇄는 수백 개 신문과 평론지에 뿌려진다. 따라서 출판사가 이미 교정쇄 제작과 우편요금에 너무 많은 돈을 까먹었으므로, 계속 출판을 진행해서 실제로 그 빌어먹을 원고를 출판할 수밖에 없을 거라고 믿게 된다.

교정쇄를 처음 독파할 때 당신은 천국에 온 느낌이다. 두 번째 읽고 나면, 눈에 들어오는 거라곤 온통 아무도 알아챌 수 없는 오자들이다. 그것은 식자공이 술에 잔뜩 취한 상태에서 동상에 걸린 발로 타이핑한 것같이 보인다. 대부분 그 오자들은 아주 중요한 부분들에 등장해서 당신을 무식한 작가로 보이게 만든다. 혹은 당신을 무식한 인종주의자로 보이게 만든다. 세 번이나 네 번가량 읽을 무렵, 당신은 그 책 전체에서 신선하거나 통찰력이 반짝인다거나 인용할 만한 구절이라곤 하나도 없다는 것을 깨닫는다. 다섯 번째 읽을 무렵, 당신은 이 책을 출간하는 것이 당신에게 그다지 이롭지 않다고 확신하게 된다.

오래지 않아, 당신 책에 대한 서평들이 실린다. 『퍼블리셔스 위클리』와 『커커스 리뷰』 같은 잡지에. 간혹 그 잡지들은 당신 어머니가 잡지사로 편지를 보냈나 싶게 호의적으로 들리는 평을 싣는다. 다른 잡지에서는 당신이 뽐내기 좋아하는 얼빠진 백수라고 주장하며, 차라리 당신이 죽어 버려서 당신 작품을 더는 읽지 않아도 되기를 바란다. 내가 받은 출간 전 서평 가운데 나를 '쓰레기나 나열하는 너저분한 작가'라고 말하는 것도 있었다. 어쩌면 그들이 꼭 이렇게 말한 것은 아니라 할지라도, 행간의 의미를 해석하자면 그랬고, 나는 그들이 무엇을 암시하는지 알 수 있었다. 당신은 그것을 이겨 내야 한다. 당신은 어쩌면 여전히 술을 마실 것이고, 그래서 단지 이런 비평에 무뎌지기 위해 마티니를 한 주전자나 마실 것이다. 당신이 이미 술을 끊었다면, 기름진 페이스트리와 멕시코 음식을 잔뜩 먹어서 몸무게를 불릴 것이다. 여하튼 당신은 얼마간 시간을 보낼 것이고, 그런 다음 진짜 출간 날짜와 직면할 것이다.

출간일에 관해서는 다소 신화적인 기대가 있다. 당신은 실제로 이 특별한 날 아침에 전화벨 소리에 잠이 깰 거라 기대한다. 출판사 편집자가 흥분한 목소리로 전화를 걸어서는 그들이 당신의 작고 누추한 집을 소란스럽게 하기 위해 미 해군 비행 시범팀을 고용했다고 말하는 것이다. (그 누추한 집은 책 판매량이 본격적으로 상승세를 타기 시작하면 가차 없이 버리고 떠날 예정이다.) 아니면 적어도 꽃을 보내는 성의는 잊지 않을 것이다.

내 친구 카펜터와 내가 똑같은 날 신간을 출간했던 어느 해가 기억난다. 우리는 그해 여름 내내 출판에 관해 이야기했다. 우리는 서로 겸손한 기대를 하는 척했다. 나는 그의 책에 대해 꽤 대단한 기대를 하고 있었고, 그는 나의 책에 대해 그러했다. 출간 전 일주일간 우리는 거의 매일 아침마다 얼마나 흥분했는지, 얼마나 오랫동안 그날을 기다려 왔는지, 이런 기다림이 크리스마스이브를 기다리는 어린아이의 심정과 얼마나 비슷한지 수다를 떨었다. 마침내 결전의 날이 도래했고, 나는 곧 도착할 모든 관심과 칭찬 때문에 미리 행복하고 어리둥절한 심정으로 잠에서 깼다. 나는 커피를 내리고, 공연히 이 일 저 일 안 하던 일을 시도하다가, 패미와 다른 몇몇 친구에게 친히 전화를 걸어 축하 인사를 받았다. 그런 다음 전화벨이 울리기만을 기다렸다. 전화기는 제임무를 알지 못하고 있었다. 코감기로 죽은 환자처럼 잠잠했다.

정오가 될 때까지 아무 소리도 내지 않는 전화기가 나의 신경을 몹시 긁기 시작했다. 다행스러운 일이라면, 정오 무렵 그날의 첫 번째 맥주를 마실 수 있었다는 점이다. 나는 전화기 옆에 충성스러운 개처럼 앉아 벨이 울리기만을 기다렸다. 마침내, 드디어 네 시경 전화기가 울렸다. 나는 전화기를 들었고, 카펜터가 히스테리 발작하듯이 웃는 소리를 들었다. 마치 연쇄살인범처럼. 곧이어 '나 역시' 발작적으로 웃었고, 마침내 우리 둘 다 진정했다.

카펜터는 나에게 꽃다발을 보냈고, 그가 그렇게 한 것을 알기도 전에, 나 역시 그에게 꽃다발을 보냈다. 그가 보낸 꽃다발은 장미와 아이리스가 너무나 아름다웠다.

이것이 실제 벌어지는 일들이다. 장미와 아이리스 부분을 제외하면 말이다. 단언컨대 당신이 마음에 품은 것이 명성과 부라면, 출판은 당신을 미치게 만들 것이다. 당신이 운이 좋다면 약간의 서평 기사를 얻을 텐데, 어떤 것은 좋고 어떤 것은 나쁘고 어떤 것은 무관심한 평일 것이다. 서평이고 뭐고 없이, 마구잡이로 무시당하는 일에 대해서는 아예 말도 꺼내지 말자. 저자 사인 파티가 몇 번 있을 것이고, 어쩌면 낭독회를 할지도 모른다. 그러나 당신의 출판사 직원이 11킬로그램짜리 물렁한 브리치즈를 들고 오는 바람에, 그곳에 나타나려 했던 단 한 명의 독자마저(열두 살 때부터 거리에서 먹고 살던 무전걸식자) 떠나 버릴 것이다. 그가 브리치즈를 싫어하기 때문이다. 당신과 서점 직원들은 이것에 대해 수많은 유쾌한 농담을 만들어 낼 것이다. 당신은 다섯 명의 서점 직원들에게 책을 낭독해 줄 것이고, 그들은 엄청난 열광으로 답할 것이다. 어쩌면 두어 건의 인터뷰를 해야 할 것이고, 아마도 그 연장선상 어딘가에서, 당신이 생각하기에 상황이 어느 정도 안정적이다 싶을 바로 그때, 정말로 절망스러운 평이 처음으로 등장할 것이다. 그 서평은 당신의 책이 개똥 같다고 말할 것이다. 이러한 서평이 지역 언론에 실렸을 때, 그 내용이 특히나 웃기기까지 해서 당신의 모든 친척들도 다 그것을 읽게 된다. 당신은 그날 아침 수십만 명의 사람들이 커피를 마시면서 그 서평을 정독하고, 그것을 서로에게 큰 소리로 읽어 주고, 그 작성자가 얼마나 영리한지 감탄하며 키득거릴 장면을 그려 볼 수 있을 뿐이다. 그러면 당신은 소리를 지르고 울부짖는다. 그런 다음 당신의 작가 친구들에게 전화를 걸어서 동정을 구할 것이다. 그들은 진심으로 당신의 아픔에 공감하면서 함께 분노해 주기도 한다. 그들은 당신이 상처 입은 동물이나 성난 황소 같은 기분이라는 것을 알고 시의적절한 말을 해줄 것이다. 즉, 그들은 당신을 사랑하고 누구보다 당신의 책을 사랑한다고. 그리고 그런 일을 그들도 당했노라고 말하면서 위로한다. 작가에게 그런 일은 얼마든지 일어날 수 있다. 이것이야말로 출판의 진실이다. 그런 일은 나에게도 일어났고, 당신의 책이 출간된다면, 거의 틀림없이 당신에게도 일어난다.

그러나 출판을 했다는 건 당신이 당신의 글을 제대로 썼다는 인정을 사회로부터 받는 것을 의미한다. 당신은 이제 결코 잃어

버릴 수 없는 사회적인 지위를 얻게 된다. 일단 책을 출간한 작가가 되면, 당신은 글을 써서 먹고살게 될 뿐만 아니라, 자기가 가장 좋아하는 일을 하며 먹고사는 희귀한 신분에 소속되는 것이다. 그것을 깨닫는 순간 당신은 잔잔한 기쁨을 느낀다.

그러나 결국 당신은 다른 모든 작가와 마찬가지로 다시 자리에 앉아 빈 페이지를 마주해야 한다.

두 번째나 세 번째 책을 시작할 때 당신은 더 많은 영감과 자신감으로 가득 차 있다. 당신이 이미 책 한두 권을 출간한 경험이 있기 때문이다. 그리고 이제 다시 한번 실력을 증명해야 하기에 두려움도 적지 않다. 사람들은 아마도 당신이 일시적인 성공을 거두었을 뿐이고, 그것이 모두 초심자의 행운이었다는 것을 알게 될지도 모른다. 이제 내가 알고 있는 것은 당신이 그 모든 두려움을 오로지 오랫동안 열심히 쓰면서 견뎌 내야 한다는 것뿐이다. 그리고 너무 자주 글쓰기를 멈추고 자화자찬하거나 당신의 출판 경력을 비춰 보지 말아야 한다. 당신이 계속해서 글을 쓰다 보면, 언젠가 정말로 글 쓰는 일 자체에 홀딱 빠져 쓰고 있는 자신을 발견할 것이다. 그때가 되어서야 글 쓰는 일의 진정한 보상은 바로 글쓰기 그 자체라는 것을 깨닫게 될 것이다. 당신이 작품을 완성한 날이 당신의 생일보다 더 기쁠 것이고, 글을 쓰는 전 과정에서 기울인 헌신이야말로 가장 소중한 선물이라는 점을 이해하게 될 것이다.

"도대체 언제쯤 출판의 즐거움에 관해서 들려줄 거죠?"

뒷줄에 있는 사람들이 투덜거린다. 이미 말하지 않았던가? 나는 틀림없이 책상에 앉아 글 쓰면서 보내는 시간이야말로 내가 상상할 수 있는 한 가장 멋진 시간이라는 것을 언급했는데 말이다. 그러나 나에게 있어 즐거움이란 아들 샘과 교회와 친구와 가족이다. 그리고 그것은 내가 책상에 앉아 글을 쓰는 시간보다는 바깥에서 활동할 때 훨씬 더 많이 느껴진다. 내 영혼의 일부는 내가 책을 출간하는 일을 좋아한다고 말하는 것에 저항한다. 그것이 꿈을 이루는 일이라고 표현하는 것도 거부한다. 무엇보다도 단순히 그렇게 표현하기에는 출판은 생각보다 훨씬 더 복잡한 일이기 때문이다. 그리고 나는 책을 출간해 보지 못한 작가들이 쌍수를 들고 이렇게 말하는 것을 원하지 않기 때문이다.

"봤지? 알겠지? 결국 출판을 하고 봐야 된다니까. 출판만 한 보상은 없어."

작가가 되는 일이 엄청난 만족을 준다는 것은 사실이다. 자신의 인생을 바쳐 어떤 일을 완성할 수 있는 사람이 된다는 것, 책을 출간하고 인정받는 사람이 된다는 것 말이다. 나는 이 사실을 내 호주머니에 넣고 다니면서, 하루에도 몇 번씩 꺼내서 그것이 여전히 거기 있는지 확인한다. 비록 글 쓰는 시간은 대부분 고통스럽고 절망적이지만, 나는 마음 깊이 비밀스러운 성취감을 품고 산다. 내 마음속 어딘가에 심긴 보석처럼, 그것은 이제 나의 몸속에 조용한 안도감을 여과해 준다. 그러나 당신은 이것을 위해 콧속으로 그 보석을 집어넣는 고통을 감수해야만 한다.

이전에 토크쇼에 출연한 어느 유명한 소설가가 이런 말을 했는데, 작가로 사는 것에 대해 이보다 더 잘 표현할 수는 없는 것 같다.

"당신은 내가 작가가 되기 위해 얼마나 많은 대가를 치렀는지를 알고 싶죠? 좋아요, 제가 말씀드리죠. 저는 수없이 비행기를 타고 여행을 다녔어요. 그러다 보니 평소에 몇몇 대단한 사업가의 옆자리에 앉을 때가 있죠. 그는 얼마간 자기 서류로 업무 처리를 하거나 노트북으로 일을 한 다음, 드디어 내 존재를 알아차리고는 직업이 뭐냐고 묻습니다. 저는 작가라고 대답해요. 그러고 나면 언제나 끔찍한 침묵이 한동안 이어지죠. 잠시 후 그는 간청하다시피 말하지요. '당신이 쓴 것 중에 제가 들어 본 것이 있나요?'라고. 바로 그것이 제가 작가로 살기 위해 치르는 대가이죠."

이와 비슷한 일이 어느 날 샘과 함께 쇼핑몰에 갔을 때 내게도 일어났다. 나는 허브스트 극장에서 열리는 꽤 큰 행사에 참석해 무대에 오를 예정이었다. 막 출간된 내 책이 많은 주목을 받았기 때문이다. 나는 새로운 드레스를 구입하기로 결심했고, 우리 둘은 천진난만하게 가게 안을 돌아다니고 있었다. 그때 가게 주인이 다가와 물었다.

"뭔가 특별한 걸 찾고 계신가 보죠?"

내가 말했다.

"글쎄요, 제가 좀 특별한 행사에 참석해야 하거든요. 그래서 새 드레스가 필요해요."

그녀가 물었다.

"디너파티에 입고 가려고요?"

내가 말했다.

"아뇨, 사실은, 제가 오늘 무대에서 뭔가를 해야 해요."

그녀가 물었다.

"그러면 가수세요?"

뭔가 잘못 흘러간다는 생각이 들기 시작했다. 나의 내부에서 입조심하라는 경고의 목소리가 들려왔고, 자의식을 얼른 가두라는 경고도 이어졌다. 그러나 그런 종류의 관심은 익숙했다. 나는 목을 가다듬은 다음 다리에 꼿꼿이 힘을 주고 말했다.

"아뇨, 저는 작가예요."

그러자 갑자기 그녀가 외쳤다.

"와우, 세상에! 저는 안 '읽어 본' 책이 없어요. 이름이 뭐죠?"

나는 곤경에 처했다. 이미 옴짝달싹 못하게 된 것을 알았지만, 나의 자의식은 넬슨 록펠러 회장처럼 대담해졌다. 마음속에는 두 가지 감정이 혼재했다. 나의 현명한 자아는 내가 중단하기에는 너무 많이 와버렸다는 것을 알았다. 나는 말했다.

"아뇨, 괜찮아요. 당신은 제 이름을 들어 본 적 없을 거예요. 그러면 제가 기분이 나빠질걸요."

그녀는 단호하게 버텼다.

"정말이라니까요. 정말로 저는 모든 책을 다 읽어요."

나의 어리석은 자아는, 내가 꽤 유명하니까 내 이름을 그녀에게 말하면 그녀가 자기 가게에 폴 매카트니라도 방문한 것처럼 흥분할 거라고 믿었다. 나의 보다 현명한 자아는 내가 틀림없이 한 방 먹을 거라는 걸 알았다. 나는 그 지점에서 하느님에게 오직 이렇게 기도하기 시작했다. '제발, 제발 더 이상 내 이름을 말하라고 조르지 않게 해주세요.' 나는 얌전한 체하며 미소를 지었다. 우리가 충분히 즐거운 대화를 나눴으니 이제 나는 샘에게 가는 게 좋겠다는 의미로. 샘은 난폭한 소음을 내면서 드레스 선반들 아래에서 숨바꼭질을 하고 있었다.

"베스, 베스!"

주인이 가게 안쪽을 향해 소리쳤다.

"이리 좀 와봐!"

한 젊은 여성이 관망하는 듯한 표정을 하고서 뒷방에서 걸어 나왔다.

"베스, 나 정말 책 많이 읽지 않아? 이분에게 말씀 좀 해줘!"

가게 주인의 말에 베스가 그렇다고 대답했다.

"정말이에요, 우리 사장님은 안 읽는 책이 없어요."

그러자 가게 주인이 나를 상냥한 표정으로 바라보더니 이렇게 말했다.

"자 이제 제발, 당신 이름이 뭐죠?"

나는 한숨을 쉬고는 곤란한 미소를 내비치며 마침내 말했다.

"앤 라모트요."

나를 쳐다보던 그녀의 얼굴에 갑자기 엄청난 수심이 떠올랐다. 가게는 일순간 매우 조용해졌다. 드레스 선반 아래에 있는 샘을 제외하고 말이다. 가게 주인은 입술을 오므리더니 천천히 고개를 저었다.

"모르겠는데요."

그녀가 미안해하며 말했다.

"아무래도 들어 본 적 없는 것 같아요."

그 상처를 극복하는 데는 자그마치 일주일이 걸렸고, 엄청난 양의 싸구려 초콜릿을 먹어 치워야 했다. 그러나 덕분에 세상이 나에게 장미 꽃잎을 던질 때 그것이 나의 자만심을 흔들고 부추길 테니 각별히 조심해야 함을 기억해 냈다. 갑자기 평범한 바나나 껍질이 발아래에 나타나서는 조심하지 않으면 미끄러질 것이라고 경고하는 것이다. 게다가 몸에 나쁜 정크푸드나 실컷 먹어서야 되겠느냐고.

출판과 정신 건강의 관계에 대해 내가 아는 모든 것은 영화 「쿨러닝」의 한마디 대사에 압축되어 있다. 그 영화는 최초로 올림픽에 참가하는 자메이카 봅슬레이 팀에 대한 이야기이다. 몸무게가 180킬로그램이나 나가는 코치는 20년 전 올림픽에서 금메달을 땄으나, 그 후로 완전히 패배자로 살아왔다. 그의 팀 선수들은 필사적으로 올림픽 메달을 따고 싶어 하는데, 그와 마찬가지로 내 수업을 듣는 학생의 절반가량은 필사적으로 출간을 원한다. 그러나 코치는 그들에게 이런 말을 한다.

"너희가 금메달이 없어서 만족할 수 없다면, 그것을 얻는다 해도 만족할 수 없어."

이 말을 적어서 책상 앞에 붙여 두고 싶지 않은가?

그 바나나 껍질은 내가 승전할 때마다, 혹은 세상이 성공이라 생각하는 것을 내게 선사할 때마다, 어김없이 나타났다. 그것은 야비한 장난꾸러기 같은 하느님이다. 예를 들어 바로 지난주, 나는 샌프란시스코에서 국립 자선 단체를 위해 열리는 저명한 문학 행사에 참여할 예정이었다. 나는 이 행사에 끼기 위해 몇 년을 기다려 왔고, 매해 다른 작가들 여섯 명이 선발되는 것을 지켜봐야 했다. 내가 그것에 관해 관대하려고 얼마나 노력했는지는 하느님만이 아신다. 그 단체의 조직책들이 전국적으로 널리 알려진 일류 작가들을 초대할 필요가 있고, 그렇게 함으로써 최대한 많은 관중을 끌어들여야 한다는 것을 이해했다. 이것은 전적으로 이해할 수 있는 일이었다. 그러나 한 해 한 해 갈수록 그 작가 명단에 선발되지 못할 때마다 점점 더 낙담에 사로잡혔다. 마침내 올해 요청을 받았고, 기쁨은 한량없었다. 물론, 나는 더 이상 멍청하지 않다. 즉, 나는 그것이 나의 자의식을 위해 가장 큰 접시에 담겨 나온 고급 코카인이라는 것을 알아차렸다. 나의 자아를 뒤흔들고 망칠 또 다른 금송아지라는 것을 말이다. 그러나 여전히 나의 유치한 마음은 독수리처럼 날아올랐다.

그리고 그 기쁨은 너무나 잠깐이었다. 아주 사소한 한 가지 문제가 발생했다. 나는 요청을 받은 마지막 작가였고, 그래서 행사가 열리기 3개월 전에 발표되는 첫 번째 언론 보도에 내 이름은 실리지 못했다. 홍보국장은 내가 위원단에 위촉된 후 두 번째 보도문을 보냈다. 그러나 몇 주 전 대대적인 보도가 신문에 실렸을 때, 나의 이름은 여전히 빠져 있었다. 나는 발끈 화가 났다. 왜냐하면 그것은 그 신문에서 가장 중요한 칼럼이었기 때문이다. 그러나 나는 나이도 있고 충분히 강한 사람이므로 이런 종류의 실망은 다룰 수 있어야 했다. 나중에 출판면에 그 행사에 관한 기사가 실렸을 때도 나는 제외되었다. 이번에는 홍보국장이 내게 전화를 걸었는데, 너무나 당혹스러워하고 거듭거듭 사과하는 바람에 나는 간신히 진정이 되었다. 그러고 얼마 후 사회면에 대대적인 언급이 있었는데, 어찌 되었는지 아는가? 거기에서 나는 또 한번 제외되고 말았다. 홍보국장이 다시 전화를 걸어 너무나 난처해해서, 그녀가 그 자리에서 양잿물을 큰 잔으로 들이킬지도 모른다는 생각이 들 정도였다. 나는 갑자기 눈물이 났고, 월경 전처럼 몸이 아팠고, 너무나 기분이 상해서 거의 아무 말도 할 수 없었다. 몇 시간 후, 나는 내가 이 훌륭한 행사에 참가 요청을 받기 전에 만족하지 못했다면, 참가하게 되더라도 만족할 수 없을 거라는 사실을 떠올렸다. 만족감이란 내면에 달려 있었다.

힘들게 이런 결론에 도달한 지 한 시간 후, 나는 깜짝 놀라 입을 딱 벌리고 말았다. 나는 그것이 자선 행사라는 사실을 잊고 있었다! 그것을 일종의 전시 행사로만 보았던 것이다. 그것도 나의 개인적인 홍보를 위한.

이 얼마나 우스운 일이란 말인가. 나는 마침내 미소를 지을 수 있었다. 그리고 일전에 라디오 프로그램에 출연한 램 다스가 유명 인사가 되는 것이 어떤 것인지에 관해 했던 말을 기억해 냈다. 그는, 우리가 대부분 자라면서 어떻게든 훌륭한 사람이 되라는 교육을 받지만, 그것이 생각해 보면 얼마나 무용한 게임이냐고 했다. 왜냐하면 당신이 다른 누군가보다 훨씬 훌륭한 사람이 되는 동안, 더 많은 다른 사람들이 당신보다 훨씬 더 훌륭한 사람이 되어 있을 것이기 때문이다. 그러면 당신은 미쳐 버리고 말 것이다.

출판에 대해 한 가지만 더 말하겠다. 내 책 중에서 누가 봐도 꽤 잘 썼고, 그래서 내게 새 옷을 살 수 있게 해준 책이 출간되었을 때, 나는 오히려 모든 주목과 관심에 대해 돌처럼 굳어지고 실패감과 좌절감에 사로잡혀서는, 무기력증에 빠지지 않기 위해 이틀에 한 번씩 새로운 안정제를 먹어야 했다. 나의 내면은 사람이 거주할 수 없는 땅이 되어 버렸다. 마치 여기저기서 수많은 벨이 울리고 불빛이 번쩍이고 줄줄이 정크푸드 매장이 들어찬 게임 센터를 이리저리 방황하는 듯했다. 그리고 나는 그곳에 너무 오래 있었다. 지쳐 버린 나는 평화와 고요를 원했다. 그러나 동시에 그 시끄러운 장소를 떠나고 싶지도 않았다. 『피노키오』에 나오는 나쁜 소년들 중 하나가 된 것만 같았다. 놀이 나라에 떼 지어 몰려갔다가 귀가 당나귀 귀처럼 자라는 마법에 걸려 버린 소년 말이다. 내 영혼이 병들었으므로 정신적인 충고가 필요하다는 것을 알았고, 또한 이런 충고가 지나치게 복잡해서는 안된다는 것을 알았다. 그래서 나는 아들의 유치원에서 일하는 사제를 만나러 갔다.

그 사제는 열다섯 살가량밖에 되어 보이지 않았다. 우리는 잠시 이야기를 나누었다. 말을 해보니 겉모습만 어려 보일 뿐 속은 그렇지 않다는 것을 알 수 있었다. 나는 정신이 흐트러져 있고, 기분이 오르락내리락하고, 산만하고, 들떠 있고, 허탈감을 느끼고, 패배감을 느끼며, 그 모든 것 속에서 어떤 도달하기 어려운 평온을 찾고자 애쓰고 있다고 말했다.

"세상은 결코 그런 평온을 줄 수 없습니다."

그가 말했다.

"세상은 우리에게 평화를 줄 수 없지요. 우리는 오로지 그것을 우리 마음속에서만 찾을 수 있습니다."

"난 그게 싫어요."

내가 말했다.

"알아요. 하지만 희소식은 똑같은 이유로, 세상이 그것을 빼앗아갈 수도 없다는 것이지요."

마지막 수업에서
들려주고 싶은 이야기

Bird by Bird
: Some Instructions on Writing and Life

마지막 수업 시간이 되어도 학생들에게 말하고 싶은 것은 너무나 많다. 나는 그들에게 한꺼번에 지나치게 많은 것을 상기시키려고 한다. 당신의 유년 시절에 대해 써보라고, 몇 번째인지 모를 정도로 그렇게 수없이 강조한다. 당신의 인생에서 열정적으로 세상에 흥미를 느꼈던 시절에 관해 쓰라고, 당신의 관찰력이 가장 정확했을 때, 사물에 대해 너무나 깊은 감동을 느꼈던 때에 대해 써보라고. 당신의 유년 시절을 탐사하고 이해하는 일은 당신에게 공감하는 능력을 줄 것이고, 그 이해와 공감이 지적이고 통찰력 있고 연민 어린 글을 쓰는 법을 가르칠 것이라고.

　작가가 되는 일은 늘 깨어 있는 정신으로 사는 것이다. 당신이 깨어 있고, 통찰과 단순성과 진실에 대한 진정한 배려를 갖추고 글을 쓸 때, 당신은 독자의 인생을 밝혀 줄 빛을 만들어 낼 수 있다. 독자는 당신이 말하는 것과 당신이 그려 낸 그림에서 자신의 인생과 진실을 알아볼 것이고, 그것은 우리 모두가 너무 많이 느끼고 있는 끔찍한 고독을 감소시킨다.

직접적이고 감정적인 방식으로 글을 쓰려고 노력하라. 너무 미묘하거나 애매모호하게 쓰지 말고. 당신이 쓰려는 소재나 당신의 과거에 대해 너무 두려움을 갖지 마라. 당신이 남의 눈에 어떻게 보이고, 사람들이 당신을 어떻게 보는지에 너무 집착하느라 시간을 낭비하는 일을 두려워해야 한다. 당신의 글을 완성하지 못하는 일만 두려워하라.

당신 내면의 어떤 것이 진짜라면, 우리는 아마도 그것에서 재미를 발견할 것이고, 그것은 마침내 보편성을 획득할 것이다. 그러려면 당신의 작품 속에 진정한 감정을 담는 위험을 무릅써야 한다. 감정의 핵심으로 들어갈 수 있게 직설적으로 써라. 상처받기 쉬운 취약성에 대해 써라. 감성적으로 보일까 봐 걱정하지 마라. 오로지 무용한 것이 되지 않을지만 걱정하라. 즉, 핵심이 없거나 사기성 있는 글이 아닌지를 걱정하라. 미움받을 각오를 하고 써라. 당신이 이해하는 그대로 진실을 말하라. 작가라면, 그렇게 해야 할 도덕적인 의무가 있다. 그리고 그것이야말로 혁명적인 행동이다. 진실은 언제나 체제 전복적이기 때문이다.

에단 캐닌은 복수심 때문에 글을 써서는 안 된다고 주장하지만, 나는 내 학생들에게 언제나 복수심에서 글을 써야 한다고 말한다. 그걸 아주 잘할 수만 있다면 말이다. 만약 어떤 사람이 그들을 가로막는다면, 누군가가 그들을 너무 거칠게 다룬다면, 바로 그 일에 관해 쓰라고 나는 촉구한다. 각기 다른 학기에 수업을 들은 내 학생 두 명은, 그들의 부모가 뒷마당의 나무를 꺾어 만든 회초리에 대해 쓰기로 했다. 부모가 그것으로 그들을 때렸던 것이다. 나는 이러한 기억을 이용하라고 말한다. 그 기억은 바로 당신의 것이다. 그런 일은 당신에게 일어나지 말았어야 했다.

개인적으로, 나는 그 모든 것을 이해하기 위한 열망에서 글을 쓰는 한편 복수심 때문에도 글을 쓴다. 그리고 내가 학생들에게 늘 하는 말이지만, 이것은 중상모략성 글에 대해 토론하기에도 좋은 기회일지 모른다.

문서 비방은 손으로 적거나 인쇄된 글을 통한 중상이다. 의도적으로, 악의적으로 사람들에 대해 나쁜 말을 해서 그들에게 손해를 끼치는 것을 말한다. 가령 당신이 도무지 이해할 수 없는 성격에 고질적인 생활 습관과 환경을 지닌 사람과 함께 살게 되었고 그 사람의 성격을 그의 친구들과 고객들도 알게 되었는데, 나중에 이런 친구들이 당신의 작품 속에 묘사된 습관과 환경을 보고 바로 그 사람에 관한 이야기라는 것을 알아볼 수 있다면, 당신은 아마도 그 디테일들을 보다 극적으로 바꾸어야 할 것이다. 만약 그가 긴 발톱을 가진 것으로 유명하다면, 발톱 대신 코털이 매우 긴 것으로 만들라. 그가 머리를 검게 염색했다면, 그 대신 파운데이션을 사용하는 것으로 바꾸고 볼연지도 바르는 것으로 하라. 여하튼 그가 당신에게 반사회적 이상 성격의 나르시시스트처럼 보이는 행동을 한다면, 당신은 그의 성격을 포착하려는 시도를 할 수 있고, 실제의 대화를 차용할 수 있다. 다만 당신의 글을 읽는 사람들이 글에 나타난 묘사를 통해 구체적으로 어떤 사람을 떠올리지 않도록 하는 한에서 말이다. 즉, 구체적으로 그 사람이라는 점을 지적할 만한 모든 요소를 바꿔야 한다. 그의 도벽 습성을 삭제하라. 그가 실제로 몰고 다니는 차종을 삭제하고, 그가 흡연자들을 너무 싫어해서 재떨이에 작은 나무를 심을 정도라는 사실도 빼라. 당신이 실제 그의 세 번째 아내라면, 당신을 첫 번째 아내의 여자 친구로 만들어라. 불쾌한 아이들, 특히 빨간 머리 쌍둥이 이야기는 포함시키지 말기 바란다.

그 사람을 주의 깊게 위장해서, 다른 사람들이 그의 육체적인 특징이나 습관적인 사실을 통해 그 사람을 알아볼 수 없도록 할 수 있다면, 당신은 그를 당신의 작품에 써먹을 수 있다. 그리고 내가 당신에게 줄 수 있는 최고의 충고는 그에게 쥐방울만 한 페니스를 달아 주라는 것이다. 그러면 그는 아무리 항의하고 싶어도 절대 당신을 찾아오지 못할 것이다.

나는 이것이 다소 나를 다소 신경질적인 사람으로 비치게 한다는 것을 안다.

내 학생 중 한 명은 어린 시절 어머니가 벌을 주기 위해 부엌에 있는 뜨거운 난로 위에다 그를 올려 두었다고 했다.

"그걸 글로 써요."

나는 그에게 말했다.

"그래도 어머니는 이제 늙은걸요."

쓰기의
감각

그가 말했다.

"어머니의 인생은 그다지 행복하지도 않았어요."

나는 다시 그에게 이렇게 말했다.

"내 가슴도 아파요. 하지만 그녀의 외모와 나이와 당신이 살았던 곳을 바꾸면 되잖아요. 당신이 외동아이였다면 다른 아이들 다섯 명이 더 있는 것으로 만들어요. 만약 당신의 가족에 아이가 셋이었다면, 화자가 외동아이인 것으로 바꾸세요. 그녀를 싱글맘으로 만들든지요. 나쁜 아빠는 어딘가 다른 곳에 써먹어요. 다른 이야기에다가요. 만약 아빠가 없었다면, 아빠를 만들어 넣으면 되죠."

그 학생은 자신의 유년 시절에 관한 아름다운 소설 몇 편을 썼고, 그 소설에 나오는 어머니는 외관상 절대로 자기 엄마와 닮지 않았다. 그녀는 이제 금발에 커다랗고 따뜻한 갈색 눈동자를 가졌고, 대형 슈퍼마켓 체인에서 일했다. 그리고 자기 아들이 못된 짓을 할 때면 아이의 손을 불꽃에 갖다 댔다. 어느 날 그가 낭독을 마쳤을 때, 우리 반 사람들은 일제히 박수갈채를 보냈다.

내 친구 한 명은 최근에 어느 성직자에게 빠졌다. 그는 처음에는 매우 학식이 높고 영적이고 자상해 보였으나, 얼마 후 비열하고 땅딸막한 나폴레옹 같은 본성을 드러냈다. 한마디로 말해 결코 좋은 평가를 해줄 수 없는 사람이었다. 그녀는 그를 자기 소설의 캐릭터로 사용할 수 있을지 고민했다.

나는 그럴 수 있다고 주장했다.

"내가 그의 키를 좀 더 키워야 할까, 그래야 그가 나를 고소하지 않겠지?"

"아니, 절대 그럴 필요 없지."

내가 말했다.

"그를 심리학자가 아닌, 교육을 전혀 못 받은 무식한 작가로 만들어 버려. 그에게 두 명의 아내가 있었던 과거를 만들고, 아이들이 꽤 많은데도 최근 몇 년 동안 거의 본 적이 없는 것으로 만들어. 그를 골초에 무신론자로 만드는 거야. 그리고 새둥지에 놓인 아주 조그만 새알 같은 페니스를 달아 줘. 그러면 절대 너한테 찾아오지 못할걸."

어쩌면 이것은 복수심 때문만은 아닐 것이다. 정말로 일어난 어떤 진실을 말하고 싶은 욕구의 실현일 것이다. 그것은 또한 고통 속에서 어떤 의미를 발견하려는 노력에 관한 것이기도 하다. 글쎄. 정체가 뭐든 상관없다. 여기 샤론 올즈의 「1937년 5월로 돌아가리라」라는 시가 있다. 내가 모든 수업에서 인용하는 시이다.

> 학교 정문 앞에 서 있는 그들이 보인다.
> 내 아버지가 이리저리 거니는 것이 보인다.
> 황톳빛 사암으로 된 아치 아래,
> 붉은 기와는 그의 머리 뒤에
> 구부러진 핏빛 접시들처럼 반짝이고,
> 가벼운 책 몇 권을 든 어머니가

작은 벽돌들로 만든 기둥에 엉덩이를 기대고 있는 것도 보인다.

그녀 뒤로 세공된 철문은 여전히 열려 있고, 그것의

칼끝처럼 뾰족한 침들은 오월의 공기 속에서 어둡게 번쩍인다,

그들은 졸업식을 하기 직전이고, 그들은 곧 결혼을 할 것이며,

그들은 아직 어리고, 그들은 벙어리이며, 그들이 아는 것이라곤

자신들이

천진난만하고, 아무도 해치지 않을 거라는 것뿐이다.

나는 그들에게로 올라가 멈추라고 말하고 싶다,

결혼하지 마세요, 그녀는 당신 짝이 아니라고요,

그도 당신 짝이 아니에요, 지금은 결코 상상할 수 없고

당신들이 결코 할 것 같지 않은 일들을 당신들이 하게 될 것이고,

당신들은 아이들에게 못 할 짓을 할 것이고,

당신들이 한 번도 들어 본 적 없는 방식으로 고통을 받게 될 것이고,

아마도 죽고만 싶어질 거예요. 나는 그들에게 가고 싶다.

늦은 오월의 햇빛 아래 그곳을 찾아가 그렇게 말하고 싶다,

그녀의 갈망에 가득 찬 백치미의 얼굴과

그녀의 애처롭게 아름다운 순결한 몸을 나에게로 돌리고,

그의 오만하도록 잘생긴 맹목적인 얼굴과

그의 가엾게 아름다운 순결한 몸을 내게로 돌리고,

그러나 나는 그렇게 하지 못하네. 나는 태어나고 싶으므로.

나는

그들을 남자와 여자 종이인형처럼 집어 들고는

부싯돌 조각들처럼 두 인형의 엉덩이를 맞부딪힌다.

마치 그들에게서 불꽃을 일으키려는 듯이,

그리고 나는 이렇게 말하리라.

당신들이 하고 싶은 대로 해요, 그러면 나는 그것을 증언하

리니.

당신의 결혼에 관한 소설을 쓴다면, 그리고 당신의 배우자가 공적인 인물이라면—예를 들어 정치가라든가 정신과 의사라든가—당신은 이 인물에 관해 정말로 대단히 선정적인 것들을 말할 수 있다. 그 내용은 아마 모두 사실일 것이다. 당신과 사랑을 나눌 때 그가 작은 프랑스 가정부의 의상을 입는 습관이 있다는 것이나 헤어젤로 이상한 짓을 하는 것도. 당신은 출판사 소속 변호사로부터 방문을 받을 것이고, 그는 매우 걱정스러워하고 불쾌해할 것이다. 문제는 당신의 책에 나오는 배우자가 자신이 문서 비방을 당했음을 배심원에게 확신시킬 경우 손해 배상금으로 수백만 달러를 물어야 할 책임이 있다는 점이다. 최선의 해결책은 최대한 많은 캐릭터를 위장시키거나 변화시키는 것뿐만 아니라, 소설적인 인물을 혼합해 넣는 것이다. 그런 다음 작고 가

느다란 페니스와 반유대주의 경향을 부여한다면, 당신은 괜찮을 것이다.

* * *

자기 연민에 빠지지 않도록 조심하기 바란다. 아무리 당신이 힘들고 외롭다는 것을 발견하더라도 말이다. 당신은 글을 '쓰고 싶어' 하기 때문에, 그래서 쓰는 것이다. 당신은 이 수업에 꼭 등록할 필요도 없었다. 나는 나의 동굴로 당신을 몰아대거나, 당신의 머리채를 휘어잡고 질질 끌고 들어오지 않았다. 당신은 운 좋게 언어로 모래성을 짓고 싶어 하는 사람들의 일원이 되었고, 상상력이 자유롭게 활보할 수 있는 새로운 공간을 창조하려는 사람들과 어깨를 나란히 하게 되었다. 우리는 그 공간을 기억이라는 모래로 짓는데, 이 성들은 가시화된 우리의 기억이자 독창성이다. 그래서 내심 조수가 밀려 들어오더라도 아무것도 잃지 않을 거라는 점을 믿는다. 왜냐하면 모래 위에 서 있는 것은 오직 지어낸 상징일 뿐이기 때문이다. 또 한편으로 우리는 대양의 위치마저 바꿀 수 있는 방법을 고안해 낼 것으로 생각한다. 이런 사고방식이야말로 예술가가 평범한 사람들과 구분되는 지점이다. 사실상 우리의 가슴속 깊은 곳에는, 충분히 견고하게 성을 지어 놓는다면 대양에 씻겨 내려가는 일 따위는 결코 없을 거라는 믿음이 있다. 내가 지향하는 것이 바로 그런 생각을 할 수 있는 멋진 사람이다.

이제 수업 시간이 얼마 남지 않았다. 여러분은 마치 캠프를 거의 마치고 모두 주차장에 모여서 마지막 30분을 보내는 기분일 것이다. 캠핑 가방들이 차례차례 버스에 실리고 있다.

내가 글에 관해 알고 있는 모든 지식을 낱낱이 학생들에게 공개했다고 생각한다. 짧은 글 한 편 쓰기, 조잡한 초고들, 2.5센티미터 사진틀, 폴라로이드 사진, 혼돈들, 실수들, 동료들……. 수업에 참가한 대부분이 출판을 열망했고, 자신들이 이제까지 써놓은 원고 중에서 최고라고 생각하는 10페이지짜리 글을 가지고 왔다. 그런데 이제 그것이 그저 허무한 공상일 수도 있다는 생각을 하면서 실의에 빠져 있다. 자신의 능력을 반신반의하면서. 그러나 나는 절대 그렇게 생각하지 않는다. 어쩌면 그들 대부분은 거대 잡지사나 신문사에 글 싣는 일은 끝내 경험하지 못할지도 모른다. 토크쇼에 출연하지도 못하고, 베스트셀러 작가 반열에 들지 못할지도 모른다. 데이비드 레터먼의 친한 친구가 되지 못할 것이고, 샤론 스톤을 만나 보지 못할 것이다. 글을 써서 저택을 사지 못하고, 순종 개나 고급 생선용 포크를 사지도 못할 것이다. 그들 중 다수는 다른 무엇보다도 이런 것을 원할 텐데 말이다. 이러한 것들을 손에 넣게 되면 훨씬 더 심한 정신 장애에 시달리고 스트레스를 받으며, 이전보다 더 자주 자기 회의에 빠져들 수 있다는 것을 믿으려 하지 않는다. 여하튼 그런 일은 그들 대다수에게는 일어나지 않을 것이지만.

그래도 나는 그들이 자신의 모든 것을 걸고 글을 써야 한다고 생각한다. 가능하다면 매일매일, 그것도 남은 평생 내내 말이다.

전념과 헌신이 그들만의 보상이 될 거라고 제안하거나, 오로지 글쓰기에 전부를 바칠 때만 삶의 위안과 목표와 지혜와 진실과 자부심을 발견하게 될 거라고 말하면, 그들은 처음에는 나를 엄청나게 적대시한다. 화가 나서 어쩔 줄 모른다. 그들이 글을 통해 추구하는 것을 내가 모조리 부정하기 때문이다.

이에 대해서는 좀 더 설명이 필요하다. 우리 중에는 글을 발표한 사람이나 못 해본 사람이나 문학적인 삶이야말로 가장 바람직한 형태의 삶이라고 생각하는 사람들이 많다. 이렇게 책을 읽고 글 쓰고 서신을 교환하면서 사는 삶 말이다. 우리는 이런 인생이 거의 이상에 가깝다고 생각한다. 그것은 정신적인 만족을 드높이는 일이라고 한 친구가 말했다. 그 친구는 열여덟 살 때 기독교 신자에서 시인으로 개종했다. 그는 거기서 더 큰 영혼의 안식을 얻었다. 우리는 글쓰기를 통해서 인생의 정수를 발견할 수 있다. 글쓰기는 도전과 기쁨과 고뇌와 헌신을 제공한다. 우리는 글 쓰는 일을 천직으로 생각하며, 성직처럼 인간에게 풍요와 생기를 줄 수 있는 일이라고 여긴다.

작가로 살아 보면, 여러 해 동안 영혼을 자극하고 윤택하게 하는 수많은 경험을 하게 된다. 이러한 경험은 조용히 내면 깊이 스며들다가도, 가끔은 천둥번개나 이리저리 날갯짓하는 천사들을 동반한다. 내 친구 톰은 명랑한 예수회 수사인데, 자신이 평생 영적인 체험을 갈망해 왔노라고 고백했다. 특히 그는 술을 마시고 나서 교회에 갔을 때, 마리아상이 자신에게 손짓해 주기를 바랐다. 그리고 가끔씩 그런 일이 일어났다. 그가 술을 마시던 무렵이었는데, 마리아상이 아주 짧은 순간 잠깐 손을 흔드는 듯하다가 곧 원래 자세로 돌아가더라는 것이다. 그러나 그는 금주를 한 후, 가슴과 폐와 영혼 깊이 해방감을 맛보게 되었을 때야 비로소 진짜 기적 체험을 하게 되었노라고 말할 수 있었다. 이러한 기분은 내 학생들이 종종 고백하는 것인데, 특히 글쓰기 모임에 속한 학생들이 그럴 때가 더 많다. 그런데 역설적으로, 이러한 해방감은 오로지 훈련을 통해서만 얻을 수 있다.

작가가 되는 것은 또한 독자로서 당신의 삶을 더욱 심오하게 바꾸어 놓을 수 있다. 사람들은 훨씬 더 깊이 있는 심미안과 집중력을 갖고 책을 읽게 된다. 글쓰기가 얼마나 어려운 것인지를 알고, 특히 글을 쉽게 쓴 것처럼 보이게 하는 것이 얼마나 힘든 일인지를 알기 때문이다. 당신은 작가의 눈으로 글을 읽기 시작한다. 그러면 새로운 방식으로 집중하게 된다. 어떤 작가가 얼마나 새롭고 대담하고 독창적인 방식으로 자신의 관점을 그려 나갔는지를 연구하면서 독서할 것이다. 작가가 당신을 위해 매혹적인 인물이나 시대를 어떻게 그려 냈는지, 그러면서도 많은 정보를 통째로 가르치고 있다는 느낌을 주지 않는 이유가 무엇인지를 탐색한다. 그리고 그 작품이 얼마나 예술적인지를 깨달을 때, 당신은 아마도 실제로 잠시 책을 내려놓고는 그 순간을 음미할 것이다. 단지 그 느낌을 오래 즐기기 위해.

글을 쓰다가 내가 지금 당장 어떤 기분인지를 다른 사람들이 알아줬으면 좋겠다고 생각하는 순간들이 있다. 독자에게 너무나 훌륭하고, 너무나 충만하고, 너무나 강렬한 즐거움을 선사하기 위해 정작 나 자신은 얼마나 피 말리는 고통 속에서 글을 쓰는지를 말이다. 당연히 엄청난 대가들을 치른다. 특히 엄청난 양의 고문과 자기혐오와 권태를 겪는다. 그러나 그렇게 힘든 하루를 마치고 나면 뭔가 남들 앞에 보여 줄 만한 결과물을 얻게 된다. 고대 이집트인들은 피라미드 건설을 마쳤을 때에야, 비로소 자신들이 피라미드를 지었다고 말할 수 있게 되었다. 아마도 그들은 좋은 역할 모델일 것이다. 즉, 그들은 자기들이 신을 위해 일하고 있다고 생각했고, 그래서 집중력과 종교적인 외경심을 발휘해 일할 수 있었다. (또한 내 친구 카펜터가 내게 말하길, 그들이 하루 종일 술을 마셨고, 몇 시간에 한 번씩 쉬면서 서로의 몸에 오일을 발라 주었다고 한다. 나는 다른 모든 작가 친구들도 역시 이렇게 일할 거라고 믿는다. 하지만 그들은 나에게 비밀을 알려 주지는 않는다.)

우리가 속한 사회는 쇠퇴하고 있거나 이미 사양길에 접어든 것처럼 보인다. 극적으로 들리게 하려고 이런 말을 하는 게 아니다. 명백히 어두운 면이 부상하고 있는 건 사실이다. 중세에도 모든 것이 지금보다 더 기이하고 공포스럽지는 않았을 것이다. 그러나 예술의 전통은 사회가 어떤 모양을 취하든지 간에 꾸준히 이어질 것이다. 이것은 글을 써야 하는 또 다른 이유이기도 하다. 즉, 사람들은 우리를 필요로 한다. 왜곡 없이 자신들을 비춰 주고 서로를 비춰 주기 위해. 또한 주위를 둘러보고 이렇게 말하지 않기 위해.

"너 자신의 모습을 한번 봐, 이 바보 멍청이들아!"

그 대신 우리는 이렇게 말할 것이다.

"이게 바로 우리 모습이야."

이 어둡고 상처 입은 세상에서, 글쓰기는 당신에게 딱따구리 같은 즐거움을 줄 수 있다. 둥지를 지을 수 있는 나무에 구멍을 뚫고 속을 비워 내면서 당신은 이렇게 말할 것이다.

"이곳은 나의 영역이자 내가 지금 사는 곳이고, 바로 내가 소속된 사회야."

비록 그 영역은 작고 어둡겠지만, 마지막에 가서 당신은 자신이 무엇을 하고 있는지를 마침내 이해하게 될 것이다. 30여 년 동안 발버둥 치고 허우적거린 후에야, 비로소 당신은 진지한 통찰을 얻게 된다. 당신이 언제나 회피해 왔던 한 가지를 당신이 다루고 있다는 것을. 그것은 바로 당신의 상처들이다! 상처를 다루는 것은 매우 고통스러운 일이다. 이러한 고통을 거부하는 사람들은 일찌감치 중도 포기하고 만다. 그들은 돈과 명성 때문에 글쓰기에 뛰어들었기 때문이다. 그래서 글쓰기를 그만두거나, 일종의 사탕발림과 같은 유형의 글쓰기에 의지한다.

글쓰기를 직업으로 삼을 수 있는 재능을 평가절하하지 말기 바란다. 종이 위에다 당신이 경험하거나 이해한 그대로의 진실을, 글의 소재나 소재 되고 싶어 하는 사람들과 함께, 정말로 충실하게 창조적으로 형상화할 수 있다면, 당신은 은밀한 명예를 획득하게 될 것이다. 작가가 된다는 것은 인류가 지속해 온 고상한 전통의 일부가 되는 일이며, 이런 점에서 음악가가 되는 것과 비슷하다. 즉, 마지막 평등주의자들과 열린 정신을 소유한 사람들의 사회에 소속되는 것이다. 명예와 부의 측면에서 무슨 일이 일어나든지 상관없이, 글쓰기에 헌신하는 일은 당신을 이전보다 한 단계 더 성숙한 인간으로 만들어 줄 것이다. 세상과 접촉하는 일에 신경 쓰지 않았고, 사회에 기여할 마음도 없었고, 그냥 혼자만의 일에 전념하던 무렵의 당신과는 비교할 수도 없다.

비록 당신의 창작 모임에 있는 사람들만이 당신의 자서전이나 이야기나 소설을 읽었다 하더라도, 여전히 당신만의 방식으로 글을 쓴다는 것은 충분한 성취감을 느낄 수 있는 명예로운 일임에 틀림없다. 비록 당신이 실제 경험을 바탕으로만 글을 썼기때문에, 언젠가 당신의 아이들이 그 글을 통해 당신이 유년 시절에 어떤 아이였는지, 당신이 마을에 있는 모든 개의 이름을 외우고 다녔다는 사실까지 알게 된다 하더라도, 모든 역경에 맞서기 위해서라도, 당신은 그 경험들을 종이에 적어야 한다. 그래야 당신은 패배하지 않을 것이다. 그리고 누가 알겠는가? 혹시라도 당신이 쓴 글이 다른 사람들을 도울지도 모르고, 그들이 해결책을 얻는 데 다소 기여할지도 모른다. 그들이 어떻게 혹은 어느 방향으로 가야 할지까지 당신이 알려 줄 필요는 없지만, 당신이 이해할 수 있고 전달할 수 있는 최선의 것을 전하고, 당신이 찾아낼 수 있는 최대한 명확하고 진실한 글을 쓸 수만 있다면, 그것은 종이 위에서 자기만의 임무에 충실한 작은 등대처럼 반짝일 것이다. 등대는 곤경에 처한 배를 찾기 위해 섬 전체를 돌아다니지는 않는다. 한자리에 서서 여러 방향으로 빛을 보낼 뿐이다.

당신은 오로지 그 망할 놈의 단어를 하나씩 하나씩 계속해서 써나가기만 하면 된다. 귀에 들리는 대로, 떠오르는 대로. 당신은 막일꾼 아니면 화가처럼 벽돌을 맞출 수 있다. 막일꾼처럼 그 일을 허드렛일로 생각할 것인가, 화가처럼 즐기면서 할 것인가는 당신의 마음에 달렸다. 열세 살 때 저녁 식사 접시를 닦던 것처럼 그 일을 할 수도 있고, 일본인이 다도를 하듯이 할 수도 있다. 후자처럼 스스로 무아지경에 빠질 정도의 집중과 주의력을 기울임으로써, 그 행위 속에서 당신 자신을 발견할 수 있기를 바란다.

간혹 일들이 아무리 엉망진창 꼬인 것처럼 보이더라도, 나는 그와 상관없이 우리가 모두 예식장에 있는 것처럼 느낄 때가 있다. 그러나 그냥 바깥으로 나와 이렇게 말하기만 해서는 안 된다. "우리는 결혼식에 왔어! 케이크 좀 먹어!" 당신은 우리가 그 속으로 들어갈 수 있는 세상, 우리가 거기서 직접 결혼식이나 케이크를 눈으로 확인할 수 있는 하나의 세상을 창조할 필요가 있다. 어제 한 연재 만화에서 사막에 있는 늙은 개가 등장했는데, 그 개는 선인장에 등을 기대고 앉은 채 자기 형제에게 편지를 쓰고 있었다.

"밤에 해가 졌고, 별이 나왔어. 그런 다음 아침이 되자 해가 다시 솟아올랐지. 사막에 산다는 건 정말 너무 멋진 일이야."

말하자면 이것이 바로 결혼식이다. 그렇지 않은가? 어딘가의 일원이 된다는 것은 자기 원칙과 신뢰와 용기를 요구한다. 의식적으로 산다는 것, 즉 작가가 되는 일은 궁극적으로 자기 자신에게 질문하는 일이기 때문이다. 내 친구 데일은 이렇게 말했다.

"나는 얼마나 즐겁게 깨어 있으려고 하는가?"

예술가가 되는 일이 가장 좋은 이유는, 미친 사람이 되거나 편집자에게 편지를 쓰는 누군가가 되는 것이 아니라, 자신이 만족을 느낄 수 있는 일을 하고 산다는 점이다. 비록 한 편의 글도 발표한 적이 없다 하더라도, 당신은 스스로를 쏟아부을 만한 중요한 어떤 대상을 지니고 있다. 당신의 부모님과 증조부님은 이렇게 외칠 것이다. "그건 하지 마라, 거기엔 앉지 마라, 절대 앉지 말라고!" 그들의 말을 들으려면 당신은 아이 때나 지금이나 똑같이 그들에게 의존해서, 그들이 시키는 대로만 하고 살아야 할 것이다. 그러나 당신은 그들의 말을 무시하고 인생에 관한 자기만의 의미를 찾는 일을 계속 해나간다.

이제 나는 학생들의 얼굴을 하나하나 쳐다본다. 그러면 그들은 조용히 나를 마주 보며 이렇게 묻는다.

"그렇다면 도대체 우리는 왜 글을 써야 하는 거죠?"

나의 대답은 이것이다. 바로 영혼 때문이라고. 마음 때문이라고도 할 수 있다. 글을 쓰고 읽는 일은 우리의 고독을 덜어 준다. 그것은 인생에 대한 우리의 감수성을 깊고 넓게 확장시킨다. 한마디로 그것은 우리 영혼의 양식이다. 작가들이 예리한 산문과 적확한 진실로 우리의 머리를 흔들어 놓을 때, 나아가 우리 자신이나 인생에 대해 웃음 짓게 만들 때, 우리는 낙천성을 되찾는다. 우리는 인생의 불합리라는 불협화음에 맞춰 춤을 추는 시도를 하거나, 적어도 따라서 손뼉을 친다. 거듭거듭 짓눌리는 대신 말이다. 그것은 바다에서 무시무시한 태풍이 불어올 때 배 위에서 노래를 하는 것과도 같다. 당신이 화난 풍랑을 잠재울 수는 없지만, 노래는 배 위에 함께 있는 사람들의 마음과 영혼을 바꿀 수 있다.

쓰기의
감각

마틴 크루즈 스미스, 제인 반덴부르크, 에단 캐닌, 앨리스 애덤스, 데니스 맥팔랜드, 오빌 셸, 톰 웨스턴. 이 작가들은 수년간 나에게 글쓰기에 관해 갖가지 지혜로운 조언을 들려주었다. 그들에게 참으로 큰 빚을 졌다.

또한 나의 편집자 잭 슈메이커의 끊임없는 지원과 격려 없이는 이 작업을 완성할 수 없었을 것이다. 낸시 파머 존스는 훌륭한 기교와 배려와 정확성으로 내 책의 편집과 교열을 맡아 주었고, 그에 못지 않게 나의 출판 에이전트 척 베릴의 활약도 눈부셨다.

특히 캘리포니아 마린 시티의 성 앤드류 장로교회 사람들의 도움이 없었더라면 나는 지금까지 살아 있지 않았을지도 모른다. 그들은 진정 내 생명의 은인들이다.

어느 날인가 샘이 내게 이런 말을 했다. "스무 개의 산꼭대기에 사는 티라노사우루스 스무 마리만큼 엄마를 사랑해요." 나 역시 정확히 그만큼 그를 사랑한다.

한 마리씩 한 마리씩

당신은 주고, 주어도 또 주어야 할 것이고, 그러지 않으면 글을 쓰고 있을 이유가 없어진다. 당신의 내면 가장 깊은 곳에 자리한 진실도 꺼내 주어야 하고, 그렇게 주는 일을 계속해야 할 것이며, 주는 행위가 그 자체로 보상이 되어야 할 것이다. 당신의 작품을 출간하는 일은 전혀 중요하지 않지만, 주는 사람이 되는 법을 배우는 것은 중요하다.

— 앤 라모트

어쩌다 보니 이 책을 번역하는 도중에 내 삶의 장소가 바뀌었다. 번역을 시작할 때는 한국에 있었는데, 끝낼 무렵에는 앤 라모트의 나라에 새로이 둥지를 튼 후였다. 처음 이 책을 편집자에게서 받을 때 "이 작가는 매우 유명한 분이랍니다."라는 말을 들었지만 한국에서는 처음 접하는 작가여서 우리 정서에 맞을지 반신반의했다. 그러나 책을 번역하는 동안, 날마다 그녀의 재능과 훌륭한 가르침에 감탄했고, 어설프게 등단만 일찍 하고서는 이렇다 할 좋은 작품도 쓰지 못하고 작가로서의 재능에 대해 늘 의심이나 하던 나 자신을 많이 돌아보게 되었다.

미국으로 온 후에는 가까운 곳에서 만난 미국인 영어 선생님이나 작가 지망생들에게서 그녀에 대한 찬사를 흔히 들을 수 있었다. 작가 지망생들뿐만 아니라, 책을 좋아하며 언제나 작가가 되고 싶은 꿈을 꾸지만 현실이 너무 바빠서 글 쓸 엄두를 못 내는 사람들에게조차 앤 라모트는 많은 희망과 위안을 준 모양이었다. 나의 영어 선생님인 줄리는 젊은 시절 작가가 되고 싶다는 일념에 온갖 모험을 다 해보았으나 결국 선생님이 되고 말았다고 고백했다. 그녀의 온화한 얼굴을 봐서는 전혀 상상하기 힘든 이야기였다. 앤 라모트가 이 책에서 뭐라고 했기에, 그 많은 독자들은 이 책을 읽는 것만으로 조바심을 버리고 희망과 위안을 얻었을까?

이 책의 원제는 '버드 바이 버드(Bird by bird)'로, 직역하자면 '새 한 마리씩 한 마리씩'이다. 처음부터 너무 큰 욕심을 부리지 말고 작은 것부터 하나씩 하나씩 해나가다 보면 언젠가 진실한 글을 쓰는 일, 혹은 작가가 되는 일에 이르게 된다는 뜻이다. 앤 라모트는 글을 쓰기로 마음먹는 순간 베스트셀러 작가가 되어 부와 명성과 인정을 한꺼번에 얻는 모습부터 꿈꾸는 작가 지망생들이나, 글 쓰는 것을 너무 어렵고 거창하게만 생각해서 편지 한 장 쓰는 일에도 골머리를 앓는 사람들 모두를 위해 제대로 된가이드 역할을 해준다.

이 책은 이제까지 출간된 글쓰기 이론서들과는 많이 다르다. 즉, 다른 작가들이라면 숨기고 싶어 할 진실까지 남김없이 말해주고 있는데, 이는 꽤 많은 용기를 필요로 하는 일이기도 하다. 그녀는 자신이 어떻게 해서 작가가 되었는지 또 그 과정에서 수없이 실패하고 좌절하고 질투했던 경험까지 고스란히 털어놓는다.

특히 자기가 가장 사랑했던 두 사람, 그러나 일찍이 시한부 판정을 받은 그들을 위해 연애편지를 쓰듯이 소설을 썼다는 이야기는 너무나 감동적이다. 두 사람은 다행히 임종을 맞이하기 전에 자기 이야기가 담긴 원고를 읽고 큰 위안을 얻는다. 그녀의 말대로, 글은 때때로 "그 모든 세상의 역경 가운데에서도, 모든 것이 다소 견딜 만하게 느껴지는 순간"을 선사한다.

때로는 그녀의 인생 이야기에 지나치게 빠져든 나머지, 이 책이 글쓰기에 관한 책이라는 사실조차 망각하게 된다. 어느 순간 '어떻게 쓸 것인가'가 아니라 '어떻게 살 것인가'를 고민하고 있는 자신을 발견하고 깜짝 놀라는 것이다. 게다가 작가의 솔직담백하고 유쾌한 입담 때문에 한번 책을 잡으면 놓을 수가 없다. 사실 옮긴이 후기를 쓰기 위해 책 앞부분을 다시 읽다가 그만 끝까지 다 읽고 말았다. 마감 시한을 훌쩍 넘기면서까지 말이다.

그렇다고 해서 글쓰기에 관한 방법론적인 지침이 빠져 있는 것도 아니다. 어느 것의 비중이 더 높다고 말할 수 없을 정도로, 그녀의 인생 이야기와 글쓰기 방법론 강의는 교묘하게 반반

씩 섞여 있는 것이 사실이지만 말이다. 특히 '짧은 글 한 편 쓰기', '조잡한 초고', '2.5센티미터짜리 사진틀', '폴라로이드'에 관한 개념들과 자기 글을 읽고 조언해 줄 수 있는 파트너를 구하는 방법, 출판에 관한 실질적인 조언들은 상당히 획기적이다.

그리고 그녀가 이러한 방법론들과 함께 '작가의 마음 자세'를 논한다는 점이 특이하다. 그녀는 먼저 티끌을 제거한 시선으로 주변을 충분히 돌아보아야 한다고 말한다. 작가가 되기 위해서라면, 어떠한 기술보다도 먼저 세상에 대한 경외심을 갖는 법부터 배우라고 역설한다. 그러기 위해서는 바깥세상으로 나가 많은 사람을 만나고 소통하며 그들의 고통과 희망을 동시에 이해해야 한다. 편협하고 어두운 나르키소스적인 관점으로는 아무에게도 희망을 주지 못하기 때문이다. 그녀는 희망을 주지 못하는 소설은 소설이 아니라고까지 말한다.

또 한 가지 특이한 점은 그녀가 글쓰기의 고통 외에도 끊임없이 '글쓰기의 기쁨'을 이야기한다는 점이다. 그녀는 글쓰기가 그 자체로 너무나 많은 기쁨과, 새로운 도전거리를 제공한다고 털어놓는다. "자기만의 책이나 이야기를 쓸 때, 그들의 머리는 아이디어와 통찰력으로 활발하게 돌아가기 시작하고, 그들은 전혀 새로운 눈으로 세상을 바라보게 된다"는 것이다. 그리고 작가로 살아가는 일의 가장 큰 기쁨은 "예술적이고 자유로운 영혼으로 살면서도, 동시에 스스로 돈을 벌어 생계를 유지하는 희귀한 노동 계층의 사람"이 되는 것에 있다고 말한다.

그녀의 말에 따르면 글쓰기를 통해 더 많은 기쁨을 얻는 진짜 비결은 아이러니하게도 남김없이 '주는 것'이다. 작가는 자신의 내면 가장 깊은 곳에 자리한 진실을 과감히 꺼내 주는 사람일 뿐만 아니라, 그렇게 주는 일을 평생 계속해야 하며, 주는 행위를 그 자체로 보상으로 여겨야 한다고 말한다. 언뜻 이해가 가지 않는 말이지만, 잘 생각해 보면 그것보다 더 작가를 작가답게 하는 진실은 없다는 것을 알 수 있다.

나는 미국으로 오기 전에 일흔을 바라보는 아버지께 인터넷 블로그를 사용하는 방법을 알려 드렸다. 내가 블로그에 올리는 사진과 글들을 부모님이 자주 보고 함께 있는 것처럼 여기길 바랐기 때문이다. 그런데 놀라운 일이 벌어졌다. 내 블로그를 열심히 방문하던 아버지께서 어느 날 자신의 블로그에 직접 글을 쓰기 시작한 것이다. 평생 과묵함을 미덕으로 여기고 살아왔으며 감정을 표현하는 일을 죄악시하던 경상도 사나이인 아버지께서 말이다. 독수리 타법으로 한 자 한 자 쓴 글에는 아버지의 정성과 사랑이 가득 담겨 있었는데, 의외로 아버지가 풍부한 어휘력과 섬세한 관찰력을 지닌 분이라는 것을 알 수 있었다. 몇 시간 동안 쓰다가 날리고 다시 썼다는 그 글은 사랑하는 마음, 무엇이든 주고 싶은데 더 줄 것이 없어 안타까운 마음이 마지막 수단으로 두껍고 무거운 손가락을 움직여 쓴 글이었다.

나는 아버지의 글을 읽으면서 한없이 부끄러웠다. 스스로 작가라 부르면서도 한 번도 글을 쓰는 행위가 사랑이라는 것을 몰랐던 나 자신이 말이다. 내가 앤 라모트에게서 가장 큰 감동을 받았던 것도 바로 그 지점이었다.

그처럼 주면 줄수록 차고 넘치는 기적을 낳는 것이 글이라면, 글은 의심할 바 없이 '사랑'의 또 다른 얼굴이다. 독자나 세상으로부터의 보답을 기대하기 전에, 먼저 아낌없이 주는 것으로서의 글쓰기. 그것이야말로 앤 라모트가 진짜 가르치고 싶었던 바가 아닐까? 그녀가 인용한 대로 '거대한 고아원'인 세상에서, 홀로 실려 온 응급환자와도 같이 아프고 외로운 모든 인간이 갈구하는 것은 결국 사랑이기 때문이다. 이 점을 생각하고 글을 쓸 때 작가는 진정 작가 이상의 인간이 될 수 있지 않을까?

최재경

옮긴이 **최재경**

서울대학교 국어국문학과를 졸업하고, 미국 인디애나 대학교에서 다큐멘터리 제작을 전공했다. 소설 『반복』『숨쉬는 새우깡』『플레이어』를 비롯해 에세이 『여자 서른, 자신 있게 사랑하고 당당하게 결혼하라』 등을 출간했으며, 미국에서 다큐멘터리 「Where are you going, Thomas?-The Journey of a Korean War Orphan」「Thin the Soup」 등을 제작했다. 옮긴 책으로 『그레이시』『까마귀의 마음』 『예술가들의 사생활』『사소한 것에 관한 큰 책』『꽃들의 비밀 언어』 등이 있다.

쓰기의 감각

초판 1쇄 발행 2018년 9월 17일
초판 9쇄 발행 2024년 4월 22일

지은이 앤 라모트 **옮긴이** 최재경

발행인 이봉주 **단행본사업본부장** 신동해 **책임편집** 김경림
마케팅 최혜진 이은미 **홍보** 반여진 허지호 정지연 송임선
국제업무 김은정 김지민 **제작** 정석훈

브랜드 웅진지식하우스
주소 경기도 파주시 회동길 20
문의전화 031-956-7213 (편집) 02-3670-1123 (마케팅)
홈페이지 www.wjbooks.co.kr
인스타그램 www.instagram.com/woongjin_readers
페이스북 https://www.facebook.com/woongjinreaders
블로그 blog.naver.com/wj_booking

발행처 ㈜웅진씽크빅 **출판신고** 1980년 3월 29일 제406-2007-000046호

한국어판 출판권 ⓒ㈜웅진씽크빅, 2018
ISBN 978-89-01-22654-5 (03800)

- 책값은 뒤표지에 있습니다.
- 잘못된 책은 구입하신 곳에서 바꾸어 드립니다.